David Safier, 1966 geboren, zählt zu den erfolgreichsten Autoren der letzten Jahre. Seine Romane, darunter «Mieses Karma», «Jesus liebt mich», «Happy Family» und «Muh», erreichten Millionenauflagen. Auch im Ausland sind seine Bücher Bestseller. Als Drehbuchautor wurde David Safier unter anderem mit dem Grimme-Preis sowie dem International Emmy (dem amerikanischen Fernseh-Oscar) ausgezeichnet. David Safier lebt und arbeitet in Bremen, ist verheiratet und hat zwei Kinder.

In seiner Familie wurde mit 3:1 Stimmen beschlossen, einen Hund anzuschaffen (dreimal dürfen Sie raten, wer die Gegenstimme abgab). Beim Hundezüchter dann sah Safier einen kleinen Labradoodle-Welpen und sagte: «Du hast traurige Augen, du darfst zu uns.» Seitdem ist Max ein Teil der Familie, geliebt von allen.

«Genau das Richtige für alle, die Hunde lieben oder große Abenteuer oder Liebesgeschichten oder am besten alles zusammen.» SR3

«‹Die Ballade von Max und Amelie› ist Balsam für die Seele, außerdem eine der schönsten Liebeserklärungen an den Hund.» literaturmarkt.info

«Die bewegende Geschichte einer Freundschaft.»
Münchner Merkur

«Dieses Buch ist zum Jaulen schön!» BILD

DAVID
SAFIER

Die Ballade von Max und Amelie

ROMAN

ROWOHLT TASCHENBUCH VERLAG

Veröffentlicht im Rowohlt Taschenbuch Verlag, Hamburg,
November 2019

Covergestaltung any.way, Barbara Hanke / Cordula Schmidt
Coverillustration Oliver Kurth
Satz aus der Haarlemmer
bei CPI books GmbH, Leck, Germany
Druck und Bindung GGP Media GmbH, Pößneck, Germany
ISBN 978-3-499-27551-7

FSC
www.fsc.org
MIX
Papier aus verantwortungsvollen Quellen
FSC® C014496

Das für dieses Buch verwendete Papier ist FSC®-zertifiziert.

Für Max.
Und natürlich für Marion,
Ben und Daniel.
Ihr seid mein Licht.

«In der Nacht des Goldenen Lichts begann unser ewiges Leben. Unser ewiges Sterben. Unsere ewige Liebe.»

1

Ich sah Max das erste Mal, als ich noch nicht Amelie hieß. Auf der Müllkippe jener Stadt tief im Süden. Zu einer Zeit, in der ich noch nicht wusste, dass es noch andere Städte gab oder gar andere Länder. Bevor ich das Salz des Meeres gerochen hatte, die goldenen Blätter der Wälder gesehen und den Schnee auf meiner Zunge geschmeckt. Oder den Hass unseres Verfolgers gespürt.

Bevor ich ahnte, dass ich eine unsterbliche Seele besaß.

Die Sonne stand hoch am Himmel und brannte unerbittlich auf die unzähligen Hügel. Krähen segelten hinab, um sich Essen zu picken, Ratten raschelten durch den Menschenunrat, in dem Ameisen Hügel um Hügel bauten, und ich lag in einer schattigen Mulde, umgeben von Säcken. Einen davon hatte ich mit den Zähnen aufgerissen. In dem Sack steckte eine Fischdose, die ich ausschlecken wollte. Die Reste, die an den Innenseiten klebten, waren noch nicht so schlecht geworden, dass ich mir den Magen daran verderben würde. Gerade schob ich meine Zunge hinein, ganz vorsichtig, damit ich mich nicht an den scharfen Rändern schnitt, da hörte ich, wie ein Hund die andere Seite des Müllbergs hinauflief. Die Schritte klangen schwerer als meine und die meiner Geschwister, dieser Hund musste also größer und kräftiger sein. Ein Fremder.

Ich schaute den Müllberg hinauf und sah in der flirrenden Hitze, wie der Fremde die Kuppe erreichte. Solch einem Hund war ich noch nie begegnet: Er war größer als alle Vierbeiner, die auf der Müllkippe herumstreiften, und hatte langes schwarzes Haar. In meinem Rudel besaßen alle ein kurzes, sandfarbenes Fell. Nur ich hatte ein paar dunklere Haare an einer runden Stelle auf meinem Rücken. Ihretwegen hatte mir meine Mutter bei der Geburt den Namen Fleck gegeben. Und ihretwegen hatten meine Brüder und Schwestern mich ausgelacht, herumgeschubst, manchmal sogar gequält. Dieser Stelle hatte ich es jedoch auch zu verdanken, dass ich seit meiner Jugend zu einer Kämpferin geworden war, die sich nichts gefallen ließ. Bis zu jenem Tag, an dem Mama so krank wurde, dass mein großer Bruder Blitz die Führung des Rudels für sich beanspruchte.

Ich hätte ihm nicht widersprechen dürfen.

Ich selbst wollte gar nicht der Leithund sein. Aber ich wollte mich meinem Bruder nicht unterordnen. Auf Mama zu hören war mir immer ganz natürlich erschienen. Eines meiner Geschwister jedoch als überlegen zu akzeptieren und dann auch noch Blitz, der mich stets am meisten gequält hatte, widerstrebte mir. So sehr, dass ich ihn noch am gleichen Tag, an dem er die Macht an sich riss, zum Kampf herausforderte.

Und so standen Blitz und ich uns an einem kalten Wintermorgen gegenüber und knurrten uns an. Es hatte in der Nacht geregnet, der Sand unter unseren Pfoten war nass, unser Fell glänzte vor Feuchtigkeit. Ich bemühte mich, mir meine Furcht, die sich von meinem Herzen aus allmählich in mir ausbreitete und mich zu lähmen drohte, nicht anmerken zu lassen. In der törichten Hoffnung, Blitz einschüchtern zu können, knurrte ich noch lauter, obwohl er meine Angst doch riechen konnte. So standen wir eine Weile da, ohne dass ich mich traute, ihn zu attackieren. Plötzlich rannte Blitz auf mich zu, sprang mich mit einem Satz an und riss mich zu Boden. Seine gefletschten Zähne ragten drohend über meinem Gesicht auf. Ich zitterte vor Angst. Ehe ich ihm überhaupt den Hals hinhalten konnte, um mich zu unterwerfen, biss er mir das linke Auge heraus. Der Kampf war vorbei, bevor er überhaupt begonnen hatte.

Ich jaulte und winselte, mein Bruder ließ von mir ab, und ich schlich mit eingezogenem Schwanz davon und suchte mir ein Versteck hinter einem Bretterhaufen. Unfassliche Schmerzen erfüllten meinen Körper. Zugleich hatte ich Panik, dass Blitz mir folgen würde, um mich zu töten. Er tat es nicht.

Noch in der gleichen Nacht bekam ich Fieber. Die Wunde am Auge hatte sich entzündet, und der Schmerz breitete sich wie Feuer in mir aus. Ich konnte tagelang nicht aufstehen, weil ich zu schwach war. Nur Erstgeborener besuchte mich an meinem Platz. Er ließ Wasser, das er in seinem Maul zu mir getragen hatte, in meine Kehle rinnen. Damit widersetzte er sich heimlich Blitz, der die Geschwister und meine todkranke Mutter angewiesen hatte, die Natur entscheiden zu lassen, ob ich am Leben blieb oder nicht.

Die Winterkälte setzte mir zu, auch wenn sie nicht so unerbittlich war wie jene, die ich auf meiner Reise mit Max in den Norden noch kennenlernen sollte.

Für mich war es wohl ein Segen, dass ich nur den eisigen Wind und den prasselnden Regen ertragen musste. Im Sommer wäre ich meiner Entzündung gewiss erlegen. So aber konnte ich mir nach einer Weile wieder etwas zu fressen suchen und aus Pfützen trinken. Es dauerte lange, bis die Wunde aufhörte zu eitern, und noch länger, bis sie vollständig vernarbt war. Als ich schließlich zu meinem Rudel zurückkehrte, wurde ich nicht mehr Fleck genannt, sondern Narbe.

Dass mich irgendjemand einmal schön finden könnte, wäre mir niemals in den Sinn gekommen.

* * *

Der große schwarze Hund, der den Müllberg herunterlief, wirkte gehetzt und verängstigt. Außerdem hörte ich Menschenschritte, nicht so schwer wie die der Männer, die mit ihren rollenden Höhlen den Müll abluden. Die Schritte stammten eher von Menschenkindern. Sie streunten immer wieder in kleinen Rudeln über die Müllkippe, um Metalle einzusammeln. Was sie damit machten, konnten meine Familie und ich uns nicht vorstellen, aber irgendeinen Wert mussten sie für die Menschenkinder haben. Es war ungewöhnlich, dass sie sich in unser Revier trauten. Menschen, egal ob groß oder klein, gingen uns stets aus dem Weg. Auch die anderen Hunde, die über die Müllkippe streiften, respektierten uns. Sie kannten die Geschichte von Blitz, der seiner eigenen Schwester ein Auge ausgerissen hatte. An manchen Morgen tröstete ich mich damit, dass mein Verlust wenigstens das Leben unseres Rudels sicherer machte.

Fünf Menschenkinder rannten jetzt über den Hügel, darunter ein Weibchen mit schwarzem Haarschopf. Auch eines der Männchen fiel mir auf. Es trug nicht wie die anderen am ganzen Körper das falsche Fell der Menschen. Nur seine Beine waren damit verhüllt, der obere haarlose Körper war nackt. Ich konnte dort sämtliche Knochen erkennen, so mager war der Junge.

Wie alle Menschenkinder, denen ich bisher begegnet war, stanken auch diese schon von weitem nach Angst. Irgendwo musste es einen Rudelführer geben – einen Vater, eine Mutter oder einen Bruder wie Blitz –, den wir nie zu Gesicht bekamen und der sie das Fürchten lehrte. Das Weibchen mit den schwarzen Haaren roch außerdem nach frisch verbranntem Fleisch. Als es näher kam, erkannte ich kleine Wunden an seinen Armen.

Bald würden die Menschenkinder den fremden Hund eingeholt haben. Welcher Hund war langsamer als Zweibeiner? Nur einer, der ohnehin dem Tod geweiht war.

Doch dieser Hund wirkte zwar geschwächt – seine Zunge hing ihm aus dem Maul, als hätte er lange nichts getrunken –, aber er hatte mehr Fleisch auf den Rippen als ich jemals in meinem Leben. Der Fremde war also nicht schwach, jedenfalls nicht körperlich. Aber er stank ebenfalls nach Angst. Im Gegensatz zu den Menschenkindern jedoch, bei denen der Angstgeruch schon zu ihrer Natur zu gehören schien, war die Furcht des schwarzen Hundes offenbar frisch. Als würde er sich das erste Mal in seinem Leben ängstigen.

Wie konnte das sein? Vielleicht weil er so groß war und ihn bisher niemand attackiert hatte? Allerdings war der Fremde kein Kämpfer, von ihm ging nicht mal ein Hauch von Narbenhautgeruch aus, also hatte er noch nie eine schlimme Verletzung erlitten. Die Menschenkinder bewarfen ihn mit allem, was sie in die Finger bekamen: Dosen, Mülltüten, Holzlatten.

Warum knurrte der schwarze Hund sie nicht an? Warum biss er nicht einen von ihnen ins Bein, damit sie wussten, wer hier das Sagen hat? Was war das für ein Hund, der sich so etwas gefallen ließ?

Mit einem Mal humpelte er. Nicht etwa, weil ihn eines der Menschenkinder am Bein getroffen hatte, sondern weil er mit seiner linken Hinterpfote offenbar in scharfes Metall getreten war. Sehen konnte ich die Wunde nicht, aber ich roch das Blut. Und dieser Geruch wurde immer stärker. Was immer es war, das ihn verletzt hatte, es bohrte sich mit jedem Schritt tiefer in seine Pfote.

Die Menschenkinder hatten ihn inzwischen eingeholt. Sie standen im Kreis um ihn herum, bewarfen ihn jetzt auch mit Steinen und hatten anscheinend Spaß daran. Dass ich mich in ihrer Nähe aufrichtete, bemerkten sie nicht. Auch der Fremde sah sich nicht nach mir um oder bellte mir zu. Er hätte mich riechen müssen. Aber er war offenbar zu sehr von seiner Angst beherrscht.

Warum, bei Hundsmutter, wehrte er sich nicht? Ich verachtete ihn dafür. Noch mehr, als er anfing, jämmerlich zu jaulen. Ein Hund durfte nicht jaulen, egal, wie groß der Schmerz war. Das war gleichbedeutend mit Aufgeben.

Meine Mutter war den ganzen Sommer, den ganzen Herbst und den halben Winter von ihrer Krankheit zerfressen worden, aber sie hatte kein einziges Mal geklagt und war unsere Anführerin geblieben. Bis zu jenem verregneten Tag, an dem ihre Schmerzen unerträglich wurden.

Der Fremde sollte verdammt noch mal aufhören zu jaulen!

Er humpelte hilflos hin und her auf der Suche nach einer Lücke, durch die er fliehen könnte. Doch selbst wenn ihm das gelänge, käme er mit seiner verletzten Pfote nicht weit. Er musste sich endlich, endlich wehren!

Das kleine Menschenmädchen mit dem schwarzen Haarschopf hob eine Holzlatte vom Boden auf. Langsam, geradezu genüsslich, ging es auf den Hund zu, während die anderen Menschenkinder aufhörten, ihn zu quälen. Der schwarze Hund schien gar nicht zu verstehen, was gleich geschehen würde. Aber ich tat es.

Ich machte einen Satz und stand nun auf dem Hügel. Jetzt hätten die Menschenkinder mich bemerken können, wenn sie in meine Richtung geschaut hätten. Oder mich riechen müssen, wenn ihre Nasen nicht so verkümmert wären.

Ich bellte jedoch nicht, um den Fremden zu warnen, sondern zögerte wieder. Dieser Hund gehörte nicht zu meinem Rudel. Warum sollte ich ihm helfen? Für jedes meiner Geschwister hätte ich gekämpft. Selbst für Blitz. Aber für einen so verachtenswerten Schwächling?

Das Weibchen schlug mit der Holzlatte zu.

Der schwarze Hund jaulte auf, wankte, hielt sich aber auf den Beinen. Der Schmerz schien ihn überrascht zu haben. Er stank jetzt nicht mehr nur nach Angst, sondern beißend nach Panik. Das Weibchen schlug wieder auf ihn ein. Kräftiger. Diesmal gegen den Kopf. Und noch mal. Und noch mal. Bis der Fremde zusammenbrach.

Die Menschenkinder johlten vor Freude. Noch war der schwarze Hund bei Bewusstsein, aber er jaulte nicht mehr, er winselte nur noch. Das Mädchen ging triumphierend um ihn herum, in seinen Händen die blutige Latte.

An der Schläfe des Fremden klaffte eine Wunde. Gleich würde das Weibchen wieder zuschlagen, es hob die Holzlatte schon über den Kopf. Wollte es den Hund zu Tode prügeln, weil es den Menschenanführer, der den Kindern anscheinend so viel Leid zufügte, nicht bekämpfen konnte? Jubelten die anderen Kinder, weil sie jemanden für ihre Angst, ihr Leid bluten oder gar sterben sehen wollten?

Ja, der schwarze Hund war ein Schwächling. Aber ich wollte nicht zuschauen, wie Menschen einen Hund töteten. Das Mädchen holte aus, angefeuert von dem Bellen der anderen Menschenkinder. Und ich bellte auch. Lauter als sie. Tiefer. Die Kinder drehten sich überrascht zu mir um. Ich begann zu knurren und genoss die Angst in ihren Gesichtern. Mit meinem vernarbten Auge und den gefletschten Zähnen sah ich für sie gewiss furchterregend aus. Ich rannte auf das Rudel zu. Die Menschenkinder flüchteten. Aber ich wollte sie nicht davonkommen lassen. Sie durften sich nie wieder in diesen Bereich der Müllkippe wagen.

Ich lief vorbei an dem schwarzen Hund. Er lag seitlich auf dem Boden, die Beine von sich gestreckt. Das Menschenmännchen mit nacktem Oberkörper stolperte und fiel hin. Es wäre eine leichte Beute gewesen. Doch ich wollte die Schwarzhaarige mit der Latte. Und so rannte ich weiter. Das Mädchen, das nun fast die Kuppe des Müllbergs erreicht hatte, schaute über die Schulter und erkannte, dass ich es einholen würde. Es blieb abrupt stehen, drehte sich zu mir um und brüllte, die Holzlatte wild um sich schwingend. Ich musste aufpassen, dass es mich nicht erwischte, denn sonst drohte mir das gleiche Schicksal wie dem schwarzen Hund. Aber ich wollte dem Mädchen unbedingt eine Lektion erteilen. Es sollte sich hier nicht nur nie mehr blickenlassen, es sollte auch niemals wieder einen Hund prügeln! Ich war Narbe. Die Kämpferin. Ich scheute keine Gefahr. Vor dem Tod hatte ich keine Angst! Es gab sogar dunkle Nächte, in denen ich mich nach ihm sehnte.

Ich rannte auf das Menschenmädchen zu und stieß es zu Boden. Dabei fiel ihm das Holzstück aus der Hand. Ich stand nun mit allen vieren über ihm. Aus den Augen des Mädchens trat salzig riechendes Wasser. So reagieren Menschen also, wenn sie dem Tod ins Auge sehen.

Nun winselte das Mädchen, fast wie ein Hund, und hielt mir instinktiv die Kehle hin. Es wäre einfach gewesen zuzubeißen. Blitz hätte es getan. Nur so konnte ich sicher sein, dass das Menschenkind und sein Rudel nie wieder zurückkehrten. Im Grunde war es meine Pflicht zuzubeißen.

Bisher hatte ich nur Insekten getötet. Kein anderes Tier. Keine Mäuse. Keine Krähen. Auch keine Katzen, die von allen Tieren am wenigsten Respekt vor uns hatten und manchmal unser Revier durchstreiften, als wäre es ihres. Erst recht hatte ich keinen Menschen getötet.

Mein Speichel tropfte auf das Mädchen hinab. Ich knurrte es an, fletschte die Zähne, riss das Maul auf. Aber ich zögerte zuzubeißen. Ich war nicht Blitz. Ich konnte nicht so sein wie er. Wollte es auch nicht. Also ließ ich von dem Mädchen ab und wandte mich zur Seite, um ihm zu bedeuten, dass es verschwinden solle. Ich hörte, wie das Kind sich hinter mir hastig aufrappelte und über den Müllberg davonlief. Ich trottete zu dem schwarzen Hund, der inzwischen fast das Bewusstsein verloren hatte. Ich schnüffelte an seiner Wunde am Kopf. Das Blut trocknete bereits. Die Wunde konnte also nicht tief sein. Ich sah mir seine Hinterpfote genauer an. Eine kleine rostige Metallspitze hatte sich in das Fleisch gebohrt. Wenn sie dort blieb, könnte der Fremde schwer krank werden. Er hatte sich zwar bei den Menschenkindern dumm angestellt, aber sterben sollte er nicht.

Ich beugte mich mit meiner Schnauze über die Pfote, nahm die Spitze des Metalls vorsichtig zwischen meine Zähne und zog sie mit einem Ruck aus der Wunde. Der schwarze Hund jaulte auf, das Blut sprudelte aus seiner Pfote, und ich sagte: «Ruhig, ganz ruhig.»

Wider Erwarten schien ihn meine Stimme tatsächlich zu beruhigen. Ich leckte erst das Blut von seiner Pfote und rieb danach meinen Speichel in die Wunde, damit sie sich nicht entzündete. All dies ließ der schwarze Hund über sich ergehen, obwohl es gewiss schmerzhaft war.

Als ich fertig war, richtete ich mich auf. Er sah mich kurz an, dann fielen ihm die Augen wieder zu. Murmelte er etwas? War es ein Dank? Wollte er mir erklären, wer er war?

Ich legte mich dicht neben ihn, bis meine Schnauze fast sein Maul berührte. So nah war ich noch nie einem Hund gekommen, der nicht zu meinem Rudel gehörte. Als ich noch Fleck hieß, habe ich manchmal davon geträumt, mit meiner Schnauze die eines Männchens zu berühren. Seitdem ich die Narbe trug, wusste ich, dass solche Träumereien eben genau dies waren: Träumereien.

Kurz bevor das Augenlid des Fremden das letzte Mal flackerte und er das Bewusstsein verlor, konnte ich endlich verstehen, was er sagte: «Ich will nach Hause.»

2

Der schwarze Hund zuckte im Schlaf mit den Beinen und wimmerte leise vor sich hin. Vermutlich wurde er im Traum noch weiter von den Menschenkindern verfolgt. Ich stand neben ihm und beobachtete ihn, unschlüssig, was ich nun tun sollte.

Mein Magen knurrte. Konnte ich den schwarzen Hund einfach liegen lassen und zu der Dose mit den Fischresten zurückkehren? Ich zögerte, obwohl ich im Grunde wusste, dass die Gefahr für ihn zu groß war. Nicht so sehr wegen der Menschenkinder, auch wenn es nicht ausgeschlossen war, dass sie mit Verstärkung zurückkamen. Die pralle Sonne war die größte Bedrohung für ihn. Blieb er bewusstlos, würde er den restlichen Tag in der Hitze liegen. Zu viel Wärme ertragen wir Hunde nicht. Sie staut sich unter unserem Fell und führt schon nach kurzer Zeit zum Hitzschlag. Der schwarze Hund schwitzte zwar an seinen Pfoten und verschaffte sich so ein klein wenig Kühlung, da er aber bewusstlos war, konnte er nicht hecheln. Selbst für den unwahrscheinlichen Fall, dass er den heißen Tag bis zum Einbruch der Dunkelheit überstand, wäre er in der Nacht viel zu schwach, um die Ratten zu vertreiben, die dann aus ihren Löchern krochen. Die erste Ratte, vielleicht auch noch die zweite und die dritte, würde er noch wegbeißen können, doch wenn sie Beute witterten, kamen die Biester in Scharen.

Mein Magen knurrte inzwischen vernehmlich und erinnerte mich daran, endlich zu der Fischdose zurückzukehren.

Aber wenn ich den Fremden hier liegen ließ, wäre mein Einsatz für ihn vergeblich gewesen. Genauso gut hätte ich das Menschenweibchen weiter auf ihn einprügeln lassen können. Also beugte ich mich zu dem schwarzen Hund herunter und sagte: «Wenn du nicht aufstehst, stirbst du hier.»

Natürlich hörte er das nicht.

Ich stupste mit meiner Schnauze gegen seine und befahl: «Steh auf.»

Er rührte sich nicht.

Ich stupste ihn noch mal, heftiger. «Steh auf!»

Er blieb weiter liegen.

Ich zwickte ihm ins Ohr.

Er zuckte nur ein wenig.

«Steh auf, sonst verreckst du!», kläffte ich und biss gleich noch mal, diesmal so stark, dass sein Ohr blutete. Der Fremde jaulte im Schlaf auf, öffnete für einen kurzen Augenblick leicht die Augen – ob er in diesem Moment überhaupt wach war, konnte ich nicht erkennen – und schloss sie sogleich wieder. Was sollte ich tun? Ihn mit dem Maul in den Schatten zu ziehen, würde ich niemals schaffen, er war ja kein Müllsack, sondern groß und schwer. Unruhig lief ich um ihn herum. Sollte ich dem Fremden nicht wenigstens ein bisschen Trost spenden, wenn ich ihm schon nicht helfen konnte? Selbst wenn er es vielleicht gar nicht wahrnahm?

Ich konnte nicht gut mit Worten umgehen. Diese Begabung hatte eher meine Schwester, die den Namen Lied trug, weil sie so schöne Geschichten sang.

Irgendetwas musste ich dem fremden Hund doch zum Trost sagen können. Oder besser noch, Worte finden, die ihm die Kraft zum Aufstehen verliehen. Ich wollte ihn nicht aufgeben.

Als ich damals im Fieberwahn und mit der eiternden Wunde dalag, hatte mich ein Gedanke am Leben gehalten. Nicht etwa die Vorstellung, mich an Blitz zu rächen. Auch nicht die Erinnerung an die Liebe meiner Mutter, die mich kein einziges Mal in meinem Versteck besuchte. Es war die Hoffnung, noch einmal ohne Fieber in den Nachthimmel sehen zu können und davon zu träumen, wie die Sterne – wie Lied es uns oft in ihren Geschichten erzählte – miteinander sprachen.

Hoffnung. Das war es. Ich musste dem Fremden Hoffnung geben! Doch wie? Ich wusste nichts von ihm. Außer dass er heimwollte. Wo war sein Zuhause? Der schwarze Hund war wohlgenährt, nicht so dünn und sehnig wie wir, die wir uns unser Essen mühsam zusammensuchen mussten. Wo immer der Fremde auch herkam, es musste dort Nahrung im Überfluss geben. Aber auch etwas Schreckliches, vor dem er hatte fliehen müssen. Sonst wäre er ja dortgeblieben und nicht zu uns auf die Müllkippe gekommen. Doch wenn sein Zuhause wirklich fürchterlich war, warum wollte er dann zurück? Das ergab alles keinen Sinn. Es hatte auch keinen Zweck, weiter darüber nachzugrübeln. Ich musste dem Fremden die Hoffnung geben, in seine Heimat zurückzukehren. Ihm sagen, dass ich ihn dorthin bringen würde.

Ich musste ihn also anlügen.

Hunde, jedenfalls die, die ich kenne, sagen nicht die Unwahrheit. Mit Taten lügen wir immer wieder. Wir knurren, um unsere Angst zu verbergen. Oder bellen, um nicht vorhandene Stärke zu zeigen. Und wenn ein Hund weder knurren noch bellen kann, gibt es für ihn noch andere Wege, die Wahrheit zu vermeiden: Einfach nichts zu sagen. So wie es meine Mama getan hatte, als sie bereits sehr krank war. Meine Schwester Lied hatte sie gefragt, ob es ihr auch wirklich gutginge, und Mama hatte sich, statt zu antworten, schweigend in eine Mulde verzogen.

Das Lügen entsprach also nicht unserer Natur. Und dennoch dachte ich darüber nach und entschied, dass eine Lüge in dieser Situation das Richtige war. So beugte ich mich zu dem fremden Hund herunter und flüsterte ihm ins Ohr: «Ich bringe dich nach Hause.»

3

Die Augen des Hundes flackerten kurz und öffneten sich mit einem Mal. Sie sahen aus wie vom Regen geschliffene schwarze Kiesel. Er blickte mich an. Hilflos. Hoffend.

«Ich bring dich nach Hause», sagte ich noch einmal, damit er nicht sogleich wieder die Lider schloss.

«Wirklich?», fragte er kaum hörbar.

«Wirklich. Aber dafür musst du aufstehen und mir folgen.» Und tatsächlich richtete sich der Fremde langsam auf. Erst rollte er sich auf den Bauch, dann stellte er die zittrigen Beine auf. Ich merkte ihm an, dass es ihn alle Kraft kostete und es ihm anfangs noch schwerfiel, auf der verletzten Pfote zu stehen.

«Kennst du denn den Weg?» Seine Stimme war nun ein wenig deutlicher. Die Hoffnung schien ihn zu stärken.

«Du kennst ihn nicht?», fragte ich erstaunt zurück.

«Nein», antwortete er traurig.

Der Fremde hatte sich ganz offensichtlich verirrt. Wenn ich ihn nicht weiter anlog, würde er wieder mutlos in sich zusammensinken. So antwortete ich: «Dafür weiß ich aber, wie du nach Hause kommst.»

«Schön», sagte er erleichtert und stand gleich ein wenig fester. Er glaubte mir. Ich musste ihn jetzt nur noch ein paar Schritte in den Schatten führen, der ihn vor der Sonne schützte. Dort konnte der Fremde genug Kraft schöpfen, um die Nacht zu überleben. Aber plötzlich kam mir ein fürchterlicher Gedanke: Wenn Blitz ihn hier entdeckte, würde er unser Revier gegen den Eindringling mit aller Macht verteidigen. Gegen meinen Bruder hätte der harmlose Fremde keine Chance. Blitz würde ihm nicht nur das Auge ausreißen, er würde ihn töten. Um Gnade für den schwarzen Hund könnte ich nicht bitten. Auf mich würde Blitz nicht hören. Das hatte er noch nie getan, und seitdem ich ihm nicht den Gefallen getan hatte zu sterben, redete Blitz nicht einmal mehr mit mir. Mein Bruder wartete, so war jedenfalls mein Gefühl, doch nur auf den geeigneten Anlass, um mich zu verjagen. Ich war immerhin die Einzige, die es gewagt hatte, seinen Führungsanspruch in Frage zu stellen. Wenn ich mich für den Fremden einsetzte, würde er mich aus dem Rudel verstoßen. Nur, wo sollte ich dann hin?

«Wir müssen dir erst einmal einen sicheren Platz für die Nacht suchen», sagte ich zu dem schwarzen Hund.

«Ich will aber nach Hause», protestierte er. Seine Stimme war überraschend tief, sogar dunkler als die von Erstgeborenem. Sie musste beeindruckend klingen, wenn der Fremde bellte.

«Du bist zu schwach für einen langen Marsch.»

Der schwarze Hund wollte schon widersprechen, aber er schien zu merken, dass ich recht hatte. Fieberhaft dachte ich nach, wo er die Nacht sicher verbringen könnte. Auf der Müllkippe gab es keinen solchen Ort. Ich musste ihn also zum Fluss bringen. Das Wasser hatte Mama uns immer verboten. Sie sagte, wenn wir hineinspringen, würden wir untergehen und keine Luft mehr bekommen. Um uns zu zeigen, dass uns das Wasser die Luft zum Atmen nahm, ließ sie uns beim nächsten Gewitter die offenen Mäuler gen Himmel halten. Wir durften die Regentropfen erst ausspucken, wenn Mama uns die Erlaubnis dazu gab. Unsere Schnauzen füllten sich, ich sah die panikgeweiteten Augen meiner Geschwister. Es war das erste Mal, dass ich ahnte, ich könnte die Mutigste von uns sein. Erst als Mama uns erlaubte, das Wasser auszuspucken, ging es uns wieder ein wenig besser. Seit diesem Tag hatten wir mehr als nur Respekt vor dem Fluss. Wir hatten Todesangst.

Ich hatte gedacht, Mama wollte mit dieser Prüfung nur sicherstellen, dass wir nicht ertranken, aber mein schmächtiger Bruder Denker, sicherlich der Klügste von uns, war anderer Meinung. Denker argwöhnte, unsere Mutter wolle verhindern, dass eines ihrer Kinder jemals in die Stadt lief, in der sie vermutlich schreckliche Dinge mit den Menschen erlebt hatte, von denen sie uns nichts erzählen mochte. Denker glaubte gar zu wissen, dass Mama uns etwas verheimlichte. Immer wieder nannte sie ihn Klein, obwohl er nicht so hieß. Und Blitz nannte sie manchmal Wolf. Aber es waren keine neuen Namen, die sie ihnen gab, sondern schlicht falsche. Mama wirkte dann immer ein wenig verwirrt. Und danach tieftraurig, als wäre ihr ganzer Körper in Schatten gehüllt.

Als sie Denker an einem Tag gleich zweimal Klein nannte, sagte er vor dem Einschlafen zu mir: «Ich schätze, sie hatte vor uns schon einmal einen Wurf Welpen. Auf der anderen Seite des Flusses. In der Stadt. Und die sind alle gestorben.» Daran musste ich fortan immer denken, wenn Mama nachts von einem Berg der Müllkippe auf die Lichter der Stadt blickte.

«Komm mit», sagte ich jetzt zu dem Fremden, ging voran und merkte erst nach ein paar Schritten, dass er mit seiner verletzten Pfote nur humpeln konnte. Ich passte mich seinem Tempo an und lief stets zwei Hundelängen voraus. Ich überlegte mir, was für ihn besser war: den direkten Weg über die Müllberge zu nehmen oder unten um sie herum zu marschieren, auch wenn dies die längere Strecke war. Kaum hatte ich das gedacht, staunte ich über mich: Warum überlegte ich überhaupt? Ich führte, er musste folgen! Ich wählte den direkten Weg, und er kam hinterher, ohne zu jammern, obwohl ihm seine Verletzung und die Hitze sicher schwer zusetzten. Auch ich hechelte, sobald wir aus dem Schatten traten und uns in der prallen Sonne die Müllberge hinaufkämpften. Der Fremde sagte die ganze Zeit kein Wort. Und auch ich schwieg. So musste ich ihn nicht weiter anlügen.

Nach drei Müllbergen blieb der schwarze Hund im Schatten stehen. Ich hätte ihn antreiben sollen, war ich doch die Anführerin, aber auch ich war froh über eine kleine Verschnaufpause.

«Ich heiße Max», sagte er unvermittelt und mit der Klarheit eines Hundes, der nur einen Namen im Leben hatte.

«Was bedeutet Max?», fragte ich, hatte ich dieses Wort doch noch nie gehört.

«Es ist einfach nur mein Name.»

«Aber er muss doch eine Bedeutung haben.»

«Es ist einfach der Name, den mir mein Frauchen gegeben hat.»

«Frauchen? Meinst du deine Mutter?», hakte ich nach und setzte mich wieder in Bewegung. Jetzt jedoch gingen wir nebeneinander.

«Meine Mutter hat mir nie einen Namen gegeben», sagte er.

«Ist sie bei der Geburt gestorben?» Mama hatte mir und meiner Schwester Lied erklärt, dass so etwas manchmal passierte. Im Gegensatz zu Lied hatte mir ihre Warnung keine Angst eingeflößt. Entstellt wie ich war, würde ich ohnehin keinen Hund finden, der mit mir Nachkommen zeugen wollte.

«Nein, meine Mama war ganz gesund», antwortete der Fremde mit dem ungewöhnlichen Namen. «Sie sagte zu uns: Ich bekomme so viele Kinder, und ich muss mich von allen trennen. Da will ich euch keine Namen geben.»

Das klang schrecklich. Und sinnlos. Das machte es noch fürchterlicher.

«Was ist mit den Welpen deiner Mutter passiert?», fragte ich.

«Mich hat sie an mein Frauchen verschenkt.»

«Du hast mir immer noch nicht gesagt, was das ist, ein Frauchen?»

«Du weißt nicht, was ein Frauchen ist?»

«Nein, verdammt noch mal!»

«Der Mensch, der für mich da ist», erklärte der Fremde, als wäre es das Natürlichste von der Welt.

Was redete er da? Eine Mutter, die ihre Kinder verschenkte? Ein Mensch, der für ihn da war? Das war doch Irrsinn! Die Sonne musste ihm mehr zugesetzt haben, als ich dachte. Ich sah in seine Augen. Sein Blick war nicht irre, sondern klar. Jedenfalls klarer als der meiner Mutter, als sie meine Geschwister mit falschen Namen ansprach oder diese in ihren letzten Nächten gar in den Nachthimmel jaulte: Klein. Wolf. Tänzerin. Glas.

Mama hatte ihrem ersten Wurf Namen gegeben. Und uns auch. Meine Mutter hatte mich geliebt. Die meiste Zeit jedenfalls. Vielleicht bis ans Ende. Falls der Schmerz, der sie zerfraß, nicht alle Liebe in ihr abgetötet hatte. Etwas, was ich selbst in meinen finstersten Stunden nie glauben wollte.

«Was ist mit deinem Auge geschehen?», fragte der Fremde.

«Das geht dich nichts an», zischte ich.

«Es muss sehr weh getan haben», sagte er sanft.

Mitgefühl. Keines meiner Geschwister hat je so etwas geäußert. Auch Erstgeborener nicht, als er mir das Wasser brachte. Er hatte nur nicht gewollt, dass ich vor Mama starb, und erzählte was von der natürlichen Abfolge des Todes, die es zu bewahren galt. Ich hätte auch kein Mitgefühl gewollt. Und das des Fremden machte mich wütend. Weil ich mich schwach fühlte. Ich war nicht schwach!

Ich lief wieder voran und schwieg, hoffte, der schwarze Hund würde meinem Beispiel folgen. Als er wieder sprach, klang es fast so, als habe er durch sein Mitgefühl selbst an Kraft gewonnen: «Wie ist das mit deinem Auge geschehen?»

«Ich hab gesagt: Das geht dich nichts an!», kläffte ich nun.

«Ich wollte dich nicht verärgern. Verzeih.»

Verzeih? Wenn man als Hund einen Fehler begeht, dann schweigt man! Um Verzeihung zu bitten war ein Zeichen von Schwäche wie das Jaulen bei Schmerz. Ich sollte diesen Weichling auf der Stelle allein lassen, sollte er doch sehen, wie er mit den Ratten klarkam. Oder mit Blitz.

«Und wie heißt du?», fragte er.

Ich schnaubte verächtlich.

«Willst du es mir nicht sagen?»

«Kannst du es nicht erraten?»

«Nein, kann ich nicht», antwortete er erstaunt.

«Narbe», zischte ich noch verächtlicher.

In seinen Augen lag nun noch mehr Mitgefühl. Damit er jetzt das Maul hielt, knurrte ich. Schweigend erklommen wir den letzten Müllberg. Man konnte das Wasser bereits riechen, da flüsterte der Fremde mit einem Mal: «Danke.»

«Danke?»

Denker war der Letzte gewesen, der mir gedankt hatte. In jener Nacht, als ihm klarwurde, dass Mama vor uns schon einmal Welpen geboren und sie verloren hatte. Obwohl es eine laue Sommernacht gewesen war, bat Denker mich, sich an mich kuscheln zu dürfen, und ich ließ ihn gewähren. Dass ich in dieser Nacht auch seine Nähe brauchte, behielt ich für mich.

«Du hast mich gerettet», fuhr der schwarze Hund fort, und seine tiefe Stimme wurde weich, was mir gefiel, auch wenn ich es eigentlich als ein weiteres Zeichen von Schwäche hätte werten müssen. Und dann sagte er traurig: «Ich habe noch nie solche Menschenkinder erlebt.»

«Ich kenne nur solche», erwiderte ich.

«Lilly ist ganz anders.»

«Lilly?» Schon wieder so ein merkwürdiger Name. Wie Max. Ich wusste immer noch nicht, was er bedeuten sollte, und er kam mir auch nicht über die Zunge.

«Das kleine Mädchen, das bei uns im Haus lebt.»

Ich konnte es kaum fassen: Der schwarze Hund wohnte in einer der Behausungen der Menschen? Die großen Kästen, die wir von den höchsten Müllbergen aus sehen konnten und die bei Nacht leuchteten, bis sie irgendwann erloschen?

«Lilly ist lieb und lässt mich immer in ihrem Bett schlafen, auch wenn Frauchen das nicht möchte.» Seine Stimme wurde nun noch weicher. «Aber eigentlich will Frauchen es doch, denn Lilly hat nachts Albträume. Aber wenn ich bei ihr schlafe, dann träumt sie nichts Böses. Wenn Frauchen mich aus Lillys Bett vertreibt, lege ich mich einfach davor. Und wenn Frauchen aus dem Zimmer geht, springe ich wieder hinein. Ich glaube, Frauchen weiß das und lässt es zu, weil sie will, dass Lilly keine Angst im Schlaf hat.»

Ich verstand kaum ein Wort. Bett war wohl so etwas wie ein Schlafplatz für Menschenkinder. Und der schwarze Hund mochte Lilly gerne. So viel war klar. Doch warum schlief der Hund nicht bei anderen Hunden, sondern bei Menschen? Roch er deswegen so süßlich? Jetzt, wo das Blut nicht mehr aus seiner Pfote floss und sein Angstschweiß langsam verflog, nahm ich Reste eines süßlichen Geruchs wahr. Ich kannte den Duft eigentlich nur von Plastikflaschen, die die Menschen auf die Müllkippe warfen. Sie enthielten Reste eines bitteren Breis, mal himmelblau, mal rosa. Hatte der Fremde so eine Flasche mit den Zähnen aufgerissen und sich darin gewälzt, oder hatten die Menschen ihn mit dem Inhalt eingerieben? Viel merkwürdiger noch: Wie konnte ein Hund mit Menschen zusammenleben und das auch schön finden?

Wir erreichten die Kuppe des Müllbergs und erblickten den Fluss, der sich unter uns erstreckte. Im Herbst und Winter rauschte er schnell dahin, jetzt lag er friedlich da. Wir Geschwister tranken nicht oft daraus. Es gab genug kleine Regentümpel zwischen den Müllbergen, und selbst wenn die in der Sommerhitze zu Pfützen schrumpften, reichte das Wasser allemal für uns. Manchmal leckten wir auch süße, klebrige Säfte aus nicht ganz geleerten Flaschen. Einige dieser Säfte waren ein Genuss, andere bereiteten uns Bauchschmerzen. Wie wir sie unterscheiden konnten, hatten wir schon als Junghunde herausgefunden.

Vor nicht allzu vielen Sommern hatte der Berg, den ich jetzt mit dem Fremden herunterlief, noch gar nicht existiert. Die Müllkippe war dem Fluss schon recht nahe gekommen. Ob sie ihn eines Tages unter sich begraben würde?

«Da unten müssen wir hin», sagte ich zu dem schwarzen Hund und rannte nun vor, um sein verwirrendes Gerede von Lilly und dem Bett und dem Frauchen nicht mehr weiter anhören zu müssen. Auf sein Humpeln musste ich keine Rücksicht mehr nehmen, hatte er doch jetzt das Ziel vor Augen.

Am Fluss angekommen, löschte ich erst einmal meinen Durst. Das Wasser war klarer als das Pfützenwasser, obwohl kleine Fliegen über dem Fluss flogen und Müll darin schwamm. Im Herbst und Winter waren es Becher und Dosen, jetzt im Sommer kleine Plastikbällchen, die nie unterzugehen schienen, ganz im Gegensatz zu dem weißen Papier und der bunten Pappe, die sich mit Wasser vollsogen und sanken. So wie wir Hunde es auch tun würden, sollten wir so verrückt sein, in den Fluss zu steigen.

Der Fremde trat zu mir und trank hastig, bis auch sein erster Durst gestillt war. Danach funkelte er mich aus tiefschwarzen Augen an und fragte: «Warum springst du nicht rein?»

«Ich soll ins Wasser springen?»

«Natürlich. Ich schwimme für mein Leben gern. Wenn meine Pfote nicht so brennen würde, wäre ich schon längst im Fluss», antwortete er und klang dabei das erste Mal ein wenig fröhlich.

Schwimmen? Der schwarze Hund musste verrückt sein!

«Leg dich da hin.» Ich deutete auf einen Busch, der nahe am Ufer stand. Auf unserer Seite des Flusses war der Strauch das einzige Grün, das aus dem staubigen Boden wuchs. Auf der anderen Seite bildeten die Büsche ein Dickicht.

Der Fremde hörte auf mich und kroch unter den Strauch, die Beine fluchtbereit ein wenig angewinkelt. Dabei fragte er: «Und morgen bringst du mich zu Lilly, nicht wahr?»

«Natürlich», log ich erneut, bevor er die Augen schloss. Ich wollte ihm noch nicht die Wahrheit sagen. Erst morgen.

4

Die Sonne versank schon über der Müllkippe, als ich gesättigt zu unserem Rudel zurückkehrte. Keines meiner Geschwister beachtete mich. Bis auf Blitz, der verächtlich schnaubte. Ihm würde es vermutlich gefallen, wenn ich unvorsichtigerweise etwas Giftiges fressen würde. Wie damals unser zweitgeborener Bruder Kratz, der von Mama so genannt wurde, weil er als Welpe beim Milchtrinken seine Krallen besonders fest in ihren Bauch schlug. Eines Tages fanden wir Kratz tot und mit blutendem Schaum vor dem Mund neben dem Rest eines Stückes Fleisch, das bitter roch. Auf der Müllhalde lagen immer wieder solche Fleischbrocken herum. Manchmal sahen wir, wie die Menschen, die den Müll abluden, die giftigen Leckerbissen auslegten. Hoffentlich war der Fremde nicht so dumm, einen davon zu fressen, wenn er aufwachte.

Meine Geschwister – Blitz, Denker, Erstgeborener, Lied – genossen die letzten Sonnenstrahlen auf einem Haufen prall gefüllter Müllsäcke. Ich blieb in einigem Abstand stehen. Nur an sehr kalten Tagen legte ich mich zu ihnen, wenn ich ihre Wärme dringend benötigte. Heute stieß mich wie so oft der scharfe Geruch ihrer Verachtung ab. Blitz hatte ihn schon immer stark verströmt. Bei den anderen wurde der Gestank von Tag zu Tag intensiver. Meine Narbe erinnerte meine Geschwister daran, dass ihr eigenes Fleisch verletzlich war, das Leben gar endlich, und das konnten sie nicht ertragen.

Denker hatte mich bereits im Frühling gefragt, warum ich mich nicht einem anderen Rudel anschließe. Er meinte es nicht böse, es schien ihm einfach vernünftig zu sein. Obwohl Denker der Klügste von uns war, hatte er bei seiner Frage eines nicht bedacht: Kein anderes Rudel hätte einen Krüppel wie mich aufgenommen.

Lied machte sich wie jeden Abend daran, eine Geschichte zu singen. Oft sang sie von den längst vergangenen Zeiten, in denen die ersten Hunde gegen die ersten Wölfe kämpfen. In einer schier endlos währenden Schlacht litten beide Rudel unter vielen Toten, und vermutlich hätte keines von ihnen überlebt, wenn Wolfsvater und Hundsmutter nicht bei einem heimlichen Treffen einen Pakt geschlossen hätten. Im Mondlicht, begleitet nur von den engsten Vertrauten, tauschten sie ihre Erstgeborenen aus. Hundsmutter nahm Wolfssohn in ihre Familie auf, Wolfsvater Hundstochter in die seine. So wurde der Friede sichergestellt, denn hätte ein Rudel das andere angegriffen, wären die Erstgeborenen getötet worden. So aber wuchsen Hundstochter und Wolfssohn in der jeweils fremden Familie auf und lernten sie zu lieben. Als sie groß genug waren, wurden sie zu den Anführern ihrer neuen Gefährten und schlossen auf ewig Frieden, in dem sie zusammen Welpen zeugten. Lied sang die alten Geschichten mit tiefer Inbrunst. Manchmal sang sie auch von Mamas Anfängen auf der Müllkippe. Wie sie sich geweigert hatte, sich anderen Rudeln anzuschließen, und dem Werben der Männchen widerstand.

Blitz mochte die Geschichten von Mama nicht. Es hätte ihm besser gefallen, wenn Lied Heldenlegenden, die ihn preisten, dargeboten hätte. Aber sein Leben war bisher nicht so reich an tapferern Taten gewesen wie Mamas. Blitz hatte nicht wie sie ein neues Zuhause für uns gefunden und auch nicht unser Revier gegen andere Rudelführer verteidigen müssen. Sein größter Kampf war der gegen seine eigene

Schwester gewesen. Nachts, wenn ich abseits von den anderen lag, hörte ich manchmal, wie Lied ihm zuliebe auch von dieser Tat sang. Hob sie dazu an, schlich ich mich noch weiter weg, auf einen anderen Müllberg, zu dem der Wind ihre Melodien nicht mehr trug.

«Was soll ich euch heute singen?», fragte Lied.

Erstgeborener antwortete zuerst: «Sing von den Sternen.»

Die Sterne. Ich liebte es, wenn Lied von ihnen sang. Wenn ein Hund starb, flog sein Herz in den Himmel und wurde zu einem Stern. Lied heulte in dem traurigen Stakkato der Hunde die Geschichte von dem Stern, der seine Liebe suchte:

Pfote liebte Schwarzohr,
Schwarzohr liebte Pfote.
Pfote starb,
Schwarzohr jaulte.
Jede Nacht blickte sie zu den Sternen,
wollte zu ihrer Liebe.
Doch Schwarzohr wurde alt,
ohne Pfote.
Als Schwarzohr endlich starb,
prangte am Himmel ein neuer Stern.
Doch keiner um sie herum war Pfote.
Sie fragte den Stern neben sich:
Kennst du Pfote?
Der Stern antwortete:
Such den Stern, der für dich am hellsten strahlt!
Schwarzohr sah sich um,
suchte den ganzen Himmel ab.
Unter all den Sternen funkelte einer am hellsten.
Es war Pfote.
Und jetzt war sie es, die am hellsten strahlte.

Sie wollte zu ihm.
Doch Schwarzohr war ein Stern,
und konnte sich nicht bewegen.
Sie konnte nur für ihre Liebe leuchten.

Lieds Jaulen verhallte in der Dämmerung. Ohne mich von meinen Geschwistern zu verabschieden, schlich ich mich davon. Auch sie wünschten mir keine gute Nacht. Das taten sie nie.

Ich legte mich auf der andere Seite des Bergs zwischen zwei Müllsäcken und betrachtete den Stern, der am hellsten strahlte. Für den anderen Stern, den er so liebte. Er war einsam, gewiss. Dennoch war ich neidisch. So eine Liebe würde ich niemals empfinden dürfen. Weder als Hund noch als Stern.

Ich wandte den Blick zur Stadt. Die Lichter der Behausungen funkelten nicht wie die Sterne, dafür erstrahlten sie in den verschiedensten Farben. Von irgendwoher dort draußen musste der Fremde gekommen sein. Da lebte er mit diesem Menschenkind Lilly, das ihm so viel bedeutete. Ich fragte mich, hinter welchem Licht sich sein Heim verbarg. So wie ich mich sonst nur fragte, welcher Stern wohl Mama war.

5

Obwohl die Sonne noch nicht lange am Himmel stand, wurde es bereits heiß. Während ich den letzten Müllhügel auf dem Weg zum Fluss hinaufhechelte, ging kein Wind. Nicht mal ein laues Lüftchen wehte Gerüche von dem Fremden zu mir herüber. Aufgeregt – viel mehr, als ich es hätte sein sollen – überlegte ich, wie es ihm wohl in der Nacht ergangen war. Hatte er Ratten abwehren müssen, oder war er am Ende doch an seiner Entzündung gestorben?

Als ich die Spitze des Hügels erklomm, konnte ich den schwarzen Hund endlich wittern. Er roch nicht mehr nach Angst, auch nicht nach frischem Blut. Seine Wunden verheilten gut. Dann konnte ich ihn auch hören. Er schlabberte Wasser aus dem Fluss. Und schließlich, als ich schon fast am Fuß des Berges angekommen war, setzte auch mein schwächster Sinn ein, und ich sah, wie der Fremde sich in meine Richtung drehte. Anscheinend hatte auch er mich wahrgenommen. Er kam mir ein paar Schritte entgegen. Er humpelte nicht mehr. Kaum hatte er mich erreicht, schnüffelte er an mir. Gestern war er dafür zu geschwächt gewesen. Jetzt aber wirkte er munter und kräftig, und er wollte wissen, mit wem er es zu tun hatte. Als er von mir abließ, legte er den Kopf leicht zur Seite, als wäre er unsicher, was er von mir halten sollte. Ich wartete darauf, dass er etwas sagte, doch er blieb still.

«Wie war deine Nacht?», fragte ich ihn. Ich erwartete, dass er mir vielleicht von den Ratten erzählen würde oder von Schmerzen. Stattdessen sagte er: «Ich habe von dir geträumt.»

«Von mir?»

«Von uns.»

Der Hund schien davon genauso erstaunt zu sein wie ich. Mehr noch, er wirkte durcheinander. Geradezu aufgewühlt.

«Davon, wie ich dich vor den Menschenkindern gerettet habe?», fragte ich. «Oder wie ich dich hierhergeführt habe?»

Wenn ich träumte, dann meist von den Ereignissen des Tages. Ganz selten kehrte ich im Schlaf zu Dingen zurück, die schon länger vergangen waren. So wie dieser eine Tag, als ich noch eine kleine Hündin war. Eine graue Krähe hatte mir ein schimmeliges Stück Brot streitig machen wollen. Ich erwischte sie mit der Pfote so schwer am Flügel, dass sie nicht mehr wegfliegen konnte. Ihr Gekreische verfolgte mich noch in mancher Nacht.

«Ich habe von etwas anderem geträumt.»

Was anderem? Wir hatten doch sonst nichts gemeinsam erlebt.

«Überall um uns herum lag hoch Schnee.»

«Schnee? Wie kann der liegen?», wunderte ich mich. Auf der Müllkippe verwandelten sich die Flocken, wenn sie im Winter überhaupt mal fielen, sofort in Wasser.

«In meinem Traum schneite es schon seit Tagen. Unser Fell war ganz weiß. Der Schnee auf dem Boden reichte mir bis zu den Knien und dir fast bis zum Bauch. Die Äste der Bäume bogen sich unter seiner Last. Und diese Bäume waren die größten, die ich je gesehen hatte. Hundert Hunde hoch.»

Bäume kannte ich nur aus der Ferne. Von besonders hohen Müllbergen aus konnte ich sie schemenhaft erkennen. Aber keiner von ihnen schien auch nur annähernd hundert Hunde hoch zu sein.

«Wir rannten durch den Schnee.»

«Jagten wir etwas?»

«Wir wurden gejagt.»

«Von wem?», wollte ich wissen.

«Von einem Menschen.»

Der schwarze Hund strahlte plötzlich wieder Angst aus.

«Was für ein Mensch?»

«Er hatte den Kopf eines Raben.»

«Er war ein Rabe?»

«Er hatte den Kopf eines Raben. Es war kein echter Kopf. Der Mensch trug eine Maske aus Metall. Und in ihrem langen Schnabel waren duftende Blütenblätter. Rose. Erdbeere. Flieder.»

Allesamt Gerüche, die ich nicht kannte.

«Er atmete sie ein, um nicht den Gestank der Toten ertragen zu müssen. Und er roch nach Hass.»

«Ich habe noch nie in einem Traum etwas gerochen.»

«Ich auch nicht», antwortete der schwarze Hund leise. «Und du … du hattest …»

«Ich hatte was?»

«Du hattest unsere Welpen im Bauch.»

Seine Worte trafen mich wie ein Schlag. Welpen. Ich habe nie geglaubt, irgendwann Kinder zu haben. Ich war Narbe. Und jetzt träumte dieser Hund, dass ich Welpen bekam. Von ihm.

«Das erste Mal witterten wir den Menschen mit der Rabenmaske in einer schmalen Gasse der Stadt, in der wir lebten. Er war der einzige Mensch, der ohne Furcht zu sein schien, obwohl die Pest wütete. Als ob sie ihm nichts anhaben konnte.»

Ich mutmaßte, dass Pest eine Krankheit war, ähnlich der, die Mama dahingerafft hatte.

«Er hielt mit seinem Gaul vor uns. Seine Stimme rasselte, wegen der Maske.»

«Was hat er gesagt?»

«Ich werde euch erst die Kinder nehmen. Dann euer Leben.»

Für einen Moment hatte ich das Gefühl, dass etwas in mir gegen die Innenwand meines Bauches trat.

«Der Mensch zückte ein langes, scharfes Messer. Ich stellte mich vor dich. Wollte dich und unsere ungeborenen Welpen schützen. Der Mensch lachte scheppernd und sagte: ‹Rennt!›

Und wir rannten. Um unser Leben. Um das unserer ungeborenen Kinder. Wir eilten durch Gassen, vorbei an Leichen, die voller schwarzer Beulen waren, aus denen Eiter quoll, und erreichten die Stadtmauer. Das Tor stand weit offen. Die Wachen hatten längst aufgegeben. Im Gegensatz zu uns Hunden ahnten sie noch nicht einmal, dass es die Ratten waren, die ihnen die Krankheit gebracht hatten. Kaum hatten wir das Tor hinter uns gelassen, liefen wir in den Wald. Dort war der Schnee besonders tief. Die Flocken fielen immer dichter, aus der Ferne hörten wir das Getrappel der Pferdehufe. Ich sagte zu dir: ‹Hab keine Angst, Freya.›»

«Freya?», fragte ich.

«Wir hatten andere Namen. Mein Name war Balder. Der Töpfer, bei dem wir bis zu dessen Pesttod lebten, hatte uns nach Göttern aus längst vergangenen Zeiten benannt.»

Ich wusste nicht, was Götter waren, und konnte mir, im Gegensatz zu allen anderen Worten, die der schwarze Hund benutzte, auch keinen Reim darauf machen.

«Wir sahen auch anders aus», erzählte der schwarze Hund weiter. «Du hattest langes dunkelbraunes Fell und beide Augen.»

Ich spürte die Leere in meiner Augenhöhle so intensiv wie lange nicht mehr.

«Und ich war ein Schäferhund.»

So wie der schwarze Hund das Wort aussprach, konnte ich mir fast vorstellen, wie ein Schäferhund aussah.

«Es waren nicht wir … und doch waren es wir!»

«Ich verstehe das alles nicht.»

«Glaubst du etwa, ich verstehe das?», kläffte er. «Das war kein normaler Traum! Solche Dinge habe ich noch nie geträumt!»

Er ging ein paar Schritte weg von mir und schüttelte sich, als wollte er die Erinnerung an den Traum vertreiben.

«Du hattest solche Angst, Freya …»

Er sprach mich mit dem Namen aus dem Traum an.

«… und ich fürchtete mich viel mehr als gestern vor den Menschenkindern. Viel mehr. So eine Furcht hatte ich noch nie empfunden.»

Der schwarze Hund roch jetzt aus jeder Pore nach der Angst aus seinem Traum. Sie stank wie verkohltes Holz.

«Wir kämpften uns durch das Schneegestöber immer tiefer in den Wald hinein. Und hinter uns hörten wir die Hufe des Pferdes, das weich in den Schnee trat. Gleichmäßig. Ohne Hast. Als ob der Rabenmensch alle Zeit der Welt besäße. Der Himmel wechselte seine Farbe von Dunkelgrau zu Schwarz, und du sankst immer häufiger im Schnee ein. Jedes Mal stupste ich dich an, damit du weiterläufst. ‹Freya›, rief ich, ‹Freya, du darfst nicht aufgeben!› Aber du warst so schwach, dass du dich in den Schnee gelegt und geflüstert hast: ‹Ich kann nicht.› Und ich bellte: ‹Du musst! Für unsere Welpen!› Endlich standst du wieder auf, mit der Kraft, die nur eine Mutter haben kann. Wir rannten weiter und weiter und immer, immer weiter, und da hörten wir mit einem Mal … nichts. Nicht die Hufe des Pferdes. Nicht den Mann mit der Rabenmaske. Wir konnten ihn auch nicht mehr wittern. Erschöpft legten wir uns unter einem Baum in den Schnee. Dein Bauch lag an dem meinen, und ich spürte, wie die Herzen unserer ungeborenen Welpen schlugen.»

Wieder spürte ich das Treten in meinem Bauch. Heftiger als zuvor.

«Obwohl wir dem Tod so nahe waren, war ich glücklicher denn je, dich gefunden zu haben.»

Er strahlte mich an. Noch nie hatte mich ein Hund so angesehen wie der Fremde in diesem Augenblick. Auch wenn er eigentlich nicht mich sah, sondern Freya aus seinem Traum.

«Doch kaum hatten wir die Augen geschlossen, erklangen wieder die Pferdehufe. Der Mensch benötigte keine Hundenase, um uns aufzuspüren. Ihm reichte es, unsere Spuren im Schnee zu verfolgen. Er hatte keine Eile, war ihm doch klar, dass uns die Kräfte verlassen würden. Das gehörte zu seinem Spiel mit unserer Hoffnung. Anstatt zu verzweifeln, redetest du den Welpen in deinem Bauch Mut zu: ‹Alles wird gut. Mama ist bei euch. Papa auch.› Ich wollte so stark sein wie du und sprang auf, bereit, meine Familie zu verteidigen. Trotz des Gegenwindes und des Schnees, der mir gegen die Schnauze peitschte, roch ich den Menschen. Das Leder seines falschen Felles. Die wohligen Gerüche aus seinem falschen Schnabel. Rose. Erdbeere. Flieder. Seinen Hass auf uns. Ich verstand nicht, woher diese Abscheu stammte. Es war, als ob seine Feindseligkeit uns trotz der Kälte verbrennen würde. Verbrennen! Verstehst du?»

Nur ein Traum. Das hätte ich dem schwarzen Hund vielleicht sagen sollen. Doch für ihn fühlte es sich nicht wie ein Traum an und dadurch auch nicht für mich.

«Ich konnte unseren Verfolger nun auch sehen, wie er auf seinem Pferd zwischen den Bäumen langsam auf uns zuritt. Seine Rabenmaske, sein kräftiger Leib, sein langes Haar, alles mit Schnee bedeckt. Ich sprang auf, bellte, so laut ich konnte. Sein Pferd bäumte sich erschrocken auf, wollte fliehen. Doch der Rabenmensch zwang es wieder zu Boden. Du atmetest jetzt ruhiger, schienst wegzudämmern. Wenigstens würdest du im Schlaf sterben. Aber noch war es nicht zu spät! Noch waren wir am Leben! Der Rabenmensch stieg von seinem Pferd ab und zog ein Messer aus dem Gürtel. Seine Augen blitzten hinter den Öffnungen der Maske. Ich fixierte seine Kehle. Sie lag frei. Mit jedem Schritt, den er sich näherte, spannte ich meine Beine mehr zum Sprung. Angst konnte ich nicht bei ihm riechen, sosehr es mir auch gefallen hätte. Nur das Gemisch aus seinem Hass und den wohligen Gerüchen aus der Maske nahm ich wahr. Rose. Erdbeere. Flieder. Ich rannte los, so schnell ich konnte, und sprang vom Boden ab. Hoch. So hoch wie nie zuvor. Der Rabenmensch blieb ganz ruhig, während ich mit offenem Maul auf ihn zuflog. Er machte eine schnelle Bewegung mit dem Arm und schlitzte mir mit dem Messer im Flug den Bauch auf. Ich fiel zu Boden. Meine Eingeweide quollen aus meinem Körper, mein Blut vermischte sich mit dem Schnee.

Der Rabenmensch ging zu dir, beugte sich hinab und sagte: ‹Wach auf, kleines Mädchen.› Seine Stimme klang zärtlich, obwohl sie durch das Metall schepperte. Fast so, als ob du eine alte Vertraute von ihm warst. Du antwortetest ihm nicht. Er rüttelte dich. Statt lauter zu werden, wurde er leiser und sprach: ‹Deine Liebe verblutet bereits.› Aus Sorge um mich hast du deine Augen geöffnet. ‹Balder›, hast du geflüstert. Ich wollte dir antworten, konnte aber nur schwach keuchen. Du hast ein wenig deutlicher geflüstert: ‹Balder.› Der Rabenmensch rammte dir das Messer in den Bauch. Es war ein schreckliches Geräusch. Du hast nicht geschrien. Nur gewinselt. Nicht vor Schmerz. Sondern um deine, um unsere Welpen. Ich roch ihr Blut. Und deines. Und Erdbeere. Rose. Flieder. Der Mensch richtete sich wieder auf. Er vollendete sein Werk nicht, wollte, dass wir beide im Schnee verbluteten, nur wenige Hundelängen voneinander entfernt, aber nicht in der Lage, beieinander zu sein.»

Wie die Sterne, dachte ich, wie die Sterne.

«Er ging zu seinem Pferd, stieg auf und verabschiedete sich mit den Worten: Wir sehen uns wieder.»

«Wieder?»

«Auch das verstehe ich nicht. Wie sollten wir uns wiedersehen? Wir konnten uns doch nicht wiedersehen! Wir starben elendig im Schnee. Und dann wachte ich aus dem Traum auf. Hier in dem Busch. Und zitterte am ganzen Leib. Fast so wie jetzt.»

Der schwarze Hund zitterte tatsächlich. Ich ebenso. Ich hatte so vieles von dem Traum nicht begriffen. Was ein Messer war oder Erdbeere, Rose, Flieder, oder warum der schwarze Hund in einem Traum riechen konnte. Warum meinte er zu wissen, dass es sich bei Freya um mich handelte? Aber vor allen Dingen verstand ich nicht, wieso wir uns in dem Traum liebten. Wenn ich jemals jemanden hätte lieben wollen oder können, dann gewiss nicht so einen schwächlichen Hund.

Und dennoch wirkte seine Schilderung echter als jede Geschichte, die Lied jemals gesungen hatte, selbst echter als die Weisen über Mama, von denen wir doch wussten, dass sie wahr waren, weil wir einige selbst erlebt hatten.

«Wir sehen uns wieder.» Der schwarze Hund sprach die letzten Worte des Menschen noch einmal laut aus. Als wollte er ihnen nachspüren, ihr bitteres Versprechen mit der Zunge nachschmecken.

«Es war nur ein Traum», bemühte ich mich, ihn zu beruhigen. Und mich.

«Nur ein Traum», echote er leise, fast schon beschwörend.

«Es gibt keinen Menschen mit Rabenmaske.»

Nun sagte er nichts mehr.

«Du bist nicht Balder, ich bin nicht Freya. Wir sind Max und Narbe.»

Nach dem, was wir beide erlebt hatten, obwohl wir es eigentlich nicht erlebt hatten, war er für mich nicht länger *der Fremde* oder *der schwarze Hund*, sondern Max.

Und Max wiederholte meine Worte: «Max und Narbe.»

6

Wir lauschten dem Klang unserer beiden Namen nach. Bis er verschwunden war und wir nur noch unseren Atem hörten und den leichten Wind, der die Hitze, die schon jetzt am Morgen unerträglich war, nicht abmildern konnte. Auf einmal witterte ich, dass mein Bruder Blitz sich von der anderen Seite des Müllbergs näherte.

«Lauf!», bellte ich Max an.

«Warum?»

«Es ist mein Bruder», sagte ich. «Wenn er dich sieht, wird er dir etwas antun.»

«Antun?»

«Mein Auge.»

Jetzt verstand auch Max.

«Und was ist mit dir?»

«Ich … ich komme zurecht», antwortete ich, ohne selbst daran zu glauben.

«Wer ist der Fremde?», grollte Blitz, als er den Hügel erklomm.

«Lauf endlich», kläffte ich Max an. Er jedoch baute sich auf, als wollte er mich schützen wie Balder seine Freya in dem Traum.

«Du hast uns verraten, Schwester!», knurrte mein Bruder und rannte den Hügel hinab. So lange hatte er nach einem Grund gesucht, mich zu töten. Jetzt hatte er ihn endlich gefunden. Er würde mir den Hals zerfetzen und danach gegenüber unseren Geschwistern behaupten, dass ich zu einem anderen Rudel übergelaufen war, das unser Revier übernehmen wollte.

«Lass sie in Ruhe!», kläffte Max. Mein Bruder hatte den Fuß des Müllbergs erreicht und ging genüsslich auf uns zu.

«Du willst kämpfen?», bellte Blitz.

Max antwortete nicht. Stattdessen wich er in den Fluss zurück. In seinem Traum hatte er gekämpft. Vergeblich. Aber er hatte es getan. Doch er war nicht Balder und ich nicht Freya. Wir waren Max und Narbe. Jeder auf seine eigene Weise so viel schwächer als Blitz.

«Lass ihn», bellte ich Blitz an. So drohend ich konnte.

«Oder was?» Die Schärfe seines Atems wehte mir entgegen.

«Du darfst ihr nicht weh tun», sagte Max leise vom Fluss her. Er flehte um mich. Nicht um sich.

Blitz wandte sich ihm zu. «Wer bist du? Ist dein Rudel in der Nähe?», fragte er.

Max ging weiter zurück, stand nun mit allen vier Pfoten im Wasser.

«Nein», spottete Blitz, «wenn dein Rudel hier wäre, würdest du dich nicht vor Angst einnässen.»

Er würde Max töten. Und dann mein zweites Auge rausreißen. Vor lauter Panik schloss ich mein heiles und wollte aufjaulen. Alles, wirklich alles würde ich ertragen können, doch so einen Schmerz wie damals nicht.

Ich hörte, wie Blitz sich dem Fluss näherte. Langsam. Ohne zu rennen. Max wich bis zu den Knien ins Wasser. Da hielt mein Bruder am Ufer an. Mutter hatte uns ja beigebracht, dass Wasser den Tod bedeutete.

«Schwester», er sprach das Wort so verächtlich aus, beinahe hätte er es ausgespuckt, «du bist eine Verräterin.»

Mein gesundes Auge zuckte hinter dem geschlossenen Lid wie wild.

«Dein heiles Auge …», knurrte Blitz. Er musste nicht weiterreden, um mir klarzumachen, was er gleich damit anstellen wollte. Es war Sommer, eine Wunde würde ich nicht überstehen. Blitz scharrte mit den Vorderpfoten im Sand, bereit für den Angriff. Max japste, und seine Vorderpfoten platschten im Wasser auf der Stelle.

Das Wasser!

Mir schoss etwas in den Sinn, was mein Bruder Denker gesagt hatte: Vielleicht hatte Mama uns vor dem Fluss gewarnt, weil sie nicht wollte, dass wir ihn durchqueren und in die Stadt gehen, in der sie so viel Schreckliches erlebt hatte. Vielleicht hatte Mama mit Worten gelogen. Vielleicht konnten Hunde im Wasser überleben. Max jedenfalls hatte keine Angst davor. Und ich hatte nichts zu verlieren.

Ich trat ein paar Schritte zurück in den Fluss. Das Wasser umspülte meine Pfoten. Kühlte sie.

«Wasser», spottete Blitz. «Willst du ersaufen?»

Er roch zwar nicht nach Angst, aber seine Stimme zitterte ein klein wenig. Wer ihn nicht wie ich schon seit Welpentagen kannte, hätte es nicht bemerkt.

Ich hörte, wie Max auf einmal wieder zu uns patschte. Wollte er doch für mich kämpfen? Blitz deutete es jedenfalls so. «Wenn du schlau bist, ersäufst du auch lieber!», höhnte er.

Max ging weiter auf uns zu.

Der Wahnsinnige! Er würde in einem Kampf keine Chance haben!

Ich bellte Max an: «Lauf ins Wasser. Schnell!»

Ich wartete nicht auf ihn, riss mein Auge auf, drehte mich um und rannte ins Nass. Max zögerte kurz, dann lief er hinter mir her.

«Ersauft, ihr Feiglinge!», kläffte Blitz vom Ufer her, aber er folgte uns nicht. Ob er erkannte, was ich in diesem Augenblick das erste Mal begriff? Dass er selbst ein noch größerer Feigling war als ich, weil er sich nicht ins Wasser traute?

Max, der mich überholte, lief so weit in den Fluss hinein, dass das Wasser schon gegen seine Schnauze schwappte. Ich dachte, er würde jeden Augenblick untergehen. Doch er legte sich in die Fluten und strampelte mit allen vier Beinen und … versank nicht?

Vor Staunen blieb ich stehen. Mit einem Mal war ich überzeugt, dass es wirklich möglich war, im Wasser nicht zu ertrinken. Mama war eine Lügnerin gewesen.

«Komm zurück», kläffte mein Bruder. «Lass den Fremden ersaufen, und alles ist vergessen!»

«Narbe, schwimm!», forderte Max mich auf. Aus seinem Mund klang mein Name nicht nach Wunde, nach verstümmelt oder nicht lebenswert, sondern einfach nur wie irgendein Name. Wie Kratz. Klein. Wolf.

Ich wollte schwimmen, aber wie? Max' Bewegungen konnte ich nicht nachahmen, da ich seine Beine nicht sah, nur seinen Kopf, der sich über Wasser hielt. Schritt für Schritt ging ich voran. Plötzlich verloren meine Vorderpfoten den Halt, und ich kippte mit der Schnauze voran unter die Wasserlinie. Meine Nase füllte sich. Um Luft zu bekommen, riss ich mein Maul auf. Ein Fehler. Das Wasser schwappte hinein. Damals, als Mama uns befahl, das Regenwasser im Maul zu sammeln, hatte ich es ausspucken können. Jetzt versuchte ich es ebenfalls, doch es floss immer weiter in meine Schnauze. In meinen Bauch. In meine Lunge. Kopfüber sank ich in Richtung Boden, der vielleicht drei Hundelängen unter der Oberfläche lag. Der Grund des Flusses war sandig und mit grünen Pflanzen bewachsen. Über mir stiegen Blasen nach oben. Kamen die aus meinem Körper?

Ich versuchte im Sinken, mit der Schnauze nach ihnen zu

schnappen, schluckte jedoch nur noch mehr Wasser. Oben erkannte ich den Bauch von Max und seine Beine, die kleine schnelle Bewegungen vollführten. Könnte ich das auch?

Dazu müsste ich aber erst mal nach oben gelangen. Irgendwie. Meine Vorderpfoten kamen auf dem Grund auf. Gleich darauf landete ich mit der Schnauze voran im Sand. Direkt vor mir schlingerte eine Pflanze hin und her. Andere Pflanzen berührten meine Beine, als ob sie sie streicheln wollten, umschlingen, mich für immer zu sich ziehen.

Über mir paddelte Max im Kreis. Er wartete auf mich. Und er bellte nach mir, das hörte ich, seltsam gedämpft. Von Blitz hörte ich nichts.

Ich hoffte, Max würde zu mir kommen, um mir zu helfen, auch wenn ich keine Ahnung hatte wie. Aber Max paddelte nur im Kreis herum. Ich bekam keine Luft mehr. Meine Lunge, mein ganzer Körper brannte, als würde er zerplatzen. Ich spürte, wie mich die Kraft verließ. Ich wollte nicht sterben. Ich wollte die Welt sehen, aus der Max kam!

7

Ich stellte mich, so gut es ging, auf den sandigen Boden. Die Pflanzen umspielten meine Beine. Ich sah nach oben, drückte mich verzweifelt vom Boden ab und trieb mit der Schnauze voran durch das Wasser nach oben. Schneller, als ich es für möglich gehalten hätte. Fühlte es sich für Vögel genauso an, wenn sie flogen?

Das Sonnenlicht funkelte mir entgegen, das Wasser verwandelte es in tanzende Sterne. Oder waren es gar echte Sterne, nur eine andere Art als jene am Himmel? Sterne von Tieren, die im Wasser gestorben waren? Würde ich, sollte ich es nicht zur Oberfläche schaffen, auch auf ewig als Stern im Wasser tanzen?

Das Funkeln blendete mein Auge. Ich schloss es. Überzeugt, dass meine Kraft nicht bis nach oben reichen würde. Jeden Moment würde ich wieder zu Boden sinken. Ersticken. Zum Stern werden.

Da durchbrach meine Schnauze die Wasseroberfläche. Ich riss mein Auge auf und japste nach Luft.

«Paddel mit den Beinen!», bellte Max und klang nicht mehr dumpf, auch wenn das Wasser noch in meinen Ohren rauschte.

Ich begann zu paddeln. Erst hilflos. Dann immer besser.

«So ist es gut», lobte Max. Er hätte schneller schwimmen können als ich, aber er passte sich meiner Geschwindigkeit an.

Allmählich setzte mein Geruchssinn wieder ein. Vom Ufer

her roch ich, dass Blitz' scharfer Zorn verflogen war. War er etwa erleichtert, dass ich nicht gestorben war?

Es war mir egal. Ich konzentrierte mich auf all die Gerüche um mich herum. Den Duft des Wassers, von Max' nassem Fell, und da gab es noch einen, einen lieblichen, den ich nicht kannte und der von dem anderen Ufer schwach zu mir rüberwehte. Ein Duft, der meine Sehnsucht nach einer neuen Welt noch vergrößerte.

Auf der anderen Seite des Flusses fand Max als Erster wieder Grund unter den Pfoten, ein wenig später berührten auch meine den Boden. Während wir nebeneinander ans Ufer tapsten und unser nasses Fell schüttelten, wurde mir klar, dass ich nie wieder zu meinem Rudel zurückkehren würde. Ich würde Blitz nie wiedersehen, nie wieder Angst vor ihm haben müssen.

8

Mein Bruder kläffte, ich sollte wieder zurückkommen. Sofort. Ohne das Rudel wäre ich nichts. Ohne ihn wäre ich nichts. Er würde mich töten, wenn ich es nicht täte. Und er würde mich finden. Überall. Egal, wohin ich auch ging!

Alarmiert von Blitz' Gebell kamen meine Geschwister aus allen Ecken unseres Reviers angelaufen – nein, jetzt war es nur noch ihr Revier, nicht mehr meines. Je näher sie kamen, desto lauter und wilder kläffte Blitz. Seine Stimme überschlug sich. Sie wurde höher und höher, und seine Worte ergaben kaum noch einen Sinn. Dass ich ihm nicht gehorchte, ließ ihn fast durchdrehen. Instinktiv wusste er, dass er nie wieder so ein starker Anführer sein würde wie zuvor, jetzt wo seine Schwester es nicht nur gewagt hatte, seine Befehle zu verweigern, sondern das Rudel verließ, weil sie glaubte, es gäbe dadraußen ein besseres Leben ohne ihn. Wie lange würde es dauern, bis eines der anderen Geschwister ähnliche Gedanken hegte?

Gewiss würde es Denker sein, der meinen Platz in der Hackordnung einnehmen musste. Erstgeborener war zu kräftig, Lied zu lieblich, aber mein kluger, doch leider auch nicht allzu starker Bruder Denker gab Blitz ohnehin immer wieder das Gefühl, er wäre ihm geistig überlegen.

Vom Schwimmen erschöpft – Max ein wenig und ich sehr – liefen wir auf ein Gebüsch zu. Sand verklebte unsere feuchten Pfoten, und mein nasses Fell trocknete bereits ein klein wenig im Sonnenschein. Max schüttelte sich häufiger als ich, es würde noch eine Weile dauern, bis sein langes schwarzes Haar nicht mehr nass war. Der liebliche Duft, den ich vorhin schon wahrgenommen hatte, wurde intensiver, aber ich konnte immer noch nicht orten, woher er stammte.

Jenseits des Flusses erreichten Erstgeborener und Lied die letzte Anhöhe vor dem Wasser. Gleich würden sie den fremden schwarzen Hund sehen und noch mehr staunen, dass ihre Schwester, die vermeintlich so schwache Narbe, etwas geschafft hatte, was sie sich niemals trauen würden: den Fluss zu durchqueren.

Ich war die Mutigste von uns allen!

Oder die mit der größten Verzweiflung.

Vielleicht hingen Mut und Verzweiflung auch zusammen. Aber in Lieds Geschichten wirkten die Helden nie verzweifelt. Konnte es sein, dass Lied die Geschichten selbst gar nicht richtig verstand und die Helden falsch darstellte? Hundsmutter hatte ihre Tochter weggegeben, Wolfsvater seinen Sohn, alles, um den Frieden zwischen ihren Rudeln herzustellen. Wie verzweifelt mussten die beiden im Krieg gewesen sein, um ihre Kinder für den Frieden zu opfern?

Blitz' Gebell war mittlerweile etwas heiser geworden. Sollte ich mich von meinen Geschwistern verabschieden? Doch was sollte ich sagen? Lebt wohl?

Ich könnte Denker auffordern, mit mir zu kommen. Das wäre für ihn allemal besser, als meinen Platz im Rudel einzunehmen. Einen schlauen Hund wie ihn könnten Max und ich auf unserer Reise gewiss brauchen. Vielleicht könnte Denker mir sogar helfen, mein Versprechen gegenüber Max wahrzumachen und ihn nach Hause zu bringen. Wie sollte mir das alleine gelingen?

Doch zum einen hatte Denker nie etwas getan, um mir zu helfen, und zum anderen würde ich ihn in Lebensgefahr bringen. Denn ein weiteres Rudelmitglied würde Blitz nicht gehen lassen, das würde das Rudel zerstören und damit sein ganzes Selbstbildnis als Anführer.

Denker war auf der Spitze des Müllbergs stehen geblieben, während Erstgeborener und Lied sich bereits am Ufer zu Blitz gesellten und mit ihm kläfften, dass ich das Rudel nicht verlassen dürfte, dass Mama dies nicht gewollt hätte.

Mit ihrer Verzweiflung übertönten sie das mittlerweile heisere Bellen von Blitz. Nur Denker kläffte nicht. Er hatte die Situation sofort erfasst. Vor allen Dingen begriff er, dass ich niemals zurückkehren würde. Und so bellte er mit einer Freundlichkeit in der Stimme, wie ich sie seit langer Zeit von keinem meiner Geschwister mehr gehört habe. «Viel Glück, kleine Narbe.»

Kleine Narbe. Normalerweise wäre ich zornig geworden, wollte ich doch nicht als klein gelten, niemals, doch diesmal wärmte es mir das Herz. Ich verspürte Liebe von einem meiner Geschwister. Im Abschied.

Blitz knurrte. Das galt nicht mir, sondern Denker. Blitz fühlte sich verraten. Denker hätte mich zum Bleiben auffordern sollen. Oder mir gar wie Blitz selbst mit dem Tod drohen. Stattdessen zeigte er mir eine Liebe, wie er sie Blitz gegenüber nie geäußert hatte. Keiner von uns hat Blitz je geliebt. Bewundert für seine Flinkheit, ja. Gefürchtet, klar. Seinen Befehlen gefolgt, natürlich, alles andere wäre verrückt gewesen. Aber geliebt? Nicht mal ein bisschen.

Blitz würde sich an Denker für diesen Ungehorsam rächen. Nicht sofort. Irgendwann. Wenn er die Liebe seiner Geschwister nicht bekam, konnte er sie wenigstens immer weiter einschüchtern. Das würde ihm kein Glück bescheren, aber ein Machtgefühl. Schlechter als Liebe. Besser als Schwäche.

Ich durfte Denker nicht antworten, egal wie sehr ich es mir

auch wünschte. Und so blieb ich stumm und folgte Max in das Dickicht der Sträucher. Schnell waren wir außer Sichtweite, bald auch außer Riechweite, und als wir schließlich auch außer Hörweite waren, sagte ich leise: «Viel Glück, kleiner Denker.»

9

Max begriff wahrscheinlich gar nicht, was mit meinen Geschwistern geschehen war. Er selbst hatte ja nur als Welpe Brüder und Schwestern gehabt und vermutlich keine Erinnerung daran. Vor wenigen Augenblicken noch hatte ich ihn darum beneidet, nie von den eigenen Geschwistern geschnitten, gehasst oder gar verstümmelt zu werden. Doch Denkers Abschiedsgruß hatte dies verändert. Viel Glück, kleine Narbe – bis zu meinem Tod, das wusste ich genau, würde ich diese Worte in meinem Herzen tragen.

Jetzt tat mir Max leid, denn er würde nie erleben, was mir gerade widerfahren war: von einem Bruder geliebt zu werden. Und ihn zu lieben.

Wir liefen viele Hundelängen durch das Gebüsch, der süße Duft wurde immer intensiver, bis wir vor einer Pflanze mit roten Blüten standen, die aus jeweils fünf Blättern bestanden. Essbar waren sie nicht, das roch ich sofort, denn unter ihrem wunderbaren Duft lag ein Anflug von süßer Bitterkeit.

Ich konzentrierte mich auf den Geruch der roten Blüten und atmete ihn tief ein. Mehrmals. Er war der wundervollste Duft, den ich je gerochen habe. Auf der Müllkippe wuchsen solche Pflanzen nicht. Nur Unkraut, Nesseln, Disteln, hie und da mal ein Löwenzahn. Jeder Atemzug schien in meiner Nase etwas zum Leben zu erwecken, was bislang brachgelegen hatte. Allein für diese Erfahrung hatte es sich schon gelohnt, die Müllkippe zu verlassen. Was für wunderbare Dinge würde ich noch entdecken?

Max schnüffelte nur einmal kurz an einer der Blüten. Ihn schienen sie nicht so zu beeindrucken wie mich.

Als wir die letzten Sträucher erreichten, war mein Fell schon so gut wie trocken, die langen Haare von Max glänzten indes noch feucht, und seine Wunde am Kopf glitzerte in der Sonne.

«In welche Richtung müssen wir?», fragte er.

Es machte mich ein bisschen wütend, dass er sich nur für den Weg nach Hause interessierte, nicht für mich, nicht dafür, was ich zurückgelassen hatte, Brüder, Schwester, Rudel und Heimat. Und zugleich war ich erstaunt, dass es mich wütend machte. Warum sollte ein fremder Hund sich für meine Gefühle interessieren? Nur weil er merkwürdige Träume hatte, in denen er und ich zusammengehörten? Warum sollte mir es wichtig sein, ob er mit mir empfand? Weil er nun mein Rudel war? Der einzige Hund in meinem Leben?

Wir traten aus dem Gebüsch heraus, und vor mir lag ... ich hatte keine Ahnung, was da vor mir lag, und so hielt ich inne.

«Was ist?», fragte Max.

Sollte ich zugeben, dass ich nicht wusste, wo ich mich gerade befand? Dann würde er begreifen, dass ich den Weg zu seinem Zuhause gar nicht kannte. Dass ich gelogen habe. Und er würde mich verlassen.

Ich konnte nicht allein sein! Nicht nach dem, was ich eben erlebt hatte. Vielleicht besaß ich morgen die Kraft dafür. Oder übermorgen. Hoffentlich. Aber gewiss nicht jetzt.

Ich versuchte also zu begreifen, was da vor mir lag: Es war ein platter Stein. Und er führte bis zum Horizont. Rechts und links von ihm wuchsen vereinzelte Sträucher. Von dort drangen zirpende Insektengeräusche an mein Ohr.

«Ist das die Straße, die mich heimbringt?», hakte Max nach.

Straße – das musste so etwas wie ein Weg sein. Von Menschen gemacht. Ich berührte mit meiner Vorderpfote den Stein. Er war von der Sonne angenehm warm. Ich trat mit allen vieren darauf. Max tat es mir gleich und schaute mich erwartungsvoll an: «Wohin gehen wir?»

Rechts schien mir der Weg zur Müllkippe zurückzuführen, jedenfalls roch ich sie ganz schwach aus dieser Richtung her. So deutete ich mit meiner Schnauze nach links, sagte «da entlang» und machte mich mit Max auf den Weg. Ich glaubte fest daran, er würde uns in die Stadt führen, aus der meine Mama geflohen war.

10

Die Hunde hatten sich gefunden. Das spürte ich. Dank des Bandes, das unsere Seelen miteinander verband. Ich lag ausgestreckt auf einer Bank in der Einkaufsstraße des wolkenverhangenen Hamburgs. Es war nicht so heiß wie an jenem Ort, an dem ich das erste Mal auf Erden wandelte, jedoch auch nicht so kalt wie in Irland, wo mein letztes Kind im Hungerwinter erfror, während sein Körper vor Fieber brannte. Sean. So lautete sein Name, wenn ich mich recht erinnerte. Er war fünf Jahre alt. Als ich meinen Sohn im frostigen Boden, den ich mit der Hacke aufbrechen musste, begrub, hatte ich mir geschworen, nie wieder Kinder zu bekommen.

Die Passanten würdigten mich keines Blickes. Sie machten einen Bogen um die Bank, auf der ich lag. Wahrscheinlich ekelte sie mein Gestank an, vielleicht befürchteten sie, ich könnte sie anbetteln. Geld war mir egal, es konnte meinen Schmerz nicht lindern. Das konnte lediglich die klassische Musik, wenn auch nur für kurze Zeit. Wenn ich ihr lauschte, war ich im Einklang mit meiner eigenen Ewigkeit. Deswegen hatte ich in meinen vorherigen drei Leben das Spiel der Violine erlernt, bis ich das Instrument in dem absurdesten aller Jahrhunderte meisterlich beherrschte. In meiner besten Zeit spielte ich als erster Geiger im Symphonieorchester des Polnischen Rundfunks, während des Zweiten Weltkrieges in den Cafés des Ghettos von Lodz und zuletzt im Lager. Wo ich jeden Tag aufs Neue verfluchte, dass ich in diesem Leben eine jüdische Großmutter besaß. Ausgehungert und mit vor Kälte klammen Fingern bot ich meine Kunst den Lageroffizieren dar, bis zu jenem Novembertag, an dem mir ein SS-Mann die Hand mit einem Hammer zertrümmerte, weil er die Aufführung von Beethovens Violinkonzert in D-Dur Opus 6, die das Lagerorchester zum Besten gegeben hatte, für missraten hielt. Natürlich entsprach seine Kritik nicht der Wahrheit. Der SS-Mann hatte nur wieder einmal zu viel Alkohol getrunken, um sein eigenes Tun auch nur im Ansatz ertragen zu können.

Während ich an den Schlag des Hammers zurückdachte, schmerzte meine Hand. Phantomschmerzen meiner früheren Körper durchzuckten mich gelegentlich. Die Hand meines jetzigen Körpers war kleiner und zutiefst verdreckt von meinem Leben im Wald. Es war an der Zeit, mich zu waschen, die langen Haare zu schneiden, mir Kleidung, Wagen und Messer zu besorgen und mich auf die Jagd zu begeben. Auf die Jagd nach den Hunden.

11

Die Sonne wanderte immer höher. Max' Fell trocknete vollends. Ab und an kam uns eine der rollenden Menschenhöhlen entgegen, die den Müll brachten. Oder eine, die uns von hinten überholte, ohne Müll. Anfangs hatte ich mich noch erschrocken, wenn sie sich näherten, weil sie so schnell waren. Sie waren sogar flinker als Blitz. Bald erkannte ich jedoch, dass diese Ungetüme sich nicht für uns interessierten. Je weiter wir kamen, desto häufiger sahen wir auch andere rollende Höhlen, die Max Autos nannte und in denen ebenfalls Menschen saßen. Diese Höhlen waren kleiner, stanken aber aus ihren Hintern ähnlich wie die großen, wenn auch nicht so stark. Die Menschen darin nahmen ebenfalls keine Notiz von uns. Nur ein kleines Menschenmädchen lachte uns an und wedelte mit den Armen. Es wirkte freundlich.

«Wie ist es, mit Menschen zusammenzuleben?»

«Schön.»

«Schön?», staunte ich.

«Sie sind alle lieb zu mir. Frauchen. Lilly. Selbst das Herrchen. Er geht abends mit mir immer Gassi.»

«Gassi?»

«Pipi machen.»

«Du machst mit einem Menschen gemeinsam Pipi?» Die Vorstellung war für mich vollkommen verrückt.

«Nein, er bringt mich zum Pipimachen.»

«Er bringt dich dazu? Kannst du das nicht allein?» Ich konnte nicht anders, ich musste loslachen. Hunde lachen anders als

Menschen. Wenn wir etwas komisch finden, schnaufen wir und wedeln dabei mit dem Schwanz.

«Ich darf nicht bei uns ins Haus pinkeln oder gar dort mein Geschäft erledigen. Also muss ich so lange anhalten, bis mich einer rausbringt. Abends ist das mein Herrchen.»

«Du musst dir das die ganze Zeit verkneifen?»

«Sonst muss Frauchen den Teppich säubern wie früher, als ich klein war.»

Auf der Müllkippe pinkelten wir, wenn wir wollten. Wie schwer musste es sein, sich das zu verkneifen?

«Herrchen gibt mir erst immer ein Leckerchen, das esse ich, während er mir das Halsband umlegt …»

«Halsband?»

«Daran befestigt er die Leine.»

«Leine?» Ich hörte gar nicht mehr auf, Fragen zu stellen, so verrückt erschien mir das alles. «Wenn ich in eine Richtung laufe, die ihm nicht gefällt, dann zieht er daran, und das Halsband drückt sich in meinen Hals …»

«Er würgt dich?», unterbrach ich Max entsetzt.

«Manchmal, wenn Herrchen ganz fest zieht. Jedenfalls gehe ich dann mit ihm in die Richtung, in die er will.»

Das hörte sich fürchterlich an. Ich spürte, wie es an meiner Kehle drückte, obwohl ich gar nicht so ein Band trug.

«Es ist nicht schlimm», sagte Max. Aber es klang so, als würde es auch ihm nicht gefallen.

«Möchtest du nicht lieber frei laufen? Selbst entscheiden, wann du pinkelst oder wohin?»

«An der Leine zu gehen ist für mich ganz normal.»

«Das hab ich nicht gefragt.»

«Ich glaube, Herrchen hat Angst, dass ich sonst wegrenne und gegen ein Auto laufe, und deswegen hält er mich an der Leine. Frauchen lässt mich ganz oft frei laufen.»

«Du hast meine Frage immer noch nicht beantwortet.»

«Schön finde ich es nicht. Und einmal habe ich sogar würgen müssen, als Herrchen zog. Aber sonst sind die Menschen immer lieb zu mir. Selbst wenn sie sich untereinander streiten, nehmen sie sich einen Augenblick, um mich zu streicheln oder mit mir zu kuscheln.»

«Was ist kuscheln?»

«Sie drücken sich an mich, ganz fest, ganz lieb.»

Ich wusste nicht, was ich dazu sagen sollte. Ich konnte mir nicht vorstellen, so etwas mit Menschen zu tun. Wenn Max nicht so ein argloses Gemüt hätte, würde ich ihn für einen Verräter seiner eigenen Art halten.

«Und sie geben mir Futter.»

«Das tun sie?», staunte ich.

«Zweimal am Tag.»

«Das reicht?»

«Ja.»

Max war wohlgenährt. Was immer die Menschen ihm an Futter gaben, es musste viel und nahrhaft sein. Auf der Müllkippe mussten wir fast den ganzen Tag nach Essen suchen, das noch genießbar war.

«Und du musst nicht danach suchen?»

«Nein, wieso sollten sie es vor mir verstecken?»

Er war von meiner Frage fast genauso erstaunt wie ich von der Tatsache, dass er sich keine Mühe geben musste, um an Essen zu gelangen. Er brauchte nicht jeden Tag hungrig umherzustreifen und sich durch den Müll zu wühlen. Er bekam sein Futter tatsächlich geschenkt. Dafür würde auch ich auf die Freiheit verzichten, mich zu entleeren, wann ich will. Und womöglich hätte ich dafür auch diese Dinge namens Leine und Halsband ertragen.

12

Auf der Müllkippe hatte ich niemals so lange laufen müssen. Da streunte ich herum und legte mich hin, wann, wie und wo es mir gefiel. Ich hätte mir nie vorstellen können, dass ich mich eines Tages einmal so ausdauernd fortbewegen müsste. Mein Instinkt verlangte, eine Pause einzulegen und mich auf dem flachen Stein in der Sonne auszuruhen. Doch ich gab diesem Drang nicht nach. Ich wollte Max gegenüber keine Schwäche zeigen. Ich war doch die Stärkere, er der verwöhnte Hund, der bei Menschen schlief und sich von ihnen durchfüttern ließ.

Die spätsommerliche Sonne brannte auf uns nieder. Ich hatte einen unglaublichen Durst, Max vermutlich auch, schließlich musste auch er immer häufiger hecheln. Doch kein Wasser in Sicht. Um mich von meinem Durst und meiner Müdigkeit abzulenken, konzentrierte ich mich auf die Düfte um mich herum. Der unendliche Stein roch in der Sonne verbrannt, und die ausgetrockneten Sträucher am Wegesrand nach noch mehr Durst, doch aus der Ferne drang mit einem Mal etwas Süßes an meine Nase. Ein Obst, das ich nicht kannte. Es duftete fruchtig. Ich konnte nicht ausmachen, woher der Duft stammte. Beim Umherschauen erblickte ich nur den großen Berg nahe der Stadt. Mama hatte uns einmal erzählt, es wäre ein Vulkan. Als junge Hündin, die gerade mal begonnen hatte, die Welt nicht mehr verschwommen zu sehen, dachte ich, der Berg wäre aus Müll wie die Hügel unserer Heimat. Woraus sollte ein Berg auch sonst bestehen? Doch Mama erklärte uns, dass dieser Berg aus verbranntem Stein bestand und dass darauf Bäume wuchsen. Jedenfalls hatte sie dies von den alten Hunden gehört. Ich konnte mir nicht vorstellen, was so mächtig war, dass es Steine verbrennen konnte, aber Mama erklärte mir auch dies: Das Feuer stammte aus der Mitte des Bergs.

Die Vorstellung fand ich unheimlich. Er war überhaupt kein Berg. Er war ein Wesen, das sich selbst hasste! Sogar mehr noch als ich, nachdem ich Narbe geworden war. Ich hätte mich niemals freiwillig verbrannt. Kein Hund würde das tun. Kein Tier. Würden Menschen so etwas tun?

Der Hass des Berges auf sich selbst bereitete mir eine solche Angst, dass ich, seit ich denken konnte, vermieden hatte, ihn anzusehen. Und ich tat es auch jetzt nicht. Ich wollte nicht, dass der Berg mir im Traum erschien, wie die Male zuvor, wenn mein Blick vor dem Einschlafen doch auf ihn gefallen war. Dann träumte ich jedes Mal davon, wie er sich in Bewegung setzte, auf die Müllkippe zuwalzte, Feuer spuckte und uns alle unter sich begrub.

Im Moment hatte ich Ängste genug. Davor, nichts zu trinken zu finden. Nichts zu essen. Max zu enttäuschen, weil ich den Weg nicht kannte. Von ihm deswegen alleine gelassen zu werden. Und mich danach so fürchterlich zu fühlen, so verängstigt, im Schatten des Berges des Selbsthasses, dass ich umkehren und auf dem flachen Stein zurückgehen würde. Den ganzen Weg, durch die Sträucher, vorbei an den wundervollen roten Blüten, in den Fluss hinein. Ich würde das Wasser durchschwimmen, um am Ufer der Müllkippe wieder an Land zu treten, würde die Müllberge hinauf- und wieder hinablaufen, bis ich Blitz fand. Und dann würde ich mich vor ihm auf den Boden werfen und ihm meinen Hals anbieten, in der Hoffnung, er würde mein Winseln um Gnade erhören.

Statt also zum Berg zu blicken, lenkte ich meine Aufmerksamkeit wieder auf den Duft des fremden Obstes. Mit jedem Schritt, den wir gingen, wurde er stärker. Hungrig und durstig wie ich war, erschien er mir wie ein Versprechen. Auf einen gefüllten Magen. Aber mehr noch darauf, dass die Welt fernab der Müllkippe eine gute war. Jetzt hatte ich schon den zweiten phantastischen neuen Geruch entdeckt. Wie viele würde ich noch kennenlernen?

Max nahm den süßen Duft natürlich auch wahr. «Ich glaube, ich weiß, was für ein Obst das ist», sagte er gutgelaunt und begann, schneller zu gehen. Und da ich kürzere Beine hatte als er, musste ich laufen, um mitzuhalten.

«Dahin!» Er deutete mit der Schnauze auf einen sandigen Weg, der von dem Stein wegführte, hin zu jeder Menge Sträucher, die ganz anders aussahen als jene, die ich bisher gesehen hatte. Diese hier standen geordnet in langen Reihen und bedeckten einen ganzen Hügel.

«Weintrauben!», jubelte Max und rannte los. Sein schwarzes Haar wehte dabei ein wenig im Wind. Ich versuchte mitzuhalten, aber er war verdammt noch mal schneller als ich. Dieser Schwächling war tatsächlich schneller als ich! Und beim Marschieren auf dem flachen Stein auch noch ausdauernder gewesen. Ich hatte die ganze Zeit gedacht, ich wäre die Stärkere von uns beiden, doch mit einem Mal war ich mir da nicht mehr so sicher.

Plötzlich jedoch blieb Max stehen.

«Was ist?»

«Riech doch», sagte er und wedelte mit dem Schwanz. «Riech doch!»

Und dann roch ich es auch.

«Wasser!» Und nun war ich es, die losstürmte. Auf den Hang zu und in die Reihe Sträucher hinein, aus der die Frische des Wassers zu uns herüberwehte. Sie wurde zwar von dem Geruch der Früchte, die Max Weintrauben genannt hatte, überlagert, war aber dennoch klar zu wittern. Mein Durst war schlimmer als mein Hunger. Erst das Wasser, dann diese roten Früchte.

Max folgte mir. Doch der Weg zwischen den Sträuchern war zu schmal, als dass er mich hätte überholen können. Wenn es ihn störte, dass ich voranlief, ließ er es sich jedenfalls nicht anmerken. Blitz hätte mir vor Wut in den Hinterlauf gebissen.

Nach etwa zwanzig Hundelängen entdeckte ich eine rote verdreckte Plastikwanne, in der sich Regenwasser gesammelt hatte. Sie war so groß, dass ich mich in sie hätte reinlegen können. Das Wasser reichte für uns beide und roch nach Weintrauben.

«Die Menschen scheinen damit die Trauben zu ernten», sagte Max, während er an der Wanne schnüffelte.

«Ernten?»

«Schau», sagte er und deutete mit der Schnauze nach links. Durch die Reihen hindurch erkannte ich, dass die Sträucher in einiger Entfernung fast keine Trauben mehr trugen. Nur an den oberen Zweigen hingen noch ganz kleine Früchte. Vermutlich waren sie den Menschen zu kümmerlich gewesen.

«Die Menschen kommen hierher, um zu essen?», fragte ich.

«Nein, sie tragen die Trauben wohl in diesen Behältern zu sich nach Hause. Oder in den Supermarkt.»

Ich war viel zu durstig, als dass es mich interessierte, was Max mit Supermarkt meinte. Ich hatte schon genug Zeit mit Fragen verplempert. Ich beugte mich mit meiner Schnauze über die Wanne und trank gierig.

Obwohl das Wasser abgestanden war, schmeckte es besser als alles, was ich jemals in meiner alten Heimat getrunken hatte. Das lag an dem Geschmack der Trauben. Kein Wunder, dass die Menschen ihr Wasser mit diesem Geschmack versetzten. Dumm waren sie nicht, die Menschen. Gemein. Brutal. Aber nicht dumm!

Max war an meiner Seite. Erst trank er. Dann aßen wir. Jeder von uns nahm sich ein paar Sträucher vor, es waren mehr als genug für uns beide da. Genug für zehn Rudel. Sah so das Paradies aus, in dem Hundsmutter und Wolfsvater nach ihrem Friedenschluss zusammengelebt hatten?

Warum hatte Mama uns nicht in diese wundervolle Welt hineingeboren? Hier war das Obst saftiger, das Wasser köstlicher. Selbst die Vögel, die über uns kreisten, waren schöner. Sie hatten ein gelbes Gefieder, und anstatt sich wie die Krähen auf der Müllkippe auf unser Essen herabzustürzen, zwitscherten sie fröhliche Lieder.

Ein Vogel hockte sich auf einen Strauch in unserer Nähe. Sein Gefieder besaß an Bauch und Kopf die rote Farbe der untergehenden Sonne, ansonsten war er grau. Er roch nach frischem Wind und schien nicht zu jenem Schwarm zu gehören, der mehrere Kreise am Himmel gedreht hatte und jetzt weiterzog.

Der Vogel schaute uns beim Essen zu. Andere Vögel seiner Art waren nicht zu sehen. Vielleicht war er Späher eines Schwarmes, der vorausgeschickt worden war, um das Gelände zu erkunden?

Ich knabberte drei Sträucher ab. Nicht komplett. An die zarten Äste ganz oben mit den kleinsten Trauben reichte meine Schnauze nicht heran. Nur Max schaffte das, wenn er sich aufrichtete. Er tat dies aber nur zweimal und merkte dann, dass es einfacher war, von Strauch zu Strauch zu gehen und die Früchte jeweils auf Kopfhöhe abzuknabbern.

Als wir satt waren, schaute uns der Vogel immer noch zu. Ich überlegte, ihn zu vertreiben. Wenn ich bellte, würde er schon davonfliegen. Doch erst mal kläffte ich nur: «Was gaffst du uns die ganze Zeit an?»

«Ich warte», antwortete der Vogel mit einem schönen Trällern, und unwillkürlich fragte ich mich, wie es wäre, wenn meine kleine Schwester Lied anstatt zu jaulen wie ein Vogel trällern könnte. Ihre Geschichten würden noch viel ergreifender sein.

Lied. Ich würde sie nie wiedersehen. Nie mehr ihre Geschichten hören. Wer würde mir nun welche vorsingen?

«Und auf was genau wartest du?», hakte Max nach und zerbiss dabei noch ein paar Trauben, deren Saft seine roten Barthaare glänzen ließ.

«Auf euren Durchfall», freute sich der Vogel.

13

Ich betrachtete die Trauben. Ob ich von ihnen wirklich Durchfall bekam? Sie waren doch ganz frisch und lecker. Ich hatte viele gegessen. Und Max noch mehr. Er war ja auch größer. Dem Vogel mit dem roten Bauch schien meine Verunsicherung großes Vergnügen zu bereiten.

«Verschwinde», kläffte ich ihn an.

«Oder was?», fragte er.

«Oder ich beiße dich!»

«Ah ja?», zwitscherte er spöttisch und flog ein wenig in die Höhe, gerade so hoch, dass ich ihn selbst im Sprung mit meiner Schnauze nicht hätte erwischen können. Ich bellte. Der Vogel jedoch kreiste über mir, ohne auch nur ein bisschen Angst zu haben. Er war anders als die Krähen. Kleiner, hübscher und vor allen Dingen weniger furchtsam. Die Krähen flogen ja bereits auf und davon, wenn man sie bloß leicht ankläffte. Aber dieser Vogel hockte sich einfach ein paar Hundelängen entfernt von uns auf einen der Sträucher. Hätte es mich nicht so aufgeregt, wäre ich beeindruckt gewesen.

«Lass uns gehen», sagte ich zu Max. Der Vogel würde uns ja wohl kaum folgen, nur um zu sehen, wie wir Durchfall bekamen. Woher wollte dieses Federvieh das überhaupt wissen? Hatte es selbst mal Trauben gepickt und Durchfall erlitten? Selbst wenn, konnte der Vogel daraus ja nicht einfach schließen, dass auch Hunde Durchfall bekamen. Wir waren nämlich anders als Vögel. Kein Hund hat jemals Flügel besessen. Kein Hund, bis auf Feder, den Bruder von Hundsmutter.

«Es wird aber bald Nacht», antwortete Max und deutete mit der Schnauze auf die Sonne, die langsam an einem fernen Ort im Boden versank. «Oder ist mein Zuhause nicht mehr weit? Wenn wir es bis Einbruch der Nacht schaffen, könnten wir auch bei Lilly schlafen.»

Ich konnte mir ehrlich gesagt nicht vorstellen, dass die Menschen auch mich aufnehmen würden – Max war ein schöner schwarzer Hund, ich jedoch ein Krüppel. Ich stank nach Müllkippe und würde es vielleicht für immer tun. Ich hatte mein ganzes Leben dort verbracht, und so einen Eigengeruch würde ich wohl nicht mal loswerden, wenn ich mich eine ganze Jahreszeit in Weintrauben wälzte. Abgesehen davon hatte ich auch keinen blassen Schimmer, ob wir seiner Familie nah oder fern waren. Spottender Vogel hin, spottender Vogel her, es wäre bestimmt angenehmer, hier zu schlafen als auf dem flachen, unendlichen Stein. Dort waren wir den stinkenden Autos der Menschen ausgesetzt, auf diesen Hügel konnten sie jedoch nicht gelangen. Und dass ich durch die Sträucher hindurch den Berg des Selbsthasses nicht sehen konnte, war ein weiteres Argument dafür.

«Wir bleiben», sagte ich bestimmt.

«Wo ist denn euer Zuhause?», fragte der Vogel.

«Das geht dich nichts an», kläffte ich. Barsch. Schließlich sollte er nicht herausbekommen, dass ich keinen Plan hatte, wie ich Max heimbringen konnte. Und ich wollte nicht daran erinnert werden, dass ich kein Zuhause mehr hatte.

«Meines ist bei Lilly», antwortete Max dem Vogel und legte sich zwischen zwei Sträucher, deren Trauben er abgenagt hatte.

«Ist das hier oder in Frankreich?», fragte der Vogel, während die Sonne allmählich die Farbe seine Bauches und Kopfes annahm.

«Was ist Frankreich?», wollte Max wissen.

«Anscheinend ist es nicht in Frankreich», stellte der Vogel fest.

Ich wollte mir auch einen Schlafplatz suchen. Die Frage war nur, wohin genau. Dass ich das erste Mal nicht auf der Müllkippe schlafen würde, fern von meinem Rudel, bereitete mir mehr Angst, als ich zugeben wollte. Ich verspürte den Wunsch nach Nähe, doch ich konnte und wollte mich nicht an Max wärmen. Er war – trotz allem – ein fremder, schwarzer Hund. Ich hatte keine Angst, dass Max sich mir aufdrängen wollte, so wie die Hunde aus anderen Rudeln, denen ich begegnet war, wenn sie auf der Suche nach einer Hündin in unser Revier kamen. Einige von ihnen konnte ich selbst abwehren, andere mit Hilfe meiner Brüder, die mein Gebell immer rechtzeitig hörten und sich für ihre Schwester in den Kampf warfen. Jedenfalls als ich noch Fleck hieß. Nachdem ich zu Narbe geworden war, hatten meine Geschwister mich nicht mehr verteidigen müssen.

Irgendetwas war anders an Max, ohne dass ich genau sagen konnte, was es war. Vielleicht hatte er einfach nur zu lange bei den Menschen gelebt, um sich für ein Weibchen zu interessieren.

Ich legte mich in seiner Nähe hin, allerdings etwas weiter oben am Hang. Der Vogel blieb auf seinem Ast sitzen. Die Sonne war fast ganz verschwunden, ihr gegenüber sah man bereits den zum großen Teil angeknabberten Mond. Da sagte Max plötzlich: «Ich habe Bauchweh.»

Gleich darauf setzte der Durchfall ein. Erst bei ihm, kurz darauf bei mir. Bei Max war er jedoch heftiger. Sein Magen war wohl nicht so stark wie meiner.

Wir beide suchten uns einen ruhigen Ort. Bei so etwas wollte jeder Hund alleine sein. Dummerweise waren wir es aber nicht, da der Vogel vom einen zum anderen flatterte, um sich über uns lustig zu machen. Dabei tschilpte er: «Im Süden gibt es Vögel, deren Namen passen zu euch. Sie heißen Kakadus.» Oder: «Wollt ihr etwa den ganzen Hang düngen?» Oder einfach nur: «Noch ein paar Weintrauben gefällig?»

Am Ende trällerte er nur noch in meine Richtung, da Max so viel ärger zu leiden schien und der Vogel, obgleich ein gemeiner Spötter, offenbar Mitgefühl mit ihm hatte. Ich ignorierte sein Geplapper so gut es ging. Er war lästiger als ein Haufen Schmeißfliegen, allerdings konnte man die mit der Schnauze fangen und runterschlucken, aber diesen Vogel konnte kein Hund zum Schweigen bringen.

Erst als die Sonne schon lange untergegangen war, beruhigte sich mein Magen, und auch Max schien wieder etwas bei Kräften. Wir suchten uns etwas weiter oben am Hang einen neuen Platz zum Schlafen in einer Reihe, in der die Trauben von den Menschen bereits gepflückt worden waren. Hier roch es zwar auch süß, aber nicht mehr ganz so intensiv. So köstlich der Traubenduft vor der Mahlzeit noch war, so abstoßend war er nun.

Max wimmerte ein wenig. Offenbar hatte sein Magen sich noch nicht ganz beruhigt. Ich war unsicher, wie ich darauf reagieren sollte. Max war ein Fremder. Und doch war er der einzige Hund, den ich noch in meinem Leben hatte.

«Kann ich etwas für dich tun?», fragte ich und dachte daran, ihm Wärme zu spenden, indem ich mich vielleicht doch zu ihm legte.

«Ja, das kannst du.»

Wollte er wirklich, dass ich mich zu ihm legte?

«Erzähl mir eine Geschichte.»

«Eine Geschichte?», staunte ich. Ich hatte noch nie jemandem eine Geschichte erzählt. Das war stets die Aufgabe von Lied gewesen.

«Au ja, erzähl eine Geschichte!», mischte sich der Vogel ein, der sich wieder einen Strauch in unserer Nähe gesucht hatte. Am liebsten hätte ich ihn mit meiner Pfote gehauen.

«Frauchen», sagte Max, «erzählt Lilly vor dem Schlafen immer Geschichten von der kleinen Königin Amelie, die das Land Amethyst regiert und gegen die böse alte Hexe verteidigt, die ihre Gegner immer in Pizzabrötchen verwandelt.»

«Von dieser Amelie hab ich noch nie gehört», schnatterte der Vogel.

«Lilly wollte eigentlich eine Geschichte über eine schöne Prinzessin hören. Aber Frauchen sagte zu ihr: Ich erzähle dir lieber eine von einer starken Königin. Die sind besser als schöne Prinzessinnen.»

Der Vogel legte den Kopf ein wenig zur Seite und fragte mich: «Kennst du diese Geschichten?»

Ich hatte mir während des Durchfalls fest vorgenommen, nie wieder mit dem Vogel zu reden, und so antwortete ich ihm auch nicht. Die einzigen Königinnen, die ich kannte, herrschten über Ameisen- und Termitenvölker und hatten keine Namen. Obwohl, woher sollten wir Hunde das wissen? Nur weil wir ihnen keine gegeben hatten, bedeutete es ja nicht, dass Ameisen und Termiten nicht vielleicht doch Namen besaßen. Uns war ja auch vieles aus dem Leben der Menschen nicht bekannt, so wie die wiederum keinen blassen Schimmer davon hatten, was wir Hunde dachten oder fühlten oder wie wir die Welt sahen.

«Ja, kennst du die Geschichten?», fragte Max hoffnungsvoll, er wollte sie anscheinend so, so gerne hören. Vielleicht weil sie von einem starken Wesen handelten und er sich gerade schwach fühlte.

«Nein, ich kenne sie nicht.»

«Dann erzähl mir eine andere», bat er und wirkte nur ein wenig enttäuscht. Sollte ich tatsächlich singen? Mit meiner Stimme, die so viel rauer klang als die von Lied? Was würde Max von mir denken? Würde er enttäuscht sein?

Der Gedanke, mich derart zu entblößen, war mir so unangenehm, dass ich sogar mein Schweigen gegenüber dem Vogel brach. «Kannst du nicht etwas trällern?», fragte ich.

«Och, ich würde lieber was von dir hören», tschilpte er vergnügt. Dieser blöde Vogel merkte genau, wie peinlich mir das alles war.

Ich verfluchte mich dafür, ihn überhaupt gefragt zu haben. Warum war dieses Mistviech nicht bei seinem Schwarm von Rothälsen? Vermutlich waren die anderen Vögel seinen Spott so leid, dass sie ihn verstoßen hatten.

Max roch wieder ein wenig nach Angst. Kein Wunder, er war es nicht gewohnt, unter freiem Himmel zu schlafen. Zudem litt er noch sichtlich an Bauchkrämpfen. Ich wollte ihm die Angst nehmen, ihn ein wenig aufheitern.

Ich suchte nach der richtigen Geschichte für uns. Eigentlich konnte ich mich nur an eine Geschichte gut erinnern, und zwar an die Geschichte von Feder, dem Bruder von Hundsmutter. Die hatte ich mir auf der Müllkippe immer wieder selbst vorgesungen, wenn ich besonders traurig war. Natürlich nicht laut, nur ganz leise, sodass mich keines meiner Geschwister hören konnte. Jetzt würde also zum ersten Mal jemand meinem Gesang lauschen.

Ich war aufgeregt. So aufgeregt. Ich hatte Angst davor, mich lächerlich zu machen. Meine ersten Töne …

Hundsmutter hatte einen kleinen Bruder,

… waren schief. Auch noch die nächsten.

so anders als die anderen Wölfe.

Der Vogel lachte: «Wer hat dir denn das Singen beigebracht? Eine Katze, die ihren Schwanz ins Feuer hielt?»

«Halt dein Maul!», bellte ich.

«Ich habe kein Maul.»

«Die Fresse!»

«Hab ich auch nicht.»

«Halt, was du willst. Aber sei still!»

«Ich lass mir von dir nichts befehlen!» Nun war auch der Vogel ein wenig wütend. Das gefiel mir besser als sein fröhlicher Spott.

«Bitte, Vogel, sei still», sagte Max. «Ich will das Lied hören.»

Unglaublich. Jemand wollte mich singen hören. Nicht meine Schwester Lied. Mich!

Der Vogel spürte wohl, wie sehr sich Max nach Trost sehnte, und schwieg tatsächlich.

Max blickte aufmunternd zu mir. Dass er meinen Gesang gerne hören wollte, ihn gar zu brauchen schien, ließ meine Stimme fester werden:

Hundsmutter hatte einen kleinen Bruder,
der trug Federn.
Alle Hunde lachten
und nannten ihn Feder.
Feder war traurig,
Feder war zornig,
Feder wollte nicht mehr leben.
Er jaulte den Mond an,
warum habe ich Federn?

Komm zu mir, antwortete der Mond, ich erkläre es dir.
Zu dir kommen? Wie, nur wie?
Breite deine Federn aus!
Feder hob seine Schwingen,
der Wind sauste unter sie.
Hundsmutter rief,
flieg, kleiner Bruder, flieg!
Feder hob ab und flog,
vorbei an den Wolken,
bis zum Mond.
Und der Mond sagte,
du hast Federn, um dein Rudel zu retten!
Feder sah sogleich, wie die Krähen kamen.
Sie warfen Steine auf das Rudel.
Hunde jaulten,
Hunde schrien,
Hunde starben.
Feder flog zu den Krähen,
biss Krähenvater in den Hals,
und Krähenvater fiel zu Boden.
Die Krähen flohen.
Niemand lachte mehr über Feder.
Und Hundsmutter sagte,
du bist nicht mehr mein kleiner Bruder.
Bin ich nicht?
Nein, du bist mein Bruder!

Ich hatte immer gehofft, mein brauner Fleck, der mich von meinen Geschwistern unterschied, könnte so etwas sein wie das Federkleid. Dass der Mond auch zu mir sagen würde, ich würde mein Rudel retten, weil ich besonders war. Doch der Mond schwieg mich immer nur an. Dennoch hatte ich die

Hoffnung nie aufgegeben. Und jetzt wollte ich es ganz bestimmt nicht tun.

Ich sah zu Max. Er war eingeschlafen, und er roch auch nicht mehr nach Angst. Ich hatte ihn abgelenkt. Ich war stolz auf mich. Auch wenn ich nicht so gut singen konnte wie Lied, könnte ich es im Laufe der Zeit vielleicht lernen. Und wenn ich das Singen lernen konnte, wäre dann nicht auch noch ganz anderes möglich? Vielleicht könnte ich so schlau werden wie Denker. So schnell wie Blitz. So stark wie Erstgeborener. Jetzt, wo sie nicht mehr bei mir waren, um mir zu zeigen, wie viel besser sie waren, schien mir alles möglich. Wirklich alles!

Bis der Vogel die Stille durchbrach: «Also, bei dem Gejaule bekomme auch ich Durchfall.»

Ich blickte zu ihm, wie er da im Licht der Sterne auf seinem Zweig hockte. Ich war zu müde, um ihm etwas zu erwidern. Es war ein anstrengender Tag gewesen, einer, wie ich ihn noch nie erlebt hatte. Max' Atem war leise. Regelmäßig. Es tat gut, ihm zu lauschen. Und ich hoffte, ich würde ihn auch die nächsten Nächte hören dürfen.

14

Am nächsten Morgen stupste Max mich mit der Schnauze an. «Wach auf!»

Ich war sofort alarmiert, lauschte und schnüffelte, aber Max roch nicht nach Angst. Der Vogel war nicht zu sehen. Ich versuchte, ihn zu wittern. Nichts. Er war also weg. Gut so!

Max stupste mich ein weiteres Mal an: «Ich hatte wieder einen Traum.»

Ich stand auf und ging ein wenig von ihm weg, die Reihe der Sträucher hinunter. Ich wollte nicht noch mal einen so furchtbaren Traum hören wie jenen mit dem Rabenmenschen. Ich wollte mir nicht wieder ausmalen, wie Hunden der Bauch aufgeschlitzt wurde.

«Nun lass mich doch erzählen!»

Max sah mich flehentlich an. Dabei funkelten seine Augen wieder wie zwei geschliffene schwarze Kiesel. Wie hätte ich diesem Blick widerstehen können?

«Bitte nur den schönen Teil.»

«Einverstanden, nur den schönen», antwortete er. «Ich war auf einem Schiff.»

«Was ist das, ein Schiff?», fragte ich.

«Auf dem Meer», redete Max weiter, ohne meine Frage zu beantworten. «Auf dem weiten, weiten Meer. Rings um mich herum war nur Wasser zu sehen. Bis zum Horizont.»

Ich versuchte mir das vorzustellen, alles um mich herum wäre Wasser. Bei diesem Gedanken wurde mir schwindelig.

«Das Schiff war riesig groß. Und ganz aus Holz gebaut.

Hundert Menschen lebten darauf. Hundert Menschen und ein Hund. Ich. Mein Herrchen hatte mich mitgenommen ...»

«Der, der dir den Hals mit der Leine zuschnürt?»

«Es war ein anderer Mensch. In einer anderen Zeit und ...»

«In einer anderen Zeit? Was soll das bedeuten?»

«Bitte hör auf, mich ständig zu unterbrechen! Es ist schwer genug, es zu erklären, aber ich begreife endlich, was die Träume zu bedeuten haben.»

Max wartete kurz, ob ich wieder dazwischenreden würde. Ich tat es nicht. Und so erzählte er weiter: «Ich war in diesem Traum ein braun gelockter Terrier mit schwarzem Rücken. Mein Name war Rover, und mein Herrchen war ein Kapitän der englischen Handelsflotte.»

Ich hätte am liebsten nachgefragt, was ein Terrier war und was Max mit den Worten Rover und Kapitän und englische und Handelsflotte meinte, ließ es jedoch bleiben.

«Er hatte mich auf seine lange Reise zu einer Insel im südlichen Meer mitgenommen. Als wir dort anlegten, begleitete ich Herrchen an Land. Im Hafen gingen wir an Säcken vorbei, aus denen die wundervollsten Gerüche strömten. Kaffee, Kakao und Bananen. Wir begegneten auch Frauen mit brauner Haut, die mein Herrchen zu sich ziehen wollten. Aber er war seiner verstorbenen Liebe treu. Und ich wollte es ihm auch sein. Für immer! Ich ahnte nicht, dass ich schon wenige Minuten darauf anders denken, anders fühlen würde.»

«Du wurdest ihm untreu?»

«Und dir treu.»

«Mir?»

«Mein Herr und ich gingen durch die Gassen der Stadt, liefen vorbei an bunten kleinen Häusern, die meisten rot oder gelb, eines blau, bis Herrchen sich an einen Tisch setzte und sich von einem Mann Fleisch bringen ließ, das er mit mir teilte. Es schmeckte köstlich. Kaum hatte ich das Fleisch verschlungen, legte ich mich unter den Tisch und wollte die Augen in der Sonne schließen, doch ein ganz leichter, kaum wahrnehmbarer, lieblicher Duft stieg mir in die Nase. Er stammte von dir.»

«Woher wusstest du, dass ich es war?»

«Du hast gerochen wie damals, als wir vor dem Rabenmenschen geflohen waren.»

«Ängstlich?»

«Nein. Du hattest ja hier in diesem Augenblick keine Angst. Es war dein ganz eigener Geruch. Eben lieblich.»

Lieblich. Unwillkürlich fragte ich mich, ob ich auch jetzt für ihn so duftete. Ich traute mich jedoch nicht, ihn zu fragen. Es wäre auch lächerlich gewesen. Ich roch für niemanden lieblich.

«Du hast mir gar nicht erzählt, dass ich in deinem anderen Traum so duftete», sagte ich stattdessen.

«Die Angst vor dem Rabenmenschen, die Angst um dich, die Angst um unsere ungeborenen Kinder …»

«Wir haben keine ungeborenen Kinder!», wehrte ich ab.

«In dem Traum war es aber so. Die Angst hat alles überlagert. Deswegen habe ich es dir nicht erzählt.»

«Aber dieser neue Traum war nicht schrecklich?», fragte ich hoffnungsvoll.

«Nicht die ganze Zeit», antwortete Max.

«Denk daran, du wolltest mir nur den schönen Teil erzählen.»

«Erst den, dann den anderen.»

«Nein, nur den schönen!»

«Also gut. Ich nahm deine Witterung auf, sprang auf und rannte los. Mein Herrchen rief mir hinterher, ich solle wiederkommen. Und ich solle ihm doch gehorchen …»

«Du gehorchst Menschen?», unterbrach ich ihn erneut.

«Ja, natürlich.»

Egal, ob im Traum oder im Leben, Max ordnete sich Menschen unter. Ich konnte nicht anders, als ihn deswegen für schwach zu halten.

«Ich werde nie Menschen gehorchen», erklärte ich und legte nach: «Ich werde nie wieder jemandem gehorchen!»

Der eine Tag alleine, nur begleitet von Max und dem nervigen Vogel, war der erste Tag in meinem Leben gewesen, an dem ich niemandem gefolgt war. Nicht Mama. Nicht Blitz. Ich merkte, dass ich freier atmen konnte. Ein Druck war von meiner Brust gewichen. Einer, der mir die Luft zum Atmen abgeschnürt hatte. Erst jetzt wurde mir bewusst, dass dieser Druck überhaupt da gewesen war, ich hatte ein Leben ohne ihn gar nicht gekannt.

Max sah mich an, wog anscheinend ab, was er von meinem Ausbruch halten sollte, und antwortete ganz ruhig: «Wenn ich wieder zu Hause bin, werde ich Frauchen, Herrchen und Lilly gerne wieder gehorchen.»

Nun stand es endgültig fest: Wenn wir jemals sein Zuhause finden sollten, würde es gewiss nicht meines werden. Nicht nur, weil diese Menschen einen so stinkenden Krüppel-Hund wie mich nicht bei sich haben wollen würden, sondern weil ich auch niemals bereit wäre, ihnen zu gehorchen, egal, welch wunderbares Futter sie für mich hätten.

«Ich rannte durch die engen Gassen, auf denen die Hitze flirrte. Ich rannte vorbei an noch kleineren, noch bunteren Häusern. Vor den Türen saßen Menschen im Schatten. Einige aßen. Andere tranken. Die meisten schliefen. Mein Herrchen lief hinter mir her. Er war schnell. Für einen Menschen. Aber nicht so schnell wie ein Hund, der etwas Liebliches wie dich roch.»

Liebliches – ich schnaubte.

«Ich lief durch eine Gasse, an deren Ende ich auf Palmen und Sand stieß. Ein Strand, so schön wie der Himmel. Nein, er war noch schöner, denn da, am Rande des Wassers, lagst du.»

«Ha», spottete ich. Das Wort schön in Verbindung mit mir klang einfach lächerlich.

«Du warst ganz schmal, hattest einen kleineren Körper als jetzt. Dein Fell war heller, heller als der Sand, fast weiß, und deine Schnauze war lang», erzählte Max und wirkte wie verzaubert. Auch wenn ich den Ausdruck in seinen Augen in diesem Augenblick am liebsten ebenfalls lächerlich gefunden hätte, war es verwirrend, so angesehen zu werden. Verwirrend, aber auch schön. So schön, dass ich es nicht ertragen konnte und den Blick abwandte.

«Hatte ich …», hob ich an und hörte auch gleich wieder auf zu reden.

«Beide Augen?»

«Ja …»

«Ja, du hattest zwei Augen. Fröhlich funkelnd wie der Tau im Sonnenschein.»

Das reichte, um mich endgültig in der Schilderung seines Traumes zu verlieren.

«Du döstest vor dich hin. Aber als ich bellte, wurdest du schlagartig wach. Und du belltest zurück. Es war, als ob du mich sofort erkanntest. Und ich dich. Wir hatten uns noch nie zuvor gesehen, aber wir kannten uns! Und wir rannten aufeinander zu. Aber bevor wir uns begrüßen konnten, rief mein Herrchen nach mir: Komm her! Komm sofort hierher! Doch ich hörte nicht auf ihn. Wir begrüßten uns, konnten gar nicht voneinander lassen. Mein Herrchen hätte eingreifen können, mich schlagen. Das taten andere Herrchen, wenn ihre Hunde nicht gehorchten. Mit dem Stock. Mit dem Gürtel. All das hatte ich schon gesehen. Mein Herrchen aber hatte mich noch nie geprügelt. Und er tat es auch jetzt nicht, obwohl ich so ungehorsam war. Als wir mit unserer Begrüßung fertig waren, blickte ich zu ihm. Und da wusste er, dass ich für immer bei dir bleiben wollte. Und nicht mehr bei ihm. Dabei war ich noch kurz zuvor überzeugt gewesen, dass ich ihn bis zu meinem oder seinem Tode nie verlassen würde. Ich hatte ein schlechtes Gewissen. Er hatte seine Frau verloren, keine Kinder gehabt, und das einzige Wesen in seinem Leben, das er liebte und das ihn liebte, wollte bei einer fremden Hündin bleiben. Auf einer Insel, die nicht England war. Mein Herrchen tätschelte mir den Rücken und sagte: ‹Wenigstens einer von uns hat Glück im Leben.›»

«Und was geschah dann?», fragte ich. Sicher würde jetzt noch nicht gleich das Fürchterliche geschehen, dafür leuchteten Max' Augen zu sehr. Und ich war so gefangen in seinem Traum und wurde von dem Glück, das Max versprühte, so angesteckt, dass ich mehr hören wollte. Immer mehr!

«Du nanntest mir deinen Namen. Aymee. Und wir lebten von da an zusammen.»

«Im Sand?»

«Und bei den Palmen.»

«Und wovon ernährten wir uns?»

«Von Früchten, die von den Bäumen fielen und uns keine Bauchschmerzen bereiteten. Und von dem, was wir in den Gassen der Stadt an Essbarem fanden.»

«Die Menschen überließen uns die Sachen?»

«Ein Koch gab uns alle paar Tage Knochen, an denen noch Fleisch war.»

«Ein guter Mensch?»

«Ein guter Mensch.»

So einer war für mich schwer vorstellbar.

«Wir hatten es immer warm. Es war nicht wie in England, wo es immerzu regnete. Du kanntest nicht mal Schnee, da du immer schon auf dieser Insel gelebt hattest.»

«Und meine Geschwister?»

«Lebten am anderen Ende der Insel. Du hattest dein Rudel verlassen, weil du meine Ankunft gespürt hast. Auch wenn du nicht genau wusstest, dass ich es war, der kommen würde, ahntest du, dass dein Leben sich ändern würde. Zwei Tage warst du marschiert. Durch Busch, Gestrüpp und Wald. Einmal wärest du beinahe von einer Schlange gebissen worden. Am Strand angekommen, hast du dich in den Sand gelegt, auf das Meer gestarrt und auf mich gewartet. Fast eine ganze Jahreszeit lang.»

«Hatten wir …» Ich traute mich fast nicht zu fragen.

«Kinder?»

«Ja. Hatten wir?»

«Wir hatten wunderschöne Tage», wich Max aus. «Drei Jahreszeiten, die sich auf dieser Insel nur durch wenige Stunden Regen am Tag unterschieden. Und dann, als es besonders stark goss, sagtest du mir, dass du Welpen bekommen würdest. Und ich war noch glücklicher als zuvor.»

Max sah jedoch nicht glücklicher aus als zuvor.

«Unsere Kinder …?» Ich hatte eine solche Angst um sie, obwohl sie doch gar nicht meine waren, sondern nur die von einer Hündin namens Aymee aus einem Traum.

«Ich sollte nur den schönen Teil erzählen.» Max drückte sich erneut um eine klare Antwort und antwortete damit im Grunde doch.

Das tat weh. Als würde man mir den Bauch aufschlitzen.

«Der Rabenmensch?», fragte ich.

«Wie gesagt, nur den schönen Teil.»

«Du hast schon viel zu viel erzählt. Jetzt musst du auch das Ende berichten.»

«Er war es. Und er war es auch wieder nicht.»

«Was meinst du damit?»

«Es war der gleiche Mensch. Nur war er kein Rabenmensch. Er trug keine Maske. Es tobte auch nicht die Pest. Er hatte rotes Haar. Er hatte es zu einem Zopf gebunden. Und er trug einen langen Bart. Der Mensch sah aus, als würde er von innen her brennen. Und als würde er Feuer spucken können.»

Wie der Berg des Selbsthasses.

«Er sprach wie die Iren, die auf dem Schiff meines Herrchens Dienst taten. Seine Zähne waren teils verfault. Aber er litt offenbar nicht an Schmerzen.»

«Hatte der Mann ein Messer dabei?»

«Etwas Grausameres.»

«Und was war das?»

«Eine Peitsche.»

Max schien kurz davor, vor Trauer aufzujaulen. Und hätte er es getan, hätte ich mitgemacht. Doch ich wollte nicht jaulen. Auf keinen Fall. Ich konnte doch nicht wegen ungeborener Welpen aus dem Traum eines verrückten Hundes heulen – und Max musste verrückt sein, welcher Hund würde sonst von derartigen Dingen träumen und sie auch noch so eindringlich erzählen, dass man den Irrsinn beinahe selbst glaubte und ihn ganz genau vor Augen sah, mit der eigenen Nase roch und den eigenen Ohren hörte.

«Was ist eine Peitsche?», fragte ich. «Und was hat der Mensch damit getan?»

«Wir hatten gesagt, nur den schönen Teil», antwortete Max. Er wollte mir den Schmerz seiner Erinnerung ersparen, mich beschützen, wie die Hunde in seinen Träumen versuchten, ihre Hündinnen zu beschützen.

«Warum tut der Mensch uns das an?»

«Er sagte, das sei die Rache.»

«Rache?», staunte ich. «Wofür?»

«Dass wir ihm seine Liebe genommen haben.»

15

«Seine … Liebe …?»

«Ich verstehe es doch auch nicht!»

«Was soll das bedeuten?», fragte ich.

«Es ist …», hob Max an und brach dann ab. Anscheinend versuchte er immer noch, seinen eigenen Traum zu verstehen.

«Ja?»

«Als ob das alles keine Träume sind.»

«Was sollen sie denn dann sein?»

«Erinnerungen.»

«Erinnerungen?»

«An andere Leben.»

«Wie … andere Leben …?»

«Am Strand. Im Schnee. Das waren wir. Wir haben das erlebt. Gelebt!»

«Das ist verrückt!»

«Doch, das waren wir!»

«Hast du nicht gehört? Ich hab gesagt: Das ist verrückt!»

«Aber was ist, wenn nicht …?»

«Es gibt nur das eine Leben hier!» Ich deutete mit der Schnauze um mich herum, zu den Weintrauben und dann nach oben in den Himmel. «Und danach noch das eine nach dem Tod als Stern.»

«Als Stern?»

«Wenn ein Hund stirbt, wird er zum Stern. Das weißt du doch!»

«Davon hab ich noch nie gehört.»

«Du weißt nichts vom Leben. Weil deine Mutter dich zu den Menschen weggegeben hat!»

Max blickte verletzt zur Seite. Ich hatte ihm weh getan. Und es tat mir leid. Aber ich war viel zu aufgewühlt, um mich zu entschuldigen. Wir schwiegen beide, gingen zwei, drei Schritte voneinander weg und standen in zwei unterschiedlichen Reihen. Nach einer Weile sah er mich an und sagte ganz ruhig: «Ich glaube wirklich, meine Träume sind Erinnerungen.»

Eben weil er es so bedächtig aussprach, begannen meine Beine zu zittern.

«Und wenn dem wirklich so ist», fuhr Max zärtlich fort, «kann das nur eines bedeuten.»

Meine Beine zitterten noch mehr.

«Du und ich ...», er kam auf mich zu.

«Wir?» Meine Beine wollten nachgeben.

«Wir gehören zusammen.»

16

Zusammen.

Warum sagte Max so etwas? Ich hatte noch nie richtig zu jemandem gehört. Und niemand würde je zu mir gehören. Max schon gar nicht. Ich war Narbe von der Müllkippe, und er ein Hund, der zu seinen Menschen zurückwollte. So kläffte ich: «Das alles sind nur Träume. Nichts weiter!»

«Wenn ich träume, ist es anders. Dann träume ich davon, wie Frauchen mir Bälle zuwirft und ich sie hole. Oder wie ich von dem Postboten Leckerlis bekomme, die Frauchen mir niemals kaufen würde. Aber ich weiß nach dem Aufwachen immer, dass ich geträumt habe. So wie ich jetzt weiß, dass meine Träume von uns im Schnee und am Strand keine echten Träume waren.»

«Ich weiß nicht, was du dir einbildest.» Ich wurde zornig. «Aber ich werde keine Kinder mit dir bekommen!»

Ich hatte keine Ahnung, ob Max dies wirklich wollte, konnte es mir auch nicht recht vorstellen. Eher beschlich mich das Gefühl, dass er ein grausames Spiel mit einer vernarbten Hündin spielte. Vielleicht war Max der schlimmste Lügner von uns allen. Er hatte mir noch nicht einmal erzählt, warum er sein Zuhause verlassen hat. Womöglich gab es gar kein Menschenkind namens Lilly, kein Frauchen, kein Herrchen mit Leine, und er war nur ein verrückter Hund, der durch die Gegend streunte und Freude daran hatte, andere mit Lügen zu quälen.

«Ich denke nicht an Kinder …» In Max' Stimme lag eine

Traurigkeit, die meinen Zorn jedoch nicht verrauchen ließ. Meine Wut wuchs sogar, weil selbst ein verrückter Hund wie Max sich nicht vorstellen konnte, ich könnte die Mutter seiner Welpen werden.

«Warum bist du nicht zu Hause bei deinen Menschen?», fragte ich. Ich wollte ihn als Lügner entlarven. «Wie bist du überhaupt zu uns auf die Müllkippe gekommen?»

Max schwieg.

«Was verheimlichst du?»

«Du wirst keine Kinder mit mir haben», sagte Max einfach nur tieftraurig.

«Ich will auch keine mit dir!», schleuderte ich ihm entgegen. «Mit niemandem!»

Er blickte verschämt zu Boden.

«Was ist?»

Er schwieg.

«Sag schon. Sag schon!»

«Ich kann … ich kann keine Kinder zeugen.»

«Was?»

«Als ich etwa drei Jahreszeiten bei meiner Familie gewesen war, brachte mich Frauchen zu einer anderen Frau, und die hat mich mit einer Nadel gestochen. Dann schlief ich ein, ohne zu schlafen.»

«Ohne zu schlafen?»

«Meine Augen waren geöffnet, aber mein Körper war viel zu müde, um sich zu bewegen.»

«Hattest du Fieber?»

«Nein. Ich war wie in einem Nebel. Wie in dem Moment, bevor man einschläft. Und als ich wieder aus dem Nebel aufwachte, haben Hündinnen für mich nie wieder so gerochen wie vorher.»

Max wandte sich von mir ab. Schämte sich offenbar. So

wie ich mich für meine Narbe schämte. Und er tat mir leid. So unendlich leid. Mein ganzer Zorn war verraucht. «Bist du dir sicher …?», fragte ich vorsichtig.

«Ich weiß doch, was ich rieche», antwortete er und ging den Hang hoch, weg von mir.

Nein, verrückt war Max wohl doch nicht. Nicht mal ein Verrückter könnte sich so etwas ausdenken.

Ich folgte ihm, doch schon nach ein paar Schritten sagte er: «Nicht.»

Ich blieb stehen.

«Du willst doch nicht zu mir.»

«Warum sollte ich nicht zu dir wollen?»

«Ich bin ein Krüppel.»

«Bist du nicht», widersprach ich, obwohl ich doch genau das gedacht hatte – ich log schon wieder mit Worten.

«Für die Menschen bin ich es nicht. In den Augen von Hündinnen schon.»

«Ich bin eine Hündin. Für mich bist du kein Krüppel», log ich weiter.

«Wirklich?», fragte er und drehte sich zu mir um. Hoffnung lag in seinem Blick. Darauf, von einer Hündin anders angesehen zu werden. Wohl auch darauf, ich würde ihm glauben, dass wir andere Leben gelebt hatten und wir tatsächlich zusammengehörten. Doch das konnte ich nicht.

«Nein, ich habe gelogen», gestand ich.

Max antwortete nicht. Aber ich roch, dass sich in seinen Augen salziges Wasser bildete.

«Wir gehören nicht so zusammen wie in deinem Traum.»

Immer mehr von dem Wasser sammelte sich in seinen Augen.

«Aber», redete ich weiter, «wir beide gehören auf eine andere Weise zusammen.»

«Wie denn?»

«Wir sind beide Krüppel.»

«Ja, das sind wir wohl.»

«Und wenn wir nicht füreinander einstehen, tut es keiner.»

Da konnte Max das salzige Wasser in seinen Augen nicht mehr zurückhalten.

17

In der Mittagshitze erreichten wir die Ausläufer der Stadt. Wir gingen vorbei an riesigen unnatürlichen Gebilden aus Stein, die meisten von ihnen grau und verschmutzt. In diesen Steingebilden musste es dunkel sein wie in der Nacht. Ich vermutete, dass die Menschen darin lebten wie Ratten in Erdhöhlen. Doch Max belehrte mich eines Besseren: «Die Menschen bauen in diesen Fabriken Dinge, die sie brauchen.»

Ameisen bauten, Termiten bauten, aber dass die Menschen auch bauten, war mir neu. Sie hatten viel mehr mit Insekten gemein als mit uns Hunden. Wir waren einzelne Wesen, die im Rudel zusammenhielten. Die Menschen aber lebten zu Hunderten, gar Tausenden zusammen, sonst wäre es ihnen gar nicht möglich, so viel zu erschaffen. Der Einzelne konnte bei ihnen gar nicht so wichtig sein wie in einem Rudel. Er konnte den anderen seiner Art nicht so viel bedeuten. Wenn ein Hund starb, veränderte es das Gefüge des Rudels auf ewig. Wenn eine Ameise starb, lebte der Haufen genauso weiter wie zuvor. Und wenn ein Mensch starb, kümmerte es die anderen Menschen wohl genauso wenig.

«Sind wir auf dem richtigen Weg?», fragte Max immer wieder, während wir auf stets neuen flachen Steinen gingen, die immer intensiver nach den Ausdünstungen der Autos stanken.

«Ja, das sind wir», antwortete ich jedes Mal. Was hätte ich auch sonst sagen sollen?

«Erkennst du hier irgendetwas wieder?», fragte ich ab und

an, so auch, als wir ein riesiges Menschengebäude passierten mit zwei Rüsseln, die Rauch in den Himmel spuckten. Wenn die Rüssel aus Fleisch gewesen wären anstatt aus Stein, hätte ich sie für die Auswüchse eines Monstrums aus den Urzeiten gehalten. Der Rauch erschwerte uns das Atmen. Wie konnten die Menschen diesen Gestank ertragen? Sie mussten zäher sein als alle Hunde, Ameisen und Termiten zusammen.

«Nein, ich erkenne gar nichts wieder», antwortete Max jedes Mal und wollte immer gleich darauf wissen, ob ich es denn tat. Anfangs log ich noch, dass wir uns auf dem richtigen Weg befanden, dann beschloss ich, nicht mehr nachzufragen.

Wir hielten uns nun abseits der flachen Steine, auf kleinen Wegen aus Sand und Lehm. An vielen Stellen wuchs von der Sonne vergilbtes Gras. Wir sahen auch einige kleinere Menschenbauten, die zum Teil aus Glas bestanden. Das meiste davon war jedoch kaputt. Ich steckte meine Schnauze durch eine Tür und erblickte in dem Gebäude Metallreste, Papier und Müll. Nach Menschen roch es nicht. Sie mussten diese Gegend schon lange verlassen haben.

Unser Weg führte uns an einem kleinen Fluss vorbei, der viel sauberer war als der an unserer Müllkippe. Max hielt an und trank. Ich tat es ihm gleich. Das frische Wasser ließ mich für einen Augenblick meine Schäbigkeit vergessen, die Tatsache, dass ich den einzigen Hund, den ich noch auf Erden hatte, immer wieder anlog. Nachdem wir getrunken hatten, sagte Max: «Komm, lass uns ins Wasser springen»

«Was?»

«Lass uns schwimmen!»

In den Fluss neben der Müllhalde sind wir gesprungen, um uns zu retten. Einfach so in ein tiefes Wasser zu gehen, schien mir – wie vieles bei Max – einfach nur verrückt.

«Los!», sagte er und lief voraus, ohne auf mich zu warten.

Er paddelte bereits, erst geradeaus und dann – in der Mitte des Flusses angekommen – im Kreis: «Komm, Narbe! Komm rein!»

Die Hitze der Sonne hatte sich in meinem Fell gestaut. Sich im Wasser abzukühlen, wäre ein wahre Wohltat, doch ich hatte noch immer Angst vor dem Wasser. Auch wenn ich nun wusste, dass ich sehr wohl schwimmen konnte, hielt sie mich zurück.

«Worauf wartest du?», fragte Max, als sei es das Normalste der Welt.

«Hab keine Angst», rief er freundlich. Aufmunternd. Er machte sich nicht lustig über mich wie meine Geschwister.

«Du musst wirklich keine Angst haben», wiederholte Max noch einmal. Langsam traute ich mich ins Wasser. Es fühlte sich gut an und mit jedem Schritt besser. Ich ging so weit hinein, dass ich gerade noch stehen konnte. Das Wasser schwappte über meinen Rücken. Panik stieg in mir auf. Was wäre, wenn ich es diesmal nicht schaffen würde zu paddeln, wenn ich versinken und nie wieder hochkommen würde? Ich japste vor Angst, und Wasser schwappte in mein Maul. Doch dann sagte Max Worte, die ich noch nie von jemandem zuvor gehört hatte: «Ich bin bei dir.»

Ich hörte auf zu japsen.

Max war bei mir.

Ich spuckte das Wasser aus, atmete tief ein, tief aus, machte einen Schritt weiter, und meine Vorderpfoten verloren den Halt.

Max war bei mir.

Ich stieß mich mit den Hinterpfoten vom Boden ab.

Max war bei mir.

Und ich begann zu paddeln. Mich zu freuen. Weil das Wasser so herrlich war. Mich abkühlte. Max und ich schwammen im Kreis. Erst langsam, dann immer wilder und toller. Ich kläffte vor Freude. Bis mir erneut Wasser ins Maul schwappte. Ein größerer Schwall als zuvor im Fluss bei der Müllhalde. Doch es machte mir keine Angst mehr. Ich spuckte das Wasser einfach wieder aus und bellte noch lauter vor Freude. Und Max bellte mit mir. Die ganze Welt sollte hören, wie sehr wir uns freuten. Max hatte mir das größte Geschenk meines Lebens gemacht: Er hatte mir die Angst genommen und sie in Freude verwandelt.

18

Als wir uns kurz darauf – lange konnte kein Hund im Wasser strampeln – am Ufer das Fell ausschüttelten und im Spaß gegenseitig Wasser ins Gesicht spritzten, sah Max mich an. Diesmal glitzerten seine Augen nicht von Salzwasser, sondern leuchteten von tief innen. So mussten die Hunde aus seinen Träumen ihre Weibchen angeschaut haben. Balder die Hündin Freya, bevor der Rabenmensch ihr Leben beendete. Oder Rover seine Aymee. Hoffte Max, dass ich ihn auch so ansehen würde? Mit einem Leuchten in den Augen? Sollte ich seinen Blick erwidern? Genauso verrückt sein wie er? An andere Leben glauben? Daran, dass wir zusammengehörten, nicht als Krüppel und Krüppel, sondern als Männchen und Weibchen?

Nein.

Wir waren nicht auf eine magische Weise, die wir beide nicht verstanden und die sich ihm im Schlaf offenbarte, füreinander bestimmt. Bestimmung – so etwas gab es für Hunde wie uns nicht. Nur für die Ahnen aus den Liedern. Die Anführer. Die Helden. Max und ich waren keine Helden. Für uns gab es nur Leben und Tod. Über Hunde wie uns sang man keine Lieder.

Ich knurrte, und Max wandte sich ab. Schließlich gingen wir weiter, den Fluss entlang. Max blickte mich dabei die ganze Zeit nicht mehr an. Das war gut. Ab jetzt würde ich jedes Mal knurren, wenn er mich noch mal so ansah.

In der Ferne tauchten Bauten aus Stein und Glas auf, die

bis in den Himmel zu ragen schienen. In diesen Himmelsbauten, so erklärte mir Max, als er sich das erste Mal wieder zu mir drehte, wohnten Menschen. Es gab also noch viel mehr Zweibeiner auf der Erde, als ich es mir je hatte vorstellen können. Vielleicht gab es sogar mehr Zweibeiner als Termiten und Ameisen. Die Welt von Hundsmutter und Wolfsvater schien versunken. Wir Hunde lebten im Reich der Menschen.

Je näher wir den riesigen Behausungen kamen, desto mehr Müll lag am Wegesrand. Zwischen dem Abfall fanden wir auch Essbares. Keine Trauben oder andere Früchte, aber angebissenes Fleisch zwischen angebissenen Brötchen. Max schnüffelte daran und sagte: «Von so etwas hat Lilly mir immer ein wenig abgegeben.»

Ich wollte danach schnappen, doch Max war flinker, was mich erstaunte und wütend machte. Mehr noch auf mich selbst als auf ihn. Dieser Hund, der den Menschen gehorchte, hatte sich als schneller erwiesen. Völlig überraschend aß er jedoch nur eine Hälfte des Leckerbissens, den Rest überließ er mir.

«Lilly teilt auch immer mit mir.»

Das Menschenkind teilte sein Essen mit ihm? Dass ein Mensch dazu fähig war. Oder ein Hund. Max war der Erste, der seine Beute mit mir teilte, obwohl er selbst hungrig war. In meinem Rudel hatte man anderen seinen Fang nur überlassen, wenn man satt war. Manchmal auch dann nicht.

Ich schlang meinen Anteil herunter, und wir entdeckten weitere essbare Dinge, die Max alle kannte: Pommes, Nuggets, etwas Ekliges namens Fischburger sowie ein wunderbares Brot namens Pizza.

Mit einem Mal roch ich einen anderen Hund. Max brauchte eine Weile, bis auch er ihn bemerkte. Für ihn schien es nichts Besonderes zu sein. Ich aber witterte Gefahr: «Ein anderes Rudel.»

«Hunde leben einzeln bei den Menschen.»

«Es gibt keine Rudel?», staunte ich.

«Deines war das einzige, dem ich je begegnet bin.»

War das die natürliche Ordnung dieser neuen Welt? Hunde lebten jeweils alleine bei den Menschen? Ich mochte es kaum glauben, doch als wir weitergingen, lag ein großer, alter Hund am Wegesrand. Sein Fell war so sandfarben wie meines. So ähnlich könnte Erstgeborener aussehen, wenn er einmal so alt sein würde.

War dieser Hund etwa … unser Vater?

Ich hatte meinen Vater nie kennengelernt und immer gehofft, er würde eines Tages auf die Müllkippe kommen. Mama hat nie von ihm gesprochen. Kein einziges Mal. Und wenn wir nach ihm fragten, schwieg sie. Hartnäckig. Bis wir nicht mehr fragten. Als ich noch Fleck hieß, malte ich mir aus, dass mein Vater wie Wolfsvater war. Ehrenhaft, königlich und jederzeit in der Lage, das Rudel zu beschützen. Mich zu beschützen.

Aber dieser Hund – so musste ich mir eingestehen – konnte nicht mein Vater sein. Er roch ganz und gar nicht nach uns. Wir alle dufteten ein wenig wie Mama, also mussten wir auch ein wenig wie der Vater riechen.

Der alte Hund ruhte auf dem warmen, von der Nachmittagssonne beschienenen Stein. Vor ihm, auf einem Holzbrett über zwei Steinen, saß ein sehr alter Mensch. In seiner Hand lag ein kleines, leuchtendes Ding, auf das er ständig starrte, und in seinem Mund steckte ein kleiner rauchender Stummel. Es stank nicht so fürchterlich wie der Qualm aus den Autos, dennoch kribbelte er mir unangenehm in der Nase.

Der alte Hund knurrte uns an. Ich wollte sofort bellen. Der sollte es wagen, uns anzugreifen, dann würde er schon sehen! Aber Max beschwichtigte mich. «Alles gut. Viele Hunde knurren. Einige bellen. Keiner beißt.»

«Keiner beißt?»

«Es gibt schon einige, die das wollen. Die tragen aber etwas ums Maul, damit sie nicht zubeißen können. Die Menschen passen da sehr auf.»

Es war unfassbar: Die Menschen hatten offenbar die totale Macht über die Hunde. Sie entschieden, wann Hunde bissen, aßen, tranken oder sich erleichterten. Wir mussten froh sein, in der Welt der Menschen überhaupt leben zu dürfen.

Der alte Mensch sah kurz von seinem leuchtenden Ding auf, zischte dem Hund etwas zu, und der hörte auf zu knurren. Sein Fleisch roch schon ein wenig nach Verwesung, als ob es bald sterben würde. Dieser Hund hatte ein langes Leben gehabt. War es das, wofür die Hunde sich den Menschen unterwarfen? Um alt zu werden? Vielleicht sogar, um ewig zu leben? Wer sagte, dass Hunde bei den Menschen überhaupt sterben würden?

«Blödsinn», sagte ich laut, kaum dass ich den albernen Gedanken gedacht hatte, und ging nun in einem weiten Abstand an dem Hund und dem alten Mann, der wieder auf seinen kleinen Kasten starrte, vorbei.

«Was ist Blödsinn?», fragte Max, während er zu mir aufschloss.

«Ich … ach, vergiss es.»

«Was?», hakte er nach und klang dabei freundlich, nicht ungeduldig.

«Wie alt werden Hunde bei euch?»

«Ich weiß es nicht.»

«Du weißt es nicht?»

«Ich habe noch nie einen sterben sehen.»

«Können wir», ich traute mich kaum zu fragen, «bei den Menschen vielleicht unsterblich werden?»

«Nun», überlegte Max, dem der Gedanke noch nie in den

Sinn gekommen zu sein schien, «ich habe nicht die geringste Ahnung. Die Menschen jedenfalls können sterben. Lillys Opa ist gestorben. Sie hat tagelang deswegen geweint, jede Nacht vor dem Einschlafen. Und ich habe mit ihr gewinselt. Nicht weil ich Lillys Opa vermisste, er hatte mich nicht gemocht. Nein, ich habe gewinselt, weil es Lilly so weh tat.»

«Die Menschen interessieren mich nicht! Was ist mit den Hunden?»

«Zumindest können sie krank werden.»

«Wie krank?»

«Otto in meiner Straße hat einen kaputten Rücken, und er kann nur noch ganz langsam gehen. Und Fiona ...», Max brach ab.

«Wer ist Fiona?»

«Ein kleiner Pudel.»

Ich konnte mir nicht genau vorstellen, wie ein Pudel aussah. Klar war jedoch, dass Max diese Hündin sehr mochte. Und zu meiner Überraschung gefiel es mir nicht, dass er sie mochte.

«Fiona war nie krank.»

«Aber?»

«Unsere Frauchen gingen immer gemeinsam mit uns Gassi. Und wir jagten dann den Bällen hinterher. Mein Frauchen warf sie, und wir rannten. Ich war jedes Mal schneller. Aber hin und wieder ließ ich den Ball fallen, damit Fiona auch ihren Spaß hatte. Und damit sie nicht dachte, ich würde ihr das Ding einfach so geben, tat ich immer, als müsste ich japsen, weil sie mich so jagte, und als würde mir deswegen das Bällchen aus dem Maul fliegen.»

Er mochte sie wirklich, diese Fiona.

«Irgendwann gingen wir nicht mehr gemeinsam spazieren. Und wenn ich mit meinem Frauchen an dem Haus vorbeikam, in dem Fiona lebte, roch ich zwar ihren Duft im Vorgarten, doch er verblasste von Tag zu Tag. Ihr Frauchen, ihr Herrchen, alle wohnten noch in dem Haus und hinterließen immer neue Düfte. Nur Fiona nicht. Je mehr Regen der Herbst brachte, desto mehr musste ich schnüffeln, um überhaupt noch etwas von ihr zu riechen. Und nach dem Schnee des Winters war auch der letzte Hauch von ihr verflogen.»

«Du glaubst nicht, dass sie noch lebt?»

Max zögerte mit der Antwort. Schließlich sagte er: «Nein.»

«Aber sie war doch nicht krank.»

«Nein, das war sie nicht.»

«Also könnte sie noch leben», versuchte ich ihn aufzumuntern.

«Vielleicht lebt sie wirklich noch», antwortete er, klang jedoch nicht überzeugt. «Aber …», er brach ab.

«Ja?»

«Wenn Fiona noch lebt, warum habe ich dann ein schwarzes Loch in meiner Brust, das nicht kleiner wird?»

Weil sie nicht mehr war.

Anders konnte ich es mir nicht erklären. Hunde starben also auch in der Welt der Menschen. Allein. Ohne dass es die anderen Hunde erfuhren und Abschied nehmen konnten. Selbst diejenigen nicht, die den Sterbenden nahestanden oder sie gar liebten. Der Preis für ein langes Leben bei den Menschen war die Abgeschiedenheit von den anderen Hunden.

«Jetzt siehst du traurig aus», sagte Max.

Ich antwortete nicht.

«Bestimmt hast du recht, und Fiona ist noch am Leben», sagte er, mehr um mich aufzumuntern als sich selbst.

Ja, dieser Hund war verrückt. Aber ganz anders, als ich gedacht hatte. Wem auf der Welt war es wichtiger, jemanden zu trösten, wenn er selbst noch viel trauriger war?

Max, der sein Essen mit mir teilte.

19

Der Mensch ist das einzige Lebewesen, das wahnsinnig werden kann. Ich wurde es dreimal. Bin es vielleicht noch. Bin es vermutlich schon immer gewesen.

Ich betrachtete mein Gesicht im Spiegel einer Toilette im Bahnhof Zürich. Geduscht und mit geschnittenen Haaren sah ich einigermaßen zivilisiert aus. Ich berührte meinen langen Hals und fragte mich, ob ich die Schere, die ich in meiner Hand hielt, in ihn hineinrammen sollte, wenn ich die Hunde erledigt hatte.

Das hatte ich noch nie getan. Ich hatte mich von Dächern gestürzt, im Wasser ertränkt, mit Tränken vergiftet, alles, um nicht alt zu werden. Ich zog es vor, nach getanem Werk in das Zwischenreich zurückzukehren, in dem die Seelen, jede für sich, auf das nächste Leben warten. Es war so friedlich, auf den Schaumkronen der Meereswellen zu gleiten, im Gestein eines Berges zu ruhen oder auf einem Blatt im Wind zu wehen.

Am liebsten flog ich mit meiner Seele über den Wolken.

Dort war ich den Sternen nah, und die Erinnerungen schmerzten nicht so sehr. Direkt nach der Geburt waren sie sogar völlig verblasst, bis sie mit dem Einsetzen der Geschlechtsreife wiederkamen. Zwölf Jahre lang habe ich in meinem jetzigen Leben in einem kleinen Reihenhaus auf Island leben dürfen, ohne von der Last der Vergangenheit erdrückt zu werden.

In der kürzesten Nacht des Jahres habe ich dort das erste

Mal von den Hunden geträumt. Als die Träume in immer neuen Variationen erschienen – mal war ich ein Dieb zur Kofun-Zeit, der unter den Hügelgräbern im Wald von Aokigahara schlief, mal ein geprügelter Helot in Sparta, mal ein Bischof, der nicht an Gott glaubte, in Chartres –, begannen meine Eltern sich zu sorgen. Ein Kind träumte davon, wie Hunde auf immer grausamere Art und Weise abgeschlachtet wurden?

Meine Eltern, die ich schon seit langem nicht mehr als Eltern betrachtete, waren sie doch Kinder im Vergleich zu mir, brachten mich zu einem gleichermaßen gleichgültigen wie überforderten Psychologen. Seine Gleichgültigkeit konnte man dem Mann vorwerfen, seine Überforderung hingegen nicht. Wie hätte er auch nur ansatzweise erahnen können, was hinter meinen Träumen steckte?

In den Zeiten vor Sigmund Freud hätte man Kinder, die so Entsetzliches träumten, für wahnsinnig gehalten, hätte sie weggesperrt, geschlagen, gar verbrannt. All dies ist mir in meinen früheren Leben widerfahren.

Verbrannt.

Bei lebendigem Leibe.

Der Geruch des eigenen Fleisches und der eigenen Exkremente, er stach mir in die Nase, und meine Schreie dröhnten mir in den Ohren. Das war der Augenblick, in dem ich das zweite Mal wahnsinnig wurde.

Es geschah etwa 275 vor Christus auf einem Scheiterhaufen der Kelten in Südengland. Auf Befehl des Druiden wurde ich an einen Pfahl gebunden. Der alte Priester flüsterte mir noch ins Ohr, wie glücklich meine Mutter sei, ihr Dämonenkind gleich brennen zu sehen. Danach legte er die Fackel ans Holz. Die Flammen schossen empor, und ich schrie. So lange, bis ich nicht mehr schreien konnte.

Lange Zeit habe ich gedacht, dies wäre, nach dem Tod meiner großen Liebe, das Furchtbarste, was mir je auf Erden widerfahren könnte. Bis ich das Lager kennenlernte. Zwei Jahre hauste ich dort, und ich hasste die Hunde mehr als je zuvor. Nur wegen ihnen musste ich so leiden.

Ich versuchte zu erspüren, wohin das Band, das uns aneinanderkettete, mich nun führen würde. Aber meine Ahnung wies mich nur in eine vage Richtung. Es würde Zeit vergehen, bis ich die Viecher genauer orten konnte. Wie seltsam. In früheren Leben hatte ich sie stets schnell lokalisieren können. Selbst wenn sie am anderen Ende der Welt auf einer Karibikinsel waren und ich, nach dem Tod meines Sohnes im irischen Hungerwinter, an Bord eines Schiffes anheuern musste, um zu ihnen zu gelangen. Dieser Moment war so seltsam, dass mir klarwurde: In diesem Leben war etwas anders als in allen zuvor.

20

Die Straßen wurden schmaler, die Bauten der Menschen kleiner. Zwischen einigen hingen Leinen, an denen die falschen Felle der Menschen baumelten. Wir wandelten nicht mehr auf einem einzigen flachen Stein, sondern auf vielen kleinen, über die zahllose Autos ruckelten. Die meisten Menschen, die uns begegneten, wichen uns aus. Ein Menschenkind wollte uns streicheln, aber seine Mama riss es von uns weg, nachdem ich es angeknurrt hatte. Dann kam uns eine Menschenfrau entgegen, deren Gesicht insbesondere am Mund und um die Augen herum mit grellen Farben bedeckt war. Sie roch nach mir unbekannten Blumen – am liebsten hätte ich sie von nahem beschnüffelt. In der Hand hielt sie eine Leine, die an einem Leder um den Hals einer zierlichen Hündin befestigt war. Die Kleine war kaum größer als eine fette Ratte. Diesem winzigen Viech – es fiel mir schwer, es als Hündin zu sehen – schien es nichts auszumachen, von der Frau beherrscht zu werden.

«Es sieht schlimmer aus, als es ist», sagte Max, der mein Unbehagen offenbar roch. «Man gewöhnt sich daran.»

Ich konnte mir nicht vorstellen, mich jemals an so etwas zu gewöhnen, und ging mit noch größerem Unbehagen weiter. Max schnüffelte überall herum, schaute hin und her. Auch bei ihm schien das Unbehagen zu wachsen, wenn auch aus einem ganz anderen Grund: «Hier ist alles anders als bei mir zu Hause. Die Häuser sind heller, die Menschen sprechen anders. Und fast alle haben dunkle Haare. Bei uns haben die

Menschen helleres Haar, und sie tragen auch dickere Kleidung. Ich war noch nie an diesem Ort.»

Wir waren bereits so lange unterwegs, und Max fühlte sich seinem Zuhause kein bisschen näher. Um ihn abzulenken, bat ich ihn bei jedem Menschenbau, an dem wir vorbeiliefen, zu erklären, worum es sich handelte. Und er tat mir den Gefallen: «Das da sind Balkone …»

An vielen dieser steinernen Kästen hingen Pflanzen. Die Menschen machten sich anscheinend alles Leben untertan.

«Das da ist ein Supermarkt. Und das eine Pizzeria. Dadrüben kaufen die Menschen Eis …»

«Gefrorenes Wasser?», fragte ich nach. Eis hatte ich nur ein einziges Mal gesehen in den drei Wintern, die ich schon auf der Welt war, ganz dünn auf der Oberfläche einer Pfütze.

«Nein, ich glaube, das ist gefrorene Milch. So hat es Frauchen mal Lilly erklärt.»

«Warum sollte man Milch frieren? Sie schmeckt doch nur warm. Direkt aus der Zitze.»

«Ich weiß nur, dass Lilly Eis liebt.»

«Mehr als dich?», stichelte ich ein wenig, mochte ich es doch nicht, dass Max' Stimme ganz sanft wurde, wenn er von dem Mädchen sprach. Ich wollte ihm zeigen, dass kein Mensch es wert war, so von einem Hund geliebt zu werden, und dass er nicht so unterwürfig sein sollte wie all die armseligen Kreaturen, denen wir begegneten.

«Mich liebt Lilly am meisten auf der Welt. Außer Frauchen. Die liebt sie noch mehr.»

«Du bist ihr Diener», sagte ich verächtlich.

«Bin ich nicht.»

«Oh doch, das bist du!»

«Ich bin ihr Freund.»

«Du musst ihre Befehle befolgen!» Es machte mich so

wütend. Wann wollte Max erkennen, dass Lilly schlecht für ihn war, und sich gegen die Menschen auflehnen? Er sollte sich nie wieder an eine Leine legen lassen! «Und du bist ein schwacher Hund!»

«Das bin ich nicht.»

«Du liebst ein Menschenkind.»

«Ja, das tu ich.»

«Also bist du schwach!»

«Liebe macht einen nicht schwach!»

Max funkelte mich wütend an, das erste Mal. Das gefiel mir. Vielleicht steckte in diesem großen schwarzen Hund doch ein Kämpfer, einer, der zubeißen würde, wenn es um jemanden ging, der ihm wichtig war. Um Lilly. Um Fiona, wenn sie noch leben würde, und vielleicht auch … um mich?

«Sag mir endlich», kläffte er, «wie lange wir noch bis zu Lilly brauchen. Hier sieht es nicht aus wie zu Hause.»

«Hab Geduld.»

«Ich habe aber keine mehr!»

«Du musst sie aber haben!», kläffte ich zurück, so scharf, dass die Menschen um uns einen großen Bogen machten. Ich wollte weitergehen, doch Max baute sich vor mir auf. «Du sagst mir jetzt genau, wo der Weg zu mir nach Hause ist. Schritt für Schritt!»

Hätte ich ihn nicht wütend gemacht, hätte ich uns noch bis in die Nacht weiter durch die Stadt führen können, in der Hoffnung, dass wir wie durch ein Wunder sein Zuhause finden würden. Und falls nicht, dann wenigstens einen sicheren Schlafplatz.

«Wie komme ich zu Lilly?» Max scharrte jetzt mit seiner Vorderpfote. Die Krallen kratzten dabei über den Stein und verursachten ein gemeines Geräusch, das in meinen Ohren kreischte.

«Wir müssen noch viele Hundelängen gehen, da entlang!» Ich deutete mit meiner Schnauze in die Richtung, in die wir uns ohnehin bewegten.

«Deine Stimme zittert.»

Sie tat es tatsächlich. Nur ein wenig. Aber genug, dass ein Hund es wahrnehmen konnte, der nah bei mir stand.

«Und du riechst anders», sagte Max.

Auch das stimmte. Ich roch nicht nach Zorn, Wut oder Angst. Meinem Fell entströmte ein ekliger Geruch, als ob ich mich in Pisse gewälzt hätte. Es war der Gestank der Scham. Weil ich Max die ganze Zeit angelogen hatte. Aus Angst davor, alleine zu sein in dieser fremden Welt. Sollte ich ihn weiter anlügen? Wie lange würde das noch gutgehen? Bis in den Abend? Die Nacht? Den morgigen Tag? Länger gewiss nicht. Ich musste es ihm gestehen. Aber was würde danach geschehen? Würde ich ihn verlieren? Vielleicht nicht. Max glaubte doch, dass wir füreinander bestimmt waren. Da würde er mich doch nicht verlassen, wenn er erfuhr, dass ich gelogen hatte. Oder?

«Du riechst nach … nach … Scham», stellte er fest.

Ich hoffte so sehr, er würde mich jetzt nicht alleine in der Menschenwelt zurücklassen. Ganz gewiss nicht, redete ich mir mit aller Macht ein, so wie er mich nach seinem zweiten Traum angesehen hatte. Endlich fand ich den Mut zu gestehen: «Ich weiß nicht, wie du nach Hause kommst.»

«Hast du dich verlaufen?»

«Nein.»

«Ich verstehe nicht …», Max wich ein paar Schritte von mir.

«Ich habe es nie gewusst.»

«Aber du hast doch gesagt …»

«Ich habe gelogen.»

Max stand mit einem Mal ganz still. Wie vom Donner gerührt.

«Die ganze Zeit habe ich dich angelogen», redete ich kleinlaut weiter. «Bitte verzeih.»

«Warum hast du das nur getan?», fragte Max erschüttert.

«Du wärst sonst gestorben.»

Max sah mich verständnislos an.

«Du wärst auf der Müllkippe in der Sonne liegen geblieben und in der Hitze verendet. Oder mein Bruder hätte dich dort gefunden und getötet.»

Er starrte mich nur weiter an.

«Begreifst du nicht?», fragte ich verzweifelt. «Ich habe dein Leben gerettet!»

«Aber danach hättest du mich doch nicht mehr anlügen müssen?»

«Danach», sagte ich leise, «hatte ich Angst.»

«Wovor?»

«Dass du mich allein lässt.»

«Ich hätte dich nicht allein gelassen.»

Mein Herz war erleichtert. Für einen kurzen Moment. Denn er hob an: «Aber jetzt …»

«Jetzt was?», flüsterte ich, kaum hörbar.

«… wo du mich so lange angelogen hast …»

«Du kannst mich nicht allein lassen!», jaulte ich.

«Ich kann dir nicht mehr vertrauen.»

Max wandte sich zum Gehen.

«Wir gehören doch zusammen!», protestierte ich.

Er drehte sich noch mal um. «Wie zwei Krüppel?»

«Ja…»

«Von dem der eine dem anderen kein Wort glauben kann?»

«Du kannst mir vertrauen! Ab jetzt werde ich dich nie wieder anschwindeln. Das verspreche ich dir.»

Er musste nichts mehr sagen. Ich roch seine Verachtung. Ich wollte mich auf die Steine legen, mich ganz klein machen, mich Max unterwerfen. Meine Beine knickten schon ein wenig ein, da kroch in mir der Zorn hoch. Zorn auf mich selbst. Ich wollte mich doch nie wieder jemandem unterordnen! Nicht Blitz. Nicht irgendwelchen Menschen. Schon gar nicht so einem Schwächling wie Max. Ich drückte die Beine wieder durch, hob meine Schnauze und kläffte: «Du flunkerst mich doch auch an!»

«Ich … dich …?» Max wirkte überrascht.

«Ich hab keine Ahnung, wie du überhaupt auf unsere Müllkippe gekommen bist.»

«Ich habe dich nicht angeflunkert, ich habe es dir nur nicht gesagt», kläffte Max und klang wie ein Hund, der sich in die Enge gedrängt fühlt.

«Und warum nicht?»

«Weil …»

«Weil?», fragte ich fordernd. Das fühlte sich besser an, als vor Scham unterwürfig auf dem Boden zu kriechen. So viel besser. Wenn auch nicht gut.

«Weil mein Herrchen mich ausgesetzt hat.»

«Ausgesetzt?» Ich verstand nicht. Was sollte das bedeuten?

«Wir waren unterwegs. Er hat das Auto angehalten. Nachdem er Frauchen angeschrien hatte. Und Frauchen geweint hatte … und Lilly geweint hatte … und ich laut gekläfft hatte, damit er endlich aufhört zu schreien und Lilly und Frauchen endlich aufhören zu weinen … Und dann hat Herrchen mich gepackt, hat dic Tür aufgerissen und mich rausgeworfen. Danach hat er die Tür zugemacht und ist weggefahren. Ich habe ihnen nachgesehen und habe gewartet und gewartet … die ganze Zeit gewartet … und ich habe gekläfft, dass sie wiederkommen sollen, und gekläfft und gekläfft …»

Max redete nicht mehr weiter. Er musste es auch nicht. Er hatte nicht nur gekläfft. Er hatte auch gejault. Zum Himmel.

«Es tut mir leid», sagte ich. Ich wollte meine Schnauze an seiner reiben, ihn trösten. Doch Max wandte sich ab. «Was tut dir leid? Dass du gelogen hast?»

«Das auch … und dass die Menschen dich so behandelt haben …»

«Nur ein Mensch. Lilly und Frauchen lieben mich.»

«Sie haben nicht verhindert, dass dein Herrchen dich ausgesetzt hat.»

«Sie waren traurig.»

«Sie waren schwach.»

«Herrchen war zu stark.»

«Wenn sie dich wirklich lieben würden, dann hätten sie es verhindert.»

Max verzog betroffen das Gesicht.

«Menschen lieben keine Hunde», legte ich nach.

«Du weißt nichts über sie!», entgegnete Max.

«Ich sehe doch, wie sie Hunde behandeln! Wie das Menschenmännchen dich behandelt hat. Wie kannst du sie alle verteidigen? Nur weil ein Menschenkind mal sein Essen mit dir teilt? Das reicht doch nicht!»

Darauf hatte Max keine Antwort. Ich hatte den Streit gewonnen. Und musste gleich erkennen, dass auch ein gewonnener Streit nur Verlierer hinterlassen kann, denn Max drehte sich um und trottete mit gesenktem Kopf davon.

«Bleib», bat ich.

Er antwortete nicht, sondern schlich nur weiter.

«Bitte!»

Max hielt nicht an. Plötzlich kam ich mir verlassen vor. So musste sich Max gefühlt haben, als die Menschen ihn aus dem Auto gestoßen hatten.

«Wir gehören zusammen», flehte ich, «wie in deinen Träumen.»

Er drehte sich erstaunt um. «Das glaubst du?»

Ich wusste nicht, was ich antworten sollte. In diesem Augenblick wollte ich es glauben. Damit er bei mir blieb. Doch etwas glauben zu wollen, bedeutete noch lange nicht, es auch wirklich zu glauben. Und Max anlügen, nein, das wollte ich nie wieder, das hatte ich ihm doch eben noch versprochen.

«Hab ich mir gedacht.» Max wollte sich wieder von mir abwenden.

«Ich glaube es!», log ich rasch.

Er schaute mich an. Schnüffelte. Lauschte meinem Atem. Und dann sagte er: «Du lügst wieder, nicht wahr?»

Ich konnte nicht anders, als es zuzugeben: «Verzeih.»

Und er konnte wohl nicht anders, als mir nicht zu verzeihen. «Ich habe mich geirrt. Wir gehören nicht zusammen», erklärte Max.

Er ging davon. Es hatte keinen Sinn, ihm zu folgen. Ich hatte ihn angelogen, versprochen, nicht mehr zu lügen, und es doch gleich wieder getan. Ich roch nun mehr nach Scham.

21

Ich winselte.

Das erste Mal seit langer Zeit.

Ich hätte mir nicht vorstellen können, einmal unglücklicher zu sein als auf der Müllkippe. Aber damals, als Blitz mich attackierte, hatte ich wenigstens noch eine Heimat. Jetzt war ich allein, ohne den Hund, von dem ich gegen alle Vernunft gehofft hatte, er würde mich in die neue Welt begleiten. Wie lange würde ich wohl in der Fremde überleben? Einen Tag? Oder zwei?

Leise winselnd legte ich mich in den überdachten Eingang eines Supermarkts. Kaum hatte ich mich hingelegt, kam auch schon ein dicker Mensch in einem falschen Weißfell heraus, schrie mich an, ich solle verschwinden, und trat mich. Er trat mich wirklich! Hatte keinerlei Angst vor mir.

Ich war zu müde und verzagt, um mich zu wehren. Winselnd suchte ich das Weite und irrte mit gesenktem Kopf ziellos durch die Straßen. Den Menschen wich ich so weit es nur irgendwie ging aus – wer wusste schon, welcher von ihnen mich als Nächster treten würde?

Nur einmal blickte ich kurz auf und sah den Berg des Selbsthasses. Hatte er sich auch einmal so geschämt und so schwach gefühlt wie ich in diesem Moment? Würde ich so eine Wut auf mich selbst entwickeln, dass ich mich selbst verletzen wollte?

Auf der Müllkippe hatte ich mal ein kleines Menschenweibchen beobachtet, das sich mit einem scharfen Dosenrand seine Arme aufschlitzte, als würde es endlich etwas anderes spüren wollen als die eigene Hilflosigkeit. Jetzt hätte auch ich mich gerne mit Schmerz abgelenkt.

Es wurde Nacht. Kälter wurde es kaum. Diese Spätsommernacht war heißer als die meisten Tage im Jahr. Nach einer Weile hatte ich keine Kraft mehr und legte mich in den Eingang eines der Bauten, viel zu müde, um mir noch Sorgen zu machen, ob ein Mensch mich trat oder mir brennende Wunden verpasste. Oder mir gar den Bauch mit einem Messer aufschlitzte.

Mein Auge fiel mir zu. Ich würde schlafen, ganz lange, bis Hunger und Durst stärker waren als die Müdigkeit und mich zum Aufwachen zwangen. Vielleicht, so mein letzter bewusster Gedanke, würde ich aber auch gar nicht mehr erwachen. Erschöpft, wie ich war, besaß dieser Gedanke keinen Schrecken für mich. Und dann begann ich zu träumen.

Die Sonne brennt so stark und hell, wie ich es bisher nicht kannte. Heller, als sie je auf die Müllkippe hinabgeschienen hat. Und heißer. So viel heißer. Sand, wohin das Auge reicht. Wohin die Augen reichen. Ich kann mit beiden sehen! Wo es zuvor in der Augenhöhle hinter meiner Narbe nur pochte, wohnt jetzt wieder ein Auge!

Es sind meine Augen. Und doch nicht meine.

In der Ferne erkenne ich, wie der Sand sich zu Hügeln aufschichtet, die in der Sonne flirren. Ich stehe auf unzähligen heißen Körnern. Als ich an mir herunterblicke, stelle ich fest, dass meine Pfoten heller sind, als ich es in Erinnerung habe. Fast weiß. Sie sind auch größer.

Es sind meine Pfoten, und doch nicht meine.

Mein Rudel sucht eine Wasserquelle. Wir alle leiden Durst. Der Geruch des nahenden Todes umweht uns.

Das Rudel besteht aus zwanzig Hunden. Wir sind größer als Max, haben ein kurzes Fell, heller als der Sand, und dunkelbraune Schnauzen. Unsere Körper sind dürr. Sehnig. Zu unserem Rudel gehören auch Menschen.

Menschen? Wie kann das sein? Sie sehen anders aus als alle, die ich bisher getroffen habe. Sie besitzen eine dunkle Haut und haben sich Asche ins Gesicht gerieben, um es vor der Sonne zu schützen. Die Männchen gehen voran, die Weibchen, von denen einige Menschenwelpen an ihrer Brust tragen, folgen hinterher. Wir Hunde laufen vor ihnen, zwischen ihnen, hinter ihnen.

Menschen und Hunde, sie sind mein Rudel und doch nicht meines.

Ich rieche den letzten Tropfen süßer Milch, den ein Menschenwelpe der Brust seiner Mutter abringt, die durchsichtigen Flügel eines gepanzerten Käfers, die in der Sonne schmelzen, und die Angst vor dem Tod. Und ich nehme Blutgeruch wahr. Meine linke Hinterpfote schmerzt. Ich blicke an mir herunter: Sie eitert.

«Hast du das Gift aus der Wunde gesaugt?», fragt mich eine dunkle Stimme.

Ich schaue zur Seite. Einer der hellen Hunde mit brauner Schnauze hat sich zu mir zurückfallen lassen.

Es ist Max, und doch nicht Max.

Ich weiß, dass er Djalu heißt. Und ich Inala. Die Namen bedeuten «laufender Wind» und «die Tapfere».

Die Tapfere – ein viel schönerer Name als Narbe.

«Ja, das habe ich», antworte ich und schmecke wieder das vergiftete Blut auf der Zunge.

Für einen Augenblick scheint Djalu zu überlegen, ob er mir anbieten soll, das restliche Gift aus meiner Pfote zu saugen, aber er tut es nicht. Wir gehören zusammen. Ich höre es an seinem Herzen, das wie rasend hämmert, obwohl wir nicht rennen. Und mein Herz klopft jedes Mal heftiger, wenn Djalu mir nahe ist. Ich rieche es, weil er bei meinem Anblick nicht nach trockenem Zungenfleisch riecht, sondern nach Leben. Intensivem Leben. Ist das der Geruch … der Liebe?

Ich weiß nicht, wie Liebe riecht. Wenn sie einen Duft haben sollte, dann einen wie diesen.

Für einige Hundelängen gehe ich wieder mutiger voran. Aber es dauert nicht lange, bis ich zu humpeln beginne. Dabei höre ich das Krabbeln des Skorpions, der mich gebissen hat. Doch das ist unmöglich, wir haben ihn schon längst hinter uns gelassen. Ich falle zurück. Bald werde ich den anderen nicht mehr folgen können.

«Ich verlasse dich nicht», sagt Djalu.

«Auch wenn ich nicht mehr laufen kann», widerspreche ich ihm, «bleibst du beim Rudel. Ihr werdet Wasser finden. Und in der Nähe des Wassers Tiere zum Jagen. Ihr werdet überleben.»

Djalu lächelt.

«Was ist?»

«Du bist besonders, Inala.»

«Ich bin wie alle anderen.»

«Nein. Du fürchtest dich. Und dennoch willst du mir die Angst nehmen.»

«Ich will, dass du lebst.»

«Und ich lass nicht zu, dass du stirbst.»

Ihm zuliebe trete ich wieder fest mit der Pfote auf, um weiterzugehen, und muss aufjaulen.

«Was ist?», fragt er besorgt.

Ich will Djalu nicht sagen, dass ich nur noch auf drei Beinen hüpfen kann. Ich will es mir nicht mal selbst eingestehen. Ich reiße mich zusammen, humpele ein paar Schritte, muss mich aber schließlich hinsetzen. Dabei meine ich wieder den Skorpion im Sand krabbeln zu hören.

Djalu bleibt ebenfalls stehen. Die letzten Menschenfrauen schleppen sich mit ihren Kindern an den Händen und den Säug-

lingen an den Brüsten einen Sandhügel hoch, der mir unerreichbar erscheint.

«Geh», bitte ich Djalu.

Er geht nicht.

«Du sollst leben.»

Er schweigt. Bleibt weiterhin stehen. Bei mir.

«Warum verschwindest du nicht?», belle ich. Und er antwortet, ganz ruhig: «Weil ich ohne dich nicht leben mag.»

«Hau ab», kläffe ich nun heiser. Salzwasser tritt aus meinen Augen. Vor Glück, weil Djalu mich so sehr liebt, dass er bei mir bleibt, und vor Trauer, weil ich schuld an seinem Tod sein werde.

Djalu tritt auf mich zu.

«Was machst du da?»

Anstatt zu antworten, reibt er mit der Spitze seiner Schnauze sanft unter meinen Augen, um sie zu trocknen. Mein Körper zittert unter seiner Berührung.

«Kommt endlich!», höre ich einen der dunkelhäutigen Menschen rufen. Seine Stimme weht von dem Hügel zu uns herüber. Er spricht in einer Sprache, die wie Klicken klingt.

Ich höre nicht auf den Menschen, schließe stattdessen die Augen, um den Duft von Djalu noch tiefer einzuatmen. Der Tod ist nicht so schlimm, wenn man weiß, dass man geliebt wird.

Ich höre die Schritte des Menschen, der vom Sandhügel zu uns kommt.

«Anatjari wird uns helfen», sagt Djalu.

Ich öffne die Augen. Ich kann es immer noch nicht fassen, dass ich wieder beide habe. Der Mensch hat nicht nur Asche im Gesicht, sondern trägt noch zwei gelbe breite Striche auf jeder Wange. Wie Djalu riecht auch dieser Mensch nicht nach Angst. Die beiden sind Hoffende.

«Anatjari wird dich retten», erklärt Djalu, und sein Körper zittert vor Freude.

Ich verstehe nicht, was er mir damit sagen will. Ich kann doch nicht mehr gehen, wie soll ein Mensch mir da helfen?

Der Mann namens Anatjari tritt auf mich zu, beugt sich zu mir herab, schiebt seine Hände und Arme unter meinen Bauch und hebt mich hoch. Ich lasse es geschehen. Ich lasse mich wirklich von einem Menschen anfassen!

Djalu springt aufgeregt um uns herum, während der Mensch mich trägt. Und aus meinen beiden Augen tritt wieder das salzige Wasser. Diesmal vor Dankbarkeit.

22

Ich erwachte aus dem Traum wie aus keinem zuvor. Normalerweise fand ich langsam aus dem Schlaf heraus und hatte den letzen Traumfetzen schon vergessen, wenn ich mein Auge öffnete. Und nach Albträumen klopfte mein Herz zwar wie verrückt, aber mein Instinkt sagte mir jedes Mal, dass es nur ein Traum gewesen war und mir keine Gefahr drohte. Auch diesmal klopfte mein Herz, doch mein Instinkt meldete sich nicht. Hatte ich wirklich geträumt? Alles – die Wüste, das Rudel, Djalu, der Mensch namens Anatjari, der mich trug – schien mir so echt wie der kalte Treppenstein im Hauseingang, in dem ich lag. Genauso verwirrt musste sich Max gefühlt haben, als er aus seinen Träumen zurückkehrte. Für ihn waren sie Erinnerungen. An andere Orte. Andere Zeiten. Andere Körper. Andere Leben. Und in jeder Erinnerung waren wir uns begegnet und gehörten zusammen. In seinen Träumen liebten wir uns. Und in meinem … in meinem liebte ich Djalu. Und Djalu liebte Inala.

Ich liebte Max nicht.

Könnte ich es lernen?

Kann man Liebe überhaupt lernen?

Ich wusste keine Antwort darauf, aber in einem war ich mir nun sicher: Wir waren zwei Hunde, die zusammengehörten. Vielleicht nicht als Liebende. Aber doch als mehr als nur zwei Krüppel, die sonst niemanden mehr hatten. Als zwei Hunde, die träumten!

Ich musste Max finden. Ich musste ihm unbedingt von der

Wüste erzählen, von Djalu, Inala und Anatjari! Ich sprang auf, rannte los, in die Richtung, in die er mich verlassen hatte. Ja, er wollte mich nicht mehr bei sich haben, aber jetzt, wo ich auch etwas geträumt hatte, konnte doch alles anders sein!

Es war einfach, seinem Geruch durch die Straßen zu folgen, obwohl frischere Düfte von anderen Hunden sich darüberlegten. Mit jeder Ecke, um die ich bog, mit jeder Gasse, die ich herunterrannte, wurde Max' Duft intensiver. Ich lief schneller. Immer schneller. Bis der Geruch in einer Gasse, in der Tonnen voller Müll standen und an deren Ende ich einen hohen Zaun ausmachen konnte, einfach nur noch in der Luft hing. Er schwebte in keine Richtung mehr, weder vor noch zurück. Als ob Max sich in Luft aufgelöst hätte. Und in den Duft mischte sich der Geruch der Angst.

23

Katze!

Mit einem Mal stank es auch nach Katze. Stechend. Eklig. Zum Würgen. Mein Blut begann zu kochen. Ich drehte mich um. Oben auf einem der Balkone lag eine fette, weiße Katze und schaute zwischen den Gitterstäben auf mich herunter.

«Weg da», bellte ich. «Verschwinde!»

Sie starrte mich nur aus ihren grünen Augen an. Das machte mich noch rasender. Ich hatte Angst um Max, und diese Katze benahm sich, als ob ihr die Welt gehörte und ich es nicht wert war, darin zu leben. In den Augen des fetten Viechs loderte ein grünes Feuer, das jeden Moment auf mich herabregnen könnte.

«Weg da!», bellte ich mir die Seele aus dem Leib.

Sie antwortete immer noch nicht, fauchte nicht einmal. Ich wollte ihr in den Hals beißen und sprang so hoch ich konnte, aber natürlich war sie unerreichbar für mich.

«Komm runter!» Ich drehte nun fast völlig durch. «Komm sofort herunter, damit ich dich beißen kann!»

«Dann zerkratze ich dir dein heiles Auge!», fauchte die Katze und zeigte mir ihre scharfe Kralle. Sie wusste genau, womit sie mir Angst machen konnte. Jetzt wollte ich nicht mehr gegen sie kämpfen, aber verschwinden wollte ich auch nicht. Diese Genugtuung durfte ich ihr nicht geben. Ich kläffte einfach weiter. Es beeindruckte sie kein bisschen. Ich war ihr nicht mal ein weiteres Fauchen wert. Die Katze schloss gelangweilt die Augen und meinte: «Du bist ja noch lächerlicher als der Hund eben.»

Die Katze hatte Max gesehen!

«Wo ist er hin?», fragte ich.

Sie antwortete nicht.

«Wo ist er hin?», bellte ich nun.

Sie öffnete wieder die grünen Augen. Genoss meine Verzweiflung. Dabei roch sie fies nach Schadenfreude.

«Antworte!»

Die Katze verzog den Mund. Spöttisch. Gemein. Hässlich.

«Ich habe gesagt: antworte!» Mein Gekläffe überschlug sich.

«Die Hundefänger haben ihn geschnappt.»

«Hundefänger … was sind Hundefänger?»

Hatte etwa der Mann mit der Rabenmaske ihn gefunden? Nein, das konnte nicht sein, in den Träumen war es immer nur ein Mensch gewesen. Nicht mehrere. Wer auch immer diese Hundefänger waren, es musste sich bei ihnen um andere Ungeheuer handeln.

«Hauskatzen rühren sie nicht an», entgegnete das fette Biest und grinste nun noch breiter. Als ob das eine Antwort auf meine Frage wäre.

«Was machen sie mit ihm?» Ich kam fast um vor Sorge.

«Keine Ahnung», zierte sie sich.

«Du weißt es doch! Du weißt es!»

«Vielleicht.» Das Biest grinste wieder.

Ich entdeckte eine kleine Treppe, die am Haus hochführte. Wenn ich die hinaufrennen würde, könnte ich von einer der Stufen auf den Balkon springen. Die Katze sah, was ich sah, und spottete: «Mach doch. Bevor du landest, spring ich schon einen Stock tiefer, und du brichst dir die Beine.»

«Was machen sie mit den Hunden?», bellte ich so laut ich konnte.

Die Katze beugte sich zu mir und setzte eine herablassend gnädige Miene auf. «Ich habe wirklich nur eine Ahnung.» Sie ließ mich noch ein wenig warten und vor Anspannung zucken, dann redete sie weiter: «Ich habe auf jeden Fall noch nie einen Hund wiedergesehen, der gefangen wurde.»

Mir sank das Herz. Gleichzeitig begann ich die Katze so zu hassen, dass ich ihr die Kehle durchbeißen wollte. Nicht weil sie mir die schlechte Nachricht überbracht hatte. Sondern weil sie keinerlei Mitgefühl zeigte, dass all die Hunde – Max! – nie von dem Ort zurückkehrten, wo die Menschen sie hinbrachten.

Die Hundefänger würden Max töten. Wenn sie es nicht schon getan hatten. Es war lächerlich gewesen zu denken, wir würden zusammengehören. Wie konnten zwei Hunde in dieser grausamen Welt füreinander bestimmt sein? Wie konnte überhaupt irgendein Wesen für ein anderes bestimmt sein? Der Zufall hatte Max und mich zusammengebracht und die ekelhafte Welt wieder auseinander. Die Träume waren nur Träume.

Und doch, wenn ich in dieser Welt nicht allein verenden wollte, vielleicht in meinen letzten Atemzügen verspottet von dieser Katze, musste ich auf eine andere Weise träumen. Bei Tag. Musste meine Phantasie schweifen lassen und überlegen, wie ich Max retten konnte. Damit wir zusammen von einem besseren Leben träumen konnten.

Ich begann zu schnüffeln. Der Geruch von Max hing immer noch schwach in der Luft. Außerdem roch ich noch Katze, Müll, Vogelscheiße, verrostetes Metall und Staub. Und den Schweißgeruch zweier Menschen, der sich mit dem Duft von Max vermischte. Er musste von diesen Hundefängern stammen.

Die Katze starrte mich weiter an, doch ich beachtete sie

nicht. Egal, wie ekelhaft das Biest auch war, ich wollte weder Zeit noch Kraft darauf verschwenden, sie zu hassen. Dass ich ihr keine Aufmerksamkeit mehr schenkte, schien die Katze nicht ertragen zu können. Sie kratzte auf dem metallenen Gitter des Balkons herum, damit ich zu ihr aufsah. Auch wenn das Geräusch in meinen Ohren kreischte, war meine Sorge um Max viel zu groß. Ich konnte unmöglich aufhören zu schnüffeln. Die Menschen hatten die Gasse anscheinend mit ihm zusammen verlassen. Ob Max sich gewehrt hatte? Bestimmt hatte er das. Selbst er würde sich nicht einfach so gefangen nehmen lassen. Oder hatten die Menschen ihn gelockt? Ich nahm jedenfalls kein Blut in der Luft wahr. Ich schnüffelte weiter, obwohl die Katze jetzt so stark auf dem Metall kratzte, dass ich mich schütteln musste. Ich ging los, folgte der Witterung der Menschen, da rief das Biest: «Du verschwendest deine Zeit!»

Obwohl ich sie nicht hatte beachten wollen, drehte ich mich zu ihr um. Vielleicht wollte sie mir erzählen, was mit Max geschehen war. Nicht aus Freundlichkeit, natürlich nicht, sondern weil sie etwas wusste, das mir weh tun würde. Dass er geprügelt wurde, dass er gar bereits in der Gasse gestorben war. Nein, das würde ich ihr nicht glauben. Seinen Tod hätte ich erschnüffelt. Aber Katzen waren anders als Hunde. Sie flunkerten gewiss auch mit Worten. Und obwohl ich überzeugt war, dass sie mich anlügen würde, drehte ich mich zu der Katze um. Denn vielleicht, ganz vielleicht, hatte sie mir noch etwas zu sagen, das mir half, Max zu finden. Dafür hätte ich in diesem Moment alles getan.

«Warum verschwende ich meine Zeit?», fragte ich also.

«Ich erklär es dir, wenn du mich lieb darum bittest.»

Für Max schluckte ich meinen Stolz herunter. «Bitte sag es mir.»

«Ein wenig freundlicher.» Die Augen der Katze leuchteten vor hinterhältiger Freude.

«Bitte, bitte …», bettelte ich lieb. Da es um Max ging und nicht um mich, fiel es mir sogar leicht.

Mit ihrem Blick bedeutete die Katze mir, dass sie mich noch unterwürfiger haben wollte. Ich legte mich also auf den Boden, die Vorderpfoten ausgestreckt. Das Biest hätte von dem Balkon auf mich springen, mir den Rücken zerkratzen und wieder weghüpfen können, bevor ich mich hätte wehren können. Doch die Gefahr, verletzt zu werden, war mir einerlei, meine Würde auch. Wichtig war nur, was sie mir zu sagen hatte.

«Bitte», sagte ich, ohne jegliche Wut in meiner Stimme. Die Katze brachte mein Blut nicht mehr zum Kochen.

«Du verschwendest deine Zeit, weil alle Hunde bald sterben werden.»

«Alle?» Ich verstand nicht. Max war in Gefahr, natürlich. Die anderen Hunde, die diese Fänger in ihrer Gewalt hatten, auch. Ich gewiss ebenfalls, wenn ich ihnen folgen würde. Aber alle Hunde? Auf der ganzen Welt?

«Wir Katzen werden die Herrschaft übernehmen», erklärte das fette Biest. Sie klang kein bisschen aufgeregt, sondern ganz sachlich. Als wäre es eine Tatsache. So wie es eine Tatsache war, dass der Himmel sich über uns befand und der Regen das Fell nass machte.

«Die Herrschaft?»

«Überall auf der Welt bereiten die Katzen sich darauf vor. Wie von Cassiopeia befohlen.»

«Cassiopeia? Wer ist Cassiopeia?»

«Unsere Anführerin. Unsere Heldin. Auf ihr Wort hören wir. Sie reist um die ganze Welt, um uns auf unser Reich vorzubereiten.»

Die ganze Welt. Ich hatte immer gedacht, sie reiche von dem Berg des Selbsthasses bis zu der Stadt und zu unserer Müllkippe. Seit gestern wusste ich, dass die Welt größer war. Weil ich so vieles gesehen hatte. Weil der nervige Vogel nach einem Ort namens Frankreich gefragt hatte, den selbst Max nicht kannte. Aber vor allen Dingen, weil ich geträumt hatte. Von der Wüste. Und Max hatte von dem Wald im Schnee und von dem unendlichen Wasser namens Meer erzählt. Die Welt war also riesig, wie riesig genau, würde ich womöglich nie erfahren.

«Wie wollt ihr das schaffen? Wir Hunde sind größer als ihr. Die Menschen sogar noch viel mehr.»

«Cassiopeia sagt, dass jede Katze stärker sein wird, wenn ihr das Goldene Licht erscheint.»

«Welches Goldene Licht?»

«Es wird erstrahlen», redete das fette Biest weiter, ohne meine Frage zu beantworten, «und dann wird unser Leben ein Paradies sein.»

Jetzt funkelten ihre Augen vor Freude. Und obwohl ich noch nie eine Katze gesehen hatte, die glücklich war, wusste ich: In ihren Augen lag nicht das Glück, welches man verspürt, wenn man etwas zu essen fand oder die Nähe eines Rudeltieres in der Nacht genoss. Es war das leuchtende, fiebrige Glück des Hasses.

«Wo ist diese Cassiopeia?», fragte ich.

«In der Welt, das Wort zu verkünden.»

«Wann hat sie dir es verkündet?»

«Mir? Niemals.»

«Du hast sie nie getroffen? Woher weißt du das dann alles?»

«Das weiß ich seit meiner Geburt. Von meiner Mutter. Und die weiß es von ihrer und die wiederum von ihrer.»

«Aber dann …»

«Ja, genau! Cassiopeia ist unsterblich!»

Ich stand auf. Ich musste dieser Katze nicht mehr zuhören.

«Wo willst du hin?», fragte sie. «Willst du nicht die ganze Prophezeiung hören?»

Ich wollte das fiebrige Glück des Hasses aus ihren Augen vertreiben und der Katze zeigen, dass es töricht war, an Cassiopeia zu glauben, auch wenn ich damit wertvolle Augenblicke auf meiner Suche nach Max verlieren sollte. Augenblicke, die ich vielleicht zu spät kommen würde.

«Wenn es Cassiopeia wirklich gibt, wenn sie unsterblich ist, warum hat es den Aufstand der Katzen nicht längst gegeben?»

«Er wird bald kommen.»

«Und das weißt du also seit deiner Geburt?»

«Ja!»

«Und deine Mutter seit ihrer Geburt?»

«Ja!»

«Und deren Mutter auch?»

«Und deren. Und deren!»

«Und sie alle sind gestorben, ohne das Reich von Cassiopeia erlebt zu haben.»

Die Katze wurde still.

«Dann wirst auch du sterben, ohne es zu erleben.»

Das Leuchten verschwand aus den Augen der Katze. Ich musste ihr nicht mal mehr entgegenschleudern, dass sie einer Lüge auf den Leim gegangen war.

Ich nahm den Geruch der Hundefänger wieder auf und ging los. Da schrie die Katze mir hinterher: «Wir alle werden das Goldene Licht sehen!»

24

Am anderen Ende der Gasse war der schwache Geruch von Max und den Menschen vollends verflogen. Stattdessen witterte ich den abgestandenen Gestank eines Autos. Dort hinein mussten die Menschen Max geworfen haben, und dann waren sie mit ihm darin verschwunden.

Jedes Auto besaß einen eigenen Geruch. So wie jeder Hund. Jede Katze. Oder jeder Mensch. Ich rannte die Straße entlang, danach durch eine größere, einige kleinere und landete schließlich auf einer riesengroßen mit viel Verkehr. Die Stadt war weitläufiger, als ich dachte. Meine Beine schmerzten, aber ich machte keine Rast, keine Trinkpause. Ich hatte schon wertvolle Zeit mit der Katze verschwendet, am Ende waren das vielleicht genau die entscheidenden Augenblicke, und ich kam zu spät.

Als die riesengroße Straße eine ebenso große kreuzte, wurde der Geruch der Hundefänger besonders intensiv. Die Witterung führte mich zu einer grauen Mauer und einem verschlossenen schwarzen Tor. Davor schwebte der Angstgeruch von Max in der Luft. Er vermischte sich mit dem weiterer Hunde, der von der anderen Seite der Mauer zu mir herüberwehte. Mir wurde schlecht von dieser Wolke der Furcht.

Mit wackligen Beinen ging ich die Mauer ab, auf der Suche nach einem anderen Eingang. Ich entdeckte das ein oder andere kleine Loch zwischen den Mauersteinen, durch das vielleicht ein Vogel hätte fliegen können. Nirgendwo aber fand ich eins, durch das ich gepasst hätte, und so erreichte ich wieder das schwarze Tor und legte mich einige Meter von ihm entfernt auf die Lauer. Kaum hatte mein Bauch den warmen Stein berührt, wehte noch etwas anderes von jenseits der Mauern zu mir herüber: Asche. Feine graue Asche.

Nicht viel. Nur einige Flocken. Sie kribbelten in der Nase. Ich musste niesen. Wieder und immer wieder. Als ob mein Instinkt mit aller Macht verhindern wollte, dass ich die Asche einatmete. Ich wusste nicht wieso, aber sie bereitete mir mehr Angst als alles andere, was ich in der neuen Welt bisher erlebt hatte.

Die Flocken rieselten auf die Straße und auch auf mein Fell. Ich stand auf, schüttelte mich, spürte aber, dass ich die Asche nicht loswurde. Und mein Instinkt schrie: Lauf, Narbe! Lauf davon!

Ich lief nicht davon.

Meine Beine zitterten, aber ich lief nicht davon! Max in dieser Situation alleine zu lassen, wäre Verrat gewesen.

Das schwarze Tor öffnete sich und verschwand seitlich in der Mauer. Ein Auto mit vergitterten Fenstern fuhr heraus. Darin saß ein Mensch, bestimmt einer der Hundefänger. Er trug ein blaues Falschfell und biss in ein Brötchen. Er hätte mich entdeckt, wenn er zur Seite geschaut hätte. Aber er achtete nur auf die Straße.

Das Tor schloss sich langsam wieder. Nun musste ich mich entscheiden.

Wir gehören zusammen, sagte ich mir.

Ich sprang auf und rannte los, durch das Tor, das sich hinter mir schloss. Im Inneren der Mauern angekommen, erblickte ich zwei Gebäude. Aus dem einen strömte der Gestank nach Hundeangst, auch Max' war darunter. Auf dem anderen Bau erkannte ich einen Steinrüssel. Rauch und Asche wehten aus ihm heraus.

Vorsichtig schlich ich auf das Gebäude zu, in dem Max sein musste. Von Schritt zu Schritt wurde der Angstgestank unerträglicher. Mein Magen wollte sich entleeren, und meine Beine wollten endlich, endlich wegrennen.

Als ich nur noch wenige Hundelängen von dem Haus entfernt war, öffnete sich langsam die Tür. Wenn ich jetzt entdeckt würde, nähmen sie auch mich gefangen. Dennoch rannte ich weiter auf das Gebäude zu, in der Hoffnung, noch rechtzeitig hinter die Mauerecke zu gelangen, wo ein Mensch mich nicht sehen könnte. Ich rannte so schnell ich konnte, aber ich war zu langsam. Ein Mann, gekleidet wie der andere Hundefänger, trat aus der Tür. Schweißperlen flossen ihm über das Gesicht. Er trug einen Hund in den Armen. Es war ein kleiner, mit kurzen Beinen und eingedrückter Schnauze. Seine Beine baumelten schlaff vom Arm des Mannes herab. Der Hund atmete nicht.

Geschockt blieb ich stehen.

Lauf, Narbe, lauf davon!

Ich konnte nicht.

«Wie zum Teufel bist du aus dem Käfig gekommen? Dich schnapp ich mir, wenn ich mit dem hier fertig bin!»

Er ging mit dem Kadaver zu dem Bau, aus dem die Asche durch den Steinrüssel in den Himmel flog. Meine Beine begannen zu zittern, weil ich nun begriff, wessen Asche in die Luft gestoßen wurde.

Lauf …

Die Tür des Hauses, in dem Max sich befand, stand immer noch offen.

… kleine Narbe …

Ich schlich auf sie zu …

… lauf davon!

… und blickte hinein. Überall waren Hunde. Immer zwei

steckten zusammen in einem vergitterten Kasten. Sie kläfften nicht, lagen einfach nur da in dem Gestank ihrer eigenen Angst. Am Ende des Raumes standen zwei Menschen. Einer in einem blauen Falschfell und einer in einem weißen. Sie musterten Max.

«Neuankömmling», sagte der Mensch im blauen Falschfell. «Den können wir eigentlich gleich einschläfern.»

Der Hund, den der Mann eben hinausgetragen hatte, würde niemals mehr schlafen.

«Das ist gegen die Regeln», antwortete der Mensch im weißen Falschfell. «Nach drei Monaten machen wir das, wenn ihn keiner bei sich aufnehmen will.»

«Hier ist alles voll. Dass jemand einen so großen Köter wie den da mitnimmt, habe ich noch nie erlebt. An dem verschwenden wir nur drei Monate Platz und Futter. Und wenn wir nicht aufhören, Viecher, die sowieso sterben, durchzufüttern, kommen wir immer mehr ins Minus. Und dann feuern die mich! Und du verlierst hier auch deine schönen Aufträge, und es kommt ein anderer Tierarzt. Wenn ich untergehe, gehst du auch unter. Das sag ich dir!»

«Schon gut, schon gut, reg dich wieder ab», sagte der Mann mit dem weißen Falschfell. «Aber welchen Hund ich einschläfere, ist immer noch meine Sache. Was ist mit dem da? Der macht es eh nicht mehr lange.» Er deutete auf den Hund, mit dem Max sich die Gitterhöhle teilte. Er war dunkelbraun. Mit kurzen Haaren. Alt. Verängstigt.

«Dann schläfere eben den ein. Hauptsache, wir schaffen Platz», sagte der andere, nahm ein kleines Metall in die Hand, steckte es in einen der Gitterstäbe und öffnete die Höhle. Max verzog sich in die hinterste Ecke, der alte Hund bewegte sich gar nicht. Der blaue Mensch packte ihn an Hals und Hinterbeinen und presste ihn zu Boden. Der andere holte ein kleines

Ding aus seinem weißen Falschfell. In dem durchsichtigen Gefäß schwamm eine grüne Flüssigkeit.

Lauf endlich …

Der Mensch in dem weißen Fell ging in den vergitterten Kasten und setzte die Metallspitze an den Hals des alten Hundes. Die Flüssigkeit verließ den Glasbehälter. Der Hund zuckte, wollte sich befreien, aber der Mensch hielt ihn fest. Max kam dem Hund nicht zu Hilfe. Ich kam ihm ebenfalls nicht zu Hilfe.

… kleine, kleine Narbe …

Ich sah nur reglos zu, als der Hund in den Armen des Mannes das Bewusstsein verlor. Und langsam auch das Leben.

Die Menschen entschieden über Leben und Tod. Und bald würden sie über den Tod von Max entscheiden.

Lauf!

Und ich lief.

Bellend rannte ich auf die Menschen zu!

«Was?», staunte der Mörder, der den schlafenden, fast schon verstorbenen Hund in den Armen hielt. Der Mörder mit der Nadel in der Hand hingegen starrte mich erschrocken an. Ich überlegte mir, ob ich ihn umstoßen könnte wie das kleine Menschenweibchen auf der Müllkippe. Er war größer, aber sein Körper hatte einen schlechten Stand, da er sich zu mir umgedreht hatte. Ich nahm Geschwindigkeit auf, stieß den Menschen auf den kalten Steinboden, sprang auf seine Brust und beugte mich über seine Kehle. Ich wollte zubeißen.

«Scheißviech!», rief der Mörder in dem blauen Falschfell und ließ den alten Hund zu Boden fallen.

Max lag weiterhin in seiner Ecke, regte sich nicht, starrte mich nur an, genau wie alle anderen Hunde in den Gitterhöhlen. Ich hingegen war wie von Sinnen, wollte den Menschen töten. Der winselte nicht, versuchte sich stattdessen ruhig zu stellen und hielt mir die Kehle noch ein wenig mehr hin, wie es das kleine Menschenweibchen auf der Müllkippe getan hatte. Erhoffte er sich davon Gnade? In der Todesangst waren die mächtigen Menschen genauso von Instinkten getrieben wie wir.

Mein Speichel tropfte auf seinen Hals. Ich knurrte furchterregend. Ich riss mein Maul auf, meine Zähne hatten gerade seine Kehle erreicht, da ….

… erhielt ich von dem anderen Männchen einen Tritt in den Magen. Der Stoß kam mit einer solchen Wucht, dass ich vom Körper meines Opfers wegflog. Dennoch gelang es mir, seinen Hals etwas zu verletzen.

«Ah!», schrie der Mensch in dem weißen Ersatzfell auf. Der andere trat mir noch dreimal in den Bauch. «Du Scheißviech! Du verdammtes Scheißviech! Du kommst als Erstes in den Ofen!»

Die Tritte hätten schmerzen müssen, aber in meinem Blutrausch nahm ich sie kaum wahr. Ich sprang wieder auf, und verbiss mich in dessen Bein. Er schrie nun ebenfalls vor Schmerzen.

Aus dem Augenwinkel erkannte ich, dass der andere Mörder sich ein Tuch an den Hals presste, das sich mit Blut vollsog. Mit der freien Hand kramte er aus seinem Ersatzfell ein weiteres dünnes Gefäß, in dem ebenfalls jene todbringende Flüssigkeit schwappte. Gleich würde er sie mir in den Hals jagen.

Ich ließ von dem Bein ab. Der Mensch hüpfte fluchend umher.

Ich sah zwischen den beiden Menschen hin und her. Beide würde ich niemals besiegen können. Ich blickte zu Max. Er lag immer noch in der Ecke der Gitterhöhle, nicht weit entfernt von dem Hund, der nicht mehr atmete. Der Mensch mit dem weißen Ersatzfell ging auf mich zu, das Röhrchen in der Hand, und der andere rief: «Jag dem verdammten Köter das Ding in den Hals!»

«Max!», kläffte ich verzweifelt.

«Narbe», antwortete er leise, es waren die ersten Laute, die er von sich gab, seitdem ich das Haus betreten hatte.

«Max, du musst mir helfen. Bitte!»

Max blieb liegen. Der Mörder mit dem Röhrchen näherte sich von der einen Seite. Der andere versuchte mich zu fassen. Das Blut aus seinem Bein tropfte auf den Boden, aber sein Zorn war anscheinend größer als sein Schmerz. Max bewegte sich noch immer nicht. Mein Freund war keine Hilfe. Oder auch nur ein Beistand in der Not. Er war nicht wie Djalu aus meinem Traum. Wie gerne hätte ich jetzt Djalu bei mir gehabt. Wie gerne wäre ich nicht Narbe gewesen, sondern Inala. Und so sagte ich leise, als die beiden Menschen mit ausgebreiteten Armen immer näher kamen, um mich zu töten: «Djalu.»

Da stand Max auf. Als ob er sich angesprochen fühlte. Als ob er selbst Djalu war!

Er trat aus der Gitterhöhle und knurrte die Menschen an, dabei fletschte er bedrohlich die Zähne. Das hätte ich ihm niemals zugetraut. Als die beiden Menschen sich erschrocken umsahen, bellte Max so laut, dass die Gitterstäbe zu schwingen begannen. Die ganze Kraft, die in seinem großen Körper wohnte und die sich mir – und vermutlich auch ihm selbst – bisher nicht offenbart hatte, erfüllte den Raum. Und die gefangenen Hunde, die bisher so still waren, so ängstlich, bellten nun auch. Als ob Max ihr Anführer war. Wie einst Wolfsvater.

«Lauf!», kläffte ich Max zu.

Max bewegte sich nicht. Ich rannte an ihm vorbei in Richtung Ausgang und bellte: «Lauf, wenn du leben möchtest.»

Aber er regte sich nicht, sondern bellte wie von Sinnen.

«Wenn du mit mir leben möchtest!»

Max hörte auf zu bellen, wurde mit einem Mal ganz ruhig. Er lauschte durch das Gebell der Hunde meinen Worten nach. Und ich auch. War ich doch ebenso erstaunt wie er, dass ich sie gesagt hatte. Dann lief er los und schloss sofort zu mir auf.

«Was ist mit den anderen?», fragte er mich, während die verzweifelt durcheinanderbellten: «Nehmt mich mit!» – «Lasst mich nicht alleine!» – «Wenn ihr uns hierlasst, seid ihr nicht besser als die Menschen!»

Wie sollten wir sie retten? Wir konnten doch nicht die Gitterstäbe durchbeißen. «Wir müssen sie hierlassen.»

«Das ist ihr Tod!»

«Und wenn wir versuchen, ihnen zu helfen, sterben wir auch.»

Max blickte zu den Hunden und sagte dann todtraurig: «Du hast recht.»

Wir liefen weiter in Richtung Tür. Die Hunde bellten immer lauter, weil sie dachten, dass wir ihnen nicht helfen wollten. Dass wir es nicht konnten, begriffen sie nicht. In meinen Ohren dröhnte es: «Verräter!» – «Ihr verdient den Tod!» – «Meine Mama. Bitte, bitte sagt meiner Mama, wo ich gestorben bin!» – «Ich habe Welpen im Bauch! Welpen, versteht ihr?»

«Welpen …», sagte Max leise, kaum hörbar, als ob er in der Nacht erneut von welchen geträumt hätte. Und mein Bauch zog sich zusammen. Unwillkürlich blickte ich zu der Hündin, die gerufen hatte. Sie hatte schwarzes gelocktes Fell und war kleiner als ich, reichte mir nicht ganz bis zum Hals. Ich konnte sehen, wie die Welpen von innen gegen die Bauchwand traten. Ihre Mutter sah mich flehentlich an. Ich blieb vor ihr stehen und sagte leise: «Verzeih.»

«Narbe!» Nun war es Max, der mich zum Weiterlaufen aufforderte. Ich wandte meinen Blick von der Mutter ab, die ihre Kinder niemals sehen würde, und rannte mit Max zur offenen Tür. Dort stand inzwischen der dritte Mensch. Er war so erstaunt, dass er gar nicht nicht reagierte, als wir in vollem Tempo an ihm vorbei ins Freie liefen, über den von der Nachmittagssonne beschienenen heißen Stein in Richtung Tor. Hinter uns ging das Gebell in Jaulen und Winseln über. Wo es vorher nur nach Angst stank, roch es jetzt nach tiefer Verzweiflung. Mit glühenden Ohren hörte ich, wie die drei Mörder hinter uns herrannten. Durch das Salzwasser in meinen Augen sah ich verschwommen, wie zwei weitere Menschen aus dem Gebäude herausliefen, in dem die Hunde zu Asche wurden. Gewiss waren sie von dem Gebell aufgeschreckt worden und wollten ihren Mörderbrüdern zu Hilfe eilen. Sie alle verfolgten Max und mich, während wir zum Tor stürzten, das immer noch verschlossen war. Wenn es sich nicht gleich öffnete, wären wir verloren. Ich starrte beim Laufen fest auf meine Pfoten und nahm mir vor, alles, was kommen sollte, mit Würde zu ertragen. Ich würde nicht jaulen und nicht winseln. Diese Genugtuung würde ich den Menschen nicht geben.

«Schau!», rief Max.

Ich starrte weiter auf meine Pfoten, wollte nicht sehen, wie die Verfolger aufholten.

«Sieh doch!», rief Max. «Das Tor …»

Das Tor ging auf. Es ging auf! Ein Auto fuhr hindurch. Darin waren gewiss weitere Hunde gefangen, die den Platz der Toten einnehmen würden.

«Los», rief ich und rannte. Max, der schneller laufen konnte als ich, blieb neben mir. Warum tat er das?

Das Tor begann bereits, sich wieder zu schließen. Es würde knapp werden.

«Warum rennst du nicht schneller?», kläffte ich. Würde Max so geschwind laufen, wie er konnte, würde er gewiss noch rechtzeitig durch das Tor schlüpfen können. Würde er jedoch weiterhin neben mir rennen, lief er Gefahr, es nicht zu schaffen. «Du kannst dich in jedem Fall retten!»

«Du hast mich nicht alleingelassen, Narbe. Nun lass ich dich auch nicht allein.»

Wir gehörten zusammen.

Max an meiner Seite zu haben, verlieh mir neue Kräfte. Wir rannten an dem Auto vorbei, auf das Tor zu, das schon fast wieder verschlossen war. Durch den offenen Spalt würden wir nebeneinander nicht mehr hindurchpassen.

«Lauf vor!», rief ich.

«Nein, du!», antwortete Max und verringerte das Tempo. «Du musst zuerst! Du bist breiter. Ich kann immer noch durchschlüpfen, wenn du es schon nicht mehr schaffst.»

Auch ich wurde langsamer. Langsamer als er. Damit ließ ich Max nur noch eine Wahl: Da er mein Leben retten wollte und ich es opfern würde, wenn er nicht voranlief, musste er als Erster durchs Tor. Er sah kurz zu mir, dann raste er durch den freien Spalt auf die andere Seite der Mauer. Dort blieb er stehen, drehte sich zu mir um und bellte: «Komm! Komm!»

Der Spalt war schon so gut wie geschlossen, als ich ihn erreichte. Ich musste ein wenig abbremsen, um nicht gegen die Kante des fahrenden Tores zu knallen. Ich quetschte meinen Körper durch die Öffnung. Ich war schon fast ganz hindurch, da erfasste das Metall meine linke Hinterpfote. Voller Panik zog ich mein Bein durch den Spalt, riss die Pfote dabei ein klein wenig am Metall auf, schaffte es aber gerade noch, mich auf die andere Seite zu retten, bevor sich das Tor scheppernd schloss. Wir hatten es geschafft, wir waren gerettet, weg von den Mördern.

Das Gefühl der Schuld, die anderen Hunde ihrem Schicksal überlassen zu haben, blieb allerdings.

25

Ich stand auf der Müllkippe. Der Gestank war mir einerlei. Ich hatte schon viel Schlimmeres ertragen. Kein Geruch konnte beißender sein als der aus den Öfen des Lagers, die ich reinigen musste, nachdem ich nicht mehr im Orchester spielen konnte. Selbst der Gestank meines eigenen Fleisches auf dem Scheiterhaufen war nicht so fürchterlich gewesen.

In der Ferne streunten ein paar Hunde herum und beäugten mich. Sie waren so schlau, sich mir nicht zu nähern.

Das Seelenband hatte mich hierhergeführt. Ich war mir sicher, dass die beiden Hunde sich hier das erste Mal begegnet waren. Über die Müllkippe erreichte ich einen Fluss, schaute mich am Ufer um und fand in einem Busch die Spuren eines Nachtlagers. Doch nur das Männchen hatte hier geschlafen. Das Weibchen woanders. Das musste es sein, was in diesem Leben anders war: Das Weibchen empfand nichts für das Männchen. Oder zumindest nicht so viel wie zu früheren Zeiten, als es jede Nacht bei ihm lag.

Wie konnte das sein? Es war doch ihr Schicksal, sich zu lieben? So wie es mir bestimmt war, zu verhindern, dass sie ihre Liebe jemals leben konnten. Was würde geschehen, wenn ich sie tötete, bevor ihre Liebe erblühte?

Würde ich dann das Band zwischen ihren Seelen zertrennen? Wäre ich dann nicht mehr verflucht, sie zu jagen?

In dem Fall wäre ich nicht mehr wie ein Geist, der auf Erden wandeln musste, um sein Werk zu vollenden. Ich hätte meine Aufgabe erfüllt. Ihnen die Liebe für immer genommen.

Und wenn meine Seele wieder neu auf die Welt kam ... ich traute mich kaum, den Gedanken zu vollenden, weil ich nicht hoffen wollte, und vollendete ihn doch, denn zu hoffen war ein Instinkt, gegen den selbst ein Verstand wie der meine, der um die Hoffungslosigkeit der Welt wusste, nichts ausrichten konnte. Wenn also meine Seele wieder neu auf die Welt kam, würde ich endlich aufhören, mich zu erinnern.

Ich würde die Hunde vergessen haben. Den Ballast der Jahrtausende. Die Wunden, die ich erlitten hatte. Die Krankheiten. Das Brennen auf dem Scheiterhaufen. Ich müsste nicht mehr an die Ehefrauen denken, die ich vielleicht nicht geliebt, aber doch gemocht hatte und mit denen ich nie ein glückliches Leben hatte führen können. Weil mein Hass auf die Hunde mich von ihnen fernhielt. Weil ich mich nach getanem Werk lieber selbst richtete, um im Zwischenreich zu leben, als mein Leben ohne wahre Liebe zu verbringen.

Ich müsste nicht mehr all meine Sprösslinge vor Augen haben, von denen so viele in meinen Armen für immer eingeschlafen waren. Ich könnte die Kinder vergessen, die ich im Lager hatte sterben sehen und deren Anblick mich das dritte Mal in den Wahnsinn getrieben hatte. Es waren nicht meine Kinder gewesen. Doch das war einerlei. Eines hatte beim Gang in die Kammer ein Baby in einem Bündel Tuch fest an sich gedrückt.

Vergessen.

Wie sehr ich mich danach sehnte. Selbst wenn es bedeutete, dass ich mich nicht mehr an meine erste und einzige wahre Liebe erinnern würde.

Nicht mehr hassen müssen.

Dafür lieben.

Kinder bekommen.

Das Leben nutzen.

Carpe Diem.

Carpe Vitam!

Ich wollte das Vergessen.

Unbedingt.

Und um es zu bekommen, musste ich die Hunde finden, bevor sich das Weibchen verliebte.

26

Wir hielten nicht an, um nach etwas Essbarem zu suchen. Wir tranken auch nicht von dem Wasser, das ein Mann mit einem Schlauch auf eine der kleineren Straßen spritzte. Wir stoppten noch nicht mal, um zu Atem zu kommen, obwohl uns die Zungen beim Rennen weit aus dem Rachen hingen. Dabei verfolgten uns die Menschen offenbar gar nicht.

Ich blieb erst stehen, als wir in eine Gegend gelangten, die Max Park nannte. Um mich herum sah ich nicht nur Gras, das überraschend grün war, sondern auch Bäume. Das alles nahm ich jedoch kaum wahr. Genauso wenig wie die kleine Risswunde an meiner Pfote. Stattdessen schüttelte ich mein Fell. Immer und immer wieder. Ich wollte die Asche der toten Hunde loswerden. Und ich begann zu husten.

«Was hast du?» Max klang besorgt.

Mein Husten wurde immer lauter und abscheulicher. Ich konnte nicht antworten, sondern begann zu krampfen.

«Narbe, hör endlich auf!» Max lief auf dem Gras um mich herum, während mein ganzer Körper zuckte und ich kurz davor war zusammenzubrechen. «Sonst erstickst du!»

Sein Bellen erreichte mich kaum, es war, als ob ich wieder unter Wasser wäre. Ich merkte auch kaum, wie Max mit einem Mal stehen blieb. Dafür erkannte ich aus dem Augenwinkel, zwischen den Blättern der Bäume hindurch, in der Ferne den Berg des Selbsthasses. Vielleicht, so schoss mir ein Gedanke durch den Kopf, hasste der Berg sich gar nicht selbst, sondern spuckte Glut und verbrannte sich mit ihr, weil er wie ich etwas Fürchterliches erlebt hatte. Und während ich mich fragte, ob meine Magensäfte, einmal herausgehustet, mein Fell so verbrennen konnten wie die Glut des Berges sein Gestein, war Max ganz still geworden. Er stand einfach nur da. Und weil sein Geruch von dem Gestank meiner eigenen Panik überlagert wurde, war ich nicht vorgewarnt, was nun passierte: Er lief auf mich zu und rammte mit voller Wucht seine Schnauze in meinen Bauch.

Ich fiel um. Nach der ersten Überraschung kläffte ich zornig und sprang auf. «Willst du kämpfen?», bellte ich. «Willst du kämpfen? Komm schon! Komm!»

«Ich will nicht kämpfen», sagte Max ganz ruhig. «Nicht gegen dich. Nie.»

«Warum schubst du mich dann um?»

«Ich will nicht, dass du erstickst.»

Ich hatte aufgehört zu husten. Als mir dies bewusst wurde, wollte mein Magen gleich wieder von vorne anfangen. Doch Max sagte: «Nicht.»

Seine Stimme wurde dabei noch tiefer, und ihr voller Klang beruhigte meinen Magen sofort. Sein Tonfall und seine Haltung verströmten eine solche Sicherheit und Kraft, dass ich wusste, er würde mich vor jeglicher Gefahr beschützen.

Obwohl ich wieder ruhiger atmete, blieb der Wunsch, mein Fell an dem nächsten Baumstamm zu scheuern, um auch die letzte Asche loszuwerden. Hatte ich überhaupt noch Flocken im Fell? Würde sich das jetzt für immer so anfühlen? Ein schrecklicher Gedanke.

Stattdessen sagte ich zu Max: «Danke.»

«Hast du noch etwas Schlimmeres gegessen als Weintrauben?»

Max war ja so arglos. Natürlich hatte er gesehen, was mit

dem Hund, der sich die Gitterhöhle mit ihm geteilt hatte, geschehen war, aber was mit dessen Leib geschah, wusste er nicht. Er hatte offenbar nicht den Schluss gezogen, dass die Asche, die aus dem Steinrüssel des Hauses wehte, von den Hunden stammte. Weil alles zu schnell gegangen war oder weil Max sich so einen Schrecken einfach nicht vorstellen konnte? Sollte ich ihm davon erzählen? Ihn damit belasten? Nein, es war besser, es ihm nicht zu sagen. Er sollte nicht noch fürchterlicher träumen, als er es ohnehin schon tat.

Max schnupperte ein wenig an mir, nicht misstrauisch, sondern besorgt, weil ich ihm anscheinend nicht gesund erschien. Ich war es auch nicht. Wer würde schon ein so ungeheuerliches Erlebnis gesund überstehen?

«Wir sollten hier ausruhen», schlug Max vor.

Ich blickte mich hektisch um. Menschen waren zwar nirgendwo zu sehen, vielleicht, weil sich die Sonne schon senkte. Dennoch befürchtete ich, dass uns die Hundefänger hier finden würden.

«Wir müssen weiter», antwortete ich.

«Du hast doch kaum noch Kraft.»

«Aber die Menschen …»

«Wenn sie uns hier finden, finden sie uns auch, wenn wir die kurze Zeit bis zum Einbruch der Nacht weitergehen.»

Ich wollte immer noch fliehen, aber Max hatte recht. Ich war erschöpft, und vermutlich ahnte ich auch, dass es für mich im Moment keinen Ort auf der Welt gäbe, an dem ich mich sicher fühlte. Also schlich ich zu einem Baum und legte mich in seinen Schatten.

«Du musst was trinken», sagte Max besorgt.

«Ich will einfach nur die Augen zumachen.»

«Ich hole dir Wasser», sagte er und deutete mit der Schnauze zu einem kleinen Gewässer. Größer als eine Pfütze. Kleiner als ein Bach. Unnatürlich rund geformt. «Ich gehe zu dem Teich da und bringe dir welches.»

Da ich nicht schwach wirken wollte, sammelte ich meine ganze verbliebene Kraft, stand auf und schleppte mich zu dem Gewässer, das Max Teich nannte. Wir tranken, löschten unseren Durst und spülten den Staub von den Zungen. Doch die Asche in meiner Lunge konnte das Wasser nicht ausspülen.

Plötzlich entdeckte Max eine Mülltonne in einiger Entfernung. Die kleine Tonne quoll über, Brot und Früchte lagen um sie herum verstreut. Max aß von dem Brot und rief mir zu: «Du musst auch etwas essen. Schau mal, das ist Käse. Ich liebe Käse. Es gibt nichts Besseres. Frauchen füttert mich immer damit, wenn alle am Abendbrottisch sitzen. Lilly findet Käse aber gar nicht gut. Sie hält sich immer die Nase zu und sagt ‹Ihhh› und schüttelt sich, wenn ich ihn esse. Dann lacht sie, und Frauchen gibt mir immer gleich noch ein Stück, weil sie Lilly so gerne lachen hört.»

«Morgen», antwortete ich, ohne den Käse auch nur eines Blickes zu würdigen. Ich knabberte ein wenig Gras, um meinen Magen zu beruhigen, schlich mich anschließend zu einem Baum, legte mich darunter und schaute nach oben. Das erste Mal betrachtete ich einen Baum so richtig. Seinen kräftigen Stamm, den kein Wind, kein Sturm umwerfen könnte. Zwischen den Ästen brach sich das orangene Licht der untergehenden Sonne. Die Blätter leuchteten. Der Baum wirkte so friedlich, als wollte er mir sagen: Unter mir bist du vor allem Unbill geborgen, und dennoch kannst du durch meine Blätter bis in den Himmel blicken.

So etwas Schönes hätte ich nie erlebt, wenn ich die Müllkippe nicht verlassen hätte.

Max legte sich zu mir, mit ein wenig Abstand. Dann hob er

den Kopf. Und auch wenn er schwieg, spürte ich, dass er den Anblick der Blätter ebenso schön fand wie ich.

«Narbe?», sagte er nach einer Weile.

«Ja?»

«Du bist der tapferste Hund der Welt.»

«Was?»

«Du hast dich zu den Käfigen gewagt, um mich zu retten.»

«Du …», ich suchte nach Worten, «hättest das auch getan.»

«Ich glaube nicht, dass ich den Mut für so etwas hätte», entgegnete Max. «Du bist was Besonderes.»

Was Besonderes. Das war ich als Fleck immer gewesen. Als Narbe auch. Aber nie auf eine gute Weise. Es war schön, dass Max mich jetzt für etwas Besonderes hielt, auch wenn ich mich selbst nicht so sehen konnte. Und es war schön, seinen Duft zu riechen, der mir noch viel wohliger vorkam als gestern oder heute Morgen. Max roch jetzt, wo er so bei mir lag, nach… ja, er roch nach Leben. Fast so wie Djalu in der Wüste.

Ich atmete seinen Duft tief ein. Max bemerkte das natürlich. Und anstatt etwas zu sagen, atmete er auch meinen Duft ein, als ob der ebenfalls wie das Leben duftete. Dabei konnte ich doch nur nach Magensaft stinken.

Ich fühlte mich ertappt, weil ich geschnuppert hatte, und schämte mich, weil ich so schlecht roch. Ich wandte meine Schnauze von Max ab und betrachtete wieder den Baumwipfel.

«Du …», hob Max nach einer Weile an, um dann gleich wieder abzubrechen.

«Ich …?», fragte ich, ohne den Blick von den Blättern zu wenden. Wie es wohl sein musste, dem Himmel so nah zu sein?

«Du hast mich vorhin bei einem anderen Namen genannt.»

Ich wandte den Blick von den Blättern ab und schaute zum Teich.

«Djalu», fuhr Max fort. «Als du den Namen gesagt hast, wurde für ganz kurze Zeit etwas in mir geweckt. Keine Erinnerung. Eher als wäre etwas tief in mir, von dem ich nichts weiß.»

Ich schwieg, weil ich es mir selbst kaum erklären konnte. Mein Traum musste mehr sein als ein Traum, so wie Max dies auch von seinen Träumen glaubte. Nur so konnte es sein.

«Hast du auch geträumt?», fragte er. Wahrscheinlich hoffte er, dass mir genauso seltsame Dinge erschienen waren wie ihm. Denn dann wäre er nicht alleine. Nicht verrückt. Oder zumindest nicht alleine verrückt. «Hast du, Narbe?»

«Ja, aber anders als du.»

«Anders?»

«Ohne einen bösen Menschen.»

«Das», Max überlegte ein wenig, «das ist ... gut.»

«Das ist es.»

«Waren wir in deinem Traum auch zusammen?»

«Ja», antwortete ich. «Dein Name war Djalu und meiner Inala.»

«Inala ist ein schöner Name.»

«Schöner als Narbe bestimmt.»

«Soll ich dich ab jetzt so nennen?»

Für einen Moment war ich überrascht. Einen anderen Namen annehmen statt jenem, den ich von Mama bekommen hatte? Durfte ich das? Sie hatte ihn ja, nachdem ich mein Auge verloren hatte, das erste Mal auf verächtliche Weise ausgesprochen, die meine Geschwister fortan nachäfften. Wie ich Mama in diesem Augenblick dafür hasste. Das erste Mal in meinem Leben. Als ob ich mich dies erst jetzt trauen dürfte.

«Soll ich?», fragte Max noch einmal.

Den Namen selber wählen – was für ein unglaublicher Gedanke! Es wäre wirklich wunderbar, nicht mehr Narbe zu heißen. Inala …

Nein, es war lächerlich, so zu denken. Solange ich eine Narbe trug und kein Auge dahinter, also für den Rest meines Lebens, würde ich Narbe sein. Und niemals jemand anders. Max setzte mir lauter verrückte Ideen in den Kopf. Und je mehr ich auf ihn hörte, desto irrer schien ich zu werden. Ich schnaubte, rollte mich zusammen, blickte von ihm weg und sagte: «Narbe ist mein Name.»

«Du bist etwas Besonderes», antwortete Max sanft. «Und eines Tages wirst du einen Namen tragen, der zu dir passt.»

27

Max legte sich so nah zu mir, dass unsere Fellhaare sich gerade eben nicht berührten. Schließlich sagte ich: «Glaubst du, dass einer der Hundefänger …»

«… der Rabenmensch war, der Mann mit der Peitsche?»

«Ja.»

«Keiner der Hundefänger war der Mann aus meinen Träumen. Sein Hass war viel größer.»

«Also gibt es ihn nicht wirklich», hoffte ich.

«Ich glaube schon», erwiderte Max. «Wenn wir die beiden Hunde aus den Träumen sind, dann lebt der Rabenmensch auch irgendwo.»

«Wenn …», versuchte ich den Gedanken abzuwehren, sagte dann aber nichts mehr. Max rollte sich ganz eng zusammen, als wollte er sich im Schlaf vor den Träumen schützen. Ich schloss mein Auge, atmete Max' Geruch ein und war kurz davor einzuschlafen, da winselte Max: «Lilly … wie soll ich sie je finden?»

Gestern noch hätte ich ihm ins Gesicht gekläfft, dass ein kleines Menschenweibchen es nicht wert war, dass ein Hund ihm nachtrauerte. Aber Max hatte mich etwas gelehrt. Manchmal konnte es wichtiger sein, die Traurigkeit eines anderen Hundes zu lindern, als den eigenen Gefühlen nachzugeben. Ich suchte nach Worten, um meinen Gefährten zu trösten, fand aber keine, außer: «Ich weiß es nicht …»

Max rollte seinen großen Körper noch enger zusammen, als wollte er in sich selbst noch mehr Schutz und Trost finden.

Nach einer Weile winselte er wieder und wurde immer lauter. Bald schon würde er jaulen. Und das, so fürchtete ich, könnte die Hundefänger anlocken. Doch dazu kam es nicht, denn wir hörten eine Stimme sagen: «Vielleicht kann ich euch helfen.»

Die Stimme kam von oben, direkt über uns, und sofort blickten wir beide in den Wipfel des Baumes. Die eine Hälfte der Blätter schimmerte dunkelorange in den letzten Sonnenstrahlen. Die andere Hälfte lag bereits im Dunkeln. Auf einem Ast hockte schemenhaft der graue Vogel mit den roten Federn an Bauch und Kopf.

«Du?», fragte Max. Und ich verfluchte ihn sogleich innerlich. Wir sollten den Vogel nicht beachten. Mit ihm zu reden, bedeutete, wieder seinem Spott ausgesetzt zu sein.

«Ich sehe, ihr habt immer noch Verdauungsprobleme», meinte das lästige kleine Biest und deutete vergnügt mit dem Schnabel auf die Stelle, wo ich mich übergeben hatte.

«Wenn du gekommen bist, um dich über uns lustig zu machen …» Ich sprang auf.

Der Vogel aber flog ein paar Äste tiefer, als ob er mir zeigen wollte, dass es keinen Sinn machte, ihn einschüchtern zu wollen.

«Deswegen bin ich nicht hier.»

«Na schön.»

«Aber es ist eine verdammt gute Idee, sich über euch lustig zu machen.»

Ich knurrte.

«Du knurrst echt überzeugend», fand der Vogel.

Ich knurrte noch lauter.

«Mit Worten hast du es wohl nicht so», spottete er.

«Komm herunter, und ich zerbeiß dir dein Gefieder.»

«Es ist nicht nett, so mit jemandem zu reden, der euch helfen kann.»

«Kannst du uns etwa zu Lilly bringen?» Jetzt sprang auch Max auf und wedelte aufgeregt mit dem Schwanz.

«Nun, wenn deine Freundin mich weiter anknurrt …» Der Vogel flatterte weiter herunter auf den tiefsten Ast des Baumes. Genau dort, wo ich ihn nicht schnappen konnte.

«Was dann?», wollte ich wissen.

«Kack ich dir auf den Kopf.»

«Das wagst du nicht!»

«Willst du es darauf ankommen lassen?» Der Vogel stieß sich vom Ast ab in die Luft und segelte nun genau über meinem Kopf.

«Ich», sagte Max, «würde es nicht darauf ankommen lassen.»

Ich hörte auf zu knurren.

«Kannst du uns nun zu meiner Lilly bringen oder nicht?», fragte Max ungeduldig.

«Wir Vögel haben einen hervorragenden Ortungssinn. Wenn du weißt, wo sie lebt, und ich schon mal an dem Ort war, kann ich euch den Weg zeigen.»

Max roch mit einem Mal nach Frühlingswind, der über die Hügel streicht – dem Duft der Hoffnung. Ich hingegen glaubte dem Vogel kein Wort. Doch wenn ich das jetzt laut herauskläffte und ihn mit aller Macht vertrieb, würde ich Max seine Hoffnung nehmen. Es war wohl besser, wenn ich das Maul hielt und ihn in dem Glauben ließ, der Vogel könnte ihm helfen. Wenn das kleine Biest es übertrieb, würde ich ihm schon die Federn rupfen.

«Ich komme aus einer Stadt, in der die Menschen anders aussehen und anders sprechen», sagte Max.

«Gibt es dort einen Wald?», fragte unser gefiederter Besucher und machte es sich wieder auf dem Ast über meinem Kopf bequem.

«Ja. Um die Stadt herum.»

«Was noch?»

«Da sind auch Berge.»

«Stellen die Menschen dort so unsinnige Dinge an, wie auf dem Schnee den Hang runterzugleiten?»

«Ja, im Winter.»

Der Vogel schwieg ein wenig, als ob er nach neuen Fragen suchte, doch es kamen ihm anscheinend keine in den Sinn. Irgendwann sagte er: «Wir ziehen in den Norden.»

«Und da finden wir Lilly?»

«Es gibt viele Orte, die so sind wie der, den du beschreibst. Wir können nur hoffen, dass du auf der Reise etwas wiedererkennst, was dich nach Hause führt.»

Dieser Vogel gab nicht vor, den Weg zu kennen, so wie ich es getan hatte. Er war ehrlicher als ich. Max schien das zu reichen, denn er roch weiter nach Frühlingswind, als er sagte: «Dann bringe uns bitte in den Norden.»

Obwohl ich mir nicht vorstellen konnte, dass uns der Vogel wirklich zu Max nach Hause führen konnte, protestierte ich nicht. Vielleicht würden wir mit ihm an einen Ort gelangen, an dem die Hundefänger uns nicht mehr schnappen konnten. Vielleicht sogar zu einem, an dem auch ich nach Hoffnung duften konnte.

«Lustig», tschilpte die gefiederte Nervensäge, nachdem wir alle einer Weile geschwiegen hatten.

«Was ist lustig?», wollte ich wissen.

«Auf den Kopf kacken ist lustig.»

«Ist es nicht!»

«Und lustig ist auch, dass ich wegen euch in die Richtung fliege, aus der die anderen Vögel kommen.»

«Die anderen?» Ich verstand nicht.

«Sie werden bald aus den Ländern hinter den Bergen hierherfliegen, um der Herbstkälte zu entgehen.»

«Wo ist dein Schwarm?», fragte Max.

«Was?» Das kleine Biest mit dem roten Kopf tat so, als ob es die Frage nicht verstehen würde.

«Alle anderen Vögel sind in Schwärmen unterwegs. Nur du nicht.»

«Schaut mal, die Sonne ist fast verschwunden», zwitscherte der Vogel und flatterte höher und hockte sich auf einen anderen Ast. «Es ist Zeit zum Schlafen.»

«Du hast mir nicht geantwortet», stellte Max fest.

«Kannst du mir eine schöne Geschichte erzählen wie letztes Mal?», wandte die Nervensäge sich nun an mich.

«Schon wieder keine Antwort», stellte Max fest.

«Ich glaube, wir werden auch keine bekommen», erwiderte ich und empfand plötzlich so etwas wie Nähe zu dem kleinen Vogel. Wahrscheinlich war er ein Ausgestoßener wie ich.

«Was ist jetzt mit der Geschichte?» Der Vogel ließ nicht locker, wohl um von seinem Schmerz abzulenken.

«Ich werde dir eine erzählen», sagte ich, auch weil ich mich ihm das erste Mal nahe fühlte. «Aber vorher musst du mir eine Sache erklären, die ich wissen will.»

«Ich will die Geschichte aber jetzt hören!»

«Wie ist dein Name?»

«Ich heiße Schönschönergehtesnicht.»

«So heißt du bestimmt nicht.»

«Ich kann mich nennen, wie ich will. Und ich nenne mich Schönschönergehtesnicht.»

«Man kann sich nicht einfach einen Namen aussuchen!»

«Doch, das kann man …», wandte Max ein.

«Warum nennst du dich dann nicht anders?», unterbrach ich, um zu verhindern, dass er mir wieder damit kam, dass Inala ein schöner Name für mich sei.

«Meinen hat mir Lilly gegeben.»

«Wie heißt du denn?», fragte mich der Vogel.

«Narbe.»

«Nicht sehr hübsch. Aber er trifft den Schnabel in den Ast. Wer hat dir den Namen verpasst?»

«Willst du jetzt eine Geschichte hören oder nicht?», fragte ich gereizt zurück.

«Gerne.»

«Gut!»

Ich legte mich hin, und Max rückte näher an mich heran. So nahe, dass diesmal einige seiner schwarzen Haare meine Fellspitzen berührten. Plötzlich kribbelte es überall. So ein Kribbeln habe ich noch nie gespürt, selbst wenn ich mich ganz nah an meine Geschwister drückte.

Über uns raschelte der Vogel sein Gefieder zurecht. Ich dachte nach, welches Lied ich nun vortragen sollte. Die meisten, die ich kannte, waren traurig. Ich wollte aber nichts Trauriges! Nicht nach diesem Tag. Welches war die fröhlichste Geschichte gewesen, die Lied uns vorgesungen hatte? Es war das Lied von Plumps:

Plumps hatte einen großen Po,

«Das fängt schon mal gut an», trällerte der Vogel.

größer als sein Rücken.
Die anderen Hunde waren stark, schnell und schön.
Nur Plumps, der machte plumps.
Da kamen die Termiten,
raubten alles Futter.
Stark sein half nicht,
schnell sein half nicht,
schön sein half nicht.

Die Angst, zu verhungern, war groß.
Plumps ging zu dem Haufen der Termiten,
und setzte sich auf ihn
mit seinem großen Po.
Die Termiten bissen.
Er blieb sitzen.
Die Termiten fraßen.
Er blieb sitzen.
Die Termiten starben.
Er stand auf.
Alle Hunde bewunderten Plumps.
Und jedes Weibchen hoffte, seine Welpen würden einen Po bekommen wie Plumps.

«Wieder eine Geschichte», stellte der Vogel fest, «in der der Verlachte alle rettet.»

Ja, es war wieder so eine Geschichte. Es war mir bisher nie aufgefallen. Meine Geschwister und ich hatten uns stets darüber amüsiert, wie der fette Po von Plumps von Termiten zerbissen wurde. Aber jetzt, wo der Vogel es sagte, merkte ich, dass die Geschichte der Legende von Feder ähnelte.

«Ich mag diese Art von Geschichten auch so wie du», erklärte der Vogel, schloss die Augen und fuhr fort: «Ich heiße gar nicht Schönschönergehtesnicht.»

«Wie denn dann?», fragte Max.

«Blaufeder.»

Blaufeder – der Vogel war also ein Weibchen.

«Du hast doch gar keine blauen Federn», staunte Max, der seine Augen schon während meines Liedes geschlossen hatte.

«Ganz unten am Bauch, verdeckt von den roten, ist eine. Wenn wir Freunde werden, zeige ich sie euch.»

Freunde.

Ich hatte noch nie Freunde gehabt. Ein Rudel, ja. Aber Freunde? Und dann sollte ausgerechnet ein Vogel für mich zur Freundin werden? Verrückt. Aber ich hatte in den letzten beiden Tagen schon so viel Erstaunliches erlebt, warum sollte ich nicht auch noch eine Freundin finden?

28

Unser Rudel schlägt am Fuß einer besonders hohen Düne sein Nachtlager auf. Anatjari setzt mich im Sand ab. Ich lege mich erschöpft auf die Seite und strecke die Beine von mir. Über uns leuchten die Sterne, die hier über der Wüste so viel heller und klarer funkeln, als ich sie je auf der Müllkippe gesehen habe. Es müssen Tausende sein, einer strahlender als der andere. Sind dies alles verstorbene Hunde? Werde ich bald einer von ihnen sein?

Das Krabbeln des Skorpions ist mittlerweile verstummt, und meine Pfote schmerzt auch nicht mehr so sehr. Vielleicht überlebe ich die Nacht ja doch.

In meinem Bauch höre ich, kaum wahrnehmbar, Herzschläge. In der Hitze des Tages und wegen der schmerzenden Wunde habe ich sie nicht bemerkt. Ein Herzschlag vermischt sich mit einem weiteren und noch einem und noch einem, insgesamt sind es fünf. In meinem Bauch sind fünf Welpen. Ich werde Mutter.

Ich möchte nichts anderem mehr lauschen als diesen Herzen. Ich male mir aus, wie meine Kinder wohl aussehen werden – die Männchen gewiss wie Djalu, die Weibchen wie eine Mischung aus mir und ihm –, und stelle mir vor, wie sie sich alle an mir festsaugen, um zu trinken. Fünf Leben an meiner Brust. Bis sie groß genug sind, sich von mir zu lösen. Zu jagen. Zu rennen. Zu lieben.

Ich muss überleben. Für meine Welpen.

Anatjari winkt eine Menschenfrau zu sich. Sie ist größer als er, muskulöser, stärker. Ihre Haut ist sogar noch dunkler als Anatjaris, fast so schwarz wie die Nacht. Sie beugt sich zu mir herunter und sagt: «Du wirst wieder gesund werden, kleine Schwester.»

Dabei streichelt die Frau mein Fell, als ob sie das schon oft getan hätte, als ob … ja, als ob sie mich liebte. Wie eine Schwester es tun sollte. Nicht wie meine Geschwister auf der Müllkippe es getan haben. Hier im Sand der Wüste werde ich geliebt. Von diesem Menschenweibchen, das mich «Schwester» nennt. Und von Djalu, der lieber sterben würde, als von meiner Seite zu weichen. Auch ich liebe die beiden.

Ich liebe!

Mehr als ich Denker geliebt habe, als er mir zum Abschied «Viel Glück» zurief. Und auch mehr als Mama.

Anatjari setzt sich zu uns, streicht den Sand neben sich glatt, damit die Frau, von der ich weiß, dass sie Jedda heißt, sich zu ihm legen kann. Die beiden gehören zusammen. Überall riecht es nach Angst, Hunger, Furcht und Tod. Nur diese beiden Menschen duften fast wie ein einziges Wesen. Aber eben nur fast. Während Jedda den Blick nicht von ihrem Mann losreißen kann, schaut Anatjari zu den Sternen, als würde er sich nach ihnen sehnen.

Da höre ich, wie auch in dem Bauch der Frau ein zweites Herz schlägt. Wir sind also nicht nur Schwestern, wir werden auch beide Mutter. Wenn wir überleben.

«Anatjari, die Hunde …», beginnt Jedda und schweigt sogleich wieder.

«Was ist mit ihnen?» Anatjari wendet den Blick von den Sternen ab und sieht Jedda an.

«Wenn sie sterben, gelangen ihre Seelen auch in das Zwischenreich?»

Seelen?, wundere ich mich. Und was ist ein Zwischenreich?

«Der Schamane sagt, dass dorthin nur die Seelen von Menschen wandern.»

«Ich weiß, was der Schamane sagt. Aber was glaubst du?», will Jedda wissen. «Wenn Inala stirbt, darf ihre Seele in einem Felsen ruhen? Sich in den Strahlen der Sonne wärmen? Im Wasser eines

Bachs tauchen? Im Wind wehen? Mit den Wolken tanzen? So lange, bis sie wieder in einem Welpen neu geboren wird?»

Seele – ist es das, was mein Wesen ausmacht? Nicht dieser Körper?

Bevor ich den Gedanken ganz erfassen kann, antwortet Anatjari: «Der Schamane meint, dass nur die Nachfahren unserer Ahnen, die einst in der Erde schliefen und nach ihrem Erwachen an die Oberfläche krochen, wiedergeboren werden. Nicht die Hunde.»

«Ich glaube dem Schamanen nicht. Auch Hunde haben Seelen», sagt Jedda und streichelt wieder über mein Fell.

«Du liebst Inala mehr, als ein Mensch einen Hund lieben sollte», stellt Anatjari fest und blickt dann wieder zu den Sternen. Sehnsuchtsvoll. Als ob er zu ihnen reisen möchte.

«Und wenn unser Kind stirbt, bevor es zur Welt kommt», fragt Jedda nun leise, «darf es dann ins Zwischenreich?»

«Es wird nicht sterben», erwidert Anatjari, ohne zu zögern, und lächelt seine Frau an. Er ist wirklich ein Hoffender.

Jedda, deren Körper so stark wirkt, deren Wesen aber so zerbrechlich scheint wie das einer jeden werdenden Mutter, versucht sein Lächeln zu erwidern. Es gelingt ihr nicht. Vielleicht befürchtet sie, dass Anatjari ihr ausgewichen ist, weil die Seele eines Ungeborenen nicht ins Zwischenreich gelangen darf.

Ich bemitleide sie, weil sie nur ein Kind gebärt. Ich trage in meinem Bauch einen ganzen Wurf. Ich darf mich auch noch Mutter nennen, wenn eines oder gar mehrere Kinder verenden, solange das stärkste von ihnen überlebt. Dennoch beneide ich Jedda auch. Sie würde nur die Seele eines Kindes betrauern müssen, wenn es tot zur Welt kam. Bei mir würden fünf Seelen für immer erlöschen.

Aber wir beide wären nicht allein. Schwestern wie Jedda und ich können alles gemeinsam durchstehen. Den Tod von ungeborenen Kindern. Die Trauer. Den Schmerz.

Aber uns auch gemeinsam an allem freuen. An der Geburt von Kindern. Der Liebe. Dem Glück. Falls ich die Nacht überstehe und unser Rudel endlich ein Wasserloch findet.

Ich öffnete mein Auge. Über mir funkelten die Sterne, fast so hell wie in meinem Traum. Keine einzige Wolke verdeckte ihre Pracht. Sie waren, das ahnte ich nun, keine verstorbenen Hunde. Unsere Seelen wanderten, anders vermochte ich meinen Traum nicht zu deuten, wie die der Menschen in das Zwischenreich, von dem Jedda und Anatjari gesprochen hatten. Wenn dem tatsächlich so war, befand sich vielleicht die Seele meiner Mutter – oder die meines verstorbenen kleinen Bruders Kratz – genau in diesem Augenblick in dem lauen Wind, der die Blätter des Baumwipfels rascheln ließ.

Aber was waren die Sterne, wenn sie keine verstorbenen Hunde sein sollten? Das konnte ich noch nicht mal erahnen. Vielleicht die Seelen von Welpen, die das Licht der Welt nicht erblickt hatten?

Seelen.

Die Vorstellung, dass in mir etwas Unsterbliches wohnte, das immer wiedergeboren wurde, war überwältigend. Es gab nur einen Gedanken aus dem Traum, der noch gewaltiger war. Ich lauschte in meinen Bauch herein. Ich wusste, dass ich keine Kinder in mir trug, und dennoch versuchte ich, jenen Herzschlag zu hören, der mich im Traum mit so viel Glück erfüllt hatte.

Für einen Augenblick wagte ich es mir auszumalen: Welpen in meinem Bauch. An meiner Brust. In meinem Leben. Es war beängstigend und zugleich erregend. Fast fühlte ich mich, als könnte ich wie ein Vogel vom Boden aufsteigen.

In diesem Moment trat Max mit seiner Pfote gegen mein Hinterteil. Er schlief noch. Träumte. Offenbar einen üblen

Traum. «Nicht einsperren!», rief er panisch. «Nicht einsperren!»

Ich kroch näher an ihn heran. Drückte meinen Körper fest an sein schwarzes Fell. Max hörte auf zu jaulen, zuckte ein wenig mit den Beinen, einmal trat er noch gegen meinen Rücken. Dann glich sein Atem sich meinem an, und ich lauschte unserem Gleichklang, bis auch ich einschlief.

29

«Langschläferin», tschilpte Blaufeder direkt in mein Ohr und flatterte dabei neben mir auf der Stelle. «Es wird Zeit aufzustehen. Wir müssen los zum Meer!»

«Zum Meer? Nein, zu den Bergen!» Max sprang auf. Seine Schnauze befand sich nun in Höhe des Vogels, kaum eine Hundelänge von dem gefiederten Biest entfernt. Ich fragte mich, ob Max sich noch an seinen Traum erinnerte und ob ich ihm von meinen Phantasien berichten sollte. Ich entschied mich dagegen. Was ich über die Seelen gelernt hatte, war so überwältigend, dass es mir im Licht des Tages gänzlich unwirklich vorkam.

Blaufeder flatterte ein wenig höher, um von oben herab – diesen Ausblick liebte sie anscheinend besonders – Max zu antworten: «Deine Berge sind weit entfernt. Bevor wir sie erreichen, müssen wir am Meer entlang, durch die Wälder und anschließend über die Hügel.» Und noch bevor einer von uns etwas erwidern konnte, rief sie: «Wer als Letzter am Meer ist, ist ein blöder Hund.»

Kaum hatten wir begriffen, dass Blaufeder nicht auf uns warten würde, eilten wir ihr hinterher, durch den Park hindurch, auf immer neuen Straßen aus der Stadt hinaus, den ganzen Vormittag lang, ohne auch nur eine Pause zu machen. Irgendwann gelangten wir an einen gigantischen Fluss, den Blaufeder Strom nannte und dessen Größe mich beeindruckte. Ob ich so ein Gewässer durchschwimmen könnte, wenn es darauf ankäme? Wohl kaum.

Wir folgten der Uferlinie, bis wir einen flachen Stein erreichten, der von einem Metallbogen getragen über das Wasser führte. Blaufeder hockte sich auf den Bogen und tschilpte: «Hier müsst ihr rüber.»

Max machte sich sofort auf den Weg, mir jedoch jagte das Gebilde solche Angst ein, dass ich mich weigerte. Der Stein würde mich doch nie und nimmer tragen können.

«Komm schon, Narbe!», tschilpte der Vogel und flatterte weiter.

Max aber blieb stehen und sagte: «Du musst dich nicht fürchten, die Brücke hält.»

«Ich fürchte mich nicht!», hielt ich dagegen. Ich wollte doch keine Schwäche zeigen.

«Natürlich nicht», erwiderte Max. Obwohl er meine Angst bestimmt roch, sagte er nichts weiter, damit ich das Gesicht wahren konnte. Stattdessen ging er voran, um mir zu zeigen, dass der Stein unser Gewicht tragen würde. Ich folgte Max auf die Brücke, setzte vorsichtig eine Pfote vor die andere und erwartete jeden Augenblick, dass ich ins Wasser durchbrach. Max spürte wohl, dass ich meine Angst nicht überwinden konnte. Er sagte: «Komm mit mir an den Rand.»

«Bist du verrückt?»

Er marschierte weiter und steckte seinen Kopf zwischen zwei metallene Stäbe. Ich stoppte eine Hundelänge von ihm entfernt. Die Stäbe erinnerten mich viel zu sehr an jene Gitterhöhlen, in denen die Hundefänger ihre Opfer eingesperrt hatten.

«Komm, mach es mir nach! Du wirst etwas Schönes sehen!»

Obwohl Max selbst in so einer Gitterhöhle gesteckt hatte, schienen ihn die Brückenstäbe, zwischen denen sein Kopf war, nicht im Geringsten zu stören. Ich trat zu ihm, schob meinen Kopf zwischen zwei andere Stäbe und betrachtete von oben, wie das Wasser sich in der Strömung kräuselte und Lebewesen unter seiner Oberfläche hin und her schwammen. Fische, nannte Max die Tiere und erklärte, dass er sie von etwas namens Aquarium kannte, das bei ihm zu Hause stand. Gab es irgendwelche Wesen, die sich die Menschen nicht untertan machten?

Ich sah Holz auf der Wasseroberfläche schwimmen und merkte, wie dessen feuchter Geruch nach oben stieg, sich dabei mit dem Geruch nach feuchtem Ufergras und jenem des Wassers zu einem Duft vermischte, der meine Angst, in den Fluss zu fallen, verdrängte. Max hatte mich schon wieder von Furcht befreit.

In diesem Moment, so weit oben in der Luft, bekam ich eine Ahnung davon, wie es für Blaufeder sein musste, zu fliegen. Ich beneidete sie darum, die Welt aus der Höhe sehen zu dürfen. Wenn es das Zwischenreich wirklich geben sollte, wollte ich darin auch durch die Luft schweben. Noch höher als Blaufeder. Höher als jeder Vogel. Jede Wolke. Ich wollte fern von jeder Gefahr sein. Von jedem Schmerz.

Und während ich in meinen Gedanken über den Himmel flog, kackte Blaufeder auf meine Schnauze. Ich schüttelte den Kopf, stieß dabei erst gegen den einen Stab, dann gegen den anderen, zog meine Schnauze zurück und bellte Blaufeder an, die über mir flatterte: «Was soll das?»

«Trödeln können wir uns nicht leisten», antwortete sie, kein bisschen belustigt über das, was sie getan hatte. «Wir müssen heute Abend am Meer sein. Nur wenn wir uns Tag für Tag beeilen, haben wir die Möglichkeit, die Hügel hinter den Wäldern zu erreichen, bevor die Herbststürme beginnen. Und die Berge, bevor es schneit.»

«Wehe, du kackst noch mal auf mich!», bellte ich. Es war mir einerlei, was Blaufeder da sagte. Ich sprang hoch und schnappte nach ihr. Auch wenn es vergeblich war, wollte ich dem kleinen Vogel zeigen, dass ich ihn mit meinem Maul zerreißen könnte, wenn ich wollte.

«Du verschwendest nur unnötig Kraft», sagte Blaufeder und flog weiter. Ich bellte ihr noch eine Weile hinterher, rannte dann die Brücke herunter, tauchte meine Schnauze in das Wasser und rieb sie danach so lange im Gras, bis der Gestank nach Vogelmist halbwegs erträglich war. Max gesellte sich zu mir und wedelte vergnügt mit dem Schwanz.

«Das ist nicht lustig», kläffte ich ihn an.

Max bemühte sich, mit dem Wedeln aufzuhören, aber es gelang ihm nicht.

«Das … ist … nicht … lustig!», wiederholte ich.

«Bitte sag das nicht noch einmal», bat er.

«Warum nicht?»

«Weil ich dann ‹Doch, es ist sogar sehr lustig› sagen muss», lachte er und wedelte noch vergnügter mit dem Schwanz. Und ich, ich konnte einfach nicht mehr zornig sein. Es war schön, Max so zu erleben. So fröhlich. Plötzlich freute ich mich, dass Blaufeder auf meine Schnauze geschissen hatte. Von mir aus hätte sie es gleich noch mal tun können. Für diesen Hund, der es schaffte, meine Angst verschwinden zu lassen, war ich bereit, alles auf mich zu nehmen.

30

Am Flussufer lebten keine Menschen, essbarer Müll war nicht zu finden. Am Nachmittag wollte ich schon Gras fressen, um meinen Hunger zu stillen – es wuchs hoch und grün in der Nähe des Wassers –, da witterte ich in der Ferne unbekannte Tiere. Ihr Geruch löste in mir ein Verlangen aus, das ich bisher nicht kannte: Ich wollte sie reißen! Sie fressen!

Auf der Müllkippe hatte ich versucht, die Ratten und Krähen zu töten, die mir das Futter streitig machten. Aber ich hatte nie eine von ihnen erwischt gehabt. Die einzigen Tiere, die ich bislang getötet hatte, waren Schmeißfliegen, die mir lästig waren. Dass man auf Tiere auch Jagd machen konnte, um sie zu fressen, kannte ich nur aus Geschichten.

Als ich die genaue Richtung bestimmt hatte, aus der der berauschende Geruch zu mir herüberwehte, rannte ich sofort los. Kurz darauf hörte ich auch das Trappeln der Tiere, die ich aufgeschreckt hatte. Der überraschte Max folgte mir, und Blaufeder meckerte: «So schaffen wir es heute bestimmt nicht ans Meer!»

Ihr Geschnatter war mir einerlei, denn ich entdeckte im Gras vor mir drei kleine hellbraune Tiere mit langen Ohren und Stummelschwanz.

«Hasen», stellte Max fest. «Die kriegst du nie.»

Die Hasen rannten panisch davon. Dem fettesten von ihnen lief ich hinterher. Er schlug Haken. Ein ums andere Mal ließ er mich ins Leere laufen. Ich bellte. Vor Blutdurst. Und vor Zorn, weil ich ihn einfach nicht erwischen konnte. Nach einer Weile ließ ich von dem fetten Hasen ab, denn ich witterte etwas anderes: Schwäche. Nahender Tod.

Einer der beiden anderen Hasen war krank. Er versuchte sich in dem hohem Gras kleinzumachen, als ob ich ihn nicht aufspüren könnte, wenn ich ihn nicht sah. Ich rannte in seine Richtung. Der Hase schreckte hoch und schoss aus dem Gras. Doch er war nicht so schnell wie der andere. Vermutlich war er der Vater. Oder die Mutter. Egal, für mich zählte nur, dass er nicht so schnell war wie ich.

Der alte Hase schlug einen Haken. Und noch einen. Und noch einen. Seine Rudelmitglieder – ich vermutete, es waren seine Kinder – hatten sich mittlerweile davongemacht. Feige. Aber auch klug. Er hatte mich von ihnen weggeführt. Mutig. Aber auch dumm.

Ich trieb das Tier auf den Fluss zu. An der Böschung erstarrte er plötzlich. Als würde Gift in sein ohnehin schon krankes Fleisch schießen.

Ich bremste eine Hundelänge entfernt von dem Hasen, der bereit war, sich für seine Kinder zu opfern, und bellte.

Der Hase starrte mich flehtentlich an. Ich solle ihn verschonen, bettelte er. So viel Angst hatte ich noch nie gesehen. Für diesen Hasen war ich fürchterlicher als das Ungeheuer aus Max' Träumen.

Ich bellte und bellte.

Der Hase starrte mich noch flehentlicher an. Ich solle ihm doch die wenigen Tage mit seinen Kindern lassen, bat er.

Ich bellte noch lauter …

… in seinen Augen erlosch jegliche Hoffnung …

… und ich biss ihn in den Hals!

Der Hase wehrte sich nicht. Schrie nicht. Quietschte nicht einmal. Auch nicht, als ich ihn hin- und herschüttelte. Als ob etwas in sein Blut geschossen war, das ihn gelähmt und ihm jeglichen Schmerz genommen hatte. Wenn dem wirklich so war, schmeckte ich es nicht. Der warme rote Strom war zu und zu köstlich, als er über meine Zunge floss.

Ich schüttelte den Hasen so lange, bis er nicht mehr atmete. Dann ließ ich ihn ins Gras fallen und biss hinein. Gierig schlang ich meine Beute herunter. Endlich war ich satt. Ich hatte getötet. Ich hatte gefressen. Es war wundervoll!

Den Rest des Fleisches überließ ich Max. Er beschnupperte es erst ein wenig, befand es für gut und aß, allerdings ohne wie ich zu schlingen. Blaufeder flog lässig an meiner blutverschmierten Schnauze vorbei. Sie fühlte sich offenbar sicher, obwohl sie doch gerade mitbekommen hatte, wozu ich in der Lage war. Plötzlich sagte sie: «Du gehörst nicht zu den Menschen, sondern in die Wälder. Zu den Wölfen.»

31

Bevor wir am Abend das Meer erreichten, mussten wir noch einen grünen Hügel erklimmen. Obwohl wir müde waren und wir uns am liebsten hinlegen wollten, gingen wir so schnell wir konnten, denn die Luft, die von der anderen Seite zu uns wehte, roch besser als jeder Frühlingswind. Max meinte, dieser Duft nach Salz und Frische würde ihn an seinen Traum von der Schiffsreise erinnern. Für mich hingegen verhieß der Geruch Befreiung. Wenn ich ihn ganz tief einatmete, würde er vielleicht sogar die Asche der Toten aus meiner Lunge vertreiben.

Während Max auf der anderen Seite des Hügels herunterlief und Blaufeder bereits auf einem Stück Holz im Sand landete, hielt ich auf der Kuppe inne. Der Anblick des Meeres verschlug mir den Atem. So blau. So weit!

In diesem Augenblick, unter dem Himmel, über den nur wenige weiße Wolken zogen und der an einem weit entfernten Ort mit dem Wasser eins zu werden schien, fühlte ich mich klein und erhaben zugleich. Klein, weil die Welt wundervoller war, als ich es mir auf der Müllkippe jemals hätte vorstellen können. Und erhaben, weil ich Teil dieses Wunders sein durfte.

«Komm!», rief Max mir zu. Er wartete schon im Sand auf mich. «Lass uns die Pfoten kühlen!»

Erst jetzt bemerkte ich, dass ich die ganze Zeit vor lauter Ehrfurcht den Atem angehalten hatte. Ich ließ die Meeresluft in meine Lunge strömen.

Ich rannte den Hügel hinab in den hellen Sand. Kaum hatte

ich Max erreicht, lief er auch schon weiter Richtung Wasser, sprang hinein und lief auf und ab, genau an jener Linie, an der die Wellen sich am Ufer brachen und den hellen Sand verdunkelten. Ich leistete ihm Gesellschaft und staunte, welch tiefe Abdrücke meine Pfoten hinterließen. Und das Wasser! Es schien wirklich zu leben. Es umspülte meine Pfoten, zog sich zurück, nur um kurz darauf wiederzukehren und mich erneut sanft zu streicheln. Es war, als wollte es mich willkommen heißen und mir zeigen, dass ich wirklich Teil eines Wunders war.

Es war das erste Mal, dass Max und ich so ausgelassen herumtollten wie junge Hunde.

Als ich merkte, wie sehr meine Beine nach dem ungewohnten Marsch schmerzten, blieb ich stehen, trank von dem Wasser und spuckte es sofort wieder aus.

«Das ist ja das reine Gift!», schimpfte ich.

Es schmeckte ekelhaft, ganz anders als das Wasser in Regenpfützen, Bächen und Flüssen. Es schmeckte wie das Wasser, das einem aus dem Auge treten konnte. War das Meer etwa entstanden, als ein unendlich trauriges Wesen geweint hatte?

«Zeige mir einen klugen Hund», tschilpte Blaufeder, «und ich zeige dir ein Wunder der Natur.»

Anstatt sie anzubellen, fuhr ich mit meiner Zunge durch den Sand, um den furchtbaren Geschmack loszuwerden. Wie konnte etwas, was einem so das Herz erfüllte, gleichzeitig so eklig sein? Auf der Welt gab es tatsächlich nichts Vollkommenes!

Als ich den Sand ausspuckte, bekam dieser Gedanke auch etwas Tröstliches. Wenn selbst das Wunderbare nicht vollkommen war, hatte da nicht auch ein Hund mit vernarbtem Auge ein Recht, in dieser Welt zu leben? Teil eines nicht vollkommenen Wunders zu sein?

«Legt euch endlich schlafen», tschilpte Blaufeder, die immer noch auf ihrem Stück morschen Holz saß. «Ihr braucht morgen Kraft.»

Sie legte ihren Kopf an die Brust und schloss die Augen, ohne auf eine Antwort von uns zu warten.

«Sie hat recht», sagte Max, blieb aber mit den Pfoten noch im Wasser stehen.

«Warum legst du dich dann nicht hin?»

Er antwortete nicht. Es war auch eine dumme Frage. Er hatte Angst vor den Träumen.

«Vielleicht», meinte ich, «träumst du diesmal besser.»

Max wiegte die Schnauze ein wenig hin und her, dann erwiderte er: «Gestern Nacht hast du dich an mich geschmiegt.»

Er hatte es bemerkt.

«Ja, das habe ich.»

«Und danach ...»

«Danach?»

«Habe ich nicht mehr träumen müssen.»

«Das ... das ist gut.»

«Ja, das ist es.»

Max verließ das Wasser und ging zu einer Stelle im Sand, die ganz trocken war.

«Kannst du dich bitte heute wieder so zu mir legen?», bat Max mich und ließ sich im Sand nieder.

Ich tat ihm gerne den Gefallen. Wir sahen beide auf das Meer, das in der Dämmerung ein tiefes Blau annahm. Am dunklen Himmel schwebten einige wenige purpurne Wolken. Und in der Ferne hörten wir Möwen krächzen. Max kannte sie aus seinem Schiffstraum, wie er meinte, und ich von der Müllkippe, wo sie uns im Winter manchmal einen Besuch abstatteten. Ja, dieser Ort hier war zwar nicht vollkommen, aber dennoch wunderschön. Weil ich bei Max den Duft des Lebens roch.

32

Djalu, Jedda und ich wärmen uns aneinander in der Nacht. Obwohl meine Schwester Jedda – es ist gleichzeitig merkwürdig und schön, von ihr als Schwester zu denken – am Ende ihrer Kräfte ist, kann sie vor lauter Sorge nicht schlafen. Und weil sie nicht schläft, tue ich es auch nicht. Das Herz des Kindes in ihrem Bauch klopft im gleichen Takt wie das Herz meines schwächsten Welpen.

«Anatjari», weckt Jedda ihren Mann.

«Ja», antwortet er leise und öffnet die Augen.

«Wenn wir hier verdursten …» Jedda zittert mehr vor Angst als vor Kälte.

«Das werden wir nicht», sagt Anatjari.

«Aber falls doch, werden wir uns in einem neuen Leben vielleicht nicht aneinander erinnern können und uns verlieren.»

Kaum hat sie diese Worte ausgesprochen, lässt Jedda dem salzigen Wasser seinen Lauf. Anatjari küsst es ihr von der Wange. Ähnlich wie Djalu vesucht hatte, mir die Trauer zu nehmen. Die Liebe der beiden Menschen wäre fast so groß wie unsere, wenn Anatjari sich nicht so nach den Sternen sehnen würde.

«Wir werden uns immer finden», sagt er.

«Wie kannst du dir da sicher sein?»

«Weil unsere Liebe stärker ist als das Vergessen.»

Als ich aufwachte – von der einen Seite bereits von der Sonne beschienen und von der anderen Seite noch vom untergehenden Mond –, streckte ich mich. Dadurch wurde auch Max munter, der sich immer noch eng an mich schmiegte.

«Geht es dir gut?», fragte er, während er die Augen aufschlug.

«Ja», antwortete ich und drückte mich noch ein klein wenig mehr an ihn. «Und dir?»

«Ich habe heute Nacht nicht geträumt. Weil wir beieinandergelegen sind.»

«Weil wir beieinandergelegen sind», echote ich, und es gefiel mir.

«Du hast mir nie erzählt, was du träumst, Narbe.»

«Ich träume von uns …»

«… und doch nicht von uns.»

«Ja. Aber nicht so etwas Grausames wie du.»

«Lieben wir uns in deinem Traum?»

«Ja …»

«Und …» Max traute sich nicht weiterzusprechen.

«Du willst wissen, ob wir es auch jetzt tun?», fragte ich leise.

«Ja.»

Er sah mich an. Sein Blick wirkte hoffnungsvoll und zugleich verletzlich. Die richtigen Worte von mir könnten seine Augen zum Leuchten bringen. Die falschen würden seine Hoffnung erlöschen lassen.

Inala liebte Djalu.

Aymee liebte Rover.

Freya liebte Balder.

Aber liebte ich auch Max?

Träumten wir von früheren Leben, wenn es denn wirklich welche waren, weil unsere Liebe stärker war als das Vergessen?

Einen besseren Hund als Max hatte ich noch nie getroffen. Er vertrieb meine Angst und sorgte sich um mich. Den ganzen Weg aus der Stadt, am Fluss entlang bis zum Meer hatte er darauf geachtet, dass wir beieinanderblieben und der

Abstand zwischen uns und dem Vogel nicht zu groß wurde. Blaufeder nahm nämlich keinerlei Rücksicht darauf, wie schnell wir Hunde ihr folgen konnten. Doch fühlte ich mich bei Max so geborgen wie Inala bei Djalu?

Nein.

Roch er so gut für mich wie Djalu für Inala?

Nein.

Jetzt wollte er wissen, was ich für ihn empfand.

Aber ich wusste nicht, was Liebe ist. Ich kannte sie nur aus meinen Träumen von der Wüste. Und darin hatten Djalu und ich wie ein einziges Wesen gerochen. Das taten Max und ich nicht.

Ich wollte die Wahrheit nicht aussprechen und andererseits nicht wieder lügen. Daher wandte ich mich ab und blickte zu Blaufeder, die ebenfalls aufgewacht war und mit ihrem Schnabel einen Wurm aus dem nassen Sand zog.

«Ich bin für dich nur ein Krüppel», sagte Max leise.

«Ich bin doch auch einer …»

«Aber ich bin einer, der keine Kinder haben kann.»

Max schlich in Richtung Blaufeder, die den Wurm jetzt mit ihrem Schnabel in zwei Teile zerhackte. Den einen schlang sie hinunter, der andere fiel zu Boden, wo er darauf warten musste, wieder aufgepickt zu werden. Ich hatte Max nicht weh tun wollen und es doch getan.

«Das … das ist es nicht …», stammelte ich, worauf er sich umdrehte und kläffte: «Was denn sonst?»

Es traf mich, dass er mich ankläffte, und so kläffte ich zurück: «Liebst du denn überhaupt mich? Eine Hündin mit nur einem Auge?»

«Ja, das tue ich», antwortete er.

Ich wurde geliebt?

Bei Hundsmutter, ich wurde geliebt!

Ich konnte es kaum glauben. Nein, ich wollte es nicht glauben. Weil es mir Angst machte. Ich schnaubte, schüttelte mich kurz und kläffte ihn weiter an: «Weil du davon geträumt hast? Deswegen sollen wir uns lieben?»

«Ja.» Max hielt meinem Gekläffe stand.

«Weil es unser Schicksal ist?»

«Ja ...»

«Würdest du mich auch lieben, wenn du nicht diese Träume hättest?»

«Was?»

«Ohne deine Träume würdest du mich hässlich finden.»

Max antwortete nicht.

«Oder fühlst du dich bei mir etwa so geborgen wie am Strand aus deinem Traum?»

Max antwortete wieder nicht.

«Rieche ich für dich so gut wie die Hündin aus deinen Träumen?»

«Nein», gab er kleinlaut zu.

Es tat weh. Viel mehr, als es hätte weh tun dürfen. Es schmerzte so sehr, dass ich es ihm heimzahlen wollte: «Und du riechst für mich auch nicht so gut wie in den Träumen!»

«Weil ich keine Kinder zeugen kann.» Max sah mich aus dunklen Augen traurig an. «Deswegen ist mein Duft anders.»

Mit einem Mal war meine Wut verraucht, mein Schmerz so gut wie vergessen, ich wollte nur seine Trauer lindern, irgendwie, und sagte: «Dennoch ist er für meine Nase schöner als der von jedem anderen Hund, den ich je gekannt habe.»

Da leuchtete Hoffnung in seinen Augen auf.

«Wir sind nicht die Hunde aus den Träumen», redete ich weiter. «Wenn wir uns lieben sollten, jemals wirklich lieben sollten ...»

«Du meinst, was ich empfinde, ist keine wirkliche Liebe?»

«Ich weiß es nicht, nur du kannst beantworten, was Traum ist und was echt.»

Max schwieg.

«Falls wir uns jemals lieben sollten, dann nicht wegen eines Traums. Auch nicht, weil es unser Schicksal ist. Sondern weil unsere Herzen es uns sagen.»

Max wiegte den Kopf ein wenig hin und her und antwortete dann: «Anders sollte Liebe auch nicht sein.»

33

Blaufeder führte uns mal am Strand entlang, dann wieder – um den Menschen auszuweichen – über nahe gelegene Hügel, gelegentlich auch über hohe Felsen, von denen aus das Meer noch erhabener aussah. Selbst wenn wir uns beeilten, feuerte sie uns an, noch schneller zu gehen. In Augenblicken, in denen wir trödelten, drohte sie gar, uns zu verlassen. Je eindringlicher Blaufeder wurde, desto mehr fragte ich mich, was sie dazu bewegte, uns zu helfen. Wir waren für sie doch nur zwei dämliche Hunde. So nannte sie uns zumindest immer, sobald wir an einer Blume rochen, einen Busch markierten oder etwas jagten. Als ich auf einer Wiese eine Maus riss und sie mir mit Max teilte, spottete Blaufeder über ihn: «Ohne deine Freundin würdest du verhungern!»

Max schluckte die halbe Maus herunter und sagte trotzig: «Ich habe auch schon mal einen Hasen gejagt. Als ich mit Frauchen durch die Felder spazieren ging.»

«Aber hast du ihn auch erlegt?» Blaufeder landete im Gras neben uns.

«Nein», gab Max zu und legte sich auf den Boden, um sich auszuruhen.

«Hast du ihn überhaupt erwischt?» Sie hob den Schnabel in Richtung seiner Schnauze, als ob sie hineinpicken wollte.

«Ja, das habe ich.»

Das erstaunte mich. Obwohl ich wusste, dass Max viel schneller sein konnte als ich, hätte ich nicht geglaubt, dass er einen Hasen stellen könnte. Im Gegensatz zu mir begriff

Blaufeder sofort, was geschehen war: «Du kannst kein Tier töten, nicht wahr?»

«Ich habe es an Lillys Stofftieren geübt. Einem Bären habe ich sogar die ganze Wolle herausgerupft und sie im Wohnzimmer verteilt. Frauchen war wütend, Lilly traurig ...»

Dass diese Tat das kleine Menschenweibchen traurig machte, schien Max immer noch zu betrüben. Oder wandte er sich nun von dem Vogel ab, weil er sich schämte, nicht töten zu können? Vermutlich beides.

«Ich versteh fast gar nichts von dem, was du da sagst», spottete Blaufeder weiter, «ich weiß nur eins: Du bist ein Schwächling!»

Max wehrte sich nicht. So wie er sich bei den Menschenkindern auf der Müllhalde nicht gewehrt hatte. Dass er es nicht tat, machte mich wütend. Auf ihn. Aber auch auf Blaufeder. Was bildete sich der Vogel ein? Es war so viel schwieriger, einen Hasen zu reißen, als einen Wurm aus dem Boden zu picken!

«Du bist selbst einer», kläffte ich die gefiederte Nervensäge an, und zwar so laut, dass mein Atem durch ihre Federn wehte.

«Blödsinn!», hielt Blaufeder dagegen.

«Wenn du stark wärst, würden dir Lieder über Schwächlinge niemals gefallen!»

Blaufeder flog wieder in die Luft und zwitscherte kühl: «Fressen ist zu Ende!»

Max rappelte sich auf und folgte ihr, obwohl sie ihn so beleidigt hatte. Er hatte keine andere Wahl, denn er wollte zu seiner Lilly zurückkehren. Und ich hatte auch keine andere Wahl. Ich wollte bei ihm bleiben.

«Ich bin nicht so stark wie du», sagte Max zu mir. Blaufeder segelte jetzt so hoch über uns, dass die Sonnenstrahlen mein Auge blendeten, als ich versuchte, ihr nachzublicken.

«Doch, das bist du, Max», erwiderte ich, obwohl ich mich eben noch darüber geärgert hatte, dass er sich nicht mal gegen einen kleinen Vogel zur Wehr setzte. Dabei log ich ihn nicht an – das würde ich nicht mehr tun, egal, wie furchtbar es uns ergehen sollte –, nein, ich glaubte, was ich da sagte. Nur ein starker Hund war in der Lage, einem anderen die Angst zu nehmen.

«Wie kommst du nur auf diesen Gedanken?», fragte er.

Meine Antwort überraschte mich selbst. Zum einen, weil sie mir so schnell über die Zunge kam, und zum anderen, weil es mir so klar war: «Du hast eine starke Seele.»

«Seele?»

«Sie ist das, was dich für immer ausmacht. Von Leben zu Leben», sprach ich aus, was ich nun glaubte.

Max verstand, auch ohne dass ich es ihm weiter erklären musste. Ich konnte ihm ansehen, dass er versuchte, die Kraft zu erspüren, die er einst in früheren Leben besaß. Ein wenig davon schien er tatsächlich in sich wiederzufinden. Mit einem Mal rannte er so schnell er konnte über die Wiese, wie um sich selbst zu beweisen, dass auch er so entschlossen sein konnte wie Rover und Balder. Ich lief ihm hinterher, doch schon nach wenigen Hundelängen konnte ich nicht mehr mithalten. Max war schneller, als Blitz es je gewesen war. Ich sah einen Hund, der es mit jedem anderen aufnehmen könnte, wenn er nur wollte.

Auch Blaufeder schaute von oben zu, wie Max eine kleine Anhöhe hinauf und wieder hinunter zum Meer sauste.

Nach einer Weile machte Max kehrt, rannte wieder zurück, gesellte sich auf der Anhöhe, die ich gerade erklomm, zu mir und sagte: «Wenn ich jemals stark sein sollte, dann nur wegen dir.»

34

Der Morgen bricht an. Es geht mir besser. Die Wunde eitert weniger, die Blutung ist fast gestillt. Den Biss des Skorpions habe ich überlebt. Doch Hunger und Durst werden mich, meine Welpen und den Rest des Rudels dahinraffen, wenn wir nicht bald ein Wasserloch finden.

Anatjari steht mit drei anderen Menschen zusammen. Sie reden aufgeregt miteinander. Er kehrt zu uns zurück und sagt zu Jedda: «Ihr bleibt hier. Wir vier gehen in verschiedene Richtungen, um nach Wasser zu suchen.»

«Du gehst allein?», fragt Jedda besorgt.

«Und finde Wasser für uns alle», strahlt Anatjari – er ist und bleibt nun mal ein Hoffender.

Jedda strahlt nicht, sie riecht nach Furcht. So sehr, dass ich den bitteren Geschmack verdorbener Zitronenespe auf meiner Zunge schmecken kann.

«Ich kehre zurück», verspricht Anatjari, aber er kann ihr die Angst nicht nehmen.

«Du hütest dich vor dem Goldenen Licht?», fragt Jedda, und ich muss an Cassiopeia denken, die angeblich kommen sollte, wenn dieses Licht erscheint, um die Katzen anzuführen, damit sie sich die Welt untertan machen.

«Ich schwöre es dir», sagt Anatjari ernst, «ich hüte mich vor dem Goldenen Licht.»

Die nächsten Tage ernährten wir uns von toten Möwen, die am Strand lagen. Wenn wir keine Möwenkadaver fanden, tötete ich Mäuse für uns. Einmal auch einen weiteren Hasen und ein anderes Mal sogar einen Igel. Es war, als ob ich schon mein ganzes Leben lang auf die Jagd gegangen war.

Anfangs lief Max noch neben mir her, wenn ich meine Opfer verfolgte, bis auch ihm klarwurde, wie kläglich er wirkte. Er war nun mal kein Jäger. Nachdem er sich eingestanden hatte, dass er von keinem Nutzen war, wartete er stets, bis ich die Beute gerissen hatte und sie mit ihm teilte. Besonders böse spottete Blaufeder, als Max den von mir zerfleischten Igel herunterschlang: «Du brauchst sie, aber sie braucht dich nicht.»

Doch damit lag die kleine Nervensäge falsch. Ich brauchte Max auch. Nicht nur, weil Max in der Lage war, mir meine Angst zu nehmen. In seiner Nähe konnte ich auch ruhig schlafen. Anatjaris Schwur, sich vor dem Goldenen Licht zu hüten, war das Letzte, was ich geträumt hatte. Max behütete mich im Schlaf wie ich ihn.

Nach wenigen Tagen sahen wir vom Strand aus jede Menge Bäume. Dies musste der Wald sein, durch den Blaufeder uns in Richtung jener fernen Hügel und Berge führen wollte, hinter denen Max' Zuhause lag.

«Verabschiedet euch vom Meer», sagte sie und flatterte dabei auf meinen Rücken, auf dem sie sich mittlerweile gerne aufhielt. Anfangs hatte ich sie noch abgeschüttelt, aber nach einer Weile begriff ich, dass sich der Vogel nicht davon abbringen ließ. Es dauerte noch zwei weitere Tage, bis ich verstanden hatte, dass Blaufeder es nicht tat, um mich zu ärgern, sondern weil auch sie Nähe spüren wollte. Und inzwischen hatte ich diese Angewohnheit sogar ein wenig liebgewonnen.

Ich atmete den Geruch des Meeres noch mal tief ein, lauschte ein letztes Mal dem sanften Rauschen der Wellen. Um die schönen Tage und Nächte mit Max am Strand niemals zu vergessen, dachte ich darüber nach, wie es wäre, wenn ich mir vielleicht doch einen anderen Namen gab. Ich könnte mich Meer nennen.

Ich verwarf den Gedanken sofort wieder. Nicht so sehr, weil ich noch glaubte, man dürfe sich keinen eigenen Namen geben – seitdem ich die Welt entdeckte, änderte sich mein Denken von Tag zu Tag –, sondern weil ich nicht so schön war wie das Meer. Ich war Narbe und würde es auch für immer bleiben. Nur erschien es mir jetzt nicht mehr so schlimm.

«Liegt hinter dem Wald und den Hügeln», fragte Max den Vogel, «auch wirklich mein Zuhause?»

«Hoffentlich. Wenn nicht, dann … Mist.»

«Dann … Mist?» Max verstand genauso wenig wie ich.

«Auch. Aber ich meine einen anderen Mist.»

«Welchen?»

«Vögel.»

Wir sahen zum Himmel. Ein Schwarm näherte sich. Zehn, nein, fünfzehn Vögel. Sie flogen auf uns zu und verteilten sich in die Äste um uns herum. Ganz so, als wollten sie uns den Weg in den Wald versperren. Die Vögel hatten alle ein Gefieder wie Blaufeder: Grau mit roten Federn am Kopf und am Bauch. Vielleicht hatten sie auch eine versteckte blaue Feder wie unsere Freundin.

Freundin?

Ja, Blaufeder war eine Freundin für uns geworden. Wer uns half, ohne etwas dafür zu erwarten, musste eine Freundin sein.

«Du lebst noch», krächzte der Vogel, der am höchsten saß, Blaufeder an. Bei diesen Worten bohrten sich ihre Krallen tiefer in meinen Rücken.

«Ja, das tue ich, Spitzschnabel», antwortete sie, bemüht, klar zu klingen, doch ihre Stimme trällerte ein wenig zu schrill.

«Warst du die ganze Zeit im Süden?», fragte der Vogel. Er klang nun so, als ob er gleich mit seinem Schnabel in einen Baum hacken würde.

«Seit dem Sturm», antwortete Blaufeder.

«Seit dem Sturm», kam es verächtlich zurück.

«Sturm! Sturm! Sturm!», zwitscherten die anderen Vögel. Böse. Unheilvoll.

«Den ganzen Winter warst du hier?», hakte Spitzschnabel nach. «Den ganzen Frühling und den ganzen Sommer, während wir auf Reisen waren, wie es sich gehört?»

«Ja, die ganze Zeit» Blaufeder klang immer unsicherer.

«Und jetzt im Herbst willst du in den Norden?»

«Ja.»

«Und nicht mit deinem Schwarm ziehen?»

«Nein.»

«Nach dem, was du getan hast, hätten wir dich auch nicht mitgenommen, Stummelfeder.»

«Stummelfeder! Stummelfeder! Stummelfeder!», echoten die anderen Vögel.

Unsere Freundin hieß also gar nicht Blaufeder. Sie hatte mit Worten gelogen. Weil sie sich schämte. Unter ihrem Gefieder war keine blaue Feder verborgen, sondern eine verstümmelte. Deswegen hatte sie uns die nie gezeigt. Sie war ein Krüppel wie wir.

Blaufeder – sie hatte den Namen selbst gewählt, also würde ich sie aus Respekt auch weiter so nennen – sagte nichts mehr. Ihre Krallen lösten sich allmählich aus meinem Fell, als ob sie die Kraft verließ, sich an mir festzuhalten.

«Fünfzehn von uns sind tot. Fünfzehn!», klagte Spitzschnabel sie an. «Weil du uns in den Sturm geführt hast!»

Blaufeder stand mit ihren Füßchen nur noch locker auf meinem Rücken. Wenn ich mich jetzt schüttelte, würde sie herunterfallen. Ich streckte ihr leicht meinen Rücken entgegen, damit sie sich wieder an mir festhalten konnte, aber sie tat es nicht.

«Ich», antwortete meine kleine Freundin schwach, «denke jeden Tag an sie.»

«Du hast sie getötet!», rief Spitzschnabel, und die anderen echoten: «Du hast sie getötet! Du hast sie getötet! Du hast sie getötet!»

Blaufeder schwieg. Und während die Vögel sie immer lauter anklagten – fünfzehn tot, fünfzehn tot, fünfzehn tot –, wurde mir endlich klar, warum sie uns half. Einst war sie eine Anführerin gewesen, vielleicht auch nur für einen kleinen Weg auf der langen Reise, die der Schwarm zurücklegte, und hatte eine falsche Entscheidung getroffen. Sie war in einen Sturm geflogen, anstatt ihm auszuweichen. Vielleicht hatte das Unwetter sie überrascht, vielleicht hatte sie es unterschätzt. Blaufeder hatte in dem Sturm Brüder und Schwestern verloren, vermutlich auch einen Teil von einer Feder in ihrem Untergefieder. Oder hieß sie schon immer Stummelfeder? Nein, einem Krüppel hätte man nie und nimmer die Spitze eines Schwarmes anvertraut. Nachdem die fünfzehn Brüder und Schwestern vom Himmel in den Tod gefallen waren, hatte sie sich gewiss vor lauter Scham von ihrem Schwarm getrennt. Und nun wollte sie uns helfen, um ein wenig von ihrer Schuld abzutragen. Eine gefallene Anführerin, die ein paar Hunden den Weg zeigen wollte.

«Fünfzehn tot! Fünfzehn tot!», kreischten die Vögel.

«Hört auf», bellte Max. «Hört auf!»

«Fünfzehn tot! Fünfzehn tot! Fünfzehn tot!»

Normalerweise hätten die Biester Panik bekommen müssen, wenn ein Hund bellte. Selbst die Krähen auf der Müllkippe flogen in die Höhe, wenn wir sie ankläfften, doch diese

Vögel hier waren anders. Der Schmerz über den Verlust ihrer Geschwister machte sie so zornig, dass sie frei von Furcht waren.

«Fünfzehn tot! Fünfzehn tot!»

«Hört endlich auf!», bellte Max noch lauter.

«Lass sie», bat Blaufeder. «Ich bin es nicht wert.»

Bevor Max oder ich ihr widersprechen konnten, flatterte unsere kleine Freundin von meinem Rücken über den Strand hinweg zum Meer und hoch in die Lüfte, als ob sie in die Sonne fliegen und in ihr verbrennen wollte.

Durften die Seelen der Vögel nach dem Tod auch im Zwischenreich ruhen? Und falls ja, konnten sie dort die Schuld, die sie im Leben auf sich geladen hatten, vergessen? Durfte ich jemals ganz vergessen, dass ich nur Max vor der Einäscherung bewahrt hatte und nicht die anderen Hunde?

Ohne einen Befehl erhalten zu haben – jedenfalls keinen, den ich wahrnahm –, flatterte der Schwarm Blaufeder hinterher. Sie war bereits über dem Meer, als die rot-grau gefiederten Vögel sie umzingelten.

«Blaufeder!» Max reagierte schneller als ich und rannte ins Meer. Ich folgte ihm. Etwa sechs Hundelängen im Wasser – es schwappte schon über meinen Rücken und tränkte Max das Unterfell – hielten wir an. Wir konnten nur noch zusehen, was sich weit über unseren Köpfen abspielte: Die Vögel, angeführt von Spitzschnabel, attackierten Blaufeder und ließen nicht von ihr ab. Das Gekreische war unerträglich. Der einzige Vogel, der nicht kreischte, war unsere Freundin.

Freundin – die erste, die ich in meinem Leben hatte.

Blaufeder blieb stumm. Es war, als ob sie jede Attacke, jeden Schlag eines Schnabels als gerechte Strafe empfand. Schließlich zogen sich die Vögel zurück. Blaufeder trudelte herunter und klatschte ins Wasser. In diesem Moment wehte vom Strand ein Blumenduft zu mir herüber. Ich nahm den Geruch jedoch nicht richtig wahr, weil ich so von Angst um meine Freundin erfüllt war.

«Blaufeder!», bellte Max noch lauter als zuvor, lief ein paar Schritte tiefer ins Wasser und begann zu paddeln. Ich folgte ihm. Der Schwarm stob auseinander und flog davon. Wohin, war mir egal. Hauptsache, weit weg! Und dass ich ihr Gekreische nie wieder hören musste. «Fünfzehn tot! Fünfzehn tot! Sechzehn tot!», schrien sie.

Sechzehn?

Blaufeder trieb auf der Wasseroberfläche, als wir sie erreichten. Sie war nicht mehr bei Bewusstsein und voller Blut, das aus ihren Wunden an Kopf und Bauch floss. Eine ihrer Krallen war fast ganz abgerissen. Wie sollten wir sie nur davor bewahren unterzugehen?

«Ich versuche, sie auf meinen Rücken zu schieben», sagte ich, doch jedes Mal, wenn ich auf sie zuschwamm, verdrängte ich Wasser, das den kleinen Vogel sofort wieder von mir wegspülte.

«Ich schiebe sie mit der Schnauze auf deinen Rücken», kläffte Max. Er schaffte es zwar, Blaufeder anzustupsen, doch durch die Bewegung wurde sie nur überspült und ihr Gefieder sog sich voll mit Wasser. Langsam ging sie vor unseren Augen unter. Und aus der Ferne hörten wir: «Sechzehn tot, sechzehn tot.»

Ich steckte meinen Kopf tief ins Wasser, um unter Blaufeder zu gelangen und sie an die Oberfläche zurückzubefördern. Doch kaum hatte ich das geschafft, trudelte unsere Freundin erneut hinab. So tauchte ich ein zweites Mal herunter und stupste sie wieder hoch. Wie oft würde ich das schaffen? Oder wir, wenn Max und ich uns abwechselten? Würde Blaufeder rechtzeitig wieder zur Besinnung kommen? Und falls ja, würde sie mit ihren Verletzungen und dem nassen Gefieder kaum fliegen können. Vielleicht gerade mal einem von uns auf den Rücken flattern. Doch selbst dann müsste sie wenigstens noch so viel Kraft besitzen, sich festzukrallen, bis wir wieder an Land waren.

«Sechzehn tot. Sechzehn tot!» Der Schwarm entfernte sich, er wusste wohl, dass Blaufeder sterben würde.

«Wach auf! Wach auf!», kläffte Max sie an, aber die Augen unserer Freundin blieben geschlossen, während sie erneut untertauchte. Einmal holte ich sie noch hervor, dann tat es Max. Ein ums andere Mal. Nach dem vierten Versuch sagte er leise: «Wenn sie nicht bald aufwacht …»

«Sie wird aufwachen!»

«… müssen wir sie loslassen», vollendete Max leise.

«Müssen wir nicht!», kläffte ich ihn an und wurde doch selbst von Augenblick zu Augenblick schwächer. Mein Auge brannte nicht nur vom Meerwasser.

«Sechzehn tot», hörten wir den Schwarm ein letztes Mal aus der Ferne.

Blaufeder schimmerte wunderschön, während sie da von der Sonne beschienen immer weiter hinuntersank. So friedlich, dass ich sie für einen Moment einfach nur betrachtete und ihre Schönheit bewunderte.

Ich wollte wieder zu ihr hinabtauchen, da durchzuckte ein Schmerz mein linkes Hinterbein. Ich hatte einen Krampf, konnte es kaum noch bewegen. Mit drei Beinen strampelte ich weiter und versuchte, den Schmerz so gut es ging zu missachten.

Blaufeder sank nun in jenen Bereich des Wassers, den die Sonnenstrahlen gerade noch so berührten. Gleich würde sie von dem dunklen Blau umhüllt und für immer unsichtbar werden.

Max wollte sich gerade an einen vermutlich letzten Rettungsversuch machen, da schwappte plötzlich von hinten Wasser gegen unsere Rücken. Wir schauten uns um. Ein Menschenweibchen watete auf uns zu. Es war in dem Alter, in dem die meisten Menschenfrauen ihre Kinder bekamen. Sie trug ein knappes grünes Falschfell, das nur die Brust bedeckte und die Hüfte. Ihre Haut war hell, fast weiß, und mit kleinen hellbraunen Punkten übersät. Ihre langen lockigen Haare waren rot, die Augen grün, und sie roch, trotz des Meerwassers auf ihrer Haut, nach Blumen, ohne dass ich welche an ihr entdecken konnte. Sie war es gewesen, die ich vom Strand her gerochen hatte. Die Menschenfrau musste uns also schon eine Weile lang beobachtet haben.

Sie trat auf uns zu, griff tief ins Wasser und holte mit ihrer Hand Blaufeder hervor. Sie betrachtete meine Freundin und sagte: «Du siehst übel aus, kleiner Vogel. Aber man kann dich wieder hinbekommen.»

Weder Max noch ich wussten, wir wie reagieren sollten.

Das Menschenweibchen sah uns an und sagte: «Hunde, die sich um einen Vogel sorgen? Und da dachte ich, ich hätte schon alles gesehen.»

Sie lächelte freundlich und ging mit Blaufeder in der Hand durch das Wasser in Richtung Strand. Wir strampelten hinter ihr her, bis wir wieder Grund unter den Pfoten hatten. Ich warf der Frau einen prüfenden Blick zu: Ein guter Mensch … ich hätte nicht gedacht, dass es so etwas auch im richtigen Leben geben könnte.

An Land angekommen eilte das rothaarige Menschenweibchen ein paar Hundelängen zu einem Tuch, das im Sand lag. Drum herum verstreut lag anderes Falschfell. Ein weiterer Mensch war nicht zu riechen. Zwei Gute konnte es auf dieser Welt wohl kaum geben.

Die Frau legte die bewusstlose Blaufeder auf das Tuch. In ihrem nassen Gefieder konnte ich das erste Mal die Stummelfeder erkennen. Sie war bei weitem nicht so zerstört, wie ich es erwartet hatte, und dennoch litt Blaufeder unter ihr wie ich unter meinem verlorenen Auge.

Mit dem Tuch reinigte das Menschenweibchen die Federn von Blut und achtete darauf, dass es nicht noch mehr Salzwasser in die Wunden rieb. Danach betrachtete die Frau die eingerissene Kralle.

«Das ist böse, damit müsste man zum Tierarzt», sagte sie, mehr zu sich als zu uns. Max und ich standen einige Hundelängen von ihr entfernt und beobachteten gebannt, was sie da tat. Wir schüttelten noch nicht mal unser Fell trocken.

«Und ihr beide», wandte sich die Frau jetzt an uns, «seid ihr ganz herrenlos?»

Wir antworteten nicht.

«Wollt ihr mich begleiten?»

Sich einem Menschen anzuvertrauen, ging gegen alles, was ich in meinem Leben bisher erfahren hatte. Nur in meinen Träumen von der Wüste waren sie Gefährten. Doch ich wollte, ich konnte meine Freundin, die einzige, die ich auf der Welt hatte, nicht alleine lassen. Und wenn ein freundliches Menschenweibchen bereit war, Blaufeder zu helfen und uns vielleicht sogar aufzunehmen, warum sollten wir uns dann noch weiter auf die gefährliche Reise zu Lilly machen, deren Vater ganz und gar nicht freundlich gewesen war?

«Ich zieh mich erst mal um», sagte die Frau, ohne auf eine Antwort von uns zu warten. Sie zog ihr knappes grünes Falschfell aus und ein langes rotes an.

«Ein Sommerkleid, wie Frauchen», sagte Max, ging zutraulich ein paar Schritte auf sie zu, und ich folgte ihm.

«Man kann euren kleinen Vogelfreund retten», erklärte die

Menschenfrau, als sie Blaufeder wieder in die Hand nahm. Max wedelte vor Freude mit dem Schwanz. Und ich auch. Am liebsten hätte ich diesem Menschenweibchen das Gesicht abgeleckt.

«Man kann ihn wirklich, wirklich retten», bekräftigte die Frau, ging zu mir und streichelte mir mit der freien Hand über den Rücken. Ich spannte die Hinterbeine an, um vor Freude an ihr hochzuspringen, da sagte sie: «Aber ich werde es nicht tun.»

Und kaum hatte sie die Worte ausgesprochen, schloss sie auch schon die Hand, in der Blaufeder lag.

35

Die Hunde starrten auf meine geballte Faust und schnupperten, ob der Vogel entgegen jeglicher Wahrscheinlichkeit vielleicht doch noch lebte. Es war erstaunlich. In allen früheren Leben wäre ihnen das gefiederte kleine Biest einerlei gewesen. Damals war das Weibchen auch jedes Mal schwanger gewesen, und ich hatte den Hunden die Freude der Geburt nehmen können, so wie sie es einst mit mir in der Wüste getan hatten. Sie waren schuld daran, dass das einzige Kind starb, das ich je aus vollem Herzen geliebt hatte, obwohl ich es nur in meinem Bauch hatte spüren dürfen. Kein anderes, das ich im Laufe der Jahrtausende als Mutter gebar oder als Mann zeugte, je nachdem in was für einem Leib ich in dem jeweiligen Leben auf die Erde kam, hatte mir so viel bedeutet wie jenes Ungeborene.

Das Hundeweibchen war nicht schwanger, offenbar weil es das Männchen nicht genug liebte. Ich hatte mit meiner Vermutung also recht gehabt. Wenn ich die beiden jetzt tötete, würde ich unseren ewigen Kreislauf für immer durchbrechen, und meine Seele würde werden wie jede andere. Sie würde vergessen.

Seelen sind nicht das, wofür die Buddhisten sie halten. Oder die Hindus, Moslems, Christen und Juden. Mit der Seele ist es wie mit der Natur. Je mehr die Menschen glauben, über sie zu wissen, desto weniger verstehen sie ihr tatsächliches Wesen.

Ich hatte die Wahrheit, die heutzutage nur noch einige Aborigines bewahren, schon in meinem ersten Leben gelernt. In der Tanami-Wüste, die in jenem Land liegt, das seit für mich kurzer Zeit Australien genannt wird. Vor etwa 60 000 Jahren erblickte ich dort zum allerersten Mal das Licht der Welt. Die archäologischen Funde von Menschenknochen, von denen manche meine eigenen sein könnten, wurden stets weiter nach hinten datiert. Es gibt Wissenschaftler, die diese Knochen für eine Theorie heranziehen, die ich schon immer für zutreffend hielt: Wir, die Vorfahren der Aborigines, waren die ersten Menschen auf der Welt. Unsere Seelen waren die ersten, die auf dem Planeten wandelten.

Die Ältesten meines Stammes, der das Totem des Hundes trug, hatten mich einst das Wichtigste gelehrt, was es über das Leben zu wissen gab: Es gibt keinen wahren Tod. Der Körper vergeht, die Seele jedoch stirbt nie. Sie wird immer wieder neu geboren. Mal im Körper einer Frau, mal in dem eines Mannes. Bis ans Ende aller Tage. Dabei ist es einerlei, ob man in seinem Leben gut war oder böse. Ob man anderen Menschen geholfen hat, sich für sie opferte, ihnen schadete oder sie gar ermordete. Egal, ob man große Kunst schuf oder seine Existenz im Exzess verschwendete.

Manchmal verstreichen nach dem Tod nur wenige Jahre, bis die Seele einen neuen Körper findet. Manchmal Jahrzehnte. Oder Jahrhunderte. Und zwischen den Geburten lebt sie in den Elementen. Feuer, Erde, Wasser, Luft.

Auch Tiere besitzen Seelen, das habe ich immer schon vermutet, obwohl der Schamane das Gegenteil behauptete. Und so begegneten die Seelen dieser beiden Hunde mir in jedem Leben wieder, weil mein Hass mich mit ihnen verband.

Meine Liebe hätte mich jedoch mit Anatjari verbinden sollen. Doch dafür war seine Zuneigung zu mir nicht groß genug. In seiner Phantasie zog es ihn immer wieder weg zu einem

Leben zwischen den Sternen, mit denen er durch den Nachthimmel fliegen wollte.

Nur die Seelen von wahrhaft Liebenden begegnen sich immer aufs Neue. Schon bei der ersten Berührung flirrt es, auch wenn der Geist sich nicht daran erinnern kann, dass er sein Gegenüber schon aus früheren Leben kennt.

Seelenverwandte.

Hätten Anatjari und ich unser Kind bekommen, wäre seine Liebe zu mir auch so stark geworden, dass er sich nicht länger nach den Sternen gesehnt hätte. Und wir beide würden uns in jedem Leben immer wieder aufs Neue begegnen. Doch die Hunde hatten Anatjari getötet, bevor wir eine Familie werden konnten.

36

Die Menschenfrau öffnete die Hand und ließ Blaufeders leblosen Körper in den Sand fallen. Wir rannten zu unserer Freundin. Die zarten kleinen Knochen ragten aus ihrem Inneren heraus, die Wärme ihres Körpers stieg an unsere Schnauzen, und wir jaulten den Himmel an. So lange, bis die Menschenfrau befahl: «Still.»

Schlagartig hörten wir auf, so scharf war ihr Kommando. Eine Weile lang standen wir ihr schweigend gegenüber. Schließlich kläffte Max: «Verschwinde, oder ich töte dich.»

Beinahe hätte ich seine Worte komisch gefunden. Der Hund, der noch nicht mal eine Maus erlegen mochte und ohne mich schon längst verhungert wäre, drohte dem Menschenweibchen, es umzubringen?

Max krallte seine Pfoten tief in den Sand. Als wollte er sämtliche Seelen, die im Zwischenreich der Erde unter ihm leben mochten, darum bitten, ihm zu helfen. Doch sollten dort tatsächlich Seelen wohnen, stiegen sie jedenfalls nicht durch den Sand hinauf in Max' Körper, um ihn zu stärken. Je mehr er kläffte, desto mehr begann er mit den Pfoten zu scharren, und desto mehr überschlug sich seine Stimme: «Hau ab! Hau ab! Hau ab!»

Die Menschenfrau verschwand nicht. Sie beugte sich zu ihrem Beutel hinunter, holte einen Rauchstängel hervor und ein kleines Ding, mit dem sie eine Flamme entzündete. Sie beherrschte das Feuer. Wie die Menschen in der Wüste. Wie Anatjari und Jedda.

Jedda!

Die Frau vor uns sah zwar anders aus, hatte eine andere Haut, andere Haare, einen anderen Körper, aber sie war es, sie war Jedda. Das spürte ich genau, als ob uns ein unsichtbares Band miteinander verknüpfte.

Max' Kläffen wurde immer höher. Nach einer Weile konnte ich keine Worte mehr verstehen, sondern nur noch Laute, die wahrscheinlich Angst einjagen sollten, jedoch nur seine eigene verrieten. Ich wurde ruhiger. Ich mochte einfach nicht glauben, dass die Frau, die in meinen Träumen – oder besser, in meinem ersten Leben – so gut zu mir gewesen war, mir etwas antun würde. Ich betrachtete sie, während sie sich von uns abwandte und auf das Meer blickte. Endlich hörte Max auf zu kläffen.

Ich schnüffelte. Jedda roch immer noch nach Blumen, Meerwasser und nassem Sand. Aber das war nicht der einzige Geruch, der von ihr zu uns hinüberwehte. Nein, da war noch der Duft von Trauer.

Vorsichtig ging ich auf Jedda zu, die an ihrem Rauchstängel zog. Ich wollte meine Schwester trösten, auch wenn sie gerade Blaufeder getötet hatte. Vielleicht, so versuchte ich mir einzureden, hatte Jedda den Vogel nur von seinem Leid erlösen wollen.

Hinter mir wimmerte Max. Anscheinend wollte er nicht, dass ich mich ihr näherte. Er war der erste Hund in diesem Leben, dem es nicht egal war, ob ich lebte oder nicht. Und dennoch hörte ich nicht auf ihn. Von Max wehte nun der beißende Geruch der Scham zu mir herüber. Es war ihm wohl peinlich, dass er sich in den Sand legte, anstatt loszulaufen, um sich zwischen mich und die Menschenfrau zu stellen. Er konnte nicht ahnen, dass es sich um Jedda handelte und was uns mit ihr verband, da er nie von ihr geträumt hatte. Sie blickte weiter aufs Meer, obwohl ich nur zwei Hundelängen von ihr entfernt stehen blieb.

Was ist mit Anatjari passiert?, fragte ich mich. Warum war er nicht bei ihr? Es gab eine Jedda in diesem Leben, es gab Max und mich, da musste Anatjari doch ebenfalls irgendwo auf Erden sein. Oder wohnte seine Seele gerade im Zwischenreich?

Natürlich, das musste es sein! Etwas anderes konnte ihre Trennung nicht erklären. Wie schrecklich musste es für Jedda sein, ihn nicht bei sich zu haben.

Langsam drehte sie sich zu mir, schnipste dabei den Rauchstängel in den Sand und sagte mit einer Stimme, die überraschend angenehm in meinen Ohren klang: «Du bist mutig, zu mir zu treten, kleine Hündin.» Sie deutete zu Max, der hinter mir im Sand lag. «Mutiger als er.»

Max' Scham umwehte meine Schnauze.

«Wir Weibchen sind immer tapferer. Wir tragen die Kinder im Bauch. Und den Schmerz im Herzen, wenn wir sie verlieren.»

«Und wenn unser Kind stirbt, bevor es zur Welt kommt, darf es dann ins Zwischenreich?» – Das hatte sie Anatjari in der Wüste gefragt, in jenem fernen früheren Leben. Und er hatte nicht darauf geantwortet. War ihr Kind also gestorben, bevor es auf die Welt kam? War es nicht ins Zwischenreich gelangt und existierte seine Seele nicht mehr?

Wenn dem so war, konnte ich Jeddas Leid nicht mal im Ansatz nachempfinden, da ich selbst keine Mutter war.

«In all meinen Leben als Mann», sprach sie weiter, «war mein Körper immer stärker, in denen als Frau jedoch mein Wille. Es ist so viel besser, eine Frau zu sein, Inala.»

Inala. Nicht Narbe. Inala.

Sie erinnerte sich an mich. An uns. Unsere Schwesternschaft!

«Kleine Inala, du warst in jedem Leben stark.»

In jedem?

Wir hatten uns in jedem Leben getroffen?

Bei Hundsmutter, sie war der Mann mit dem Messer gewesen, der Mann mit der Peitsche!

Was hatte sie als Peitschenmann in Max' Traum gesagt?

Das ist die Rache dafür, dass ihr mir die Liebe genommen habt.

Damit konnte sie nur Anatjari meinen. Doch warum hätten wir ihn töten sollen? Und wie? Zwei Hunde hätten gegen so einen kräftigen Mann doch niemals bestehen können. Das ergab alles keinen Sinn.

Jedda trat einen Schritt auf mich zu. Ich war nicht in der Lage wegzurennen, so verwirrt war ich. Sie beugte sich zu mir herunter und berührte mich mit ihrer Hand. Sanft strich sie über mein Rückenfell. Es war das erste Mal, dass ein Mensch mich – Narbe, nicht Inala – anfasste.

«Fast wie früher», sagte sie.

Ja, es fühlte sich vertraut an, wie sie mit der Hand über mein Fell glitt. Beruhigend. Wohlig. So ein Gefühl konnte einem kein Hund mit seiner Pfote geben.

«Wir waren Schwestern», fuhr Jedda fort.

Ich näherte mich ihr mit der Schnauze, und sie beugte sich weiter zu mir herunter, bis ihr Gesicht ganz dicht vor mir war.

«So nah war ich dir lange nicht.»

Unsere Nasen waren nur noch etwa drei Haarlängen voneinander entfernt, und ich wollte gerade die ihre anstupsen, da sagte sie: «Als ich dich das letzte Mal in der Wüste streichelte, habe ich euch gleich darauf getötet.»

Im heißen Sand war ich das erste Mal wahnsinnig geworden. Vermutlich war ich es seitdem. Die Hunde mussten für das, was sie mir damals angetan hatten, büßen. Immer und immer wieder. Und jetzt, nachdem ich das Lager durchlitten hatte, sollten sie erst recht die Strafe auf sich nehmen, mehr als je zuvor. Ich dachte an das Feuer in den Öfen. Und an den Druiden und den Scheiterhaufen. Die Hunde sollten brennen.

Jedda streichelte mich weiter, nun aber gröber und gegen das Fell. Dabei begann sie noch mehr nach Hass zu stinken. «Und in diesem Leben muss ich euch wieder töten», sagte sie dann.

Muss? Es war doch ihr freier Wille. Es kann doch kein Schicksal sein, jemanden zu ermorden! Zugegeben, es war meine Natur, andere Tiere zu reißen, um zu überleben. Aber das war doch etwas anderes, als aus Rache zu töten.

Ich wollte gegen ihre Nase stupsen, damit Jedda spürte, dass ich keine Maus war, kein Hase, keine Ratte.

Sie richtete sich auf.

«Wir können immer noch Schwestern sein!», kläffte ich verzweifelt.

«Ich muss mich endlich von euch befreien», sagte Jedda leise.

«Wir rennen weg, und du siehst uns nie wieder!», jaulte ich. «Wirklich nie!»

Sie hielt das silberne Metallding in meine Richtung, drückte mit ihrem Finger darauf, und wieder erschien eine Flamme. Ich starrte wie gebannt auf das kleine Feuer.

«Der Druide hätte damals bestimmt auch gerne ein Feuerzeug gehabt.» Ihre Stimme klang höhnisch.

Ihre Worte verstand ich nicht. Die Flamme hingegen sagte mir alles. Jedda wollte uns verbrennen.

Sie hielt das Feuer nun von oben in meine Richtung, kaum eine Schnauzenbreite von mir entfernt. Ich wich zurück, eine

Hundelänge, zwei, drei. Die Hitze der Flamme wehte weiter in mein Gesicht. Ich muss verrückt gewesen sein, als ich dachte, ich könnte sie umstimmen. Sonderbar blickte sie mich an und sagte: «Lauft!»

37

Ein richtiges Feuer habe ich nur ein einziges Mal in meinem Leben gesehen. Während eines gewaltigen Nachtgewitters war ein Blitz am anderen Ende der Müllkippe eingeschlagen. Die Flammen verschlangen alles, Plastik, Metall und verdorbenes Essen. Der Rauch erstickte uns fast, während wir durch den peitschenden Regen zu dem Rand der Müllberge rannten, ohne unser eigenes Jaulen hören zu können. Der Knall hatte uns taub gemacht. Erst am Ufer des Flusses, der die Müllkippe umgrenzte, hielten meine Geschwister und ich an und betrachteten aus der Ferne die Flammen. Sie loderten die ganze Nacht und den nächsten Tag hindurch, bis sie endlich von dem Wasser, das die Menschen mit riesigen Rüsseln darauf gossen, gelöscht wurden. Es dauerte einen weiteren Tag, bis wir wieder hören konnten, und fast eine halbe Jahreszeit, bis es in meinem linken Ohr nicht mehr piepte. Der Gestank nach brennendem Müll war der schlimmste, den ich gerochen hatte, bevor ich den Rauch erlebte, der aus dem Bau der Hundefänger gestiegen war. Wollte Jedda uns etwa in einem solchem Haus verbrennen?

Panik stieg in mir auf. Ich war kurz vor einer Hustenattacke. Wenn ich einmal damit anfing, würde ich nicht mehr aufhören, und Jedda würde mich mühelos packen können. Um das zu verhindern, versuchte ich mich auf etwas anderes zu konzentrieren. Ich ließ meinen Blick schweifen, und er fiel auf die Überreste von Blaufeder. Ich wurde zornig. Sie hatte den Vogel getötet, um uns zu weh zu tun, nicht um ihn von seinem

Leid zu erlösen. Am liebsten würde ich Jedda attackieren. Aber alleine würde ich sie nie überwältigen können. Vielleicht gemeinsam mit Max? Nein, er roch zu sehr nach Angst und Scham und starrte auf die Flamme aus Jeddas silbernem Metallding, das sie ganz ruhig an einen weiteren Rauchstängel führte. Dieses Menschenweibchen beherrschte das Feuer. Und wenn es das Feuer beherrschen konnte, dann vielleicht auch den Regen, das Meer und das Erdreich. Max und ich hingegen, wir beherrschten nichts. Wir konnten nur tun, was Jedda befohlen hatte: Laufen.

Ich rannte von ihr weg, auf Max zu, und bellte: «Wir müssen fliehen!»

Er schien mich nicht zu hören. Stattdessen starrte er nur weiter in Jeddas Gesicht. Ich hätte ihn umwerfen können, wie er es mit mir im Park getan hatte, oder ich hätte ihn wieder *Djalu* nennen können, aber ich sagte leise: «Wenn wir jemals Welpen haben wollen …»

Max sah erstaunt zu mir. Jedoch nicht halb so erstaunt, wie ich es war. Wie konnte ich nur einen solchen Gedanken aussprechen! Ich hatte es mir doch bisher nie vorstellen können, mit ihm Kinder zu bekommen. Außerdem war Max ja gar nicht in der Lage, Welpen zu zeugen. Aber wenn ein Mensch das Feuer beherrschen konnte und alle Lebewesen unsterbliche Seelen besaßen, waren auf dieser Welt dann nicht noch ganz andere Dinge möglich? Auch die, die uns unmöglich erschienen? Vielleicht gerade die, die unmöglich erschienen?

Das Mögliche war mir stets verwehrt geblieben. Eine Mama, die mich liebte. Geschwister, die gütig zu mir waren. Ein Leben mit zwei Augen. Das Unmögliche hingegen war Wirklichkeit geworden: Ich hatte das Meer erlebt und darin wahre Schönheit gesehen. In Blaufeder hatte ich, wenn auch nur für kurze Zeit, eine Freundin gefunden. Und in Max einen

Gefährten. Das Unmögliche hatte mich mehr beschenkt, als das Mögliche es je vermocht hätte.

Ob Max in diesem Moment daran glaubte, mit mir Kinder zeugen zu können, konnte ich nicht sagen. Aber er war nun mit Augen, Nase und Ohren ganz bei mir und antwortete mit fester Stimme: «Wir werden ihr entkommen.»

38

Wir rannten vom Strand in den Wald hinein. Die Bäume hier waren so viel höher und beeindruckender als jene im Park. Wenn wir nicht auf der Flucht gewesen wären, wäre ich von ihrer Pracht genauso ergriffen gewesen wie von der Schönheit des Meeres. Ich hätte mich unter einen von ihnen gelegt und mir ausgemalt, wie Hundsmutter und Wolfsvater hier einst ihren Pakt geschlossen hatten und ihre Kinder sich später gemeinsam auf die Jagd nach dem wundersamen Wild machten, das Reh genannt wurde, Hörner trug und das so viel köstlicher schmecken sollte als selbst das zarteste Hasenfleisch.

Der Boden, auf dem wir liefen, war nach der langen Sommerhitze, die sich bis weit in den Herbst zog und immer noch kaum nachließ, trocken wie Staub. Wir rannten über Wurzeln, abgefallene Äste und Blätter. Wir traten auf Ameisen und Käfer, und ich stolperte sogar über ein Tier, das Max Schnecke nannte. Die harte Schale des Tieres bohrte sich fest in meine Pfote, während der Rest seines Körpers unter meinen Krallen wegglitschte. Nach ein paar Hundelängen hielt ich inne, um die störende Schale mit meiner Zunge aus der Pfote zu entfernen. Max blieb bei mir stehen. Ja, dieser kräftige und zugleich so schwache Hund hatte mich schon hinter dem Tor des Hundegefängnisses nicht zurücklassen wollen, und er würde es auch jetzt nicht tun. Diese Gewissheit erfüllte mich auf einem Mal mit Glück. Und dass ich so etwas selbst in dieser schrecklichen Situation empfinden konnte, stärkte meinen Glauben an das Unmögliche noch viel mehr.

«Sie folgt uns nicht», sagte Max hechelnd und biss am Fuße eines besonders hohen Baumes in ein Büschel Moos. Schließlich hatten wir seit dem Morgen nichts mehr getrunken oder gegessen. Doch das Moos war offenbar kaum genießbar, denn Max spuckte es sofort wieder aus.

Der Wald mit all seinen Gerüchen nach Bäumen, trockener Erde, Laub und morschen Ästen überwältigte mich. Eine erste Herbstbrise raschelte in den Baumkronen, die so leicht war, dass sie es nicht mal schaffte, ein auf dem Boden liegendes Blatt fortzuwehen. In diesem Meer aus Gerüchen war Jeddas Blumenduft nicht mehr zu erschnüffeln. Und dennoch beruhigte mich dieser Umstand nicht. «Sie spielt mit uns», sagte ich zu Max. «So wie der Rabenmensch in deinem Traum mit Freya und Balder.»

«Du meinst, sie ist vielleicht der Mann aus meinen Träumen?», Max Worte klangen mehr nach einer Feststellung als nach einer Frage. Ich hätte ihm nun erzählen können, wie sehr ich davon überzeugt war, dass dieses Menschenweibchen nicht nur der Rabenmensch, der Peitschenmann und alle anderen Peiniger aus seinen Träumen gewesen war, sondern auch Jedda aus meinem eigenen Traum. Doch wir durften keine Zeit verlieren. Wichtig war einzig und allein zu überleben.

«Wir müssen sie ganz abschütteln», sagte ich und rannte weiter, bevor Max mich fragen konnte, wie bei Hundsmutter uns das gelingen sollte, und ich eingestehen müsste, keine Antwort darauf zu haben.

«Das Menschenweibchen kann Feuer machen», keuchte Max, während wir in dem Wald nun leicht bergauf liefen. «Meine Menschen können auch Feuer machen, aber diese Frau … sie … liebt das Feuer … und sie hasst es …, aber sie liebt es mehr, als dass sie es hasst …»

«Die Flamme aus dem Metallding ist zu klein, um uns verbrennen zu können», antwortete ich, um Max, aber auch mir selber, die Angst zu nehmen. «Mit dem kleinen Flämmchen kann sie vielleicht deine Barthaare abfackeln, aber uns nie und nimmer töten.»

«Aber was ist, wenn sie mit dem Metallding ein größeres Feuer entfacht?»

«Sie hat damit nur einen Rauchstängel anzünden können», wiegelte ich ab. Nicht harsch, aber doch bestimmt. Max schwieg fürs Erste, bis er nach etwa zweihundert weiteren Hundelängen durch den Wald bergauf mit einem Mal stehen blieb und schnupperte. «Riechst du das auch?», fragte er.

«Wasser», freute ich mich, und wir rannten dem Duft entgegen. Je näher wir dem Wasser kamen, desto lauter hörten wir es rauschen.

Als wir es endlich erreichten, staunte ich. Wir standen an einem Bach, der von riesigen Gesteinsbrocken hinabstürzte, die am Hang eines bewaldeten Hügels lagen. Zu unseren Füßen sammelte sich das Wasser in einem kleinen See, der größer war als jener im Park.

«Ein Wasserfall», stellte Max fest. «Bei uns in den Bergen gibt es sogar noch viel größere.»

«Ist das Wasser salzig?», fragte ich.

«Nein», antwortete er und wedelte vergnügt mit dem Schwanz, «das riecht man doch.»

Noch bevor ich mich verteidigen konnte, dass jedes neue Gewässer, jede neue Landschaft und jedes neue Wesen für mich Überraschungen bereithielt, lief mein Gefährte knietief ins Nass hinein und begann zu trinken. Ich tat es ihm gleich, und das Wasser belebte mich so sehr, dass mir ein frischer Gedanke kam. «Ich weiß, wie wir sie abhängen können!»

«Und wie?», fragte Max, während von seinem Bart das Wasser tropfte.

«Menschen haben keinen so guten Geruchssinn wie wir. Sonst würden sie ja nicht einen solchen Gestank mit ihren Autos erzeugen.»

«Das ist wohl wahr.»

«Sie kann also nur unsere sichtbaren Spuren verfolgen.»

«Wie der Rabenmensch bei Freya und Balder.»

«Nur, dass es hier keinen Schnee gibt. Sie muss schauen, wo wir Äste, Blätter oder Tiere zertreten haben.»

«Das wird sie ganz sicher tun.»

«Aber wenn wir diesen See durchschwimmen, verlieren sich unsere Spuren und sie wird es viel schwerer haben, uns zu finden.»

Max schwieg so lange, dass ich Angst bekam, ich hätte etwas übersehen oder er würde mir erklären, dass Menschen auch unter Wasser Spuren entdecken könnten. Schließlich sagte er voller Ehrfurcht in der Stimme: «Du bist klüger als ich.»

Unglaublich, ein Männchen hielt mich für klüger als sich selber!

Auf der Müllkippe hätte das keines getan. Denker ohnehin nicht, er war ja auch schlauer, aber auch nicht Blitz oder Erstgeborener. Nie wäre ich auf den Gedanken gekommen, ich könnte etwas besser als meine Brüder. Vielleicht steckte in mir ja noch viel mehr, als ich jemals gewagt hatte zu denken. Wenn ich so schlau wie Denker war, konnte ich dann auch so schnell sein wie Blitz, so stark wie Erstgeborener, womöglich sogar so anmutig wie Lied?

Max stieg tiefer in den Teich, und ich folgte ihm, bis wir beide den Grund unter den Pfoten verloren und losschwammen. Dort wo die Sonnenstrahlen das Wasser trafen, glitzerte es wunderschön. Der Wind wehte sanft um meine nasse Schnauze und kühlte sie. Und die Bäume auf der anderen

Seite erschienen mir noch prachtvoller als jene, die wir hinter uns ließen. Konnte dieser Wald am anderen Ende des Ufers vielleicht sogar eine Heimat für uns werden?

An Land angekommen, schüttelten wir uns trocken. Schließlich blickte ich zum Himmel und stellte fest, dass die Sonne zu sinken begann.

«Wenn wir hierbleiben», sagte ich, «kann sie uns immer noch vom anderen Ufer aus sehen. Lass uns weitergehen, bis es dunkel wird.»

Wir wanderten weiter, bis die Sterne und der Mond am Himmel prangten und ich mir sicher war, dass Jedda uns nicht mehr aufspüren konnte. Wir legten uns ganz nah aneinander auf den trockenen Boden und lauschten den Geräuschen der Nacht.

Der Wind strich leicht durch die Blätter, und aus einigen Bäumen drangen Tierlaute. Es mussten Vögel sein – wer sonst konnte so weit oben sitzen –, aber es mussten große, schwere Vögel sein. Ein kleiner hätte nie solche tiefen Laute hervorgebracht, sondern hätte geträllert, getschilpt oder gesungen. So wie es Blaufeder getan hatte und es nun nie wieder tun würde. Jetzt, da wir das erste Mal nach langer Zeit wieder zur Ruhe kamen, vermisste ich meine Freundin so sehr, dass es mein Herz fast zerriss.

«Ich vermisse sie auch», wisperte Max. Ohne dass ich etwas sagen musste, hatte er geahnt, woran ich dachte. Offenbar versetzte ihm die Erinnerung ebenfalls einen Stich ins Herz. Ich konnte hören, wie es unregelmäßiger und heftiger pochte als sonst. Eine Weile lauschten wir in uns hinein, dann sagte Max leise: «Die Sterne leuchten hier anders als in der Stadt.»

«Auch anders als auf der Müllkippe», ergänzte ich. Dort hatte das unnatürliche Licht, das die Menschen schufen, den Himmel erhellt und viele der Gestirne unsichtbar gemacht.

Hier aber prangten am Himmel über den Baumwipfeln Tausende Sterne, als ob sie über uns wachten.

«Glaubst du wirklich», fragte Max, «dass wir Hunde nach dem Tod zu Sternen werden?»

«Eigentlich nicht mehr», antwortete ich und legte meinen Kopf auf seinen Rücken. Das Zwischenreich war wohl nicht dort oben bei den Sternen, das ahnte ich nun dank meiner Träume. Doch ich wollte jetzt nicht mit Max über unsterbliche Seelen sprechen, erst recht nicht über Jedda, ich wollte nur seine Nähe spüren und seine Stimme in meinem Bauch vibrieren lassen. So fragte ich zurück: «Was glaubst du denn, was die Sterne sind?»

«Lilly hat erzählt, dass Buzz Lightyear mit einem Raumschiff zu ihnen fliegen will, um auf Außerirdische zu treffen.»

«Ich habe mehr Worte nicht verstanden als verstanden», meinte ich und klopfte belustigt mit dem Schwanz auf das Moos.

«Buzz Lightyear glaubt», erklärte Max und klopfte nun auch zweimal vergnügt mit dem Schwanz, «er sei ein Astronaut. Aber eigentlich ist er ein Spielzeug, das sprechen kann. Und das auch nur, wenn kein Mensch dabei ist. Deswegen denkt Lilly, dass auch ihre Dinosaurier, ihre Puppe und sogar ich sprechen können, wenn sie nicht da ist.»

«Du kannst doch sprechen», versetzte ich, ohne zu fragen, was ein Astronaut, eine Puppe oder Dinosaurier sein mochten.

«Aber sie kann meine Worte nicht verstehen.»

«Weil wir den Menschen egal sind.»

«Ich bin Lilly nicht egal!»

Ich bemühte mich, verächtlich zu schnauben, wie ich es auch sonst immer getan hatte, wenn Max sein Menschenkind verteidigte. Aber diesmal kam es nicht von Herzen, und daher gab ich nur ein merkwürdiges Geräusch von mir. Ich konnte

Max nun mal nicht mehr dafür verachten, einen Menschen zu mögen. Ich hatte es einst als Inala in der Wüste selbst getan. Noch schlimmer, ich hatte sogar geglaubt, das Menschenweib Jedda wäre für mich wie eine Schwester. Erst vorhin hatte ich es noch gehofft.

«Du klingst wie ein Pups.» Max klopfte noch belustigter auf das Moos. Anstatt zu meckern, klopfte ich im gleichen Takt mit.

«Lilly wird sich freuen, wenn ich wieder da bin», erklärte er. In diesem Augenblick war er wieder voller Hoffnung, dass wir zu seinem Zuhause zurückkehren würden, obwohl uns Blaufeder nicht mehr den Weg weisen konnte. «Sie wird sich auch über dich freuen, Narbe.»

Ein kleiner Mensch, der sich auf mich freute? Das erschien mir unmöglich. Aber andererseits war das Unmögliche ja auf meiner Seite. «Glaubst du wirklich?», hakte ich also hoffnungsvoll nach.

«Ich glaube es nicht nur, ich weiß es.»

Für einen kurzen Augenblick überlegte ich, ob Lilly uns vor Jedda beschützen konnte, aber wie sollte ein kleines Menschenweibchen so etwas schaffen? Vielleicht war Buzz Lightyear dafür geeigneter, schließlich konnte er ja auch zu den Sternen reisen.

«Dieser Buzz … ist er ein Freund von Lilly?»

«Er darf bei ihr im Bett liegen. Und wenn sie auf ihn drückt, sagt er: Bis zur Unendlichkeit und noch viel weiter.»

«Unendlichkeit?»

«Er meint die Sterne.»

Ich blickte zum Himmel und spürte zum ersten Mal, dass das riesige dunkle Gewölbe über uns unendlich sein könnte. Womöglich war die ganze Welt unendlich, so wie der Kreislauf des Lebens, den wir beide, Max und ich, durchliefen.

Ich nahm meine Schnauze von Max' Rücken und drückte mich eng an ihn. Er ließ es gerne zu.

«Welpen?», fragte er nach einer Weile des Schweigens.

«Was?»

«Du hast vorhin gesagt, ‹wenn wir jemals Welpen haben wollen›.»

«Ja, das habe ich.»

«Es ist unmöglich für mich, welche zu bekommen.»

«Das Unmögliche ist unser Freund.»

Max schnupperte. Offenbar um sicherzugehen, dass ich nicht scherzte, und als ihm klarwurde, dass ich es ernst meinte, wiederholte er meinen Satz, als wollte er prüfen, ob ihm der Geschmack gefiel: «Das Unmögliche ist unser Freund …»

Darauf sahen wir beide zum Himmel, zu den Sternen, bis zur Unendlichkeit und noch viel weiter. Und angesichts der Unendlichkeit fiel es uns beiden nicht mehr schwer, an das Unmögliche zu glauben.

39

Die Sonnenstrahlen weckten mich, bevor Hunger und Durst es tun konnten. Noch im Liegen versuchte ich mit all meinen Sinnen zu erspüren, ob Jedda uns verfolgte. Auch Max schien nach einer Witterung zu suchen. Aber weder war die Frau zu sehen, noch zu hören, noch wehte ihr Blumenduft durch den Wald.

«Wir haben sie wirklich abgehängt», stellte Max fest.

«Ja, das haben wir.»

Erleichtert standen wir auf, streckten die Beine durch und gähnten in etwa gleich lang, als ob wir einen Körper mit zwei Mäulern besäßen.

«Du bist wirklich klug», sagte Max und rieb seine Schnauze an meiner, nicht etwa forsch oder gar übermütig, sondern als wäre es das Natürlichste der Welt. Eine Wärme durchströmte mich, die noch wohliger war als die seines Körpers, wenn ich mich in den Nächten an ihn kuschelte.

Nach einer schönen Weile sagte Max: «Mein Magen knurrt.»

«Lass uns was zu essen suchen», erwiderte ich, dabei hätte ich lieber meine Nase weiter an seiner gerieben.

Wir wanderten durch den Wald, immer weiter bergauf in die Richtung, die uns vom Meer, von Jedda und von Blaufeders Leichnam wegführte. Nach einigen hundert Hundelängen sagte Max zu mir: «Ich werde dir heute beim Jagen helfen.»

Das verblüffte mich. Bei seinem einzigen Jagdversuch hatte Max kläglich versagt. «Du versorgst uns», erklärte er, «ich aber tue nichts. Ich muss dir endlich helfen, damit ich deiner auch würdig bin.»

Er wollte meiner würdig sein! Wie sollte ich da erwidern, er müsse sich diese Mühe nicht machen, weil ich wusste, dass er nicht in der Lage war, ein anderes Tier zu töten. Und wie um alles in der Welt sollte ich ihm klarmachen, dass ich sein Unvermögen nicht als Schwäche verstand, sondern als etwas, was ihn meinem Herzen noch näherbrachte?

«Wir schauen mal, was für Tiere wir finden», wich ich aus und dachte bei mir, ich wäre ohnehin schneller als er, wenn es darum ging, eine Maus oder einen Hasen zu erwischen. Kaum hatte ich das gesagt, erschnupperte Max etwas.

«Da», sagte er und ging voran. Nach einigen Schritten nahm auch ich den Geruch wahr. Er wehte von Ausscheidungen neben einem auf dem Boden liegenden Baumstamm zu uns. Sie stammten von zwei Tieren. Einem größerem und einem kleineren. Wir folgten ihrem köstlichen Duft zu einer Stelle im Wald, die frei von Bäumen war und auf der Gras wuchs, das von der Hitze der letzten Wochen an den Spitzen vergilbt war. Auf dieser Lichtung standen zwei rotbraune Wesen, die größer waren als jeder Hund. Sie hatten Hörner. Es mussten … ja es mussten jene sagenumwobenen wilden Tiere namens Rehe sein.

Die Rehe sahen elegant aus. Im Gegensatz zu uns gehörten sie in diesen Wald mit den prächtigen Bäumen und dem rauschenden Wasserfall. Das größere von den beiden, vermutlich der Vater, trug ein beeindruckendes Geäst aus Knochen auf dem Kopf, das kleinere Reh besaß nur zwei kleine Hörner. Aber auch die konnten einem Hund die Haut aufreißen. Oder, noch schlimmer, mir mein zweites Auge nehmen.

«Rehe», sagte Max leise, um die Tiere nicht aufzuscheuchen.

«Du weißt von den alten Geschichten?», flüsterte ich. Bisher hatte Max noch keines der Lieder, mit denen ich aufgewachsen war, gekannt.

«Alte Geschichten? Du meinst Bambi?»

«Bambi?»

«Du meinst nicht Bambi», seufzte er.

«Wenn du die Rehe nicht aus den alten Liedern kennst, woher denn dann?»

«Bei uns leben sie auch, außerhalb der Stadt», flüsterte Max weiter. Seine Heimat musste wirklich ein Paradies sein wie dieser Wald, wenn dort auch solche köstlich duftenden Tiere grasten. «Mein Frauchen hat mich immer angeleint, wenn wir ihnen bei langen Spaziergängen durch die Felder begegneten.»

«Warum?»

«Sie hatte Angst, dass ich ihnen hinterherjage.»

«Wolltest du das?»

«Ja, aber nicht um sie zu töten. Doch jetzt …»

«Jetzt?»

«Jetzt möchte ich sie reißen. Für uns. Für dich.»

Ich sah zu den Rehen. Sie hatten uns noch nicht bemerkt, knabberten weiter ihr Gras. Auch wenn sie nicht so wendig erschienen wie Hasen, waren sie mit ihren langen Beinen vermutlich schneller als wir. Und für den Fall, dass sie es nicht waren, bestand immer noch die Gefahr, dass sie uns mit ihren Hörnern schwer verletzen konnten. Max schwer verletzen. Das durfte nicht passieren!

Für einen Augenblick überlegte ich mir, die Rehe mit einem Bellen aufzuscheuchen, damit sie fliehen konnten und wir anschließend nach Mäusen oder Hasen suchten. Doch die kleineren Tiere dufteten nicht so wunderbar wie diese zwei rotbraunen Riesen. Außerdem würde so ein Reh uns Fleisch für mehrere Tage geben. Wir könnten uns hier endlich ausruhen und für die Weiterreise stärken, falls wir denn überhaupt noch zu Lilly wollten. Egal wie schön es bei ihr auch sein mochte, wir könnten auch hier, in diesem Wald mit dem klaren Wasser und dem köstlichen Wild, ein gutes Leben führen.

«Der Vater», sagte ich leise, «wird sein Junges verteidigen.»

«Meiner hat es nicht getan, als ich zu den Menschen gegeben wurde», flüsterte Max.

«Und ich habe meinen nie gekannt», erwiderte ich.

«Nie?» In Max' Stimme lag wieder Mitgefühl, und auch wenn ich ihn mittlerweile nicht mehr als schwach ansah, wenn er mir seine Gefühle zeigte, war es jetzt nicht an der Zeit, über diese Wehmut zu reden, die mich mein ganzes Leben lang begleitet hatte. Es war an der Zeit zu jagen.

«Du rennst auf sie zu und bellst», flüsterte ich.

«Und du?»

«Ich laufe von hinten auf das große Tier zu und beiße ihm in die Ferse. Dann kann es nicht mehr weglaufen.» Zudem, das verschwieg ich jedoch, lief Max dabei nicht Gefahr, aufgespießt zu werden.

«Und das Junge?» Max' Stimme war voller Sorge. Auf einmal fühlte er sogar mit einem Tier von einer anderen Art mit. Das wunderte mich nicht. Was mich vielmehr erstaunte, war, dass sein Mitgefühl ansteckend zu sein schien wie eine schlimme Krankheit: Da war ein Kind, und ich wollte ihm seinen Vater nehmen, weil ich Hunger hatte. Ich würde es später vielleicht sogar selber reißen, wenn ich wieder hungrig wurde und das Kleine nicht schlau genug war wegzulaufen. Mein Instinkt sagte mir, es war richtig, wenn ich tötete, um zu überleben. Instinkt war doch das, was uns Hunde ausmachte! Doch nun, dank Max, stand mein Instinkt im Widerstreit zu ... nicht etwa zu meinem Verstand, nein, der wusste auch, dass ich, um zu überleben, fressen musste, nein, er stand im Widerstreit zu meinem Gefühl.

Ich schüttelte mich, wütend darüber, dass Max solche Empfindungen in mir auslöste. Im nächsten Augenblick war ich noch zorniger, denn mein Schütteln hatte die Rehe aufgeschreckt. Die beiden machten vor Angst seltsame bellende Geräusche und rannten – besser gesagt, sprangen – los. Ich stürmte ihnen kläffend hinterher. Max, ebenfalls, folgte mir über die Lichtung, in das nächste Waldstück hinein und überholte mich dort. Das Junge verlor den Anschluss an seinen Vater, der mit seinen längeren Beinen weitere Sprünge machen konnte, und Max rannte auf es zu. Der Vater blieb stehen, drehte sich um und lief zurück, um sich zwischen uns und sein Kind zu stellen. Die Angst der Rehe wehte zu uns herüber. Für sie selber roch die Furcht gewiss schrecklich, für uns indes köstlich. Max drehte vor Freude fast durch und bellte laut los. Dann rannte er auf den Rehbock zu. Der beugte sich mit dem Kopf herunter, um Max mit seinem Geäst zu rammen.

Max schlug einen Haken, lief um das große Tier herum, das nicht so schnell wenden konnte, und biss, so wie ich es ursprünglich vorgehabt hatte, in dessen Hinterlauf. Der Rehbock brüllte auf. Das Junge stand mit zitternden Beinen dahinter, als wollte es sich nie wieder bewegen, und fiepte traurig, während der große Bock zusammenbrach.

Kaum war er zu Boden gegangen, sprang Max auch schon auf den Rücken des Tieres und bellte triumphierend, wohl um sich selbst zu zeigen, wie stark er war. Der Rehbock bot Max seinen Hals dar.

Max jedoch bellte. Und bellte. Und bellte.

Als Max schließlich in den Hals des Vaters biss, lief das Jungreh endlich davon. Ich hingegen freute mich über das köstliche Fleisch, das ich gleich würde essen dürfen.

Max schüttelte den Hals des großen Rehs hin und her. Dessen Beine zuckten wild, es versuchte sich sogar noch mal aufzubäumen. Vergeblich. Je mehr es sich bewegte, desto fester biss Max zu. Und dann hörte das Reh auf, sich zu wehren. Es hatte geschafft, was es mit seinem aussichtslosen Kampf erreichen wollte: Sein Junges war nicht mehr zu sehen oder zu hören, noch nicht einmal dessen Angst war noch zu riechen, die nun größer sein musste als zuvor, nun, wo es erlebt hatte, wie schnell ein Leben ausgelöscht werden konnte.

Ich starrte Max an. Bis zu diesem Zeitpunkt war ich es gewesen, die für uns gesorgt hatte. Mit einem Mal war er der Stärkere von uns beiden. Ich hatte immer nur Hasen, Mäuse und Vögel erlegt, aber ihm war es gelungen, ein Riesentier niederzustrecken, ohne selbst eine Verletzung davonzutragen. Als der Rehbock nicht mehr atmete, gesellte ich mich zu ihm.

Wir fraßen, bis wir satt waren, und legten uns dann zum Verdauen hin. Nach einer Weile fragte ich: «Was ist mit dir geschehen?»

«Was meinst du?»

«Du hast dich bisher nicht mal getraut, eine Maus zu töten.»

«Noch nicht mal eine Schnecke», bestätigte er.

«Noch nicht mal eine Schnecke», echote ich.

«Ich habe tatsächlich das erste Mal getötet.» Max blickte zu dem toten Körper. Anscheinend wurde ihm erst jetzt bewusst, dass er ein anderer Hund geworden war, einer, der in der Lage sein würde, immer wieder zu töten. Selbst wenn es bedeutete, einem Jungtier den Vater zu nehmen, selbst wenn es bedeutete, das Jungtier selber zu töten.

«Wieso traust du dich das jetzt?», wollte ich wissen.

«Weil ich sie gesehen habe.»

«Sie?»

«Die Menschenfrau.»

«Ich versteh nicht.»

«Wenn sie uns findet ...»

«Sie wird uns nicht finden.»

«Aber falls doch ... wenn ich uns vor ihr retten will ...»

«... musst du das Töten lernen?»

«Ja, das muss ich», sagte Max und seufzte.

Ich schwieg, und er fügte hinzu: «Wenn ich dich nicht verteidigen kann, bin ich deiner nicht würdig.»

Für einen Moment blickte Max traurig drein, und ein Geruch wehte von ihm herüber. Er erinnerte ein wenig an Scham, war jedoch beißender, wenn auch nicht ganz so stark wie der Gestank des Selbsthasses. Nein, es roch ätzend, nach Selbstverachtung. Ein Geruch, der sich schleichend in die Nasenhöhlen einbrennt. Max mochte nicht, was aus ihm geworden war.

«Wenn die Frau uns finden sollte», sagte ich, «wirst du es nicht alleine schaffen, sie zu überwältigen. Wir müssen uns beide zusammen verteidigen. Wie zwei Krüppel, die zueinander gehören.»

«Nein», widersprach er. «Nicht wie Krüppel.»

«Wie zwei Gefährten», schlug ich vor.

«Wie zwei Liebende», sagte er klar, als ob es für ihn keinen Zweifel mehr geben konnte, dass auch ich ihn liebte, schließlich hatte ich sogar von der Unmöglichkeit gesprochen, Welpen zu bekommen.

Ich hätte jetzt auch «Wie zwei Liebende» sagen können. Sagen müssen. Und Max sah mich an, als hoffte er, ich würde die Worte tatsächlich aussprechen, doch ich brachte sie nicht heraus. Noch nicht. Dafür musste Max mir erst noch eine Geschichte singen.

40

Nachdem wir verdaut hatten, machten wir uns wieder auf den Weg und erreichten nach kurzer Zeit einen schmalen Bach, tranken daraus, tollten im Wasser und reinigten unsere Schnauzen und unser Fell. Danach legten wir uns in das grüne Gras am Ufer und genossen die Sonne und den ersten kühleren Herbstwind. Plötzlich fiel mir auf, dass die Bäume in der Ferne anders aussahen als die, die um uns herumstanden.

«Dort drüben wachsen Tannen», erklärte mir Max. «Im Winter haben wir für ein paar Tage eine von ihnen im Haus.»

«Die müssen mindestens fünfzig Hundelängen hoch sein. Ist das Haus so groß?»

«Nein, unsere Tannen sind viel kleiner. Und die Menschen schmücken sie.»

«Wieso?»

«Es hat etwas mit einem Menschenwelpen zu tun, einem besonderen.»

«Und das wohnte in einer Tanne?»

«Ich glaube, die meisten Menschen verstehen die meiste Zeit selbst nicht, warum sie etwas tun.»

«Und dennoch fühlst du dich bei ihnen wohl», staunte ich.

«Es ist schön, wenn sie vor der Tanne Lieder singen», sagte Max und bat: «Sing mir doch auch wieder eines.»

«Ich soll singen?»

«Ja, bitte.»

«Nein», antwortete ich.

«Nein? Warum nicht?»

«Du bist mal dran.»

«Aber», stammelte Max, «aber ich kann doch gar keine Lieder singen.»

«Mich hat auch keiner gefragt, ob ich es kann.»

«Aber du singst wunderschön.»

Ich schnaubte. Mein Gesang im Weinberg war so schlecht gewesen, dass Blaufeder mich damit aufgezogen hatte.

«Wirklich!», bekräftigte Max.

Auch wenn ich wusste, dass es Hunde gab, die sehr wohl mit Worten logen, war ich mir doch ganz sicher, dass Max so etwas nie und nimmer tun würde, noch nicht mal, um mir einen Gefallen zu tun, vermutlich nicht mal, um mich vor Schmerz zu bewahren. Er fand also meinen Gesang tatsächlich schön. Dieser Hund war verrückt und würde es wohl für immer bleiben.

«Wenn ich es kann», sagte ich, «kannst du es auch.»

Max blickte mich zweifelnd an. Offenbar glaubte er mir nicht. Ich glaubte es ja selber nicht, aber ich wollte mich von ihm wieder einmal überraschen lassen.

«Ich kenne nur Geschichten von Lilly.»

«Dann singe mir eine von denen vor.»

«Das waren keine zum Singen.»

«Keine Geschichten zum Singen? Gibt es auch andere?»

«Ihre Geschichten wurden alle gesprochen.»

«Und was waren das für Geschichten? Du hast etwas von einer mit einer Königin gesagt. War das eine Ameisen- oder eine Termitenkönigin?»

«Eine Menschenkönigin.»

«Die haben auch Königinnen?»

«Ja. Aber was ist eine Termite?»

«Wenn man sich in die hineinsetzt, ist es noch unangenehmer als bei Ameisen.»

«Dann sollte man sich wohl nicht in sie hineinsetzen!» Max klopfte vergnügt mit dem Schwanz auf den Boden.

«Nein, das sollte man nicht.» Auch ich klopfte vergnügt auf den Boden.

«Soll ich dir die Geschichte von der Königin Amelie erzählen, wie sie die Hexe besiegte, die die Soldaten in Pizzabrötchen verwandelt hatte?»

«Lieber nicht», antwortete ich. «Kennst du vielleicht auch eine mit Hunden?»

«Nein.»

«Schade.»

«Ich habe nur die Erlebnisse aus meinen Träumen.»

«Bitte nicht davon erzählen», wehrte ich ab. Allein der Gedanke daran verdüsterte meine Stimmung.

«Ich wollte dich nicht traurig machen.»

«Schon gut, schon gut.»

«Ich kann mir auch eine Geschichte ausdenken», bot er an.

«Ausdenken?», staunte ich. Geschichten stammten doch aus alten Zeiten. Oder man hatte sie tatsächlich erlebt. So wie die über Mama. Dass man Geschichten einfach so erfinden konnte, war mir neu. Mein Herz klopfte schneller vor Aufregung. Wie mochte es sein, die Geburt eines Liedes mitzubekommen?

«Ja, denk dir eine aus!», bat ich aufgeregt und klopfte dabei mächtig mit dem Schwanz auf den Boden. «Denk dir eine aus!»

«Gut», sagte Max und schwieg darauf erst mal.

«Mach schon, mach schon!»

«Du würdest dich wirklich gut mit Lilly verstehen.»

«Wieso?»

«Ihr seid beide gleich ungeduldig.»

«Na los doch!», sagte ich noch fordernder, weil ich es nicht mochte, mit einem Menschenkind verglichen zu werden, schon gar nicht, wenn ich unbedingt ein Lied hören wollte.

«Ich erzähle dir die Geschichte …»

«Singe! Menschen erzählen Geschichten, Hunde singen!»

«Nun gut», lenkte Max ein, «ich singe dir die Ballade …»

«Was ist eine Ballade?»

«Ein Lied.»

«Dann sag das doch.»

«Ich singe dir die Ballade von Max und Orchidee.»

«Und was ist ‹Orchidee›?»

«Das ist die schönste Blume, die es auf der Welt gibt, sagt Frauchen.»

«Du singst von dir und einer Blume?» Ich verstand nicht ganz.

«Und ihren Welpen», fügte er hinzu und wirkte dabei nicht, als wollte er einen Spaß machen oder würde einfach nur wirres Zeug reden.

«Du hast mit einer Blume Welpen gezeugt?»

Ich stellte mir Blumen mit Hundeköpfen vor und schüttelte mich. Ich wollte gerade sagen, dass ich keine Freude daran hätte, von solchen Wesen zu hören, da flüsterte Max: «Ich meine dich.»

«Mich?»

Max kam zur Müllkippe …

… brummte er nicht allzu melodiös. Es klang derart unmusikalisch, dass ich beinahe losgelacht hätte, aber seine Stimme vibrierte so wunderbar in meinem Bauch.

War nur ein gewöhnlicher Köter.

Am liebsten hätte ich gebellt: Du bist nicht gewöhnlich! Und schon gar kein Köter! Aber ich schwieg und hörte weiter zu.

Er konnte nicht schön singen,
fand nie den Takt der Worte.

Er fand ihn wirklich nicht.

Als er Orchidee traf,
sah er erst nicht ihre Schönheit.

Welche auch?

Als er von ihr träumte, aber schon.
Und er dachte, er liebte sie.
Aber er tat es nicht.

«Er tat es nicht?», fragte ich verletzt.

«Nein, er liebte sie nur in den Träumen.»

«Nur in den Träumen», wiederholte ich traurig.

Dafür musste er erst etwas erkennen.

«Was? Was musste er erkennen? Sing es. Sing!»

Wie schön sie im Leben war.

«Sie war … schön im Leben?»

Sie musste um einen Vogel trauern.

«Ja, das musste sie.»

Jaulte mehr noch als Max.
Sie hatte ein größeres Herz.
Und als er dies erkannte,
begann er sie zu lieben.
Auch in diesem Leben.

«Auch in diesem Leben?»

«Ja.»

Und sie wohnten fortan an einem Wasserfall.

«Er wollte nicht mehr zu Lilly?»

«Er wollte, aber noch mehr wollte er bei Orchidee sein.»

«An einem Wasserfall …»

Sicher und in Frieden.

Wie wundervoll musste das sein.

Wie wundervoll könnte es werden.

Und sie bekamen Welpen.

Welpen.

Rose.
Flix.
Carlo.
Fiona.

«Fiona?»

«Ich möchte, dass eins unserer Kinder so heißt wie meine tote Freundin.»

«Fiona soll sie heißen.»

Beim Anblick der Welpen,
die sie doch nie hätten bekommen sollen,
weinten sie beide.

«Vor Glück?»
«Vor Glück.»

Max und Orchidee.
Max und Orchidee.

Er hörte auf zu singen und sah mich an. Da übernahm ich die nächste Strophe:

Max und Orchidee.
Zwei Krüppel.
Zwei Gefährten.
Zwei Liebende.

Jetzt hatte ich es endlich aussprechen können. Oder besser, singen können.

«Du liebst mich auch?», fragte Max vorsichtig.

«Ja, das tue ich. Aber nicht etwa, weil es unser Schicksal ist.»

«Nicht?»

«Sondern weil mein Herz es mir sagt.»

41

Wir lagen weiter in der Sonne, aber noch viel mehr als ihre Strahlen wärmte mich das Glück. Das erste Mal wusste ich, warum ich auf der Welt war. Es ging auf Erden nicht nur um das Überleben. Darum, zu fressen und Schutz vor Unwettern zu suchen. Nein, es ging ums Leben. Ums Lieben. Jemanden zu finden, der einen so fühlen lassen konnte.

Ich wollte gerade wieder meine Nase an der von Max reiben, da begannen Ameisen, die ein paar Hundelängen entfernt vom Bach ihr Zuhause hatten, schnell in unsere Richtung zu krabbeln. Auch Spinnen huschten plötzlich an uns vorbei. Gleich darauf verließen die Vögel ihre Äste, auf denen sie auf ihrem Weg nach Süden rasteten, und flogen ... wieder nach Norden?

Max und ich sprangen alarmiert auf.

Das Jungreh schoss zwischen den Bäumen hervor und rannte panisch das Bachufer entlang, bis es eine schmale Stelle fand, die es überspringen konnte. Schmetterlinge flatterten hinter ihm her und zwei schwere Vögel, wohl jene, die in der Nacht die tiefen Laute hervorgebracht hatten, flogen über uns hinweg in die gleiche Richtung.

Der Fluchtinstinkt der anderen Tiere steckte uns an. Ich versuchte zu wittern, welche Gefahr auf uns zukam. Es musste eine gewaltige sein. Doch es war Max, der sie als Erster bemerkte: «Es brennt!»

Jetzt nahm ich den Geruch auch wahr. Es roch nicht wie in dem Haus, in dem die Hunde verbrannt wurden. Eher wie in der Flammennacht auf der Müllkippe.

«Das ist brennendes Holz», sagte Max. «Wie in dem Kamin zu Hause. Nur anders.»

«Anders? Wie anders?», fragte ich, ohne wissen, was ein Kamin war.

«Meine Menschen haben immer Holz im Kamin verbrannt. Ich hab mich dann gerne vor das Feuer gelegt, mit ausgestreckten Beinen.»

«Du hast dich vor ein Feuer gelegt?» Max war so viel mutiger, als ich einst gedacht hatte.

«Die Flammen sprangen nie zu mir über. Aber hier …»

«Hier?»

«Brennen nicht nur ein paar Stücke Holz. Es sind die Bäume! Alle Bäume!»

Kaum hatte er das gesagt, sahen wir in der Ferne Rauch aufsteigen. Und wir hörten das Feuer: ein Knistern, Knacken und Rauschen. Es nahm von immer mehr Bäumen und Gräsern Besitz, die von der langen Hitze vollkommen ausgetrocknet waren. Die Ameisen liefen nun noch aufgeregter am Ufer hin und her und verloren den Rest ihrer Ordnung.

«Wir müssen hier weg!», bellte ich. Max wollte sich sofort in den Bach stürzen, doch ich kläffte: «Wir sind schneller, wenn wir an der Stelle hinüberspringen, wo das Reh verschwunden ist.»

«Aber wenn wir nass sind …»

«… wird uns das auch nicht vor dem Feuer schützen.»

«Du hast recht.»

Wir liefen zu der schmalen Stelle, an der der Bach so niedrig war, dass wir einfach durch das Wasser laufen konnten, und eilten in das Waldstück. Dort folgten wir den anderen Tieren, als ob wir alle, in der Gefahr geeint, ein Rudel wären. Ein chaotisches, panisches Rudel. Laute ähnlich einem Donnergrollen dröhnten in unseren Ohren.

«Genau so», sagte Max, «hört es sich an, wenn das Holz im Kamin verschlungen wird. Nur viel leiser, natürlich.»

Der Himmel über uns verdunkelte sich vor Rauch. Die Luft wurde heiß. Stickig. Das Atmen fiel mir immer schwerer. Mit einem Mal bebte der Boden. Die Tiere, die mit uns gelaufen waren, stoben nun auseinander. Ein paar Eichhörnchen kletterten die Bäume hinauf, obwohl sie auf den Ästen doch verbrennen würden. Ich spürte die Erde unter meinen Füßen immer stärker beben, rannte aber weiter, Seite an Seite mit Max. Plötzlich vernahm ich ein gewaltiges Schnauben. Was immer es auch für ein Tier war, es musste riesig sein. Mein Instinkt sagte mir, dass auch wir ihm den Weg frei machen sollten, aber meine Angst vor dem Feuer war größer und ließ mich neben Max weiterlaufen.

Mit einem Mal brüllte das Tier. Es klang furchterregend, gewaltiger als alle, die ich bisher gehört hatte.

Ich wagte nicht, mich umzudrehen, wollte stattdessen noch schneller rennen, auch wenn die heiße Luft in meiner Lunge schmerzte. Ich nahm all meine Kraft zusammen, um nicht langsamer zu werden. Im Gegensatz zu mir traute Max sich, den Kopf zu wenden. Erschrocken blieb er stehen und sagte so leise, dass ich es in dem Lärm des Waldes kaum verstehen konnte: «Ein Bär …»

42

Nun drehte ich mich ebenfalls um und sah ein braunes Ungetüm, das nur noch wenige Bäume von uns entfernt war. Es riss beim Laufen tiefhängende Äste ab, als wären sie kleine Zweige. Das Monster brüllte noch lauter, als es auf uns zurannte. Wer es wagen sollte, ihm im Weg zu stehen, würde zermalmt. Dummerweise standen wir ihm im Weg.

Weit hinter dem Bären sah ich Flammen in den rauchigen Himmel schlagen. Die ersten Bäume jenseits des Baches wurden bereits vom Feuer gefällt. Es fraß sich mit einer unglaublichen Geschwindigkeit durch den Wald. Ich sah es, und dennoch bereitete mir der Bär gerade mehr Angst. Er würde uns beim Umreißen gewiss verletzen, so gewaltig und panisch, wie er war, und dann würden wir uns nicht vor den Flammen in Sicherheit bringen können. Max und ich liefen nun nicht mehr, wir starrten den Bären an, wie der alte Hase es getan hatte, kurz bevor ich ihn tötete. Max würde von dem Bären als Erstes erwischt werden. Vor meinem inneren Auge sah ich ihn schon mit blutendem Kopf vor mir liegen. Das durfte nicht geschehen. Nicht meinem Max. Dem Max von Orchidee.

Ja, ich war seine Orchidee!

Vor lauter Angst um ihn vergaß ich meine Furcht und erwachte aus der Starre, die mich befallen hatte. Der Bär erreichte nun die Bäume, die am nächsten zu uns standen, vielleicht zwanzig Hundelängen von uns entfernt. Ich hätte jetzt wegrennen können, nein, müssen, aber ich wollte unbedingt verhindern, dass er Max erwischte. Deshalb stellte ich mich vor meinen Gefährten.

Der Boden unter meinen Pfoten bebte immer stärker. Der Bär brüllte wieder und riss sein Maul weit auf. Gewaltige Zähne kamen zum Vorschein. Der stinkende Atem des Ungetüms verdrängte sogar den beißenden Geruch nach Rauch, der in schwarzen Schwaden nicht mehr nur am Himmel über uns wehte, sondern mittlerweile auch zwischen den Bäumen hindurchzog.

«Narbe!», rief Max, als er begriff, warum ich mich vor ihn gestellt hatte. In diesem Moment war ich für ihn nicht mehr Orchidee. Auch wenn ich dem Tode nahe war, versetzte mir dies einen Stich ins Herz. Wenn ich starb und er überlebte, sollte er nicht die Ballade von Max und Narbe singen.

Noch zehn Hundelängen.

«Lass uns davonrennen!», bellte Max und kam an meine Seite. Doch ich konnte mich nicht mehr regen, starrte nur in die Augen des Bären. Sie flackerten wild vor Wut und Panik.

Fünf Hundelängen.

Ich war vollkommen in seinem Bann.

«Lauf, Narbe, lauf!», bellte Max neben mir.

Meine Reise würde hier zu Ende gehen. Vielleicht war es besser, von dem Bären zertrampelt zu werden, als in Flammen aufzugehen.

Und was tat Max? Anstatt sich selbst in Sicherheit zu bringen, wie ich es beabsichtigt hatte, kam er näher auf mich zu. Wollte er mich wieder umstoßen wie im Park, als ich meinen Hustenanfall hatte? Aber dann wäre mein Versuch, mich für ihn zu opfern, vergebens gewesen.

Vier Hundelängen.

Max biss mich in den Oberschenkel. Vor Schmerz jaulte ich auf.

Drei Hundelängen.

«Lauf endlich!», bellte er.

Und als auch der Schmerz mich nicht wegrennen ließ …

Zwei Hundelängen.

… sagte Max: «Wenn wir jemals Welpen haben wollen …»

Eine Hundelänge.

…und in letzter Sekunde sprangen wir gemeinsam zur Seite.

Der Bär trampelte an uns vorbei. Der Boden bebte dabei so stark, dass wir beinahe das Gleichgewicht verloren. Wir blickten ihm hinterher. Er hatte sich nie für uns interessiert, wir hatten ihm nur im Weg gestanden.

In diesem Augenblick landete neben uns ein Vogel, noch kleiner als Blaufeder, mit grauen Federn und einem verbrannten Flügel. Nein, er landete nicht, er fiel einfach vom Himmel. Kaum war er auf dem Boden aufgeprallt, verlor er auch schon das Bewusstsein. Ich roch das zarte verbrannte Fleisch. Dieser Geruch, die Todesangst sowie die stickige Hitze und der immer dichter werdende Rauch vernebelten meinen Verstand. Und als die erste Asche auf mich herabregnete, drehte ich durch. Ich rannte los, ohne auf Max zu achten. Bloß nicht husten, denn würde ich einmal damit anfangen, gäbe es kein Aufhören mehr.

Ich versuchte mich damit zu beruhigen, dass diese Asche von verkohlten Bäumen stammte, nicht von Hunden.

Ich wandte den Kopf zu Max. Der Geruch des Feuers überlagerte seinen Duft, und über das Knistern der Flammen hörte ich auch sein Keuchen nicht mehr. Deshalb konnte ich ihn nur noch mit meinem Auge wahrnehmen. Sein Anblick spendete mir Trost und vertrieb meine Angst vor der Asche.

Wir werden uns immer finden. Weil unsere Liebe stärker ist als das Vergessen – das hatte Anatjari seiner Jedda fälschlicherweise versprochen. Für Max und mich würde es jedoch die Wahrheit sein.

Wenn wir hier im Wald verbrannten, würden wir uns in einem anderen Leben wiedersehen. Warum ergaben wir uns dann nicht einfach den Flammen?

43

Ich hielt inne und drehte mich um. Ich wollte das Feuer betrachten, das alle Tiere so sehr in Schrecken versetzt hatte, selbst den Bären. Die Flammen erschienen mir wunderschön. Ich sah, wie sie von Baum zu Baum fortschritten, von ihren Ästen, Blättern und Wipfeln Besitz ergriffen, hoch über sie hinausschossen und sogar den Himmel zu verschlingen drohten. Wenn auch Max und ich uns von ihnen auffressen ließen, müssten wir keine Angst mehr haben.

Keine Angst.

Was für ein wundervoller Gedanke.

«Du darfst nicht aufgeben», warnte Max, der ebenfalls stehen geblieben war. Er war nie, aber auch wirklich nie, bereit, mich zurückzulassen.

«Ich möchte es aber so gerne.»

«Dann stirbst du.»

«Was macht das schon?», gab ich zurück.

«Was sagst du da? Wir haben uns gerade erst gefunden!»

«Und finden uns im nächsten Leben wieder.»

«Aber nicht als Max und Orchidee.»

«Vorhin hast du mich wieder Narbe genannt.»

«Egal, welchen Namen du jetzt trägst, du bist du. Aber im nächsten Leben wirst du nicht ganz du sein.»

«Nicht?»

«Wir sind in jedem Leben andere. Freya und Balder, Rover und Aymee … Sie waren alle anders als wir. Haben andere Erfahrungen gesammelt und wohnten in anderen Körpern …»

«In Körpern mit zwei Augen, so einen werde ich auch wieder bekommen», warf ich sehnsüchtig ein.

«Mag sein. Aber du bist eben auch Narbe, weil du genau dieses eine Leben hattest. Diesen Teil von dir wirst du für immer verlieren, wenn wir sterben.»

«Ich würde ihn gerne verlieren.»

«Aber ich liebe diesen Teil von dir.»

«Du liebst Narbe?», fragte ich.

«Mehr noch als Orchidee.»

«Du wirst mich doch auch im nächsten Leben lieben.»

«Weil es unser Schicksal ist, ja. Aber ich liebe dich jetzt, weil es mir mein Herz sagt!»

«Wie Liebe sein soll …», sagte ich leise.

«Wie Liebe sein soll.»

Ich wandte den Blick wieder zu den Flammen. Sie waren nur noch wenige Hundelängen entfernt und schienen uns einkreisen zu wollen.

«Wie sollen wir», fragte ich, «ihnen je entkommen?»

«Indem wir daran glauben.»

Max trat ganz nah zu mir, und trotz des Rauchs und der Hitze konnte ich wieder seinen Duft wahrnehmen. Er roch nicht nach Angst, sondern nach Hoffnung. Wie Djalu es in der Wüste getan hatte. Nein, sogar noch intensiver. Er war eben nicht Djalu. Er war Max!

«Was lässt dich daran glauben?», fragte ich und wünschte mir, er könne mir etwas von seiner Hoffnung schenken, damit auch ich die Kraft fand, dieses Leben zu leben, anstatt in das nächste gehen zu wollen.

«Du.»

«Ich?»

«Wir können uns nicht gefunden haben, nur um uns gleich wieder zu verlieren!»

Jetzt verströmte er wieder jenen anderen Geruch, den ich ebenfalls bei Djalu in der Wüste gerochen hatte, diesen Geruch, der alle anderen Gerüche zu verdrängen vermochte, den nach Asche, den nach Rauch, sogar den Geruch von Tod. Es war der Duft der Liebe.

Ich betrachtete die Flammen, die von den Bäumen um uns herum Besitz ergriffen. Der Geruch von Max aber blieb. Und von dem Wunsch beflügelt, ihn noch lange riechen zu dürfen, lief ich endlich los, lief um mein Leben, um unser gemeinsames Leben.

44

Nach Hunderten von Hundelängen, in denen wir immer wieder anderen flüchtenden Tieren begegneten, die uns genauso wenig beachteten wie wir sie, witterten wir erneut Wasser. Wir liefen weiter und entdeckten einen Fluss, der – Hundsmutter sei Dank – so breit war, dass er den Lauf des Feuers zumindest für eine Weile aufhalten würde. In seiner Strömung trieben ein paar tote Tiere.

Wir sprangen ins Wasser und durchschwammen den Fluss. Als wir auf der anderen Seite an Land wateten, verkrampfte sich meine linke Hinterpfote. Ich hockte mich ins warme Gras. Hinter uns, auf der anderen Seite des Flusses, näherten sich die Flammen jetzt dem Ufer. Ob das Wasser sie wirklich aufhalten würde? Plötzlich war ich mir nicht mehr sicher. Also stellte ich mich wieder hin und trat vorsichtig auf. Die Pfote tat zwar immer noch sehr weh, aber es würde gehen. Wir eilten durch das Gras, vorbei an den Spuren des Bären und in den Tannenwald hinein. Das Gelände wurde hier deutlich steiler. Mit jeder Hundelänge, die wir hinter uns ließen, wurde der Rauch weniger, der Himmel über uns ein wenig lichter, die Hitze erträglicher.

«Wie, glaubst du, ist das Feuer entstanden?», fragte Max. «Ob die Sonne zu lange auf einen besonders trockenen Ast heruntergebrannt hat?»

«Es war nicht die Sonne.» Das war mir klar, kaum dass Max die Frage ausgesprochen hatte.

«Was denn dann?»

«Das Menschenweib war es.»

«Was?» Max schien erschüttert. «Selbst diese Frau kann doch nicht so viel Macht über die Natur haben.»

«Ich habe das Feuer in ihren Augen lodern sehen», erwiderte ich. «Sie will uns brennen sehen.»

Max verströmte immer noch den Geruch nach Liebe, aber er war nicht mehr so stark, dass er den Gestank der Angst verdrängen konnte. Ich jedoch spürte keine Furcht mehr, ich war viel zu erschöpft. Zu müde für Hunger, Durst, Kampfeswillen oder Todesssehnsucht. Zu ausgelaugt, um Max alles über Jedda zu erzählen oder mir darüber Gedanken zu machen, ob sie uns auf den Fersen war oder ob sie einfach ruhig abwartete, bis das Feuer uns vernichtet hatte.

«Halt!», warnte Max mit einem Mal. Er wirkte zwar ebenfalls erschöpft, schien aber noch mehr Energie zu besitzen als ich. Er hob das linke Hinterbein an, streckte seine Schnauze hervor und schnüffelte. Ich wollte es ihm gleichtun, verfluchte mich gleich selber, belastete ich doch damit die immer noch schmerzende linke Pfote. Ich verlagerte mein Gewicht auf die andere Seite und nahm ebenfalls die Witterung auf: Der Bär war wieder in der Nähe. Vielleicht zwanzig, dreißig Hundelängen von uns entfernt. Seine Schritte waren nicht zu hören. Auch kein Schnauben. Nur ein gleichmäßiges Atmen. Er schien nicht mehr in Panik zu sein, vermutlich schlief er, weil er alle seine Kräfte für die Flucht aufgebraucht hatte. Doch was wäre, wenn er aufwachte und uns witterte? Würde er uns hungrig angreifen?

«Lass uns kehrtmachen», sagte ich leise.

«Wir dürfen nicht umdrehen», widersprach Max. «Denk an das Feuer.»

Der Himmel färbte sich allmählich rot, weniger von der mittlerweile untergehenden Sonne als von den Flammen.

Schwerer Rauch zog auf. Der Brand musste also den Fluss überquert und von den ersten Tannen auf dieser Seite Besitz ergriffen haben.

«Dann müssen wir eben einen ganz weiten Bogen um den Bären schlagen», antwortete ich und verdrängte mit restlicher Kraft das Verlangen, mich endlich hinzulegen und mein Auge zu schließen.

«Aber das bedeutet einen Umweg», gab Max zu bedenken, «wir verlieren wertvolle Zeit und kommen viel zu spät aus dem Wald heraus.»

«Woher willst du wissen, dass es dort aus dem Wald geht?»

«Alle Tiere laufen in diese Richtung.»

«Wenn wir aber keinen weiten Bogen gehen, laufen wir dem Bären in die Pranken», hielt ich weiter an meinem Plan fest.

«Wir können uns nah um ihn herumschleichen, ohne ihn zu wecken.»

«Das ist Irrsinn. Und wir tun jetzt, was ich sage.»

Bevor Max noch einmal widersprechen konnte, übernahm ich die Führung, um einen Umweg um den Bären herum zu suchen. Max folgte mir ohne ein weiteres Wort. Die ganze Zeit lauschte ich auf das Schnarchen des Bären. Nicht dass er aufwachte, bevor wir gerettet waren. Zudem trug der warme Wind seinen strengen Geruch zu uns, und mir wurde übel. Erst nachdem wir einen weiten Bogen geschlagen hatten und der regelmäßige Atem des Monsters kaum noch zu hören war, traute sich Max wieder etwas zu sagen. Er deutete mit der Schnauze auf eine Anhöhe: «Dies muss die Richtung sein, in die der Bär wollte.»

«Es wird aber auch die Richtung sein, in die er laufen wird, wenn er wieder aufwacht», meinte ich.

«Das müssen wir riskieren, wenn wir uns in Sicherheit bringen wollen.»

Wir machten uns auf den Weg zwischen den riesigen Tannen hindurch, die in den Himmel zu wachsen schienen, und liefen die Anhöhe hinauf. Dabei wurde die Luft noch heißer, und der Himmel zog sich so sehr mit Rauch zu, dass man weder den Mond, der mittlerweile aufgegangen sein musste, noch die Sterne sah. Auf einmal kam mir ein Gedanke. Wenn die Sterne schon keine toten Hunde waren – die befanden sich ja im Zwischenreich –, so konnten sie doch ungeborene Welpen sein, die nicht ins Zwischenreich durften. Es wäre tröstlich zu wissen, dass sich unter den Sternen die Seelen jener Kinder befanden, die Freya, Aymee und all die anderen Hündinnen nicht hatten gebären dürfen.

Ein paar Maulwürfe hasteten zwischen unseren Beinen entlang, dann ließen wir sie zurück. Sie waren viel zu langsam, um die kommende Nacht zu überleben.

Das Knacken und Knistern der Flammen wurde immer lauter, und wieder regnete Asche auf uns hinab.

Wir wurden langsamer, da ich mit meiner schmerzenden linken Pfote kaum noch auftreten konnte. Wenn wir hinter der Anhöhe nicht endlich aus dem Wald hinausgelangten oder wenigstens auf einen weiteren Fluss stießen, der das Feuer abbremste, würden wir bald sterben. Ich, weil ich zusammenbrechen würde, und Max, weil er mich nicht allein lassen mochte. Und es wäre in den letzten Augenblicken kein Trost mehr für mich, im nächsten Leben wiedergeboren zu werden. Wir – Max und Narbe – würden uns für immer verlieren.

Mit einem Mal hörten wir weit hinter uns den Bären grollen. Um uns herum nahmen die anderen Tiere wieder Tempo auf, und Max und ich, obwohl ich kaum noch konnte, schlossen uns ihnen an.

Auf einmal brüllte der Bär laut auf. Als ob er der ganzen Welt Angst einflößen wollte.

«Er will jemanden angreifen», keuchte Max.

«Uns?», keuchte ich zurück.

Das Gebrüll wurde noch lauter.

«Nein, die Laute kommen von dem Ort, an dem er geschlafen hat. Er nähert sich nicht.»

Für wen war dann das Gebrüll des Bären bestimmt?

«Wenn er seine Beute getötet hat, wird er wieder in unsere Richtung laufen», stieß Max atemlos hervor, und ich wusste: Sollte ich dem Bären noch mal begegnen, würde ich kein zweites Mal die Kraft finden, ihm auszuweichen. Keine noch so irre Hoffnung auf Welpen, kein noch so wohliger Geruch der Liebe würde mir Flügel verleihen können.

Der Bär erfüllte das ganze Waldstück mit seinem Brüllen. Für einen Augenblick stellte ich mir vor, ich würde vor ihm stehen und von seinen Pranken in zwei Teile gerissen werden. Mit einem Mal aber ertönte ein Knall.

Alle Tiere blieben vor Schreck stehen. Auch wir.

Der Bär jaulte auf. Es klang, als hätte er große Schmerzen.

Es folgte ein weiterer Knall.

Der Bär hörte auf zu jaulen.

Die Ratten waren die Ersten, die weiterrannten. Die anderen Tiere folgten ihnen. Nur Max und ich blieben stehen und lauschten dem Röcheln des Bären.

Ein letzter Knall zerriss die Luft. Und der Bär verstummte.

45

«Wie die Gewehre im Fernsehen», sagte Max, und seine Beine begannen zu zittern.

«Gewehre?»

«Stöcke aus Metall. Menschen benutzen sie, um zu töten.»

«Dann muss es Jedda sein», stellte ich fest. Auch wenn ich ihren Blumenduft aus der Ferne nicht riechen konnte, gab es für mich keinen Zweifel. Meine Beine zitterten nun sogar so sehr, dass ich mich am liebsten hingelegt hätte.

«Du weißt, wie das Menschenweibchen heißt?», staunte Max.

«Wir müssen laufen», jaulte ich und rannte, trotz der schmerzenden Pfote, weiter die Anhöhe hinauf.

«Du kennst die Frau?», hakte Max nach, der mich schnell einholte.

«Ich habe von ihr geträumt. Sie war gut zu uns.»

«Gut? Ich verstehe nicht.»

«Es war sie und doch nicht sie.»

«In einem anderen Leben …» Max schien langsam zu begreifen.

«Sie war auch der Rabenmensch», erklärte ich, «und der Peitschenmann.»

«Unser Mörder ist also mal ein Männchen und mal ein Weibchen?»

«Ja.»

«War ich in deinem Traum auch ein Weibchen?», keuchte Max.

Es war verrückt, wir rannten durch die von Flammen erhellte Dämmerung, mit lauter verängstigten Tieren um uns herum, und uns auf den Fersen war Jedda, und dennoch wollte ich mich hinsetzen und vor Lachen meinen Schwanz auf den Boden klopfen. Die Vorstellung, wie Max wohl als Weibchen aussah, war einfach zu komisch.

«Und du warst vielleicht ein Männchen?» Max klang ebenfalls ein ganz klein wenig belustigt, aber zugleich auch sehr verblüfft.

«Nein, wir waren auch in dem Leben …», weiter kam ich nicht, denn in diesem Augenblick hörten wir einen neuerlichen Knall. Er kam seitlich von uns. Jedda musste die Anhöhe hochgerannt sein. Anscheinend besaß sie noch viel mehr Kraft als wir. Die Tiere um uns herum stürmten in die entgegengesetzte Richtung, aus der das Geräusch kam. Ihnen war es wohl einerlei, dass sie damit wertvolle Zeit bei der Flucht vor dem Feuer verloren.

Mein Instinkt befahl mir, ihnen zu folgen, aber mein Verstand trieb mich weiter in die Richtung, die uns hoffentlich aus dem Tannenwald führte, da war es Max, der plötzlich aufhörte zu rennen und sagte: «Wir laufen keinen Schritt weiter.»

Ich hielt ebenfalls an und sah verwundert zu ihm.

«Wir rennen nicht vor ihr davon. Wir attackieren sie!»

Max war entschlossen. Mutig. Ein anderer Hund als jener, der auf der Müllkippe von den Menschenkindern gejagt worden war. Einer, der schon getötet hatte. Der sich und unsere Möglichkeiten in einem Kampf gegen Jedda jedoch falsch einschätzte. Sie war schließlich kein Reh.

«Sei nicht verrückt», erwiderte ich.

«Es ist verrückt, sich sein ganzes Leben lang jagen zu lassen.»

«Sie hat uns in allen anderen Leben zuvor getötet.»

«In diesem Leben sind wir aber Max und Orchidee.»

Er nannte mich wieder nach der schönsten Blume der Welt.

«Aber wir haben keine Kraft mehr. Und selbst wenn wir sie hätten, würde Jedda uns überwältigen.»

«Vielleicht», erwiderte er.

«Vielleicht? Vielleicht? Ganz bestimmt!» Es war Wahnsinn, sich darüber zu streiten. Wir mussten hier weg!

«Ich bin stärker, als ich jemals dachte», antwortete Max. Beschienen von dem roten Licht am Himmel wirkte sein schwarzes Gesicht so eindrücklich, dass ich ihm fast geglaubt hätte, dass er Jedda besiegen könnte. «Du wirst sehen, Narbe. Ich werde mich deiner würdig erweisen.»

Wir standen da in der stickigen Hitze der aufziehenden Nacht und warteten auf Jedda. Ich hörte erst ihre Schritte, leise, kaum wahrnehmbar bei dem Grollen der Feuerwalze. Dann roch ich in alldem Gestank nach verbrannten Bäumen und Tieren den Blumenduft. Es dauerte nicht lange, da erschien sie auch schon zwischen den Bäumen. Sie trug ein langes schwarzes Falschfell, das ihre Arme und Beine vollständig bedeckte, ihre Haare waren hinten am Kopf zusammengebunden, und in der Hand hielt sie einen Stock aus Metall. Die eine Hälfte ihres Gesichts lag im Schatten, aber die andere, die von dem Licht der Flammennacht beschienen wurde, sah furchterregend aus.

Max knurrte. Als ob das irgendeinen Eindruck auf sie machen würde. Es war ein schrecklicher Fehler, sie stellen zu wollen.

Jedda blieb wenige Hundelängen vor uns stehen. Der halbe Mund grinste noch mehr, das Auge schien wieder zu lodern. Ich wünschte mir nichts mehr, als dass sich der Schatten auf ihr ganzes Gesicht legen würde.

«Ihr seid also noch nicht verbrannt.» Ein Hauch von Anerkennung lag in ihrer Stimme. «Ihr lauft schneller als das Feuer.»

Max spannte seine Beine. Anscheinend plante er, auf sie zuzulaufen und ihr in den Hals zu beißen, so wie bei dem Reh. Ich wollte ihm «Tu es nicht» zurufen, brachte aber keinen Ton heraus.

«Dann muss ich euch erschießen, damit das Feuer euch fressen kann.»

Jedda hob ihren Stock, von dem ich mir nun sicher war, dass er vorhin den Knall erzeugt hatte, der dem Bären gegolten haben musste. Sie richtete das Ding auf Max, der seine Beine noch mehr spannte. Da ertönte das Gebrüll des Bären in der Ferne. Er war also noch nicht tot, und das überraschte Jedda sichtlich, denn sie senkte den Stock ein wenig. Und dies war der Augenblick, in dem Max auf sie zurannte, sie umwarf und sich mit seinem ganzen Gewicht auf ihre Brust warf.

Jedda schrie wütend auf. Doch Max ließ sich davon nicht beeindrucken, und ich sah im Schein des roten Nachthimmels, wie er seine Schnauze aufriss, um seine Zähne in ihren Hals zu schlagen. Jedda schaffte es gerade noch, ihren Arm schützend hochzureißen. Hart rammte Max die Zähne in dessen Fleisch.

Jedda, deren Wille, uns zu töten, größer sein musste als jeder Schmerz, den Max ihr in diesem Augenblick zufügen konnte, stieß meinen Gefährten mit aller Macht von ihrer Brust, fast drei Hundelängen weit gegen einen Baum, von dem er abprallte und zu Boden sank. Für einen Augenblick befürchtete ich, dass er ohnmächtig war, dann hoffte ich, dass er es tatsächlich war, weil er dann den Schmerz nicht ertragen müsste, wenn sie ihn hinrichtete. Doch Max öffnete seine Augen und versuchte sich aufzurappeln. Noch bevor er stand, sprang Jedda mit einem Satz hoch und legte den Stock auf ihn an. Jetzt erst roch ich, dass auf dem Ende des Stocks, welches auf Max gerichtet war, ein kalter Rauch lag, der nicht vom verbrannten Wald oder von verkohlten Lebewesen stammte. Offenbar konnte Jedda aus dem Stock eine Art lautes Feuer zaubern. Gleich würden wir beide von ihr getötet werden und im nächsten Leben wieder alles vergessen haben, was gewesen war. Wir würden nicht mehr wissen, dass wir jemals als Max und Narbe auf Erden gewohnt hatten.

Mein Max würde sterben.

Auf eine gewisse Weise für immer.

Der Schmerz darüber zerriss mir das Herz. Ich jaulte die ungeborenen Welpen an, die zu Sternen geworden waren. Laut erhob sich meine Klage in die Nacht, lauter als das Knacken des Feuers, lauter als das Brüllen des Bären, der sich näherte.

Jedda wandte sich von Max ab und sah zu mir. In ihren Blumenduft mischte sich der Geruch von Blut. Jedda hatte sich auf die Lippe gebissen, als ob sie mit aller Macht dagegen ankämpfen wollte, mit mir zu heulen. Erinnerte sie sich wieder daran, dass wir Schwestern gewesen waren?

Sie ging auf mich zu. Die Gelegenheit war da. Max könnte jetzt entkommen, aber der Trottel rannte einfach nicht weg. So jaulte ich noch lauter. Erst als Jedda keine Hundelänge von mir entfernt stehen blieb, hörte ich auf. Die Feuerwalze rollte immer mächtiger auf uns zu, der heiße Wind wehte uns immer stärker um die Schnauze, und der Bär brüllte voller Hass, während er die Anhöhe hinauflief. Im Schein der Flamme zitterte Jedda. Trotz der Hitze. Sie biss noch einmal ganz tief in ihre Lippe, bis sie den Mund öffnete, Blut ausspuckte und feststellte: «Du liebst ihn.»

Die verdammte Hündin liebte das Vieh, sonst hätte sie nie so gejault. Es war also zu spät, den ewigen Kreislauf zu durchbrechen. Alles würde wieder von vorne beginnen. Das Sterben. Das Leben. Das Erinnern.

Jedda schrie wie von Sinnen. Nie hätte ich es für möglich gehalten, dass ein Lebewesen so schreien könnte. Es klang, als ob ihr der Bär den Leib aufgerissen hätte. Ich konnte nicht anders, als mit ihr zu fühlen.

Ich brüllte meinen Schmerz in den Nachthimmel. Meine Seele litt noch mehr als in meinem letzten Leben, als ich die Lageröfen von der Kinderasche reinigen musste. Ich hatte so sehr gehofft, meinem Schicksal endlich zu entfliehen, doch es gab kein Entkommen. Nicht in diesem Leben, auch nicht im nächsten, nicht im übernächsten, in keinem, bis ans Ende aller Zeiten, wenn keine Körper mehr auf der Erde existierten, in die die Seelen schlüpfen könnten. Was für eine herrliche Ära wird anbrechen, wenn der ganze Planet zu einer Wüste ohne Leben wird! Ob diese Wüste aus Sand, Feuer oder Eis bestehen würde, wäre nicht weiter wichtig, denn alle Seelen würden im Zwischenreich bleiben. Keine einzige würde mehr auf Erden leiden müssen.

Trotz meines eigenen Gebrülls hörte ich mit einem Mal die Hündin laut winseln. Nicht vor Angst, sondern vor ... ich konnte es kaum fassen ... vor Mitgefühl mit mir? Ganz so wie damals, als Anatjari zusammengebrochen war.

Jedda hörte auf zu schreien. Sie starrte mich an. Ihre Augen loderten nicht mehr, ihr Blick wirkte vielmehr erstaunt. Ich konnte nicht riechen, ob sie mich gleich attackieren oder erschöpft von ihrem Brüllen zu Boden sinken würde. Weder sie noch ich achteten auf Max.

Eine Schwester. Das war die Hündin einst für mich gewesen. Wie schön wäre es, wieder eine zu haben. Dieser Gedanke überraschte mich, hatte ich ihn doch so lange nicht mehr gehabt. Aber die Hündin hatte mich auch seit Jahrtausenden nicht mehr so angeblickt. Sie wirkte ganz anders als in den vorherigen Leben. Ich betrachtete sie genauer. Mit nur einem Auge war sie zwar außerordentlich hässlich, im Schein der Flammen sah sie jedoch wunderschön aus. Weil sie das erste Wesen war, das mein unsterbliches Leid mitfühlte. In diesem Augenblick, in dem ich wie gebannt vor ihr stand und sie berühren wollte, fiel mich das andere Biest zum zweiten Mal an.

Max riss sie wieder um. Sein Angriff war brutaler und kaltblütiger als die Attacke auf das große Reh. Er wusste genau, was er tun wollte. Er grub seine Zähne, diesmal ohne auch nur zu zögern, in Jeddas Gesicht.

Das schwarze Vieh fiel über mich her, meine Wangen und mein Hals waren voller Blut. Wenn es jetzt auch meine Kehle erwischte, würde ich ins Zwischenreich gehen. Ich wäre so gerne gestorben. In diesem Moment hätte ich es sogar wundervoll gefunden, wenn ich überhaupt nicht mehr ins Zwischenreich hätte zurückkehren müssen, sondern für immer ausgelöscht worden wäre. Selbst das schien mir besser zu sein, als ewig weiterzuleiden. Lieber nicht sein als dieses Sein. So hielt ich dem Hund meine Kehle hin.

Es schien, als wollte Max noch einmal zubeißen, allem ein Ende machen: Jedda, ihrer Jagd, unserer Angst. Der Bär brüllte erneut auf. Er war jetzt ganz nah. Sein Brüllen klang schmerzerfüllt und unendlich zornig. Gleich würde er uns erreicht haben. Was würde passieren, wenn Jedda tot wäre?

Würde er dann uns attackieren? Max und ich mussten verschwinden, bevor er uns erreichte. Aber der Bär war nicht der Einzige, der sich uns näherte. Auch die Flammen kreisten uns langsam ein. Wir mussten los. Endlich los! So bellte ich Max zu: «Wir müssen verschwinden! Jetzt!»

Ich rief es aber auch wegen Jedda. Ich wollte nicht, dass sie starb. Für mich war sie meine Schwester in der Wüste, und ich konnte ihr einfach nicht den Tod wünschen, besonders nicht jetzt, da ich ihren Schmerz gesehen und gehört hatte.

Aber vor allem rief ich es wegen Max. Seine sanfte Seele würde es nicht überstehen, wenn er jetzt zum Mörder werden würde.

Doch Max hörte nicht auf mich, sprang nicht von Jeddas Brust. Meine Menschenschwester bewegte sich ebenfalls nicht mehr. Sie hielt ihm sogar die Kehle hin. Sie wollte sterben. Und er wollte sie töten. Ich war die Einzige, die nicht wollte, dass das hier geschieht.

«Max!»

Er reagierte nicht.

«Lass sie!»

Jetzt drehte er seinen Kopf zu mir. Offenbar war er erstaunt, dass ich so eindringlich klang.

«Bitte.» Jetzt flehte ich um das Leben, das Jedda selbst in diesem Augenblick so egal zu sein schien.

Die Hündin wollte mein Leben retten.

Sie war tatsächlich wieder zu meiner Schwester geworden.

«Beiß zu», keuchte ich dem schwarzen Hund auf meiner Brust zu.

Er drehte seine Schnauze zu mir.

Meine Schwester bellte noch mal.

«Beiß zu!», wiederholte ich.

Aber er hörte auf sie, nicht auf mich, sprang von meinem Körper, rannte zu ihr, und gemeinsam liefen sie davon.

Wir rannten um unser Leben. Doch meine Gedanken blieben bei Jedda. Wenn sie nicht aufstand, würde sie in den Flammen sterben. Und es gab nichts, was ich dagegen tun könnte. Selbst wenn ich zurücklaufen würde, wie sollte ich sie dazu bewegen, sich zu retten, wo sie doch sterben wollte?

Ich blickte mich um. Nur die Baumreihe, die am nächsten zu mir stand, war noch von den Flammen verschont. Ich würde verbrennen. Wie einst auf dem Scheiterhaufen, auf dem mich der Druide festgebunden hatte. Mein Verstand sagte mir, dass meine Seele ins Zwischenreich fahren würde, um anschließend neu auf die Welt zu kommen. Der Instinkt meines Körpers aber, der nicht wusste, dass ein Leib nur eine flüchtige Hülle war, fürchtete sich nun angesichts des Todes. Noch mehr, als der Boden unter mir zu vibrieren begann. Ich wandte mein blutendes Gesicht zur Seite. Der Bär hatte mich gefunden. Plötzlich richtete er sich auf. Hasserfüllt wie ein Rachegott stürzte er auf mich zu.

46

Wir rannten und rannten, und jedes Mal, wenn ich aufgeben wollte, stupste Max mich mit der Schnauze an. Einmal biss er mich sogar, weil ich mich hinlegen wollte. Ohne ihn hätte ich diese Nacht nicht überlebt.

Er war es auch, der es als Erster witterte. Während meine Nase von der Hitze und dem Rauch gar nichts mehr wahrzunehmen schien, roch Max …

«Gras.»

«Was?»

«Hinter der Anhöhe muss irgendwo der Wald zu Ende sein», erklärte er.

«Sind wir dann in Sicherheit?»

«Ich weiß es nicht. Aber das Feuer hat dann nicht mehr so viel Futter.»

Wir erklommen den Kamm der Anhöhe und erkannten in der rotgefärbten Dunkelheit, dass sie auch auf der anderen Seite dichtbewaldet war. Weiter unten jedoch lag ein Tal mit hohem Gras. Wie weit es reichte, konnten wir nicht auszumachen. Dichte Regenwolken hingen über der Ebene. Wie sehr wünschte ich mir, dort unten zu sein. Selbst an den heißesten Tagen auf der Müllkippe hatte ich mich nicht so sehr nach Regen gesehnt.

Während wir in das Tal hinabliefen, spürten wir den Wind, der die Regenwolken in unsere Richtung blies. Allmählich verlangsamte sich die Feuerwalze, die sich jedoch schon über den Kamm fraß. Max, der immer darauf geachtet hatte, an meiner Seite zu laufen, erhöhte die Geschwindigkeit. Ich hielt mit, so gut es ging. Dass meine Hinterpfote immer noch schmerzte, verdrängte ich dabei.

«Wir haben es geschafft!», rief Max plötzlich. Ich konnte ihn nicht sehen, nur riechen und hören. Offenbar hatte er den Ausgang des Waldes erreicht. Ich bekam Angst, dass er vor lauter Freude nun noch schneller rennen würde, in das Gras hinein, durch das Tal hindurch, tagelang, bis er an dessen Ende angekommen war. Ich versuchte mich zu beeilen, damit ich nicht alleine zurückblieb, aber auf einmal versagte mein linkes Hinterbein. Ich konnte es nicht mehr belasten. Ich humpelte den Hang hinab. Aber Max vergaß mich nicht. Er wartete am Waldrand. Das hohe Gras dort reichte ihm fast bis zum Bauch.

«Es wird bald regnen», sagte er müde, als ich ihn erreichte. Ein langer Grashalm, der mir bis zur Schnauze reichte, kitzelte mich. Ich nieste und schnupperte dann in den Himmel: Es roch nun stark nach Regen, aber die pechschwarzen Wolken, die auf uns zuwehten, wollten noch nicht aufbrechen. Was wäre, wenn sie es nicht taten? Ob der Wind alleine reichen würde, um das Feuer zurückzuhalten, oder würde es sich weiter durch das Gras fressen?

Ein Wespenschwarm auf dem Weg zu einem neuen Zuhause flog über uns hinweg. Ein paar Ratten liefen an uns vorbei. Nicht allzu schnell. Auch sie wähnten sich wohl hier in Sicherheit. Sogar einen Schmetterling sah ich, seine orangefarbenen Flügel leuchteten in der Dunkelheit, als ob sie die Farbe der Flammen angenommen hätten. Ein Hase sprang kreuz und quer über die Wiese. War er auf der Suche nach seiner Familie?

«Lass uns hier schlafen», sagte Max, als der Wald etwa zweihundert Hundelängen hinter uns lag.

«Bist du dir sicher?»

«Ja», antwortete er.

Da ich Max vertraute, ließ ich mich mit ihm erschöpft ins Gras sinken. Ich drückte mich an ihn, schnupperte den Duft seiner Liebe und dachte über alle Gefahren nach, die wir an diesem Tag überstanden hatten. Wie sehr ich um ihn Angst gehabt hatte, mehr als um mein eigenes Leben.

Wenn es irgendwann so weit sein sollte, dass wir sterben müssten, so hoffte ich inständig, dass ich es vor Max tun würde. Mit anzusehen, wie er vor meinen Augen aus dem Leben schied, würde ich nicht aushalten.

47

Gleich darauf begann es zu regnen. Endlich, endlich zu regnen. Dank des Feuers, dessen Hitze vom brennenden Wald herüberwehte, war dieser erste Herbstregen warm. Große Tropfen prasselten auf uns herab, durchtränkten unser Fell und spülten Asche und Staub endgültig aus ihm heraus. Unser Instinkt befahl uns eigentlich, bei einem Platzregen Schutz zu suchen. Doch nach der Flucht wollten wir einfach nur noch liegen bleiben. Der Regen verwandelte das Feuer über der Anhöhe in einen orangefarbenen Nebel. Max schloss die Augen. Ich tat es ihm gleich, fand aber keine Ruhe, weil der Gedanke, dass er vor mir sterben könnte, mich erschauern ließ.

«Was ist?», fragte Max, der mein Zittern wohl spürte und meine Angst roch.

«Ich … ich will nicht, dass du stirbst.»

«Ich lebe doch», sagte er und klopfte mit dem Schwanz auf den feuchten Boden, als ob das lustig sei. «Hör doch, wie mein Herz schlägt.»

Ich tat es und erinnerte mich daran, wie ich einst Djalus Herzen gelauscht hatte und auch den kleinen Herzen der Welpen in meinem – oder besser in Inalas – Bauch. In meinem Auge sammelte sich Salzwasser.

«Hörst du?», redete Max weiter. «Mein Herz klopft …»

Er sagte nicht: «für dich», doch ich wusste trotzdem, dass er es genau so meinte.

Langsam hörte ich auf zu zittern, und als wir beide so im stürmischen Regen dalagen, ohne zu frieren, und mein Auge schon fast zugefallen war, fragte Max: «Du wolltest nicht, dass ich das Menschenweibchen töte, nicht wahr?»

«Ich wollte, dass du vor dem Feuer wegläufst», antwortete ich, aber es war nicht die ganze Wahrheit.

«Das stimmt nicht. Du wolltest nicht, dass ich sie töte!»

«Das hat jetzt das Feuer getan», erwiderte ich und wurde traurig, weil Jedda einen grausamen Tod hatte sterben müssen.

«Oder vielleicht der Bär», sagte Max.

«Der Bär?»

«Ich habe ihn noch gehört.»

Ich bekam noch mehr Mitleid mit Jedda. Die Vorstellung, dass sie in Flammen aufgegangen sein könnte, erschien mir nicht so furchterregend wie der Gedanke, dass sie von dem Bären getötet worden war. Wahrscheinlich weil ich mir trotz all meiner Angst vor dem Feuer nicht ausmalen konnte, wie es sich anfühlte zu verbrennen. Wie es war, wenn ein Tier ein anderes tötete, wusste ich hingegen.

«Du wolltest nicht, dass ich ihr Leben beende», redete Max weiter.

«Nein», gestand ich. «Das wollte ich nicht.»

«Warum nicht?»

«Weil du es nicht ertragen hättest, ein Mörder zu sein.»

Max schwieg, dachte nach und sagte: «Das hätte ich wohl nicht.»

«Aber …», hob ich an, während die Tropfen allmählich unser Fell durchdrangen und das Feuer im Wald sich zischend und qualmend gegen den Regen aufbäumte.

«Aber?», hakte Max nach.

«Das war nicht der einzige Grund.»

«Nicht?»

«Ich habe es auch nicht gewollt, weil sie meine Schwester war.»

«Deine … Schwester?»

«Unsere.»

«Ich verstehe nicht.»

«Ich hab von ihr geträumt.»

«Dass sie uns getötet hat?»

«In meinem Traum haben wir einem Rudel angehört. Ich glaube, es war unser erstes Leben.»

Ich erzählte Max von der Wüste, von der verzweifelten Suche nach einer Wasserquelle, davon, wie gut Jedda und Anatjari zu uns gewesen waren, und vor allem von dem Geheimnis der Seelen.

«Der Mensch, der uns von Leben zu Leben jagt und tötet, war also einmal unsere Schwester», stellte Max verblüfft fest. «Was haben wir ihr nur angetan, dass sie uns so hasst?»

«Ich weiß es nicht», antwortete ich und setzte dann, etwas leiser, hinzu: «Ich möchte auch nicht davon träumen. Und auch nicht davon, wie sie uns in der Wüste getötet hat. Wie sie dich getötet hat.»

«Wenn ich bei dir bin, musst du nicht träumen, Orchidee.»

«Ich heiße nicht Orchidee!», konterte ich und war selbst überrascht über meinen schroffen Tonfall. Auch Max starrte mich verwundert an. Ich rückte ein wenig von ihm ab, wollte einen Abstand zu ihm schaffen.

«Willst du», fragte Max, «doch lieber wieder Narbe heißen?»

«Ich will nicht, dass du mir überhaupt irgendeinen Namen gibst.»

«Gut, gut, ich verstehe, du willst dir selber einen geben.»

«Gar nichts verstehst du!», kläffte ich nun.

«Nein … das tu ich wohl nicht», antwortete Max verwirrt und suchte nun seinerseits Abstand. Unsere Körper berührten sich nicht mal mehr mit den Haarspitzen. Ich schloss mein

Auge und ärgerte mich, dass ich so harsch ihm gegenüber war. Was war nur in mich gefahren? Orchidee war doch ein schöner Name und Max' Nähe so warm, sein Duft so wunderbar, dass ich ohne ihn nicht leben wollte.

Doch schnell begriff ich es: Wenn ich ihn auf Abstand hielt, wäre er ebenfalls böse auf mich. Vielleicht nicht jetzt, aber irgendwann, womöglich schon bald. Dann würden wir uns streiten und noch mehr streiten, immer und immer wieder, und wegen all dem Gekläffe und Gebelle würden wir uns irgendwann weniger lieben, immer und immer weniger, bis wir uns gar nicht mehr liebten. Und dann würde es mich nicht mehr zerstören, falls ich Max irgendwann mal verlieren sollte.

48

Trotz des Regens schliefen wir den ganzen Tag und die ganze Nacht. Am darauffolgenden Morgen nieselte es nur noch leicht. Anstelle des Waldes ragten schwarze verkohlte Baumstümpfe in die Luft. Wie es Jedda wohl ergangen war?

Bevor ich wieder traurig werden konnte, stand ich auf, schüttelte so viel Wasser wie möglich aus meinem Fell und trank begierig aus einer Pfütze. Max tat es mir gleich. Dann machten wir uns auf den Weg durch das hohe Gras, ohne miteinander zu reden. Ich hielt Abstand zu ihm. Max war davon verletzt. Gegen Mittag rissen wir, jeder für sich, ein paar Mitglieder einer Mäusefamilie. Anschließend marschierten wir weiter, bis Max auf einmal das Schweigen brach und sagte: «Hinter dem Gras sind die Hügel!»

Die Hügel – sie führten, so hatte es Blaufeder gesagt, zu jener Stadt, aus der Max stammte und in der sein Menschenkind Lilly lebte. Wir waren auf dem richtigen Weg zu ihr, und ich hoffte, ich würde bis zur Ankunft dort lernen, Max nicht mehr zu lieben.

Die nächsten Tage marschierten wir die Hügel hinauf und wieder hinab. Der Herbst kam nun mit aller Macht, als wollte er seine Verspätung wieder wettmachen. Der Regen legte zwar immer wieder Pausen ein, besonders gegen Abend und am Morgen, doch die meiste Zeit prasselte er unerbittlich auf uns nieder. Der Wind wurde kälter. Die Hügel immer steiler und steiniger, bis sie sich zu einem einzigen Gebirge vereinten. Immer wieder kamen wir in kleinere Tannenwäldchen.

Auch die Tiere hatten mit dem Wetter zu kämpfen. Die Hasen verbrachten die meiste Zeit in ihren Bauten. Bienen, Wespen oder Schmetterlinge waren erst gar nicht zu sehen. Vögel zogen in Schwärmen nach Süden, und Max hielt es für klug, ausgerechnet in die Richtung zu gehen, aus der sie flohen.

Nicht nur deswegen wurde ich von Tag zu Tag zorniger auf ihn. Alles an Max brachte mich in Rage und führte dazu, dass ich ihn ständig ankläffte: Wenn er mir half, Tiere zu reißen. Und wenn er es nicht tat. Wenn er mit mir redete. Und wenn er es nicht tat. Wenn er sich nachts an mich schmiegen wollte und erst recht, als er es nach einer Weile nicht mehr versuchte.

Jedes Mal, wenn ich ihn so anging, hätte ich mich vor lauter Wut am liebsten selbst angeknurrt. Doch stattdessen bellte ich weiter Max an oder den Wind oder die Vögel, die es so gut hatten, weil sie in die Sonne nach Süden fliegen konnten. Manchmal knurrte ich sogar die Nadeln der Tannen an, wenn ich meinte, Jeddas Seele in ihnen spüren zu können. Dass sie gestorben war, hätte mich ruhiger machen müssen, aber das tat es nicht. Im Gegenteil. Immer wieder fragte ich mich, ob ihre Seele, die jetzt im Zwischenreich sein musste, nicht irgendwo in meiner Nähe wohnte: im Wind, im Regen oder in der feuchten Erde, über die ich lief.

Eigentlich hätte ich glücklicher sein müssen als je zuvor in meinem Leben. Bei mir war ein Hund, der mich – mich! – liebte und ich ihn. Aber ich war nicht glücklich, weil ich eine solche Angst hatte, ihn eines Tages zu verlieren. Vielleicht war das mein wahres Schicksal: nicht glücklich sein zu können.

Max hatte die ganze Zeit über kein böses Wort zu mir gesagt, egal was ich tat. Im Gegensatz zu mir konnte er es genießen, sich nicht mehr vor Jedda fürchten zu müssen. Noch mehr schien es ihn zu freuen, mit jedem Schritt seiner Lilly näher zu kommen, was mich wiederum noch viel gereizter machte. Als wir kurz vor Einbruch der Nacht über nasse Geröllsteine schritten und immer wieder ein wenig wegrutschten, platzte es dann endgültig aus mir heraus: «Es ist unnatürlich, ein Menschenmädchen zu lieben!»

«Ist es nicht!»

«Und widerwärtig!»

«Ist es auch nicht!»

«Die haben dir die Möglichkeit genommen, Kinder zu bekommen!»

Kaum hatte ich das gekläfft, begriff ich etwas und hätte es auch beinahe gleich herausgeschrien: Und damit uns!

«Das war nicht Lilly», erwiderte Max und reagierte nun das erste Mal ein wenig zornig auf einen meiner Ausbrüche.

Was mich auf eine ebenso schöne wie widerwärtige Weise freute. Ich wollte, dass er so richtig wütend auf seine Lilly wurde. So wütend, wie ich es war. «Du und ich werden nie Kinder haben wegen dieser Ungeheuer», schnappte ich.

Aus Max' Augen tropfte salziges Wasser. Er stank nach Scham, und obwohl ich jetzt Mitleid hatte, mich sogar hasste, weil ich ihm so weh tat, konnte ich nicht anders und legte nach: «Mit dieser Lilly liebst du ein Ungeheuer!»

«Sei still!», bellte er nun. Laut und voller Wut.

Dennoch hielt ich dagegen: «Ich bin still, wenn ich es sein will!»

«Du verteidigst noch größere Ungeheuer!»

«Was?»

«Du wolltest nicht, dass ich Jedda töte!»

«Ich liebe sie aber nicht.»

«Du nennst sie Schwester.»

«Das war sie auch für mich, für uns, in einem früheren Leben.»

«Sie hatte den Tod verdient.»

«Und ihn auch bekommen.»

«Sie hat Blaufeder getötet.»

«Das weiß ich!»

«Aber du hast seit deinem ersten Gejaule nach ihrem Tod nicht mehr um unsere Freundin getrauert!», knurrte er verächtlich.

Nun war ich es, die sich schämte. Das hatte ich tatsächlich nicht getan. Ich versuchte mir einzureden, dass ich um Blaufeder nicht mehr getrauert hatte, weil wir vor dem Feuer hatten flüchten müssen. Aber wir waren nun schon Tage unterwegs, ohne irgendeiner Gefahr zu begegnen, hatten nur die Widrigkeiten des Wetters und des Geländes zu ertragen. Ich musste mir eingestehen, dass ich vor lauter Wut auf Max noch nicht einmal an meine Freundin gedacht hatte. Wie hatte sie mich mit ihrem frechen Tschilpen aufgezogen! Hatte auf meinem Rücken Rast gemacht! In diesem Augenblick spürte ich ihre Krallen, so wie ich manchmal mein Auge in der leeren Höhle spürte oder die Ungeborenen aus meinem früheren Leben im Bauch. Vor lauter Scham kläffte ich Max an: «Du hast doch auch nicht um sie getrauert!»

«Doch, jeden Tag. Leise für mich», antwortete er traurig.

«Lügner», schleuderte ich ihm entgegen.

«Habe ich dich je angelogen?»

«Du hast mir nicht die ganze Wahrheit gesagt, warum du von zu Hause weg bist», versuchte ich dagegenzuhalten.

«Aber gelogen?», fragte er. «So wie du, als du mir sagtest, dass du den Weg zu meinem Zuhause kennst?»

«Nein», gab ich zu und schämte mich gleich noch viel mehr.

«Es tut mir leid», sagte Max, der meine Scham natürlich roch. Plötzlich blieb er stehen, nur wenige Hundelängen bevor wir den Gipfel eines Hügels erreichten. «Ich wollte dich nicht bloßstellen.»

Dass er nicht weiter nachbohrte, ließ auch mich milder werden. «Und ich wollte dich nicht verletzen», flüsterte ich.

«Das macht nichts.»

«Doch, das macht es, ich will dir nicht weh tun …»

«Und ich nicht dir.»

«Du zitterst», sagte er.

«Mir ist kalt», jammerte ich. Ich wollte mich so gerne an ihm wärmen.

«Lass uns dort das Nachtlager aufschlagen.» Er deutete mit der Schnauze auf zwei Felsbrocken, die eine Höhle bildeten. Unter dem Dach wären wir vor dem Regen und dem Wind geschützt. Der Spalt zwischen den Felsen war nicht sehr hoch, sodass Max den Kopf einziehen musste, um mir in die kleine Höhle zu folgen. Drinnen war es behaglich. Die Erde war bemoost und ein wenig feucht, aber der Wind pfiff einem nicht mehr in den Ohren, und ich fühlte mich hier von der aufziehenden Dunkelheit da draußen beschützt. Ich legte mich hin. Max gesellte sich dazu. Näher als in den Nächten zuvor. Aber noch nicht so nah wie einst am Meer und im Wald vor dem Brand.

«Wollen wir ein Lied auf Blaufeder singen?», fragte er.

«Ein Lied? Was für ein Lied?»

«Eines, das wir uns ausdenken.»

«Wir?»

«Wer sonst könnte es tun?»

«Aber warum?»

«Um sie zu ehren.»

«Um sie zu ehren …», wiederholte ich und begriff, dass wir auf diese Weise richtig Abschied von unserer Freundin nehmen konnten. Und so begann ich zu singen …

Blaufeder, Blaufeder …

… brach aber gleich wieder ab, um nach den passenden Worten und Tönen für das Lied zu suchen. Max fand sie schneller als ich.

Ein Vogel wie kein anderer.
Klein. Rot. Und frech.
Nahm sich zweier Hunde an.
Wie kein Tier es je tat.
Jetzt fliegt ihre Seele im Wind.

«Das wissen wir nicht», unterbrach ich ihn.

«Es ist unser Lied», erwiderte er. «Wir können singen, was uns Hoffnung gibt.»

Das war nicht nur klug, das war weise. So sang auch ich, was mich mit Hoffnung erfüllte:

Blaufeders Seele schwebt,
bestrahlt von der Sonne,
zwischen lauter
glücklichen Seelen.

«Augenblick», unterbrach Max mich, «hast du nicht gesagt, die Seelen wären in dem Zwischenreich ganz allein?»

«Wir können doch auch singen, was wir uns für Blaufeder wünschen.»

«Einen Schwarm von Seelen, in dem sie sich geborgen fühlt?»

«In dem sie geliebt wird», antwortete ich und sang weiter:

Es waren die Seelen ihres Schwarms.
Blaufeder hatte Angst vor ihnen,
solche, solche Angst.

Doch sie verziehen ihr,
umhüllten sie mit Liebe.

Max sang:

Blaufeder war nicht mehr allein.
Sie würde es nie wieder sein.

Und dann sangen wir beide:

Blaufeder war nicht mehr allein.
Sie würde es nie wieder sein.

Max und ich hatten in unserem Lied Blaufeder den Frieden geschenkt, den sie verdient hatte, und sie zudem so glücklich gemacht, wie sie es nie mehr gewesen war, nachdem ihr Schwarm sie verstoßen hatte.

«*Nicht mehr allein …*», sang ich noch mal leise.

«*Nicht mehr allein …*», sang auch Max und roch noch intensiver nach Liebe. In mir stieg wieder die Angst auf, ihn sterben zu sehen. Doch diesmal knurrte ich ihn nicht an, um ihn vor mir wegzuscheuchen. Diesmal bat ich: «Bitte sterbe nicht vor mir.»

«Was?», fragte er erstaunt.

«Bitte sterbe nicht vor mir. Das könnte ich nicht ertragen.»

«Ich sterbe nicht vor dir», sagte er, und seine Stimme vibrierte dabei in meinem Körper.

«Versprichst du es mir?»

Er dachte kurz nach, gewiss, weil es ganz unmöglich war, das zu versprechen. Wie konnte jemand einem anderen in dieser Welt, in der Welpen vor ihren Eltern den Tod finden konnten, versprechen, dass er länger lebte? Dass er einem anderen zuliebe statt seiner den Trauerschmerz ertragen würde?

«Wenn es das ist, was du dir wünschst», begann Max.

«Ja, das wünsche ich mir», sagte ich leise.

«Dann verspreche ich dir, dass ich länger lebe als du.»

49

Als ich am nächsten Morgen aufwachte, regnete es wieder, doch durch die Felsspalte hindurch konnte ich in der Ferne den Himmel aufbrechen sehen. Neben mir schlief Max friedlich. Ich lauschte seinem Atem, seinem Herzschlag, und das erste Mal seit dem Waldbrand fühlte ich mich wieder wohl. Ich roch den frischen Regen, der vor den Felsen senkrecht in die matschigen Pfützen prasselte, und freute mich auf die Sonnenstrahlen, die bald auf mein Fell scheinen würden. Hätte mir in diesem Augenblick jemand gesagt, Jedda hätte es nie gegeben, ich hätte es vermutlich geglaubt. Zumindest hätte ich es glauben wollen.

Während ich mich an der Natur um mich herum erfreute und mir wünschte, nie mehr auch nur einen Gedanken an frühere Leben zu verschwenden und nur noch dieses eine zu genießen, hörte ich Schritte, die näher kamen. Sie stammten anscheinend von Hundepfoten. Ein Rudel von vielleicht sechs Tieren stieg hinab in unsere Richtung. Zügig, aber ohne Hast. Die Schritte waren schwer, es mussten große Hunde sein. Größere als Max. Ich blickte zu ihm. Er schlief jedoch weiter, und ich wusste nicht, was ich ihm sagen sollte, wenn ich ihn gleich wecken würde. Dass wir nicht die einzigen Hunde in der Wildnis waren, war klar, aber was hatte dies zu bedeuten: Begegneten wir neuen Gefährten oder einer neuen Gefahr?

Es dauerte ein wenig, bis ich die Hunde riechen konnte, da der Regen ihren Duft verwischte. Aber dann stellte ich fest, dass ihr nasses Fell sehr streng roch. Nicht so wie das Fell meiner Geschwister auf der Müllkippe, sondern schon eher wie jenes des Bären.

Ich stupste Max mit der Schnauze an. Er wollte weiterschlafen. Ich stupste stärker, er regte sich und fragte, ohne die Augen aufzumachen: «Was ist?»

«Riech», befahl ich leise.

Alarmiert von meiner Stimme, schnüffelte er, hielt die Augen aber weiter geschlossen. Dann fragte er ebenso leise: «Was sind das für Tiere?»

«Hunde.»

«So riechen keine Hunde!» Endlich öffnete er die Augen.

«Wie kannst du dir da so sicher sein?»

«Bei mir zu Hause gibt es viele verschiedene Arten von Hunden, keine riecht wie diese Tiere.»

«Es sind bestimmt welche», sagte ich, war mir aber nicht ganz sicher. Auch wenn ich von den Tieren weder stechenden Hass, heißen Blutdurst oder nur Hunger roch, befahl mir mein Instinkt, dass wir uns verstecken sollten. Aus der Höhle zu rennen und unser Heil in der Flucht zu suchen, wäre zu gefährlich. Hunde, die so flink den Berg hinabkletterten, hätten uns gewiss schnell eingeholt.

Wir konnten nur ein wenig weiter nach hinten in die Höhle krabbeln und hoffen, sie würden uns nicht entdecken. Doch wir schafften es nicht mal, eine ganze Hundelänge zurückzurutschen, bis wir an den Fels stießen.

«Hier sind Tiere», hörte ich eine Stimme, die so tief war, dass Max' Gebell im Vergleich dazu klang wie das Japsen eines Welpen.

«Beute?», fragte eine noch tiefere Stimme, und wir hielten den Atem an. Auch wenn ich mich damit zu beruhigen versuchte, dass Hunde keine Hunde fraßen, wusste ich eben doch nicht genau, ob es denn auch wirklich Hunde waren.

«Nichts zu reißen», sagte die erste Stimme.

«Nichts zu reißen», pflichtete die tiefere ihm bei, offensichtlich hatte auch dieses Wesen jetzt unseren Geruch gewittert.

Max und ich atmeten erleichtert auf. Diese Tiere würden uns nicht angreifen.

«Aber vielleicht wollen sie uns Beute wegnehmen», redete die tiefe Stimme weiter und musste nichts mehr hinzufügen. Jetzt würden sie uns auf jeden Fall attackieren.

«Sie sind ganz in der Nähe.»

«Folgt mir.» Nun stand fest, dass die tiefere Stimme dem Anführer gehörte und auch, dass wir in der Falle saßen.

«Wir müssen wegrennen», schlug ich leise vor. Mir erschien es nun doch zu gefährlich, einfach sitzen zu bleiben. «Wenn wir in zwei unterschiedliche Richtungen laufen und ich sie dazu bringe, mich zu verfolgen, kannst du vielleicht entkommen.»

«Nein.»

«Nein?»

«Ich werde zu ihnen gehen und klarmachen, dass wir ihnen nicht ihre Beute wegnehmen wollen.»

«Und wenn du ihnen das nicht klarmachen kannst?»

«Ich schaffe das schon», sagte Max, wirkte aber nicht restlos überzeugt. Er wollte sich gerade aufrichten, da hielt ich dagegen: «Du hast versprochen, länger zu leben als ich!»

«Ja, das habe ich», lenkte er ein und blieb, wo er war. Doch jetzt war es zu spät zum Weglaufen. Das erste der Tiere stand nun auf den beiden Felsen, die unsere Höhle bildeten. Wir konnten nichts anderes tun, als leise zu atmen, zu lauschen, wie sich auch die anderen über uns versammelten, und dabei zu hoffen, dass sie an unserem Versteck vorbeigingen. Natürlich taten sie es nicht.

Ihr Anführer sprang herab und baute sich vor dem Höhleneingang auf. Im immer schwächer werdenden Regen sahen wir graufellige, schlanke, aber starke Beine, die keinem Hund gehören konnten, aber auch keinem anderen Tier, das wir in diesem Leben bisher erblickt hatten.

«Kommt heraus!», befahl er barsch. Sein Tonfall ließ keinen Zweifel aufkommen, dass er sonst in unser Versteck eindringen und dies unseren sicheren Tod bedeuten würde. Max krabbelte voran, ich ihm hinterher, und da erkannte ich endlich, wer diese graufelligen Wesen waren, von denen eins nach dem anderen vom Felsen herabsprang und sich hinter dem Anführer aufbaute.

«Ihr seid Hunde», stellte der Anführer fest.

«Und ihr», sagte ich mit bemüht fester Stimme, «seid Wölfe.»

50

Ich war Wölfen noch nie begegnet, aber ich hatte sie mir immer genauso vorgestellt: Groß. Stark. Wild. Erhaben. Selbst das einzige Weibchen unter ihnen war ein beeindruckendes Tier. Im Vergleich zu ihnen wirkten Max und ich wie harmlose Schoßhündchen, die sich von Menschen an Leinen durch die Stadt führen ließen.

«Was macht ihr Hunde hier draußen?», fragte uns der Anführer, der einen dunkelbraunen Fleck rund ums Auge hatte. Unfassbar, er hatte einen Fleck wie ich, und dennoch sah keiner auf ihn herab, vielmehr führte er sogar das Rudel an!

«Wir wollen zu meinen Menschen», erklärte Max, und ich verfluchte ihn sogleich dafür. Es war doch sonnenklar, dass die Wölfe uns dann für noch lächerlicher halten würden, als sie es ohnehin schon taten. Schließlich waren wir kleiner als sie, schwächer, und ich war zudem nur mit einem Auge gesegnet. Es war das erste Mal seit langer Zeit, dass ich mich wieder für mein vernarbtes Auge schämte. Dank Max hatte ich während der letzten Etappe unserer Reise kaum daran gedacht, dass ich ein Krüppel war, doch nun, wo ich einem Rudel Wölfe gegenüberstand, und dazu noch einem so beeindruckenden, fühlte ich mich wieder hässlich und klein.

Die Wölfe fanden Max' Antwort gar nicht lustig. Schlimmer noch, einige von ihnen fletschten die Zähne, und der Anführer sagte verächtlich: «Hunde, ihr seid so verdammt schwach.»

«Wir sind nicht schwach!», kläffte ich.

«Seid ihr nicht?» Der Wolf trat auf mich zu, hielt kurz vor mir an und blies mir seinen Atem ins Gesicht. Max wollte sich zwischen uns stellen, um mich zu beschützen, doch bevor er es tun konnte, knurrte ich den Wolf an: «Wir haben uns einem Bären gestellt und sind einem riesigen Feuer entkommen. Könnt ihr das etwa auch von euch behaupten?»

«Wir haben vor vielen Jahreszeiten sogar einen Bären erlegt», schnaubte der Anführer.

«Und wir ein noch viel gewaltigeres Ungeheuer», hielt ich dagegen.

«Gewaltiger als ein Bär?»

Sollte ich dem Rudelführer von Jedda erzählen? Würde er überhaupt verstehen, worum es ging? Kannten Wölfe das Zwischenreich? Wussten sie, dass wir alle eine Seele besaßen? Gab es unter ihnen auch Wölfe, deren Liebe stärker war als das Vergessen?

Der Atem des Anführers umwehte meine Schnauze. Ich starrte in seine grauen Augen. Sie waren kalt, ohne jegliches Leuchten, ohne Güte. Nein, dieser Wolf war nicht zur Liebe fähig. Und für einen ganz kurzen Augenblick war ich neidisch auf ihn. Er brauchte nie Angst haben, den Tod einer geliebten Wölfin miterleben zu müssen. Wer nicht liebt, musste auch nie ein solches Leid im Herzen fühlen.

«Was ist?», fragte der Anführer. Er schien meinen Neid riechen, aber nicht einordnen zu können.

«Du würdest es nie verstehen», kläffte ich.

«Du bist respektlos», sagte er, und es klang fast so, als ob ihm das gefiel.

«Lass sie in Ruhe!», knurrte Max mit tiefer Stimme, und dennoch war seine Tonlage immer noch ein wenig höher als jene des Rudelführers.

«Töten wir die beiden, dann reißen sie nicht die Hirsche, die für uns bestimmt sind», forderte ein Wolf, dessen Fell am Schweif fast ganz weiß war. Der Anführer wandte sich von mir ab und knurrte ihn an: «Wir töten keine Hunde. Das verbietet der Pakt.»

Der Pakt? Er kannte die Geschichte von Wolfsvater und Hundsmutter?

Der Anführer wandte sich wieder mir zu. «Du scheinst so willensstark zu sein wie Hundsmutter.»

Ja, er kannte sie!

«Oder wenigstes so frech wie Bläh.»

Bläh war die Schwester von Hundsmutter gewesen, und ich musste daran denken, was man über sie sang:

Bläh blähte
allen ins Gesicht.
Jeden Morgen, jeden Abend.
Bläh hatte von allen
am meisten Freude.

«Dann nenne mich Bläh», sagte ich kess, und der Anführer wedelte belustigt mit dem Schwanz. Die anderen Wölfe taten es ihm gleich, sogar jener mit dem weißen Schweif, der eben noch unseren Tod gefordert hatte. Nur Max nicht. Er hatte mich Orchidee genannt, und so sollte ich für ihn heißen. Auch wenn wir uns liebten, meinen Namen wollte ich mir selber aussuchen. Warum also nicht Bläh, wenn sie doch am meisten Freude im Leben hatte?

«Das ist Max.» Ich deutete mit der Schnauze auf meinen Gefährten und fragte: «Und wie heißt ihr?»

Der Anführer stellte sein Rudel vor, und jeder Wolf wiegte seinen Kopf ein wenig hin und her, wenn sein Name fiel:

«Weißschweif, Hirschtöter, Riesenpfote, Baumjauler und Hass.»

Das Weibchen, das auf den Namen Hass hörte, wirkte freundlich. Auch war ihr Geruch am wenigsten streng. Hatte ihre Mutter sie so genannt, weil sie ihre eigene Tochter hasste?

«Und wie heißt du nun wirklich?», wollte der Rudelführer von mir wissen.

Max stupste mich mit der Schnauze zur Seite und baute sich vor dem Wolf auf. Ich war so überrascht, dass ich es zuließ. Es war das erste Mal in meinem Leben, dass ein Hund wegen mir nach Eifersucht roch. Den Geruch kannte ich bisher nur von Blitz, wenn Männchen eines anderen Rudels sich Lied genähert hatten. Mir gefiel Max' Gestank. Mit einem Mal fühlte ich mich so begehrenswert wie meine Schwester, auf die ich immer neidisch gewesen war, weil sie alle Aufmerksamkeit der Männchen auf sich zog.

«Sie heißt Orchidee», antworte Max statt meiner, und es ärgerte mich, dass er wieder versuchte, mir diesen Namen aufzuzwängen.

«Mein Name», sagte der Anführer, ohne sich auch nur anmerken zu lassen, ob er den Namen Orchidee schön, albern oder nur befremdlich fand, «lautet Fleck.»

Und nun war ich es, die belustigt mit dem Schwanz wedelte.

51

Während der Regen aufhörte, die Wolken aufbrachen und am Himmel ein Regenbogen erschien, den ich unter anderen Umständen als Zeichen gesehen hätte, dass Max und ich hier ein neues Zuhause finden sollten, führten uns die Wölfe über die Anhöhe hinweg in ein Tannenwäldchen. Die Bäume schluckten mehr von den Sonnenstrahlen, als mir lieb war. Ich hätte mich so gerne aufgewärmt. Doch dieser Wunsch war schlagartig vergessen, als die Wölfe uns zu einem erlegten Tier brachten. Der fast ganz aufgefressene Leib trug ein Geweih, das prachtvoller war als jenes von dem Reh, das Max getötet hatte. Die Beute war ein Hirsch, erklärte Weißschweif, nicht ohne uns dabei spüren zu lassen, wie wenig er davon hielt, dass sein Anführer das letzte Fleisch mit uns teilen wollte.

Während Max und ich uns darüber hermachten, erzählte Fleck – es war immer noch merkwürdig, dass jemand anderer meinen ersten Namen trug – von den alten Zeiten, von Hundsmutter und Wolfsvater und deren Pakt, und wie deren Erstgeborenen gemeinsam ein Rudel gründeten, um den Frieden zwischen den Hunden und den Wölfen zu besiegeln. Dabei war den beiden vom Roten Adler prophezeit worden, dass sie niemals Kinder haben dürften. Doch Hundstochter und Wolfssohn, namens Umbra und Brin, hatten nicht nur ihren Feinden getrotzt, sondern auch dieser düsteren Weissagung.

«All ihre Kinder besaßen besondere Gaben», erklärte Fleck, was mich ein wenig störte, weil er so tat, als hätte ich noch nie davon gehört. «Die Söhne konnten ihre Gestalt wandeln, die Töchter beherrschten die Pflanzen.»

«Bäume, Blumen und Gras?», fragte Max, der die Sagen tatsächlich nicht kannte und von dem erlegten Hirsch aufsah. «Was befahlen sie den Pflanzen?»

«Die Söhne», redete Fleck weiter und behandelte Max wie eine Fliege, die es nicht wert war, beachtet zu werden, «verwandelten sich in der Jahreszeit des großen Krieges in Katzen, um sich bei den Biestern anzuschleichen, die von Cassiopeia angeführt wurden.»

«Cassiopeia?», staunte ich und hörte ebenfalls auf zu fressen. Die fette Katze in der Stadt hatte mir erzählt, Cassiopeia würde durch die Welt wandern und von dem Goldenen Licht verkünden. Dass sie die alten Zeiten schon erlebt hatte, hatte das dicke Biest auf dem Balkon gar nicht erwähnt.

«Wird Cassiopeia für immer wiedergeboren?», fragte ich Fleck.

«Wiedergeboren? Was soll das sein?»

Sollte ich es ihm erklären? Er würde mich für verrückt halten.

«Cassiopeia ist unsterblich», belehrte der Rudelführer uns alle weiter, «und streicht durch die Welt, seit die Enkel von Wolfsvater in Gestalt von Katzen all ihre Kinder töteten und Cassiopeias Leib so zerfetzten, dass sie nie wieder Kinder bekommen konnte.»

In diesem Augenblick verspürte ich das erste Mal sogar Mitleid mit einer Katze. Nicht nur wegen der Kinder, die Cassiopeia verloren hatte, und denen, die sie nie bekommen würde, sondern weil sie nie sterben, nie vergessen konnte, was ihr Schreckliches widerfahren war.

«Die Hündin», schnaubte Weißschweif in meine Richtung, «stinkt nach Mitleid. Sie liebt Katzen.»

«Hundsmutter hatte auch Mitgefühl mit Cassiopeia», wies Fleck ihn zurecht, ohne zu knurren. Das reichte, um Weißschweif zum Schweigen zu bringen. «Deswegen befahl sie ihren Enkeln, die Katze am Leben zu lassen. Doch Wolfsvater wollte sie nicht unbestraft für ihre Taten lassen, für die vielen Wölfe und Hunde, die sie getötet hatte, und deswegen ließ er sie vom Quell des schalen Efeus trinken, dessen Wasser ihr das unendliche Leben verlieh.»

«Warum», mischte sich Max ein, «haben all die Hunde und Wölfe nicht selber davon getrunken? Dann hätten sie niemals sterben müssen.»

Max' Frage widerte Fleck offenbar so sehr an, dass er ihn endlich beachtete: «Der Tod gehört zum Leben.»

«Aber sie hätten ihm entwischen können», widersprach Max.

«Ohne Tod kein Leben», erwiderte Fleck barsch, «ihn so lange wie möglich hinauszuzögern, gibt unserem Sein den Sinn. Wegen ihm jagen wir, wegen ihm zeugen wir Kinder, wegen ihm lieben wir das Leben.»

«Und deswegen», ergriff das Weibchen namens Hass das erste Mal das Wort, «lieben wir auch den Tod.» Ihre Stimme war nicht ganz so tief wie die der anderen Wölfe, und in ihr lag keinerlei Hass, sondern tatsächlich Liebe. Für den Tod. Wie konnte man den Tod nur lieben?

Ich schüttelte mich, sagte: «Ich muss etwas trinken», und machte mich auf den Weg zu einer besonders tiefen Pfütze.

«Nicht dieses Wasser», mahnte Fleck.

Für einen Augenblick hoffte ich, dass es mit jenem schalen Efeu getränkt war, welches Unsterblichkeit verlieh. Wenn Max es trank, könnte er nicht mehr sterben, und ich lief nicht Gefahr, ihn betrauern zu müssen. Und wenn ich es ebenfalls trank, müsste auch er mich nicht betrauern. Allerdings, so kam es mir auf einmal in den Sinn, würde er es vielleicht ohnehin nicht tun. Wie sonst hätte er mir so leichtfertig versprechen können, nach mir zu sterben? Einen solchen Schwur konnte er doch nur leisten, wenn er den Schmerz aushalten würde. Liebte er mich etwa nicht so wie ich ihn?

«Du musst diese verschlammte Brühe nicht zu dir nehmen», sagte Fleck, «wir führen euch zu einer frischen Quelle.»

Es handelte sich also bei dem Nass in der Pfütze um ganz gewöhnliches Wasser. Wie töricht war ich gewesen zu glauben, es könnte uns vor dem Tod bewahren.

Die Wölfe schritten los. Ich wollte ihnen folgen, doch Max machte sich daran, aus der Pfütze zu trinken. Ich stupste ihn mit meiner Schnauze an.

«Was ist?», knurrte er.

«Du beleidigst die Wölfe.»

«Das ist mir einerlei.»

«Aber mir nicht. Sie haben uns geholfen.»

«Wenn wir getrunken haben, ziehen wir ohnehin weiter», sagte Max. Dies missfiel mir. Ich wollte das Rudel noch nicht verlassen.

«Es kann nicht schaden», sagte ich daher, «wenn wir ein wenig bei ihnen verweilen und uns ausruhen.»

«Wir ziehen weiter», knurrte Max noch ein wenig mehr. Ich war kurz davor, ihn anzukläffen – was bildete er sich ein, dass er einfach so bestimmen wollte, was wir taten? –, da fragte Fleck, der mit den anderen Wölfen bereits zwanzig Hundelängen vorangegangen war: «Wo wohnen denn deine Menschen?» Verachtung lag in seiner Stimme. Ich konnte sie riechen.

«In einer Stadt in den Bergen», erwiderte Max und hielt der Geringschätzung stand.

«Dann werdet ihr auf dem Weg dorthin sterben.»

«Warum?», fragte ich.

«Es wird schneien, bevor ihr die Stadt erreicht. Und dann werdet ihr erfrieren.»

«Das kannst du nicht wissen», knurrte Max ihn an, aber Fleck beachtete ihn nicht mehr und fragte mich: «Willst du nun was trinken, oder nicht?»

«Lass uns», bat ich Max ganz leise, damit Fleck es nicht hören konnte, «einen Tag bei ihnen bleiben, um Kraft zu sammeln.»

Er schwieg.

«Bitte, nur einen Tag.»

Max gefiel es nicht, das spürte ich genau, aber etwas Ruhe würde auch ihm guttun. Schließlich gab er nach. Ohne etwas zu sagen, folgte er den Wölfen und ich wiederum ihm. Nach einem kurzen Marsch über den feuchten Waldboden erreichten wir einen rauschenden Wasserfall. Aus über fünfzig Hundelängen stürzte er zwischen Felsen in einen klaren See, aus dem wir tranken. Das Wasser schmeckte so frisch, und die Sonne strahlte so warm und heiter auf uns herab, dass ich nie wieder fortwollte. Dachte ich. Doch dann kehrten die Träume zurück.

52

Anatjari liegt tot neben uns. Das Blut, das ihm aus Hals und Bauch fließt, vertrocknet, kaum dass es den Wüstensand berührt.

Jedda hält seinen Speer in der Hand. Ihr Hass brennt heißer als die Sonne, stinkt abscheulicher als Anatjaris Wunden, die tief in seinem Körper klaffen. Djalu steht ihr gegenüber, seine Schnauze – wie die meine – rot von Anatjaris Blut.

Haben wir ihn gerissen?

Das muss es sein. Wer sonst hätte ihm die Kehle so zerfetzen können? Deswegen hasst uns Jedda so sehr. Und deswegen richtet sie den Speer in Djalus Richtung.

«Lauf!», belle ich ihm zu, ohne mich selbst zu rühren.

«Sie wird uns nichts tun.» Djalu ist solch ein törichter Hoffender. «Sie wird uns nichts tun.»

«Lauf davon!», belle ich wieder.

«Sie weiß, warum wir es getan haben.»

Jedda holt mit dem Speer aus …

«Lauf!»

… schreit ihren Hass heraus …

«LAUF!»

… und schleudert den Speer in Djalus Körper.

Er fällt sofort zu Boden.

Ohne etwas zu sagen.

Ohne Abschied zu nehmen.

Ohne seine Kinder jemals zu sehen.

Und ich jaule die Sonne an.

Ich riss mein Auge auf, schaffte es aber nicht, mich zu orientieren. Ich sah immer noch die Wüstensonne vor mir. Warum hatte ich wieder geträumt? Das hatte ich nicht mehr getan, seitdem Max und ich beieinanderlagen.

Max!

Ich spürte ihn nicht mehr neben mir. Wir lagen nicht beieinander!

Jetzt zwang ich mich, mich umzusehen, schnupperte, lauschte und stellte fest: Ich lag immer noch unter der Tanne, wo wir eingeschlafen waren. Um mich herum schlummerten einige der Wölfe: Hirschtöter, Riesenpfote, Baumjauler und Hass. Doch Max war nirgendwo zu riechen, genauso wenig wie Fleck und Weißschweif. Mein Herz schlug mir bis in den Hals. Hatten die beiden Max mitgenommen, um ihn zu töten?

Bilder schossen mir durch den Kopf: Max, der von den beiden Wölfen in die Kehle gebissen wurde. Max, wie er von dem Menschenkind mit der Eisenstange geschlagen wurde, Max im Hundezwinger, die Asche, die Asche, die Asche, die Asche ... Djalu mit dem Speer im Leib. Djalu mit dem verdammten Speer im Leib!

Ich jaulte und merkte dabei nicht, wie die Wölfe um mich herum aufwachten und mit einstimmten. Offenbar glaubten sie, ich würde eine Gefahr wittern, und hörten erst wieder auf zu heulen, nachdem sie begriffen hatten, dass sich keine Bedrohung näherte. Ich begann zu wimmern und nahm kaum wahr, dass Weißschweif, Fleck und Max zurückkehrten und Fleck den anderen Wölfen schon von weitem zubellte, Max hätte beim Aufstehen die Witterung von Hirschen aufgenommen. Weißschweif und er hätten ihm dies zuerst nicht geglaubt, fuhr Fleck fort, aber sie wären dann doch mit dem schwarzen Hund gegangen, und es hätte sich bestätigt. Nicht unweit von hier grasten Hirsche. «Der Hund besitzt anscheinend eine bessere Nase als die Wölfe», erklärte Fleck, als er schließlich die Tanne erreichte. «Er könnte also doch noch wertvoll für das Rudel werden.»

Ich war weiterhin gefangen in meiner Angst. Ich hatte Max vor dem Menschenkind gerettet. Vor der Asche. Der verfluchten Asche. Aber ich würde ihn nicht immer retten können. Irgendwann würde er sterben. Ohne Tod kein Leben. Und das Leben, das Leben war so …

«Orchidee», sagte Max.

Das Leben war so …

«Orchidee», kläffte er noch einmal.

… es war so voller Tod!

Kein Hund, kein Wolf, kein Tier konnte bestimmen, wann er ihn ereilte. Nicht mal Djalu, der kurz davor gewesen war, Vater zu werden. Keiner konnte dem anderen versprechen, dass er länger lebt. Wer so etwas tat, war ein Lügner! Ein Lügner, der einen nicht so liebte, wie man ihn liebte, sonst hätte er es doch nie und nimmer versprechen können! Ein Lügner wie Max!

«Orchidee», rief Max mir zu.

«Lass mich!», bellte ich.

Die Wölfe wussten wohl nicht, wie sie mein Verhalten einschätzen sollten. Während Weißschweif verächtlich schnaubte und Riesenpfote schnupperte, ob sich nicht vielleicht doch eine Gefahr näherte – warum sonst würde ich nicht zur Ruhe kommen und mich auf die Jagd nach den Hirschen freuen –, fragte Fleck: «Was ist mit ihr?»

Vermutlich war er besorgt, dass ich eine Krankheit ins Rudel einschleppen würde. Doch ich beachtete ihn nicht und kläffte Max weiter an: «Du lügst mich an!»

«Was?» Max starrte mich verständnislos an.

«Du hättest mir nicht versprechen dürfen, dass du nach mir stirbst!»

«Orchidee …» Er kam näher und stupste mich mit der Schnauze an.

«Ich heiße nicht Orchidee!», fauchte ich und schob seine Schnauze von mir fort.

«Narbe …»

«Ich weiß nicht, wer ich bin», kläffte ich verzweifelt.

Inala, Aymee, Freya, Narbe, doch Orchidee?

«Ich weiß es aber», sagte Max.

«Willst du mir etwa wieder einen neuen Namen geben?» Meine Stimme überschlug sich nun.

«Nein, das will ich nicht.»

«Nein?»

«Ich weiß auch so, wer du bist.»

Ich wusste es nicht.

«Du bist die Hündin, die ich liebe.» Max roch jetzt nach Leben. So sehr, dass er mit seinem Duft den strengen Geruch der Wölfe überlagerte, obwohl das Rudel nah bei uns stand, gebannt von dem, was sich vor ihnen abspielte. Max' Augen leuchteten wie das Meer, auf dem die Sonnenstrahlen tanzten. Und ich … ich konnte seine Liebe vor lauter Angst, sie zu verlieren, nicht mehr länger ertragen. Was ist gut an der Liebe, wenn sie einem so viel Furcht bereitet?

«Lügner!»

«Ich lüge nicht.»

«Du liebst mich nicht wie in den früheren Leben!»

«Wenn du das sagst, kennst du mich nicht.»

«Lauf zu deinem Menschenkind!»

«Was?»

«Lauf zu deinem Menschenkind, das willst du doch.»

«Nur mit dir. Nur mit dir.»

«Ich bleibe hier!»

«Genau», bellte Fleck, «bleibe bei uns, kleine Hundsmutter!»

«Narbe, wir gehören zusammen» Nun war es an Max, den Leitwolf zu missachten, als ob er eine Fliege wäre.

«Nein, ich gehöre hierher», erwiderte ich. «Das hat Blaufeder mir gesagt: Du gehörst zu den Wölfen.»

«Wir lieben uns.»

«Ich liebe dich nicht», log ich, um ihn zu vertreiben.

«Du hast nur Angst vor dem Tod.»

Er kannte mich wirklich gut, mein Max.

«Ich liebe dich nicht!», wiederholte ich.

«Du musst keine Angst vor ihm haben. Ich bin bei dir.»

«Aber nicht für immer!» Ich biss ihn ins Bein, damit er verschwand.

Er jaulte nicht auf.

Ich biss ihn erneut. Fester, tiefer, sein Blut schmeckte metallen auf meiner Zunge.

Max blieb stehen, jaulte immer noch nicht, sondern hielt den Schmerz aus. Ich musste ihm noch mehr weh tun, damit er endlich, endlich floh.

«Du kannst mir keine Kinder schenken!»

Die Wölfe wedelten vergnügt mit dem Schwanz.

Max sagte nichts.

«Du bist ein elender Krüppel!»

Die Wölfe wedelten noch vergnügter. Fleck schnaubte gar vor Freude.

Max sagte weiterhin nichts.

Fleck baute sich vor ihm auf: «Du hast gehört, was sie gesagt hat, Krüppel!»

Gegen diesen Wolf hätte Max niemals bestanden, und selbst wenn doch, es waren noch fünf weitere Wölfe da, die mit den Pfoten scharrten und laut knurrten, ganz besonders Weißschweif. Und dennoch missachtete Max den Rudelführer weiter.

«Verschwinde», sagte Fleck. «Bevor ich dir die Kehle durchbeiße.»

Nun bekam ich Angst, dass Max gleich vor meinen Augen verenden würde. Doch ich schwieg. Max erkannte auch so, dass ich ihn mit all meinem Sein anflehte zu gehen: «Wenn es dein Wunsch ist …»

«Das ist es …», sagte ich mit zitternder Stimme.

«Dann werde ich langsam gehen, damit du mich einholen kannst.»

«Ich werde dir nicht folgen.»

«Und dennoch werde ich langsam gehen.»

Er wandte sich von mir ab und schlich davon. Ich sah ihm nicht nach, schnüffelte lieber an dem Stamm des Baumes, dessen feuchtes Holz den kommenden Winter ankündigte, und dachte an die Wüste zurück. Hätte Inala ihren Djalu nie geliebt, hätte sie – und ich – nie so leiden müssen.

53

Die Wölfe nahmen mich jeden Tag mit auf die Jagd. Am fünften Tag entdeckten wir auf einer von Herbstsonne golden beschienenen Lichtung einen Hirsch, der so prachtvoll war, dass ich das erste Mal von meinen Gedanken an Max abgelenkt wurde – ich vermisste seine Nähe so sehr, wie ich mich vor ihr fürchtete.

Das Tier war wunderschön, und ich fragte mich ernsthaft, warum nicht die Hirsche die Welt beherrschten anstatt der Menschen. Nachdem wir das Tier gerissen und uns an ihm satt gefressen hatten, erzählte Fleck – wie jeden Tag – Geschichten aus den alten Zeiten. Besonders leidenschaftlich wurde er immer, wenn er von den Erstgeborenen von Wolfsvater und Hundsmutter sprach, die zu einem Paar wurden.

Fleck hörte erst auf zu erzählen, als die Sonne sich langsam senkte und wir unter einem Felsvorsprung ein Nachtlager fanden. Während der Rudelchef zu einem Baum ging, um sich zu erleichtern, raunte mir Weißschweif zu: «Er liebt die alten Geschichten. Aber ich werde neue schreiben.»

Sein Atem schoss mir dabei scharf gegen die Schnauze. Niemand im Rudel war damit einverstanden, dass Fleck mich aufnahm. Am allerwenigsten Hass, die nicht hassen konnte, sondern nur trauern, weil sie nicht seine Auserwählte war.

«Er will mit dir Kinder zeugen», sagte sie. «So wie die Erstgeborenen es getan haben, obwohl die Weissagung des Roten Adlers sie davor gewarnt hatte.»

Unter normalen Umständen hätte ich ihre Worte für lächerlich befunden, aber der Leitwolf roch jedes Mal nach Leben, wenn er von der Vereinigung der Erstgeborenen sprach. Nicht so wie Max, dessen Lebensgeruch der Duft der Liebe war. Nein, Fleck roch nach dem Wunsch, Leben zu zeugen.

Ich könnte Kinder haben.

Mit einem Wolf, der sie vor allen Gefahren beschützen könnte. Und der, wenn er starb, mein Herz nicht zerstören würde. Weil ich ihn nicht liebte. Das war mehr, als ich mir auf der Müllhalde je hätte träumen lassen.

Mit diesem Gedanken schlief ich ein und träumte von dem Tag, an dem ich meine Schwester verlor.

Anatjari stolpert den Sandhügel hinab. Aus seinem Bauch quillt Blut, und wir können seine Eingeweide riechen. Wäre er ein Känguru, würden wir uns auf ihn stürzen, um unseren Hunger zu stillen. Wir tun wir es nicht. Er gehört zu unserem Rudel.

Das Band, das mich mit der Hündin verband, ließ mich in meinem Krankenbett auf der Intensivstation spüren, dass sie von jenem Tag träumte, an dem alles begonnen hatte. Und so musste auch ich mich, noch im Fieberwahn, an ihn erinnern: Ein Mitglied des Stammes des Schlangen-Totems hatte Anatjari mit einem Keil angegriffen, als er sich dem Wasserloch des fremden Clans genähert hatte. Mit letzter Kraft hatte er sich zurückschleppen können, um uns vor den Feinden zu warnen. Zehntausende Jahre war das nun her, doch seine Schreie klangen mir immer noch in den Ohren. Jeden Tag hörte ich sie. In jedem Leben.

Anatjari bricht noch auf dem Hügel zusammen. Jedda ruft nach dem Schamanen. Wir Hunde rennen den Hügel hoch. Djalu schnuppert an Anatjari und riecht, was ich rieche: den nahenden

Tod. Unser Bruder wird sterben. Nicht sofort. Aber spätestens in der Hitze der Mittagssonne.

Der Schamane. Ein lächerlicher alter Mann. Wie alle selbsternannten Weisen. Kein Mensch bleibt lang genug auf der Welt, um wirklich weise zu werden. Selbst ich war es nicht, obwohl ich mich an jede Wiedergeburt erinnerte. Wäre ich weise gewesen, hätte ich nicht mit zerbissenem Gesicht und halbverbranntem Körper im Krankenhaus gelegen. Der Bär, von meinen Kugeln tödlich getroffen, war wenige Meter vor mir zusammengebrochen, und der Anblick seines Leichnams hatte den Lebenswillen meines Körpers angestachelt. Ich hatte mich aufgerappelt, durch den brennenden Wald geschleppt und war schließlich hinter der Anhöhe zu Boden gegangen. Bevor ich das Bewusstsein verlor, spürte ich noch, wie der Regen auf meinen geschundenen Körper prasselte. Das Nächste, woran ich mich erinnern konnte, war, dass ich auf der Intensivstation aufwachte und ein unfassbar junger Arzt mir erklärte, dass Rettungskräfte mich glücklicherweise gefunden hätten. Bis meine Wunden verheilt wären, bräuchte ich aber noch sehr viel Geduld. Eine Geduld, die ich nicht besaß.

Anatjaris Schreie erfüllen die ganze Wüste. Nur Djalu und ich stehen bei ihm. Jedda will den Schamanen überzeugen, ihm zu helfen. Doch der alte Mann will nur sich selber helfen und macht sich mit dem Rest des Rudels auf die Flucht vor dem Stamm, der das Schlangen-Totem sein Eigen nennt.

«Bleibt», schreit Jedda.

Niemand hört auf sie, außer uns.

«Bleibt!»

Sie rennt den anderen Menschen hinterher und brüllt, anfangs noch Worte, dann nur noch Laute. Das Rudel hat Anatjari auf-

gegeben. Und Jedda beginnt zu weinen. Diese starke Frau, meine Schwester, weint. Ich gehe den Hügel hinab zu ihr und lecke ihre Hand. Doch ich kann sie nicht trösten, egal wie sehr ich mich auch bemühe. Ihre Tränen fließen, und ich fühle mich so hilflos, dass ich wieder zu Djalu und Anatjari zurückkehre.

Ich hatte danach nie wieder eine solche Angst verspürt wie in jenen Momenten. Weder im Hungerwinter noch auf dem Scheiterhaufen, selbst nicht im Lager.

«Unser Bruder wird lange leiden», sagt Djalu leise.

«Und schreien», stelle ich fest.

«Erst laut. Dann leise. Weil ihm die Kraft fehlt.»

«Aber der Schmerz wird genauso groß sein.»

Ich blickte zu den Hunden. Sie standen bei Anatjari. Sie waren ihm treu. Und damit auch mir. So dachte ich jedenfalls.

«Wir müssen ihn erlösen», sagt Djalu.

«Erlösen?» Ich verstehe nicht.

«Damit er nicht leidet.»

Ich verstehe immer noch nicht.

Djalu beugt sich über Anatjari.

Und der Hund biss zu.

In den Hals.

Anatjari schrie noch lauter als zuvor.

Bis er nur noch röchelt.

Ich brüllte wie ein Tier.

Djalu blickt zu Jedda. Er fühlt sich schuldig. Jetzt, da er sieht, was er ihr antut, kann er nicht noch einmal zubeißen. Doch Anatjari ist noch nicht tot, er wird weiter leiden müssen, wenn … ja, wenn ich ihm nicht …

Inala biss ebenfalls zu.

Das Leben weicht aus Anatjari. Ich hatte ihn erlöst. Sein Blut fließt meine Kehle herunter. Ich würge es heraus. Wir sind hungrig, sein Fleisch könnte uns nähren. Aber wir hatten ihn nicht getötet, um zu fressen. Sondern aus Liebe.

Die Hunde hatten ihre wahre Natur gezeigt.

Es gibt viele Arten von Liebe. Es sollte dafür auch verschiedene Worte geben, nicht nur das eine. Ein Wort für die Liebe zur Natur. Eins für die Liebe zu der Mutter. Eins für die zur Schwester. Eins für die Liebe, die einen leiden lässt. Eins für die, die einen vor Freude springen lassen will. Eins für die Liebe, die jemandem hilft zu sterben.

In meinem Unterleib verspürte ich einen Schmerz.

Jedda krümmt sich.

Ich wusste nicht, warum ich lauter schrie: Wegen Anatjari oder dem Schmerz in meinem Bauch.

Trotz ihrer Schreie spüre ich, wie das Herz des Welpen in ihrem Bauch langsamer schlägt. Immer, immer langsamer.

Ich verlor unser Kind.

Seine Seele darf nicht ins Zwischenreich ziehen.

Die kleine Seele war für immer verloren.

Ich verliere meine Schwester.

Mein Hass auf die Hunde stieg ins Unermessliche.

Ich traue mich nicht, zu Jedda zu gehen, die sich im Sand krümmt. Djalu rührt sich ebenfalls nicht. So verharren wir bei dem toten Anatjari. Dass wir unser Rudel nicht mehr wittern können, dafür aber den Stamm des Schlangen-Totems, der in seinen Reihen keine Hunde hat, ist uns einerlei. Jedda hört nach einer Weile auf, sich zu krümmen, rappelt sich hoch und geht auf uns zu. Mit blutendem Unterleib und mit Hass in den Augen. Sie bleibt bei uns stehen und nimmt Anatjaris Speer. Mein Instinkt befiehlt mir wegzulaufen. Aber sie ist doch unsere Schwester. Djalu stellt sich vor sie. Ich will, dass er wegläuft, aber er sagt, dass sie uns nichts tun wird. Er ist ein so törichter, törichter Hoffender. Ich warne ihn, dass er weglaufen soll, und warne ihn noch mal und noch mal und … dann trifft ihn der Speer.

Inala jaulte die Wüstensonne an. Ich zog den Speer nicht aus Djalu heraus. Stattdessen zückte ich meinen Faustkeil, warf mich auf sie, und packte sie an der Kehle. Die Hündin ließ es geschehen. Erst stach ich ihr ein Auge aus. Dann das andere.

Ich bin blind, winsele, aber nicht um mein Leben, sondern um das meiner ungeborenen Welpen: «Bitte nicht, bitte nicht.»

Doch Jedda stößt mir den Faustkeil in den Bauch.

Wieder.

Und immer wieder.

Das Letzte, was ich in diesem Leben rieche, ist Jeddas Hass, der nicht verebbt.

Danach brach ich im Sand zusammen und wartete auf das Goldene Licht.

Und mit einem Mal sehe ich das Goldene Licht.

54

«Hör auf zu jaulen», hörte ich Weißschweif sagen. «Hör endlich auf!»

Ich öffnete mein Auge und starrte direkt auf seine Schnauze. Wenn ich nicht sofort still war, würde er womöglich nach mir schnappen. Doch ich jaulte weiter, weil ich nun wusste, was das Goldene Licht war. Es war erschreckend. Und wunderschön. Und es ließ mir das Blut gefrieren.

Ich heulte auch um Djalu, um meine Welpen, aber vor allem wegen Jedda. Ich hatte ihre Anwesenheit in meinem Traum gespürt. Sie lebte noch. Dies bedeutete, ich war in Gefahr. Max war in Gefahr!

In diesem Augenblick begriff ich, dass ich dem Schmerz seines Todes nicht entgehen konnte, wenn ich von ihm getrennt war. Lieber bei Max sein, als sein Ende aus der Ferne spüren müssen. Lieber jede Sekunde bis zum Unausweichlichen genießen, als vor Angst ein Leben ohne Liebe leben.

«Lass die Hündin in Ruhe», befahl Fleck. Weißschweif knurrte, traute sich aber nicht, seinen Leitwolf herauszufordern. Er trat zur Seite, und Fleck beschnüffelte mich: «Du hast dich eingenässt vor Angst.»

Ich stank, doch ich schämte mich nicht dafür. Früher bei meinem Rudel auf der Müllkippe hätte ich es peinlich gefunden, aber jetzt war es mir einerlei. Blaufeder hatte falsch gelegen: Ich gehörte nicht zu den Wölfen. Verbunden war ich nur mit Max. Und Jedda. Auf ewig.

«Wenn du nicht aufhörst, dich so zu benehmen, wirst du

verstoßen», sagte Fleck streng. Davon würde ich mich nicht einschüchtern lassen. Ich richtete mich auf und sagte, mit aller Würde, die ich als Hündin, die sich vor Angst eingepinkelt hatte, aufbringen konnte: «Ich verlasse euch gerne.»

Weißschweif und Hass wedelten vor Freude mit dem Schwanz. Hass schien sich gar nicht wieder beruhigen zu können. Sie wollte wohl das einzige Weibchen in Flecks Leben sein, einerlei, ob er sie liebte oder nicht. Doch Flecks Drohung mir gegenüber war offenbar gar nicht so ernst gemeint gewesen.

«Du kannst bleiben, du musst dich aber benehmen», erwiderte er.

«Ich kann mich nicht benehmen. Ich bin, wie ich bin», widersprach ich. Ich wollte es ihm einfach machen, mich ziehen zu lassen.

«Hunde und Wölfe können zusammenleben. Die Erstgeborenen haben sogar Kinder zusammen bekommen!»

«Das sind nur Geschichten», sagte ich. Mittlerweile hatte ich die Wahrheit über die vergangenen Zeiten gelernt.

«Was sagst du da?»

«Hundsmutter und Wolfsvater gab es nicht. Auch nicht ihre Erstgeborenen und deren Kinder. Das wahre Leben ist ganz anders.»

«Und wie ist es dann?», schnaubte Fleck verächtlich.

«Für dich und die deinen ist es das Leben in diesem Wald. Das Reißen von Tieren. Der Pakt des Rudels. Das Recht des Stärkeren. Für mich ist es die Liebe bis in den Tod und darüber hinaus.»

«Ich verstehe nicht», erwiderte Fleck und scharrte in dem Laub unter seinen Füßen. Mit einem Mal wirkte er schwach. Viel schwächer als ich, weil seine Welt so klein war, dass er sie nur mit ausgedachten Geschichten erweitern konnte und diese sogar nachleben wollte. Ich hingegen war stark wie nie, weil ich endlich bereit war, mich dem Tod zu stellen. Und damit dem Leben.

55

Fleck hatte mir noch hinterhergebellt, ich würde sterben, wenn ich mit dem anderen verrückten Hund in die Berge zog, hatte mich aber nicht aufgehalten. Er war wahrscheinlich genauso erleichtert, dass ich verschwand, wie Weißschweif und Hass. Denn wäre ich geblieben, hätte ich ihm am Ende all seinen Glauben an die glorreichen Zeiten genommen.

Ich schnüffelte Max' Spuren hinterher. Er hatte den Weg eindeutig markiert, damit ich ihn auch ganz bestimmt finde. Er war sich so sicher gewesen, dass ich ihm folgen würde. Und während ich die bewaldeten Berge hochging, fragte ich mich, ob Max und ich die Einzigen waren, deren Liebe stärker war als das Vergessen. Das konnte doch nicht sein. Die Welt musste doch wimmeln vor Wesen, die sich vielleicht nicht an die Ereignisse in ihren vorherigen Leben erinnern konnten, aber instinktiv an die Gefühle zueinander. Menschen. Hunde. Katzen gar? Wie schön müsste es sein, sich in jedem Leben wiederzufinden, ohne von schlechten Erinnerungen geplagt oder von Hass verfolgt zu werden.

Obwohl Max sechs Tage Vorsprung hatte, dauerte es gerade mal zwei, bis ich ihn wiederfand. Er saß auf einer Anhöhe im Gras und überblickte die Berge.

«Der Berg in der Mitte, auf dem liegt die Stadt meiner Menschen», sagte er, ohne sich zu mir zu wenden. Ich setzte mich neben ihn, und wir betrachteten die Berggipfel, die in der Sonne weiß und erhaben funkelten.

«Ist das Schnee?», fragte ich.

«Ja.»

«Es muss unglaublich viel sein.»

«So viel, dass du in ihm versinken kannst», erklärte Max.

«Du bist nicht weit gekommen», stellte ich fest.

«Ich habe nun mal auf dich gewartet», sagte er und drehte sich endlich zu mir um.

«Du konntest doch gar nicht wissen, dass ich dir folgen werde.»

«Doch, das konnte ich.»

Er lehnte seinen Kopf ein wenig in meine Richtung. Über uns am blauen Himmel flog ein Vogel in Richtung Süden. Er war weiß, und seine großen Flügelspitzen waren schwarz.

«Jedda lebt noch», sagte ich leise.

«Hast du etwa wieder geträumt?»

«Ja, und sie dabei gespürt.»

«Was hast du geträumt?»

«Wir haben wirklich den Menschen getötet, den sie liebte.»

«Aus Hass?»

«Aus Mitgefühl.»

«Wir sind andere als damals.»

«Aber sie ist es nicht. Es ist unser Schicksal, dass sie uns jagt», stellte ich fest.

«Und uns tötet?»

«Und uns tötet.»

«Das mag sein …», hob Max an.

«Es ist so.»

«… aber wir können jedes Schicksal besiegen.» Max ließ sich nicht beirren. «Wir lieben uns, weil wir dieses Gefühl empfinden, nicht weil es unser Schicksal ist. Und wenn das Schicksal uns schon nicht die Liebe vorschreiben kann, dann erst recht nicht den Tod.»

«Wir sind also frei?»

«Wir sind frei.»

Ohne ein weiteres Wort zu sagen, saßen wir eine Weile weiter so da. Dann schnupperten wir aneinander – erst Max an mir, dann ich an ihm – und sogen den Geruch der Liebe des anderen auf. Wir näherten uns inniglich und versuchten uns, im Angesicht der in der Sonne funkelnden Berge, an einem Wunder.

56

Der Schnee war ein Schock. Er setzte ein, als wir auf einer geschlängelten Straße den ersten Berg hochwanderten. Die Menschen in den Autos, die ab und an vorbeifuhren, nahmen keine Notiz von uns. Die Flocken waren viel dicker als die, die ich von der Müllkippe her kannte, und sie fielen auch dichter. Schon nach kurzer Zeit legten sie sich wie eine Decke auf unser Fell und durchnässten es. Schritt für Schritt wurde es mühsamer, die steiler werdende Straße hochzugehen. Bereits weit vor Einbruch der Nacht war ich so erschöpft, dass ich mich schlafen legen wollte. Egal wohin, in eine Höhle, in einen Busch, Hauptsache, es fiel nicht noch mehr Schnee auf mich nieder.

«Der Schnee ist wie in dem Wald, in dem Freya und Balder starben», sagte Max.

«Wären wir dort erfroren, wenn der Rabenmensch nicht gekommen wäre?»

Max schwieg, offensichtlich wollte er mir keine Angst einjagen.

«Du erwartest von mir, dass ich nicht lüge, und selber …», hob ich zu schimpfen an.

«Ich lüge nicht. Ich sage nur nichts.»

«Das ist wie Lügen!»

«Ich will dich doch nur beschützen.»

Seine Worte stimmten mich milder, aber gleichzeitig wuchs meine Furcht: «Weil Freya und Balder erfroren wären?»

«Ja.»

«Und es uns genauso ergehen wird, wenn der Schnee weiter so fällt?»

«Nur, wenn wir nicht bald zu Lilly kommen.»

«Und glaubst du, dass wir das schaffen?»

«Ich hoffe es von ganzem Herzen», sagte Max, und wir schleppten uns weiter voran. Hundelänge um Hundelänge. Die wenigen Autos, die noch an uns vorbeifuhren, wurden immer langsamer, der dichte Schnee ließ die Menschen vorsichtiger werden. Immer stärker wehten uns die Flocken ins Gesicht, und die Kälte umklammerte meine Pfoten so sehr, dass ich fast schon hoffte, sie würden bald taub werden. Mir wurde klar, dass Bäume oder Büsche nicht ausreichen würden, um uns vor dem eisigen Wind zu schützen. Für einen verrückten Augenblick hoffte ich, wir könnten in einem der vorbeikriechenden Autos Zuflucht finden. Meine Beine begannen vor Müdigkeit zu zittern. Max' Hoffnung – das konnte ich trotz des dichten Schneetreibens erschnüffeln – wurde schwächer. Lange würde sie uns beide nicht mehr tragen können.

Blaufeder hatte uns davor gewarnt, im Schnee zu wandern. Deswegen hatte sie uns ständig angetrieben. Doch ich hatte wertvolle Tage damit verschwendet, mit den Wölfen zu leben. Ich wäre also schuld, wenn wir hier verendeten.

Etwas wirbelte über uns hinweg. Zuerst meinte ich, es wäre Blaufeder gewesen. Aber das konnte ja gar nicht sein. Trotzdem hoffte ich irgendwie, sie würde uns den Weg aus dem Gestöber weisen. Ich blickte mich um und erkannte, dass es nur ein Stock war, der durch die Luft flog. Er landete auf dem Hang neben der Straße. Oben auf der Anhöhe stand ein Bau, den ich durch das Schneetreiben nur schemenhaft erkennen konnte. War es eine Menschenbehausung? Aus dunklem Holz?

Ich blieb stehen.

«Wir dürfen nicht anhalten», keuchte Max.

«Wohnt dort deine Lilly?»

Max hielt nun ebenfalls inne, folgte hoffnungsvoll meinem Blick und sagte dann niedergeschlagen: «Nein.»

«Lass uns dennoch zu dem Bau gehen.» Mir war es egal, was für Menschen dort hausten, selbst wenn sie Hunden nicht so freundlich gesonnen waren wie diese Lilly. Wir benötigten nun mal einen Unterschlupf, wenn wir die Nacht überstehen wollten. Bevor Max etwas erwidern konnte, stapfte ich den Hang hoch. Mittlerweile brannte der kalte Schnee förmlich unter meinen Pfoten. Max holte mich ein und sagte: «Das ist ein Stall.»

«Was ist das, ein Stall?»

«Dort halten Menschen ihre Tiere gefangen.»

«Wie in den Gitterhöhlen?» Bei diesem Gedanken blieb ich vor Schreck vielleicht zehn Hundelängen vor der Behausung stehen.

«Nein, es leben andere Tiere darin, Kühe, Pferde …», antwortete Max, als er wieder zu mir aufschloss.

«Töten die Menschen sie dort?»

«Ich glaube, Pferde töten sie gar nicht und Kühe zumindest nicht in den Ställen.»

Warum behandelten Menschen ihre Tiere so unterschiedlich? Ich begriff es nicht. Statt mir weiter darüber Gedanken zu machen, versuchte ich zu erschnüffeln, ob sich Tiere in dem Holzbau befanden, doch durch das Schneegestöber wehte kein Geruch zu mir hinüber, auch nicht der von Menschen. Vorsichtig ging ich weiter auf den Stall zu, dessen Dach schon mit Schnee bedeckt war und zwischen dessen dunklen, nassen Hölzern ich Lücken erkennen konnte, durch die der Wind pfiff.

Max und ich trotteten zum Tor, das ein klein wenig offen stand. Ich klemmte meine Schnauze in den Spalt hinein, drückte gegen das Holz, sodass sich das Tor weiter öffnete und wir den Stall betreten konnten. Schon nach den ersten Schritten verspürte ich Erleichterung: Der Boden war von der Kälte zwar feucht, aber eben nicht mit Schnee bedeckt, und der Wind wehte nur schwach durch die Lücken der Hölzer. Vor allen Dingen aber waren weder Tiere noch Menschen zu entdecken. Hier würden wir die Nacht überstehen können.

Ich schüttelte mir so gut es ging den Schnee aus dem Fell und schlich zu einem Haufen trockenem Stroh, der in einer windgeschützten Ecke lag. Ich legte mich hinein und wollte nur noch schlafen. Tagelang. Auch wenn Blaufeder so etwas nie und nimmer für richtig gehalten hätte, weil wir weitere wertvolle Zeit verschwendeten. Es war ohnehin zu spät, um dem Winter in den Bergen zu entgehen, da konnten wir uns doch auch endlich ausruhen.

Max legte sich zu mir ins Stroh. Wir drückten uns aneinander – es war mittlerweile ganz natürlich für uns – und schliefen schnell ein, viel zu müde, um noch ein Lied vor dem Einschlafen zu singen.

Als ich wieder aufwachte, war es noch Nacht. Das Schneegestöber draußen hatte aufgehört. Plötzlich flatterte Blaufeder vor mir auf das Stroh.

57

«Blaufeder?», fragte ich fassungslos.

«Kennst du noch einen anderen Vogel, der Lust hat, auf zwei dumme Hunde aufzupassen?»

Bei Hundsmutter, sie war es!

Erkennen konnte ich meine Freundin im dunklen Stall kaum, aber das Tschilpen war eindeutig ihres. Und ich roch ihr Blut. Es war frisch, als ob die Wunden in ihrem Leib noch offen waren. Verwirrt blickte ich zu Max. Er schlief, hatte Blaufeder also weder gehört noch gerochen oder gesehen.

«Ich hatte euch gewarnt, nicht zu trödeln.»

«Das hast du», gab ich kleinlaut zu.

«Ihr seid eben zwei alberne Hunde», zwitscherte sie freundlich, fast schon liebevoll. Ich konnte nun die kleinen Knochen erkennen, die aus ihrem Leib ragten. Wie hatte Blaufeder es geschafft zu überleben? Uns zu folgen? Mit diesen Verletzungen?

«Bleibst du jetzt bei uns?», fragte ich.

«Das geht nicht.»

«Du bist aber meine Freundin.»

«Bin ich das?»

«Ja!»

«Dann bin ich das wohl.»

«Bin ich etwa nicht deine Freundin?» Ich bekam Angst, dass die kleine Vogeldame unsere Freundschaft gar nicht wollte.

«Warum solltest du nicht meine Freundin sein?»

«Weil ich nicht auf dich gehört habe.»

«Es ist nicht immer klug, auf mich zu hören», sagte Blaufeder traurig, «frage meine fünfzehn Geschwister.»

Ich hätte ihr gerne die Trauer genommen, doch zum einen hatte ich keine Ahnung, wie ich das tun sollte, zum anderen plagte mich selbst das schlechte Gewissen. «Und weil ich dich nicht vor deinem Schwarm bewahrt habe», flüsterte ich.

«Wie hättest du das anstellen wollen? Kannst du etwa fliegen?»

«Nein, das kann ich nicht. Aber vor dem Menschen hätte ich dich verteidigen müssen. »

«Hättest du denn ahnen können, dass die Frau mich zerquetschen will?»

«Ich hätte es tun müssen!»

«Aber hättest du es voraussehen können?»

Ich wusste es nicht und schaute wieder zu Max. Warum wachte er von ihrem Tschilpen nicht auf?

«Wenn du nicht antworten kannst», sagte der Vogel, «dann tu ich es für dich: Du hättest es nicht erahnen können.»

Blaufeder verzieh mir. Das hätte mich freuen müssen, aber ich war zu verwirrt. «Wie kannst du noch leben?», wollte ich wissen. «Ich habe doch miterlebt, wie du gestorben bist.»

«Ganz einfach. Ich konnte noch nicht richtig sterben. Wir haben uns noch nicht verabschiedet. Das müssen wir erst nachholen.»

«Wieso verabschieden? Du kannst doch nicht einfach wieder gehen. Bleib bei mir! Du bist doch meine Freundin!»

«Du wirst eine bessere finden.»

«Eine bessere? Du bist die einzige, die ich je hatte. Nicht mal mit meiner Schwester war ich befreundet!»

«Vertrau mir, du wirst eine bessere finden», wiederholte Blaufeder ihre Prophezeiung.

«So eine kann es nicht geben», hielt ich weiter dagegen.

«Warum nicht?»

«Du bist eine Freundin, die …», ich suchte nach Worten, nach dem, was ich am wundervollsten an der kleinen Vogeldame fand.

«Die?»

«Die … die verzeiht.»

«Dafür sind Freundinnen da.»

Ich versuchte ihren Duft einzuatmen. Dass er mit Blut versetzt war, war mir egal. Ich wollte Blaufeders Nähe spüren. Doch kaum hatte ich tief Luft geholt, musste ich husten.

«Die Asche?», fragte Blaufeder.

Ich hustete weiter.

«Sie ist nicht in deinen Lungen», stellte die Vogeldame freundlich fest. «Sie ist in deinem Herzen.»

Ich beruhigte mich wieder ein wenig, weil Blaufeder so sanft tschilpte.

«Narbe, du musst dich endlich von der Asche befreien.»

«Wie soll ich das tun?», fragte ich und begann sogleich wieder zu husten.

«Indem du dir eingestehst, was du dir eben schon bei meinem Tod eingestanden hast.»

Ich versuchte zu begreifen. «Dass ich keine Schuld habe?»

«Du hättest keinen dieser Hunde in dem Gefängnis retten können.»

«Bei deinen Geschwistern hast du dich doch selber nicht von Schuld freigesprochen», widersprach ich.

«Ich habe eine falsche Entscheidung getroffen. Meinen Schwarm in den Tod geführt. Du hast nur richtige Entscheidungen getroffen. Wärst du bei den Hunden im Gefängnis geblieben, wäret ihr beide, Max und du, auch gestorben. Sinnlos. So aber hast du ihn gerettet. Ich hingegen habe einen Fehler gemacht.»

«Ich kann mir es aber nicht verzeihen, dass ich die anderen Hunde im Stich gelassen habe.»

«Oh, doch, das kannst du.»

«Und wie?»

«Indem du lieb zu dir bist.»

«Lieb?» Ich verstand nicht.

«Ich kann es nicht mehr zu dir sein, Narbe. Lebe wohl», tschilpte Blaufeder ein letztes Mal und löste sich in Luft auf. Ich starrte ins Dunkle und versuchte ihren Geruch zu bewahren, aber selbst der war verflogen.

Lieb zu mir sein – war das wirklich der Schlüssel, um die Asche aus meinem Herzen zu vertreiben?

Ich schloss meine Augen und nahm mir vor, Blaufeder zu glauben. Dass mich keine Schuld traf an ihrem Tod oder an der Ermordung der Hunde im Hundegefängnis. Ich hätte nichts für die Armen tun können. Ich wollte mich nicht mehr länger quälen mit diesen schrecklichen Dingen, für die ich nichts konnte. Ich wollte lieb zu mir zu sein.

Als ich am nächsten Morgen aufwachte, atmete ich tief durch. Es ging ganz leicht. Sollte endlich, endlich die Asche aus meiner Lunge verschwunden sein? Ich sprang auf, während Max sich noch rekelte, und sah zu der Stelle im Stroh, wo Blaufeder gesessen hatte.

Im Halbschlaf, von Frost und Erschöpfung geschwächt, hatte ich sie mir nur eingebildet. Doch ohne Blaufeder hätte ich meine Schuldgefühle niemals überwinden können. Man braucht nun mal eine Freundin, um sich selbst zu verzeihen. Und eine verstorbene Freundin lebt immer weiter, solange man sich an sie erinnert.

58

Es war so kalt in dem Stall, dass mein Atem vor mir Wölkchen bildete. Während Max sich aufrichtete, dachte ich darüber nach, was mir Blaufeder im Traum prophezeit hatte: Ich würde eine noch bessere Freundin finden als sie. Das war für mich unvorstellbar.

Max ging zum Tor, lugte durch den offenen Spalt und sagte: «Es hat aufgehört zu schneien.»

Er wollte offenbar weiterziehen.

«Lass uns», bat ich, «den Winter über hierbleiben.»

«Wieso?»

«Hier können wir überleben. Wir verlassen den Stall nur für die Essenssuche. Hier sind wir geschützt.»

«Aber wir werden hier erfrieren», erwiderte Max.

«Wie kommst du darauf?»

«Der Winter wird in den Bergen noch viel kälter.»

Noch kälter? Das konnte ich mir nicht vorstellen.

«Wir haben nur eine Wahl …», hob Max an.

«Wir müssen dein Zuhause finden, nicht wahr?»

«Ja.»

Wir gingen aus dem Stall, den ich eben noch als neues Heim betrachtet hatte, in den Schnee hinaus, der noch höher lag als am Tag zuvor. Jeder Schritt über die weiße Decke war schwerer als der vorherige. Kaum traten wir von dem Fuß des Hanges auf die Straße, machte ich schon Rast, schluckte ein wenig Schnee, um meinen Durst zu stillen, und war froh, dass die Sonne mein Fell wenigstens ein bisschen wärmte. Nachdem auch Max auf diese Art getrunken hatte, machten wir uns auf den Weg. Die Autos der Menschen hatten tiefe Spuren im Schnee hinterlassen, in denen wir leichter gehen konnten, auch wenn wir den rollenden Menschenhöhlen immer wieder ausweichen mussten. Die Straße wand sich steiler und steiler den Berg hinauf. Wir marschierten den ganzen Vormittag, ohne Rast zu machen, bis wir an einer Biegung eine tote Katze entdeckten. Sie war von einem Auto angefahren worden. Max und ich schnüffelten an dem Leichnam. Er roch nicht gut, aber wir waren inzwischen sehr hungrig und hatten auf diesem Berg keine anderen Tiere erlegen können. Vielleicht waren sie alle so schlau gewesen, sich einen sicheren Ort für den Winter zu suchen, so wie wir es auch hätten tun sollen.

Gemeinsam schlangen wir das zähe Fleisch herunter.

«Ich sehne mich nach dem Futter bei uns zu Hause», sagte Max, als wir die Straße weiter hochwanderten. Nach und nach zog sich der Himmel über uns mit Wolken zu, bis die Sonne ganz verschwunden war. Wenig später begann es erneut zu schneien. Erst ein bisschen, dann immer dichter, schlimmer als am Tag zuvor. Und dennoch gingen wir weiter voran. Frierend, zitternd, das Fell immer stärker von Schnee bedeckt und mit schwindender Kraft. Durch den dichten Schneefall hindurch versuchte ich zu erkennen, ob ich irgendwo einen weiteren Stall entdeckte, der uns Zuflucht bieten könnte. Ich sah keinen. Auch Autos fuhren nicht mehr an uns vorbei. Selbst für die Menschen war das Gestöber anscheinend zu viel.

Hundelänge um Hundelänge legten wir zurück. Schließlich blieb ich stehen. Mit frostiger Schnauze und vor Kälte tauben Pfoten.

«Ich kann nicht mehr.»

«Legen wir uns dort in den Busch», sagte Max.

Auch wenn ich wusste, dass uns kein Busch, kein Baum,

kein Tannenwald, vermutlich nicht mal mehr eine Felshöhle, genügend Schutz vor der Kälte spenden würde, folgte ich ihm mit allerletzter Kraft an den Rand der Straße. Wir legten uns unter die Zweige, an denen keine Blätter mehr hingen, drückten uns aneinander, aber Wärme spenden konnten wir uns nicht gegenseitig. Der eisige Wind peitschte den Schnee auch in den Busch hinein.

«Der Sturm lässt gewiss bald nach», sagte Max. Es klang, als hätte er seine letzte Hoffnung gesammelt und in diesen Satz gelegt. Da konnte ich doch nicht antworten, dass dem ganz sicher nicht so war und wir, selbst wenn das Gestöber bald aufhörte, in der Kälte der kommenden Nacht gewiss erfrieren würden.

Eine Weile lagen wir zitternd beieinander und behielten unsere Gedanken und Gefühle für uns, bis Max erkannte: «Wir müssen uns etwas anderes suchen.»

Ich konnte nicht mehr aufstehen, war am Ende meiner Kräfte.

«Orchidee … wir müssen weiter …»

Ich wollte nicht mehr. Nicht mal mehr mein Auge offen halten.

«Orchidee?»

«Ich brauch nur ein wenig Zeit, um Kraft zu sammeln», sagte ich leise und schloss das Auge.

«Einverstanden», antwortete Max, obwohl er merklich nicht damit einverstanden war und gewiss spürte, dass ich gar keine Kraft sammelte, sondern von Augenblick zu Augenblick müder wurde. Ich hörte das Rauschen der Zweige, das Pfeifen des Windes, Max' Atem, doch all die Geräusche entfernten sich immer weiter von mir.

«Drück dich noch mehr an mich», sagte Max. Seine Stimme klang so weit weg, dass sie kaum noch in mein Bewusstsein drang. Da ich mich nicht bewegte, war er es, der näherrückte. Dabei sagte er: «Ich wärme dich.»

Ich wollte nur noch schlafen.

«Orchidee?»

Den ganzen Winter lang.

«Narbe?», versuchte er es mit dem Namen, den ich den großen Teil unserer Reise trug.

Nicht mehr frieren.

«Narbe, antworte mir!»

Nie wieder …

«Narbe, wach auf!»

… frieren …

«Bitte!»

… stattdessen in den Wolken fliegen.

«Es tut mir leid.» Max' Stimme zitterte, nicht vor Kälte, sondern vor Angst. «Du hattest recht, wir hätten im Stall bleiben sollen. Wegen mir … wegen mir wirst du sterben.»

Dass auch er erfrieren würde, schien ihm in diesem Augenblick gar nicht in den Sinn zu kommen, ich war ihm wichtiger. Und er sollte auch für mich wichtiger sein als mein Wunsch, zu entschlafen und anschließend mit meiner Seele über den Wolken zu fliegen.

Ich zwang mich zurück in die Welt, denn in ihr lag Max bei mir, und öffnete ein wenig mein Auge.

Er wimmerte: «Ich hätte uns nicht in die Berge führen dürfen.»

Ich hatte ihm geschworen, ihn nicht anzulügen. Deswegen konnte ich nicht erwidern, dass es kein Fehler gewesen war, sich auf den Weg hierher zu machen, und er keine Schuld daran trug, wenn wir hier verendeten. Doch ich wollte auch nicht, dass er unter seinem Irrtum litt. «Es ist nun mal geschehen», murmelte ich deshalb.

«Ich hätte auf dich hören müssen. Wir werden hier erfrieren. Du wirst hier erfrieren!»

Wenn wir hier in der Kälte starben, durfte dies nicht sein letzter Gedanke sein. Blaufeder hatte mir geholfen, mich nicht mehr schuldig zu fühlen, also musste ich jetzt Max vor seinen Schuldgefühlen bewahren. Ihm nicht nur eine Liebste, sondern auch eine Freundin sein.

«Es tut mir leid!» Sein Wimmern ging nun in ein Jaulen über, das er mit letzter Kraft in den Himmel sandte. Es tat mir so weh, dass er litt. Ich öffnete mein Auge nun ganz und sagte: «Ohne dich hätte ich gar kein Leben.»

Max hörte auf zu jaulen, erschnupperte meinen Duft, den die Kälte noch nicht ganz vertrieben hatte, und fragte: «Wie ... wie meinst du das?»

«Wärst du nicht auf die Müllhalde gekommen, wäre ich für immer dortgeblieben. Ohne zu wissen, wie die Welt aussieht. Ohne zu wissen, was sie ausmacht. Ohne zu wissen, was mich ausmacht. Dafür danke ich dir.»

Max schnüffelte noch mehr an mir.

«Lieber erfriere ich hier mit dir», redete ich weiter, «als ein Leben ohne dich geführt zu haben.»

Er schwieg ein wenig und hauchte dann: «Ich liebe dich, Narbe.»

«Ich liebe dich, Max.»

Mit diesem Satz hatte ich meine letzte Kraft verbraucht. Ich schloss mein Auge. Lauschte seinem Herzschlag, der sich immer weiter von mir entfernte. Bis ich ihn nicht mehr hören konnte und die Kälte genauso wenig spürte wie den Schnee, der uns unter sich begrub.

59

Ich sah das Goldene Licht.

Mit beiden Augen.

Ich hatte wieder zwei!

Das Licht war schön. Warm. Und es überstrahlte alles.

Es war das Tor zum Zwischenreich.

Vor mir tauchen all meine Leben auf. Max und ich sind Inala und Djalu, wir trinken aus einer Wasserquelle. Zu jener Zeit, bevor die Dürre sie versiegen lässt und uns von ihr vertreibt.

Anatjaris wird von den Hunden getötet.

Wir sind Anouk und Enui, ziehen einen Schlitten durch den Schnee. Wir halten die Kälte nicht nur aus, wir heißen sie sogar willkommen.

Ich ertränke die Hunde im eisigen Wasser.

Wir sind Keylam und Vika, tollen zusammen an der rauen See des Nordens. Das Mädchen, das der Druide so sehr hasst, kommt auf uns zu. Es hat Fleisch dabei, mit dem es uns vergiften wird.

Die Hunde liegen tot vor mir im Laub des Aokigahara-Waldes. Ich baumele an einem Seil. Ich bin der erste Mensch, der sich in diesem Wald das Leben nimmt.

Wir sind Yuki und Naruto.
Shiva und Samia.
Abebi und Tabo.

Min-ho.
Leonid.
Chiara.

Wir lieben uns vor den Stufen eines Tempels.
Auf den Steinen der Gassen.
Am Strand.

Ich opfere sie auf einem Altar.
Begrabe sie lebendig in einer Grabstätte.
Erdrossele sie auf einem sonnigen Feld nahe dem Lager.

Wir träumen in jedem Leben von Kindern.

Und ich von dem Kind, das ich nicht gebar.

Das Licht blendete mich immer mehr, jeden Augenblick würde ich durch es hindurch ins Zwischenreich schweben. Ich musste an die Katzen denken, die daran glaubten, nach dem Goldenen Licht würde ihre Zeit kommen. Sie dachten, ein besseres Dasein könne es nur geben, wenn sie statt der Menschen die Welt beherrschten. Und weil sie glaubten, es würde irgendwann in der Zukunft so sein, schätzten sie das Jetzt nicht. Was für törichte Wesen.

Max würde mir bald in den Tod folgen. Wir würden uns verlieren, denn jede Seele schwebte für sich allein ins Zwischenreich. Ich wollte aber nicht ohne Max sein. Es gab kein besseres Leben als das mit ihm.

Ich schloss meine Augen, um das Goldene Licht nicht mehr zu sehen, wollte zurückkehren in die Welt, mich aufrichten, den Schnee abschütteln, mit Max aus dem Busch springen, um im Schneegestöber einen Stall oder einen anderen Unterschlupf zu finden, in dem wir überwintern konnten.

Das Licht schien durch meine Augen hindurch, seine Wärme lockte mich geradezu in das Zwischenreich. «Komm zu mir», schien das Licht zu sagen, «komm zu mir.» Ich konzentrierte mich auf Max. Ich wollte seine Wärme spüren, sein Fell riechen, seinen Atem hören. Unbedingt. So sehr, dass das Goldene Licht verblasste und ich tatsächlich etwas hörte: bumm … bumm … bumm … Es war Max' Herzschlag.

Sein Herz klopfte lauter und lauter. Das Goldene Licht wurde immer schwächer, bis es der Dunkelheit wich und ich wieder Max' Fell neben mir spürte. Ich riss mein Auge auf. Ich lag wieder im Schnee. Unter dem Busch. Neben dem fast eingeschneiten Max, der bewusstlos war, aber noch atmete.

Ich wollte aufstehen, sammelte all meine Kraft, besaß jedoch nicht mal genug, um mein Auge offen zu halten. Das Lid wog schwer. So, so schwer. Es fiel erneut zu, diesmal gewiss für immer.

Kurz bevor ich wieder das Goldene Licht sehen und Max endgültig verlieren würde, roch ich Blumenduft. Und vernarbte Menschenhaut.

60

Es war warm. Befand ich mich im Goldenen Licht? Nein, dessen Wärme war sanft. Diese hier schlug heiß gegen die Seite meines Körpers. Bedeutete es, dass ich schon ins Zwischenreich hinübergetreten war?

Ich hörte es knistern. Wie im Wald. Als er brannte. Und es roch auch nach verkohltem Holz. Panisch riss ich mein Auge auf – ich hatte wieder nur eines, war ich … war ich also doch noch nicht tot?

Ich wollte aufspringen, doch meine Beine gehorchten mir nicht. Es war, als ob sie zu Stöckchen geworden waren, die kein Gewicht mehr tragen konnten. Vor mir züngelten Flammen zwischen Steinen, die es einhegten. Das Feuer machte also keinen gefährlichen Eindruck.

Ich sah mich um. Da waren Dinge, die ich von der Müllkippe her kannte. Nur waren diese hier nicht kaputt, zerfetzt oder verrottet. Ich lag auf einem großen Teppich, dessen Farbe mich an Weintrauben erinnerte. Um mich herum waren Mauern mit Fenstern, durch die ich erkennen konnte, dass es Nacht war. Dennoch war es hell in dem Raum, in dem ich lag. Überall waren Lichter. Eins baumelte von oben, eins stand auf dem Tisch und ein großes kugelförmiges in einer Ecke. Die Menschen beherrschten das Licht, das hatte ich schon gewusst, bevor ich auch nur ahnte, dass sie auch alle Tiere und alle Pflanzen unterjocht hatten. Ich war also in einer ihrer Behausungen. Doch wie war ich hierhergekommen? Das Letzte, woran ich mich erinnern konnte, war, dass ich verbranntes Menschenfleisch gerochen hatte. Und Jeddas Blumenduft.

Jedda!

Bei Hundsmutter, sie hatte überlebt!

Max!

Wo war Max?

Panisch wollte ich nach ihm bellen, doch ich keuchte nur. Als ich es noch einmal versuchte, brachte ich nicht mal mehr das zustande. Ich war bei Jedda gefangen! Hatte sie Max schon getötet?

Panisch schnüffelte ich. Sein Geruch hing in der Luft. Keine Anzeichen von Furcht, und schon gar nicht von Tod. Vielmehr roch Max nach einem Schmetterling, der nach der Entpuppung das erste Mal flog – es war der Duft von … Glück?

Max war glücklich hier?

Wo war ich?

«Schau mal an, wer da aufgewacht ist», hörte ich eine Menschenstimme hinter mir sagen. Ich drehte mich um und bemerkte einen Mann, der auf mich zuging. Er war lang und dünn, auf seinem fast kahlen Kopf nur wenige kurze blonde Haare. Er wirkte erschöpft, als er mich anlächelte: «Du bist nicht die Schönste, aber hey, nobody is perfect!»

Ich verstand nicht, was er da sagte. Verspottete er mich?

«Willkommen bei Familie Levin», lächelte der Mann weiter. Er beugte sich zu mir herunter und streckte die Hand nach mir aus, um mich … nicht zu schlagen, er roch kein bisschen nach Bedrohung … sondern um mich zu … streicheln?

Kein Mensch durfte mich anfassen!

Ich hatte das nur bei Jedda zugelassen, und sie, sie war der Tod gewesen! Der ewige Tod für uns! Max! Wo war Max?

Ich versuchte noch mal nach ihm zu bellen, röchelte aber nur etwas lauter.

«Ganz ruhig», sagte der Mann und legte seine Hand auf mein Fell.

Ich knurrte, dass ich ihm seine Pfote zerbeißen würde, sollte er nicht sofort damit aufhören.

«Schon gut, schon gut!» Der Mann zog die Hand erschrocken wieder weg, richtete sich auf und wich ein Stück zurück.

«Ist sie wach?», rief eine weibliche Menschenstimme aus einem anderen Raum. Hundsmutter sei Dank, es war nicht die von Jedda.

«Ich bin mir nicht sicher», rief der Mann zurück, «ob es eine gute Idee war, die Hündin mitzunehmen.»

«Max wollte nicht von ihrer Seite weichen», erwiderte die Frau, die nun ins Zimmer trat. Sie war viel kleiner als der Mann, auch viel dicker und hatte lange braune Haare. Die beiden Menschen sahen so unterschiedlich aus. Genauso unterschiedlich wie ein großer schwarzer Hund und eine kleine sandfarbene Streunerin. «Und wenn wir Max bei der Tierärztin gelassen hätten, hätte Lilly da auch übernachten wollen.»

Lilly?

Wir waren bei Max zu Hause! Eine andere Erklärung gab es nicht. Das musste sein Frauchen sein. Und der Mann war also jenes Herrchen, das meinen Max mit der Leine gewürgt hatte. Das ihn ausgesetzt hatte!

Ich knurrte den Mann noch viel mehr an.

«Die kleine Hündin ist echt schlecht gelaunt», stellte er eingeschüchtert fest.

«Sie ist noch nicht an Menschen gewöhnt, halt einfach ein bisschen Abstand», antwortete die Frau.

«Und was ist, wenn sie Lilly beißt?»

«Vielleicht braucht sie nur was zu fressen, damit sie friedlich wird», sagte das Weibchen beschwichtigend, obwohl es seine Sorge zu teilen schien. «Ich habe ihr Huhn mit Reis gemacht, wie der Arzt es gesagt hat. Das und die Spritze, die er ihr gegeben hat, sollten sie aufpäppeln.»

Unwillkürlich musste ich an das spitze Ding denken, das die Hundefänger in den alten Hund gestochen hatten. Ich spürte an meinem Unterbauch, dass auch dort jemand hineingepikt hatte. Doch was immer die Menschen getan hatten, es war offensichtlich nicht tödlich gewesen.

Das Frauchen ging zu einer Tür, öffnete sie, und ich roch ein geradezu köstliches Essen. Dieses Menschenweibchen wollte mich füttern. Tatsächlich füttern! Ich ließ mich doch nicht von einem Menschen füttern!

So gut ich eben konnte, wollte ich das der Frau auch klarmachen, da ging eine andere Tür auf, und ich vernahm Max' Stimme. «Narbe!», bellte er.

Ihn zu hören, ihn zu riechen, ihn gleich mit meiner Schnauze berühren zu dürfen, verlieh mir die Kraft, mich aufzurichten. Langsam und wackelig, aber voller Freude, dass er lebte!

«Endlich bist du wach!» Max stürmte auf mich zu. Beinahe hätte er mich umgeschubst. Er hielt jedoch gerade noch rechtzeitig an, und wir beide beschnüffelten uns selig. Wir waren der Kälte entkommen. Dem Tod! Wie auch immer wir das geschafft hatten.

Es gab keinen schöneren Geruch auf der Welt. Selbst das Essen, das die dicke Frau in einem Napf hineintrug, konnte ihn nicht übertreffen, dabei roch es sogar köstlicher als Reh und Hirsch.

«Du musst was essen, Kleine», sagte sie zu mir und stellte den Napf direkt vor mir ab. Ich aber wollte nicht von Max lassen.

«Frauchen hat recht.» Max zog sich ein wenig zurück, damit ich mich über das Essen hermachen konnte.

Frauchen nannte er sie. Da fiel mir wieder ein, dass Max

sein ganzes Leben den Menschen gegenüber unterwürfig gewesen war. Wenn ich das Essen jetzt annahm, würde ich mich ebenfalls unterwerfen. Und zwar genau den Menschen, die Max ausgesetzt hatten, die ihm – uns – die Möglichkeit genommen hatten, Kinder zu bekommen.

«Es ist gut für dich», sagte Max.

Ich ließ das Essen stehen und ging ein paar Schritte beiseite.

«Jetzt haben wir zwei Hunde», jubelte plötzlich eine helle Stimme. Sie stammte von einem kleinen, zarten Mädchen mit wilden Locken, das über das ganze Gesicht strahlte und in den Raum hineinhinkte. Eins seiner Beine war schief gewachsen. Auf der Müllkippe oder im Wald würde dieses Krüppel-Mädchen damit keine drei Tage überleben. Im Schnee der Berge keinen einzigen. Das war also Lilly. Wer sonst? Die verdammte Lilly, die Max so sehr liebte.

Sie trug ein Falschfell, von dem ich später erfahren sollte, dass es Schlafanzug hieß, und die merkwürdigen Tiere darauf waren Glücksbärchen. Dabei hatten sie so gar nichts gemein mit echten Bären, die ohnehin kein Glück verhießen. Das Mädchen roch von Kopf bis Fuß nach Max. Die beiden hatten sich wohl eng aneinandergedrückt.

Was hatte Lilly gerade gesagt? «Jetzt haben wir zwei Hunde» – die Menschen glaubten anscheinend, ich wäre ihr Besitz.

Ich ging zu dem Napf und machte mich über das Essen her. Damit unterwarf ich mich nicht. Ganz im Gegenteil. Ich musste Kraft sammeln, damit ich den Menschenbau verlassen konnte. Niemand auf der Welt sollte mich jemals besitzen.

61

Die Menschen löschten die Lichter, indem sie auf Dinger an den Mauern drückten – vermutlich besaßen sie so viel mehr Macht als wir, weil sie Hände und Finger hatten –, und machten sich daran, in andere Ecken ihres Baus zu gehen. Dabei quengelte Lilly: «Ich will, dass Max bei mir schläft. Und Inala auch!»

Woher wusste dieses hinkende Kind, dass ich früher so hieß?

«Wir haben doch keine Ahnung, ob das wirklich ihr Name ist», sagte der Mann und gähnte. Er wirkte in diesem Augenblick so müde, als hätte er eine mindestens ebenso beschwerliche Reise hinter sich wie wir.

«Das hat doch die Frau mit den Brandwunden gesagt!», erwiderte Lilly.

Die Frau mit den Brandwunden – es war also Jedda gewesen, die uns aus dem Schnee gerettet hatte. Warum sie es getan hatte, begriff ich nicht. Aber offenbar war sie nicht nur durch Max' Biss, sondern auch durch das Feuer entstellt worden. Wie ich trug sie nun eine Narbe. Für einen kurzen Augenblick verspürte ich wieder Mitgefühl mit unserer Peinigerin.

«Die Arme war verwirrt», sagte das Herrchen mit Mitleid in der Stimme. «Wie sollte diese Frau wissen, wie die Hündin heißt, wenn sie sie und Max im Schnee gefunden hat? Sicher hat sie sich den Namen nur ausgedacht.»

«Lass die Hunde vor dem Kamin schlafen», sagte das Frauchen und blickte mich mit Sorge an. Sie schien es für unklug zu halten, mich bei ihrem Kind nächtigen zu lassen. Gut so! Zwar würde ich Lilly nie attackieren, weil sie Max so viel bedeutete, doch das hieß noch lange nicht, dass ich gerne neben ihr geschlafen hätte.

«Aber …», wollte das Mädchen widersprechen.

«Nichts aber, kleine Dame», sagte der Vater und zog seine Tochter aus dem Raum. Lilly quengelte dabei weiter, dass wir morgen aber auf alle Fälle bei ihr schlafen sollten. Nachdem das Kind endlich draußen war, sagte die Mutter zu uns: «Schlaf gut, Inala. Schlaf gut, Maxipopaxi!», und verschwand ebenfalls.

«Maxipopaxi?», fragte ich Max und legte mich wieder vor die Flammen, die niedriger loderten, weil sie keine neue Nahrung bekamen.

«Sie nennt mich auch mal Maxipopupsi. Und besonders gerne Hasemase.»

«Was ist ein Hasemase?»

«Ich weiß es nicht. Vielleicht ein Hase, der auch ein Mase ist?»

«Und was, bei Hundsmutter, soll ein Mase sein?»

«Ich habe keine Ahnung», antwortete Max, legte sich neben mich und klopfte vergnügt mit dem Schwanz auf den Teppich. «Und Lilly nennt mich manchmal Stinkewurst.»

«Und dafür hast du sie nie gebissen?»

«Das würde ich niemals tun.»

«Ich mach das sehr gerne für dich.»

«Tu Lilly nichts», sagte er. Ohne zu knurren. Dennoch schwang ein «Wage es ja nicht» in seiner Stimme mit. Er drohte mir. Ein wenig nur. Aber das erste Mal, seitdem ich ihn kannte. Narbe von der Müllhalde hätte ihn jetzt angekläfft und in seinen Hinterlauf gebissen. Doch diese Hündin war ich nicht mehr. Ich hätte Max um nichts auf der Welt verletzen wollen. Selbst wenn er mir weh tun würde. Obwohl mich das Futter ein wenig gestärkt hatte, besaß ich nicht die Kraft, mich zu streiten, und so kam ich auf etwas zu sprechen, das für unser Überleben viel wichtiger war, als dieses kleine Menschenmädchen es jemals sein würde: «Was ist mit Jedda?»

«Sie hat uns aufgesammelt, in ihrem Auto mitgenommen und die ganze Nacht durch die Berge gefahren, bis zum Morgen.»

«Und dann waren wir hier?»

«Nein, bei einem Tierarzt. Er war ein guter Mensch. Nicht so einer wie der Arzt bei den Gitterhöhlen. Und er hat etwas, das unter meinem Fell liegt, gelesen.»

«Gelesen? Unter deinem Fell?»

«Ich weiß nicht, was es war. Aber der Tierarzt fand damit heraus, zu wem ich gehöre. Und dann sind sie alle gekommen. Herrchen erschien als Erster, direkt von der Arbeit. Er drückte mich und musste weinen und bat mich immer wieder um Verzeihung und sagte, dass er mich nie ausgesetzt hätte, wenn er nicht so überfordert gewesen wäre. Von seiner Arbeit, bei der es nur noch bergab ginge, und von Lillys vielen Operationen am Bein. Vor lauter Druck wäre er durchgedreht, und es täte ihm so, so, so sehr leid. Er wollte mich gar nicht mehr loslassen. Erst als Frauchen und Lilly eintrafen, ließ er von mir ab. Und dann hat Lilly mich gedrückt, ganz doll, weil sie sich noch viel mehr freute als Herrchen …»

«Warum hat Jedda das getan?» Die Gefühle dieser Menschenfamilie interessierten mich nicht. Ich wollte wissen, in welcher Gefahr wir uns befanden. «Sie will uns doch töten. Warum hat sie uns gerettet?»

«Ihr halbes Gesicht ist verbrannt. Ihre Arme. Ich glaube auch ein Bein. Sie trug eine weite Hose.»

«Das ist keine Erklärung!»

«Vielleicht doch.»

«Wie?»

«Sie hat gesagt, dass sie etwas erkannt hat.»

«Und was?»

«Sie will, dass wir glücklich werden.»

«Und das glaubst du ihr?»

«Warum hätte sie uns sonst retten sollen?»

«Ja», fragte ich leise. «Warum nur?»

62

Gassi gehen.

Lilly und die Frau wollten mit uns Gassi gehen.

Am liebsten hätte ich das Essen vom vorigen Abend herausgewürgt und nicht wieder aufgefuttert, wie man es als Hund normalerweise macht, sondern einfach liegengelassen, damit es auf ewig in dem Menschenbau vor sich hin stank.

Sowohl Mutter als auch ihre Tochter standen vor uns beim erloschenen Kamin. Beide trugen ein dickes Falschfell. Herrchen war bei der Arbeit. Was immer das auch bedeutete. Warum war der Mann nicht zu Hause? Max hatte mir noch gesagt, er wäre jetzt zu Frauchen viel netter als in den Jahreszeiten zuvor. Damals hatte Lilly sich oft in den Schlaf geweint, weil sie Angst hatte, ihre Eltern würden sich trennen. Schon merkwürdig, diese Menschen.

«Komm, Stinkewurst!», sagte Lilly jetzt zu Max, und er klopfte freudig mit dem Schwanz auf den Teppich.

«Komm, Hübsche», sagte die dicke Frau zu mir.

Hübsche – wollte sie mich verspotten?

«Schauen wir doch mal, ob dir das hier passt.» Sie hielt mir ein Halsband entgegen. Ich knurrte sie an. Die Frau sollte es nur wagen, es mir umzulegen, dann würde ich in ihre dicken Schenkel beißen.

«Na gut», sie atmete ein und dann wieder aus, «fangen wir eben mit dir an, Max.»

Die Frau ging auf ihn zu und öffnete das Band. Ich wollte sie noch mal anknurren und ihn gleich mit, weil er es selber nicht tat. Da stand Max auf und trottete ein paar Schritte vom Kamin weg.

«Was ist mit dir?», fragte die Frau und folgte ihm. Doch jedes Mal, wenn sie sich mit dem Halsband näherte, lief er wieder ein paar Schritte weiter.

«Er will auch kein Halsband tragen!» Lilly begriff schneller als ihre Mutter.

«Er ist zu lange dadraußen gewesen», stellte ihre Mutter fest, und ich war ein wenig stolz auf meinen Max.

«Lass ihn doch frei laufen», schlug die Kleine vor.

«Okay», sagte die Frau nach etwas Zögern. Dann blickte sie zu mir und fragte: «Und was ist mit dir, kannst du dich dadraußen benehmen?»

Ich starrte sie nur an.

«Wir werden es riskieren müssen, bevor du mir hier noch ins Wohnzimmer machst», sagte sie und warf das Halsband auf das Sofa.

«Kommt!», rief Lilly und humpelte voran. Zuerst folgte Max, dann die Mutter und schließlich auch ich. Nicht etwa, weil ich nicht in ihrem Bau mein Geschäft verrichten wollte. Es war mir egal, wenn Menschen, die Hunde Stinkewurst nannten, eine solche nicht bei sich riechen wollten. Und ich lief ihnen erst recht nicht hinterher, weil ich auf einmal folgsam war, sondern einzig und allein, weil ich neugierig war, wie es draußen aussah. Ob es eine Möglichkeit gab, zu entwischen und zurück ans Meer zu gelangen. Oder in einen Wald, in dem Max und ich so glücklich sein konnten wie in jenen Tagen, bevor Jedda das Feuer gelegt hatte. Falls sie wirklich nicht mehr hinter uns her war, wäre ein friedliches Leben in der Natur endlich für uns möglich.

63

Wir traten aus der Tür in die Kälte, und ich sah eine breite Straße mit großen parkenden Autos. Auf ihnen lag dicker Schnee, der in der Sonne glitzerte. Die weißen Häuser standen in Reih und Glied und sahen allesamt gleich aus. Anscheinend hatten die Menschenfamilien beschlossen, dass jede von ihnen auf gleiche Weise wohnen sollte. Als ich weiter hochblickte, sank mein Herz: Überall um uns herum lagen gewaltige, eingeschneite Berge, die unüberwindbar schienen. Wenn wir aus diesem Tal flohen, würden wir da oben jämmerlich erfrieren. Wir hatten keine andere Wahl, als den Winter bei den Menschen zu verbringen.

Die Frau sagte zu Max: «Und los», und er begann die Straße hinabzulaufen. Niedergeschlagen trottete ich hinterher. Ich war immer noch wacklig auf den Beinen. Selbst wenn es Sommer gewesen wäre, hätte ich mich in diesem Zustand nicht auf eine Reise zum Meer begeben können. Hinter mir folgte die dicke Mutter, die langsamer ging, da sie auf ihre hinkende Tochter achtete. Während wir dahinspazierten, hörte Max gar nicht auf zu erzählen: «Hier an diese Stelle mach ich gerne hin … dort hinten auch … in diesen Büschen hinterließ mir Fiona immer eine Markierung … oh, es scheint einen neuen Hund in der Nachbarschaft zu geben … gleich kommt der Spielplatz …»

Ich hörte ihm kaum zu. Auch nicht, als wir uns an einem weiteren seiner Lieblingsorte entleerten und er mir erklärte, dass hier viele Hunde hinmachten und die Menschen daher oft in die Haufen traten. Erst als ich eine Maus roch, kam Leben in mich. Ich rannte, so schnell ich konnte – was nicht sonderlich schnell war –, zu einer verschneiten Wiese, auf der lauter merkwürdige Gebilde standen, einige aus Holz, andere aus Metall. Menschenkinder kletterten auf ihnen herum oder wippten mit ihnen hin und her. Die Kleinen waren allesamt in dickes Falschfell gehüllt und wirkten gesünder und wohlgenährter als die Kinder von der Müllkippe. Sie lachten so ausgelassen, als ob es keinerlei Gefahren in dieser Welt gab. Lilly hinkte auf sie zu. Die anderen Kinder hießen sie willkommen, anstatt sie zu verspotten oder gar zu quälen, wie es meine Geschwister bei mir getan hatten. Das überraschte mich. Bisher hatte ich von Menschen ziemlich schlecht gedacht. Waren diese Kinder hier etwa freundlichere Wesen als Hunde?

Von der kurzen Strecke schon außer Atem, hielt ich an einem kleinen Busch, unter dem ich das Erdloch einer Maus vermutete, und begann mit meinen Pfoten zu graben. Max stellte sich zu mir, und sein Frauchen lachte: «Das solltest du nicht im Garten unserer Nachbarin machen.»

«Du musst nicht mehr nach Mäusen jagen», sagte Max.

«Ich habe aber Hunger», keuchte ich.

«Frauchen gibt uns nachher was.»

Ich hörte auf zu scharren und sah zu dem Menschenweibchen.

«Wir müssen nie wieder jagen», bekräftigte Max. «Nie wieder töten.»

«Nie wieder töten …», wiederholte ich leise. Keine Mäuse reißen, die ihre kleinen Kinder stillen mussten, welche ohne ihre Mama in der Erde verhungerten. Nie wieder den entsetzten Blick eines Rehkindes ertragen, dessen Vater vor seinen Augen starb. Nie wieder schuldig sein.

«Wir essen», sagte Max, «bei uns zu Hause.»

«Das ist nicht mein Zuhause!», kläffte ich.

«Es wird deines werden.»

«Das wird es nie!» Ich kläffte noch lauter und erkannte sogleich, wie sehr mein Wutausbruch Max enttäuschte. Würde ich ihn überhaupt davon überzeugen können, mit mir wegzugehen, wenn der Frühling kam? Oder müssten wir uns nach all den Gefahren, die wir durchgestanden hatten, doch noch trennen?

«Bällchen werfen!», rief das Menschenweibchen und hielt eine kleine runde Kugel hoch.

«Bällchen!», freute sich Max und rannte los, ohne sich weiter mit mir zu befassen. Die Frau warf das Ding, er stürmte hinterher. Das «Bällchen» landete auf einem Steinweg, den die Menschen vom Schnee befreit hatten, sprang genau in dem Augenblick wieder hoch, in dem Max danach schnappen wollte. Um das wild hüpfende Ding zu erwischen, schlug er ungelenke Haken, die jeder Hase gewiss lächerlich gefunden hätte, und kläffte wie wild. Erst als das Ding im Schnee rollte, konnte Max es in sein Maul nehmen. Es war wie jagen, nur ohne zu töten.

Max brachte das Bällchen zu der Frau zurück. Er wollte, dass sie es noch mal warf. Das wollte er wirklich! Und sie warf. Gehorchte die Menschenfrau jetzt etwa ihm?

Max rannte wieder los, schneller als zuvor, und kläffte noch lauter. Seine Freude war unverkennbar, wenn auch anders als in den unbeschwerten Tagen mit mir. Ich fand es schön, ihn so glücklich zu sehen. Und zugleich wurde ich noch trauriger, denn ich begriff, dass er nie und nimmer wieder von hier weggehen würde.

Nachdem Max das Bällchen wieder zu der Frau gebracht hatte, trat sie zu mir und fragte: «Willst du auch mal?»

«Das macht Spaß!», bellte Max.

Ich hatte ja mitbekommen, wie sehr es ihm gefallen hatte. Und mir schien es ebenso verlockend, die Aufregung der Jagd erleben zu können, ohne töten zu müssen. Vielleicht würde dies für einen Augenblick meine Traurigkeit verdrängen.

«Hol das Bällchen!», rief die Frau und warf es weit weg. Ich wollte hinter ihm her. Aber ich wollte mir auch nicht von dieser Menschenfrau sagen lassen, was ich tun sollte. Mit aller Macht kämpfte ich gegen meinen Wunsch an, dem Ball hinterherzulaufen, und blieb stehen.

«Wenn du nicht läufst», sagte Max, «dann tu ich es!»

Kaum hatte er die Worte ausgesprochen, jagte er dem Ball auch schon hinterher. Und ich verachtete ihn dafür, dass er nicht so einen starken Willen besaß wie ich.

64

Wir betraten den Menschenbau, der für mich wie ein Gefängnis war, denn ich war es gewohnt, den ganzen Tag über draußen zu verbringen. Dennoch genoss ich die Wärme. Die Frau versorgte uns in dem Raum namens Küche mit Wasser und Essen. Köstlichem Essen. Nachdem ich mir den Bauch vollgeschlagen hatte, sagte sie: «Es ist schön, dass du wieder kräftiger wirst, kleine Dame.»

Sie streckte die Hand nach mir aus und überlegte anscheinend, mich zu streicheln. Doch sie ließ es bleiben, obwohl ich nicht knurrte, dafür war ich viel zu satt. Stattdessen kraulte sie Max' Fell, der sich diese Wohltat nicht nur gefallen ließ, sondern sie so sehr genoss, dass er sich auf den Küchenboden legte und seinem Frauchen den Bauch entgegenstreckte. Dafür verachtete ich ihn noch mehr. Für einen kurzen Augenblick aber wünschte ich mir, ebenfalls mal so gestreichelt zu werden. Da verachtete ich auch mich.

Lange nach Sonnenuntergang, es hatte wieder angefangen zu schneien, ging die Menschenfrau ein weiteres Mal mit uns hinaus. Diesmal ohne vorher zu versuchen, uns ein Halsband anzulegen. Wir trotteten durch die klirrende Kälte, die gleiche Runde wie am Tag, entleerten uns wieder auf Max' Lieblingsgrünstreifen, sahen diesmal jedoch keine spielenden Kinder. Ich war zu satt, um nach der Maus zu buddeln. Die Frau warf auch kein Bällchen. Es war gut, dass sie es nicht tat. Ich war mir nicht sicher, ob ich noch mal hätte widerstehen können. Falls nicht, hätte ich mich noch mehr verachten müssen.

Als wir wieder nach Hause zurückkehrten, war ich erleichtert, dem Schnee zu entkommen, und eilte sofort zum Kamin, um mich vor das Feuer zu legen. Max gesellte sich dazu und drückte sich an mich. Auch wenn mir sein Verhalten gegenüber den Menschen missfiel, ließ ich es zu. Es war einfach viel zu schön, sich an ihn zu schmiegen. Lilly, die wieder ihren Schlafanzug mit den falschen Bären trug, fragte: «Lieben die beiden sich, Mama?»

«Ich glaube schon», lachte die Frau.

«Und werden sie Kinder bekommen?»

«Wir haben dir das doch schon erklärt», sagte der Vater, der gerade erst von der Arbeit heimgekehrt war. «Max kann keine Kinder zeugen.»

Das erste Mal, seitdem wir hier waren, roch ich Max' Trauer. Und weil ich sie roch, drückte ich mich an ihn und schnaubte: «Diese Menschen sind nicht unsere Freunde.»

Max schwieg.

«Können die beiden heute bei mir schlafen?», fragte Lilly.

Vater und Mutter blickten sich an, offenbar sorgten sie sich um ihre Tochter. Sie vertrauten mir, der Wildhündin, so wenig wie ich ihnen. Schließlich war es der Mann, der sagte: «Wir warten damit noch ein wenig.»

«Wie lange?»

«Bis ... bis ...» Der Vater suchte nach Worten.

«Bis wir uns sicher sein können, dass die Hündin lieb ist», sagte die Frau.

«Sie ist lieb, das weiß ich!», erwiderte Lilly.

Ich wollte knurren, dass ich zu einem Menschenkind nie lieb sein würde, aber Max stupste mich an und bedeutete mir zu schweigen.

«Und wir müssen ihr noch einen Namen geben, wenn sie nicht Inala heißt!»

«Wie willst du sie denn nennen?», fragte die Frau.

«Mein Name ist Narbe!», bellte ich. Was bildeten die Menschen sich ein?

«Moritzene!»

«Moritzene?»

«Max und Moritzene!», lachte der Mann. Für mich klang das fürchterlich. Die Menschen wollten ihre Macht beweisen, indem sie uns Namen gaben. Egal, was sie sagten, ich würde jetzt für immer Narbe bleiben!

«Leg dich schlafen», sagte der Mann, hob das Mädchen hoch und trug es liebevoll aus dem Zimmer. Dabei musste die Kleine die ganze Zeit fröhlich lachen. War es so, wenn man einen Vater hatte, bei dem man sich geborgen fühlen konnte? Verrückt, jetzt war ich auf Lilly nicht nur neidisch, weil Max sie so sehr mochte, sondern auch, weil sie Eltern hatte, denen sie etwas bedeutete.

Die Frau löschte das Licht und verließ ebenfalls den Raum, um sich zu ihrem Schlafplatz zu begeben. Max und ich lagen im Schein der Kaminflammen. Sein Herz tat weh, das spürte ich genau. Einerseits liebte er die Menschen, andererseits waren sie es gewesen, die uns die Möglichkeit genommen hatten, Kinder zu bekommen. Dafür konnte ich ihn nicht verachten. Ich konnte nur versuchen, seine Trauer zu lindern, indem ich ihm Hoffnung spendete.

«Ich singe dir ein Lied», sagte ich.

«Was für ein Lied?»

«Vom Wunder der Welpen.»

Umbra wuchs bei den Wölfen auf,
Brin bei den Hunden.
Doch die Liebenden konnten keine Kinder zeugen.
Und ohne Kinder kein ewiger Frieden.

Sie wanderten zum Baum des Roten Adlers.
Weiser Adler,
wie können wir Kinder in diese Welt bringen?
Der Rote Adler breitete die Flügel aus und kreischte:
Nie werdet ihr Kinder haben, gebt auf!
Gebt auf! Gebt auf! Gebt auf!
Umbra weinte,
Brin weinte,
und sie gaben auf.
Da hörten sie das Lachen eines Rammlers.
Was lachst du so?
Und der Rammler sagte,
wer aufgibt,
nur weil ein anderer es sagt,
ist ein Dummbeutel.
Brin wollte kein Dummbeutel sein.
Umbra wollte kein Dummbeutel sein.
Und so gaben sie nicht auf.

«Sing weiter», bat Max, während im Kamin vor uns nur noch die Glut glimmte.

«Das Lied ist vorbei.»

«Vorbei?»

«Die beiden haben Kinder gezeugt.»

«Aber wie?»

«Das weiß keiner.»

«Weil sie nicht aufgegeben haben?»

«Das dachten wir auf der Müllkippe auch, wenn Lied uns das vorsang.»

«Und du glaubst es jetzt nicht mehr?»

«Ich weiß nicht …», zögerte ich.

«Sag schon, was glaubst du?»

«Dass ihre Liebe nicht nur stärker als das Vergessen war, sondern auch stärker als alles andere auf der Welt.»

«Kann unsere Liebe das auch sein?», fragte Max. Ich hatte ihm mit dem Lied tatsächlich Hoffnung verliehen.

«Vielleicht …», meinte ich und wagte, gegen alle Vernunft, ebenfalls ein klein wenig zu hoffen.

65

Hätte ich die Hunde am Rande des Serpentinenwegs liegen gelassen, wären sie im Schnee erfroren. Doch so einfach wollte ich sie nicht davonkommen lassen.

Gegen den Rat der Ärzte, die meine frisch vernarbten Wunden weiterbehandeln wollten, hatte ich mich selbst aus dem Krankenhaus entlassen, mir mit einer von einer Patientin gestohlenen Kreditkarte ein Auto gemietet und mich von dem Seelenband durch den Schneesturm auf ebenjenen Serpentinenweg führen lassen. Unter dem Fell des Männchens hatte ich den Chip erspürt und die beiden zum nächsten Tierarzt gebracht. Der Mann war von meinem entstellten Gesicht ebenso entsetzt gewesen wie die von ihm angerufenen Levins. Nur deren Tochter, das kleine hinkende Mädchen, hielt mich nicht für ein Monster. Schließlich hatte ich der Kleinen doch ihren geliebten Max wiedergebracht und noch eine Hündin dazu. Die Eltern brauchten eine Weile, um mit mir ein halbwegs normales Gespräch zu führen. Vater Jörg arbeitete im mittleren Management einer Bank, die Stellen abbauen musste. Deshalb ging Mutter Vicky sicherheitshalber wieder halbtags als Zahntechnikerin arbeiten. Tochter Lillian hingegen litt von Geburt an einer Fehlstellung des Beins, die selbst mit mehreren kostspieligen Operationen nicht gänzlich behoben werden konnte. Es handelte sich also um eine normale Familie mit ganz normalen Problemen. Für die Eltern wogen diese Sorgen schwer, dabei waren sie lächerlich klein im Vergleich zu dem, was Menschen an anderen Orten der Welt durchmachen mussten. Oder zu anderen Zeiten.

Ich fragte mich, ob die Eltern vielleicht Seelenverwandte waren. Fühlten sie sich in jedem Leben zueinander hingezogen, ohne sich an ihre ewige Liebe zu erinnern? Oder hatten ihre Seelen sich nur für dieses eine Leben verbunden und wärmten sich nur für wenige Jahre aneinander, um in der darauffolgenden Inkarnation wieder auseinanderzustreben? Waren sie flüchtige Bekanntschaften in der Unendlichkeit der Zeit?

Ich war so viel mehr als diese beiden Menschen, weil ich um den Kreislauf von Leben, Tod, Zwischenreich und neuem Leben wusste, und doch neidete ich ihnen ihre Existenz. Sie durften in Frieden leben. Eine Tochter lieben. Dass die beiden sich mit ihren lächerlichen Alltagssorgen so oft selbst der Freude beraubten, war kein Trost.

Ich würde ihnen wahren Kummer zeigen. In allen früheren Inkarnationen hatte ich den Hunden die ungeborenen Welpen nehmen können. In dieser war das Männchen unfruchtbar, und ich hatte nur den Vogel töten können. Ein jämmerlicher Ersatz. Doch der Hund liebte die Göre, so wie er sie ableckte und sich von ihr liebkosen ließ. Ich musste also nur ein wenig warten, bis auch das Weibchen dem Menschenkind verfallen war. Bis sie alle miteinander glücklich waren. Und dann würde ich das kleine Hinke-Mädchen vor den Augen der Hunde töten.

66

Der nächste Morgen kam. Und noch einer. Und noch einer. So viele, dass ich aufhörte, sie zu zählen. Ein Tag war wie der andere. Nur der Winter wurde kälter. Und ich genoss es immer mehr, ihm nicht mehr ungeschützt ausgesetzt zu sein. Und etwas zu essen zu bekommen. In Frieden zu leben. Ich genoss es so sehr, dass ich irgendwann meinem Verlangen nachgab und auch dem Bällchen nachjagte. Eines besonders kalten Abends ließ ich es sogar zu, dass die Frau, nachdem sie meine Pfoten vor der Haustür von Schnee befreit hatte, mich streichelte. Wie einst Jedda. Nur sanfter. Liebevoller. Danach fühlte ich mich elend.

«Was ist mir dir?», fragte Max, während wir wieder auf dem Teppich vor dem Feuer lagen. Ich wollte nicht, dass dieser Platz für den Rest dieses Lebens mein Lager war, und zugleich wünschte ich es mir doch.

«Die Menschen … sie verhexen mich.»

«Verhexen?», wunderte sich Max. «Wie?»

«Ich jage nach Bällchen. Ich lasse mich füttern. Sogar streicheln.» Ich schämte mich so sehr.

«Und was ist daran so furchtbar?»

«Es ist gegen die Natur!»

«Nicht gegen meine», sagte Max.

«Willst du etwa dein ganzes Leben hierbleiben?»

«Natürlich.»

«Und was ist mit unserem Leben am Meer? Im Wald?», fragte ich verzweifelt.

«Da musste ich töten», antwortete er traurig.

«Sie verhexen die Hunde!», stellte ich noch mal fest. Ich konnte mir nicht vorstellen, welchen Grund es sonst geben könnte, dass mein Wille, von hier fortzugehen, mit jedem Tag schwand. Es dauerte eine Weile, bis Max antwortete: «Ja, sie verhexen uns.»

Er klang ganz überzeugt. Hatte er es in diesem Augenblick etwa erst erkannt? Oder hatte er es schon immer gewusst?

«Wie?», wollte ich wissen. «Wie machen sie das?»

«Mit ihrer Güte.»

Ich hatte keine Ahnung, was ich darauf antworten sollte.

«Und mit ihrer Liebe.»

«Der Mann hat dich ausgesetzt!»

«Er hat gemerkt, wie sehr er seine Familie damit verletzt hat, und wird es nie wieder tun.»

«Aber sie haben dafür gesorgt, dass du keine Welpen zeugen kannst!»

«Sie haben sich geändert!»

Ich schnaubte verächtlich. Wegen der Menschen. Wegen Max. Aber auch meinetwegen, weil ich mir das alles überhaupt anhörte.

«Du glaubst es nicht?», fragte er.

«Nein, niemand kann sich ändern. Wir sind, was wir sind. Von Natur aus.»

«Ich habe mich geändert», stellte Max fest. «Ich bin ein anderer als im Sommer.»

Das war er in der Tat.

«Wegen dir, Narbe.»

Meine Wut wich.

«Und du hast dich auch geändert.»

Meine Wut wich noch mehr. Max hatte recht. Ich war dankbar dafür, dass ich nicht mehr so war wie früher auf der

Müllkippe. Und deshalb sagte ich: «Das stimmt. Ich bin eine andere. Wegen dir, Max.»

«Die Menschen sind gütig», erklärte er. «Deswegen verzeihe ich ihnen.»

Er wandte sich wieder dem Feuer zu. Für ihn war damit alles gesagt. Auch ich blickte in die Flammen. War es wirklich ihre Güte, die mich verzaubert hatte? Ihre Liebe? Sollten die Menschen … mich tatsächlich … lieben?

Was für ein ungeheuerlicher Gedanke! Dafür, dass ich diese Vorstellung schön fand, hätte ich mich am allermeisten verachten müssen. Doch ich tat es nicht. Liebe ist unter keinen Umständen verachtenswert.

Die Tür ging auf, und ich roch Blumenduft. Es war Lillys Geruch, den sie stets an sich trug, wenn sie aus dem kleinen Wasserfall namens Dusche trat. Sie hinkte auf uns zu, trug dabei ein Kissen und zog eine Decke hinter sich her. Als sie bei uns ankam, flüsterte sie, wohl damit ihre Eltern sie nicht hören konnten: «Ich schlafe heute bei euch.»

Dieses Kind wollte uns nicht beherrschen. Sie wollte einfach bei uns sein. Sie liebte Max. Und … mich etwa auch?

Lilly kuschelte sich an Max, traute sich jedoch noch nicht ganz, sich an mich zu drücken, und ich war von mir selbst überrascht, dass ich das schade fand. Dann fragte sie: «Soll ich euch eine Geschichte erzählen?»

Und während ich noch überlegte, ob sie vielleicht die Lieder von Hundsmutter kannte, begann Lilly: «Ich erzähle euch eine Geschichte von der kleinen Königin Amelie!»

Menschen hatten also wirklich Königinnen, wie Ameisen oder Termiten.

«Die schöne Königin Amelie lebte im Reich Amethyst in einem großen Schloss …»

Die Heldin war schön! Ich hasste die Geschichte jetzt schon.

«… und trug den Namen Amelie. Er bedeutete ‹Die Tapfere›.»

Wie Inala.

«Dabei war sie überhaupt nicht tapfer, sondern voll eitel. Den ganzen Tag kämmte sie sich die goldenen Haare und schaute in den Spiegel und dachte darüber nach, wie sie noch schöner werden konnte. Wie die Frauen auf YouTube, die ständig ihr Make-up zeigen und sich dann schminken. Habt ihr gewusst, dass die das Zeug von den Firmen bekommen, damit sie Werbung dafür machen? Das hat Mami mir erzählt.»

Was sollte ich darauf antworten?

«Also, Amelie ging durch den Schlossgarten, um sich schöne Blumen für ihr schönes Haar zu suchen, da traf sie auf eine alte Frau. Die war noch viel älter als meine Lehrerin Frau Schrader. Der Frau wuchsen Haare auf der Nase. Also der alten Frau im Garten, die Amelie traf. Nicht Frau Schrader. Der wachsen keine Haare auf der Nase. Die hat nur einen kleinen Bart. Aber das darf man nicht sagen. Hat der doofe Tim mal gemacht, das fand Frau Schrader gar nicht lustig.»

Die Kleine erzählte ihre Geschichte ganz anders als Lied.

«Also diese alte Frau war megahässlich, und Amelie sagte: ‹Verschwinde, mit deinem Aussehen störst du.› Und die Alte lachte: ‹Du bist doch noch viel hässlicher.› Und Amelie fragte: ‹Bist du blind oder blöd oder beides? Ich seh voll super aus!› Und die Alte nahm einen Zauberstab, sie war nämlich eine Hexe. Der Zauberstab war viel krummer als der von Harry Potter, und die Hexe schwang den Stab und rief: ‹Kackidus!› Und schon war die kleine Königin Amelie nicht mehr schön, sondern total kackidus. Wie Gollum, der die Hobbits nervte. Wenn er in Pudding gefallen ist. Schokopudding. Nicht Vanille.»

Die Geschichte war wirklich ganz, ganz anders als die alten Legenden von Hundsmutter.

«Aber die kleine Königin», fuhr Lilly fort, «wusste noch nicht, dass sie hässlich war. Sie lief zu ihren Eltern, und die bekamen fast einen Herzinfarkt. Da rannte Amelie schnell zum Spiegel. Und der bekam auch fast einen Herzinfarkt. Ja, das war nämlich ein sprechender Spiegel, so wie bei Schneewittchen, und er sagte: ‹Ach du meine Scheiße.› Der sprach nun mal nicht so geschwollen wie der von Schneewittchen. Und Amelie sah sich im Spiegel und merkte, wie hässlich sie war. Sie weinte 3822 Stunden lang. Danach hatte sie keinen Bock mehr zu weinen. In der Zwischenzeit hatten die Soldaten des Königs nach der Hexe gesucht und wurden von der alten Frau in Pizzabrötchen verwandelt. Amelie wusste, dass es für sie nur noch eine Chance gab, wenn sie jemals wieder schön sein wollte. Sie musste die Hexe selber fangen. So ist das im Leben: Wenn dir keiner hilft, hilf dir selbst.»

Egal wie verrückt die Geschichte auch klang, in ihr schienen Wahrheiten verborgen zu sein.

«Amelie kletterte heimlich über die Schlossmauer und ging in den Wald, wo die Hexe wohnte. Da hörte sie Schreie. Die stammten vom Wasserfall am Ende des Waldes, der Tausende Meter in die Tiefe stürzte. Und die Hexe hing an einem Ast über dem Wasser, weil ihr Besen den Geist aufgegeben hatte. Hätte die Alte sich mal vorher einen neuen gekauft. Aber sie war zu geizig gewesen. Selber schuld, die doofe Kuh. Jedenfalls schrie sie: ‹Zieh mich hoch, sonst fall ich ins Wasser!› Und Amelie antwortete: ‹Nur wenn du mich wieder schön machst.› Die Hexe sagte darauf: ‹Nö, mach ich nicht.› – ‹Warum?›, fragte Amelie. ‹Keinen Bock. Ich find dich doof und verzogen›, antwortete die Hexe. Und Amelie wieder so: ‹Aber dann stirbst du doch!›, und die Hexe: ‹Ich finde schon jemanden, der mir hilft.› Doch natürlich war weit und breit niemand in der Nähe, der der Hexe helfen konnte. Und Amelie stand da und fragte sich: Soll ich für so jemanden mein Leben riskieren?»

Nein!, war mein erster Gedanke.

Oder doch?

Würde ich es jetzt für Jedda tun? Jetzt, wo sie unser Leben gerettet hatte?

Lilly erzählte weiter: «Amelie grübelte und grübelte, und als die Hexe sich kaum noch halten konnte, kam sie zu dem Schluss: Es ist voll kackidus, jemanden sterben zu lassen, egal wie kackidus dieser Mensch auch war. Und Amelie legte sich auf den Boden und starrte den Wasserfall an und dachte: Kackidus, geht das tief runter.»

Lilly sagte wirklich sehr gerne «kackidus».

«Amelie wollte schon aufgeben, doch sie überwand sich, packte die Hexe bei der Hand und zog sie hoch. Als die beiden sich aufrappelten, hoffte Amelie, dass die Hexe sie vielleicht doch zurückverwandelte, doch die blöde Alte meinte: ‹Ich habe nur die Macht für einen einzigen Verwandlungszauber. Du kannst wieder schön werden, oder die Soldaten werden wieder zu Menschen. Du musst wählen.› Amelie fand das mehr als kackidus. Nämlich scheißibeißidus. Aber sie musste nicht lange überlegen: ‹Ich wähle die Soldaten.› Die Hexe erfüllte ihr Versprechen, und die Soldaten waren voll froh, nicht mehr als Pizzabrötchen rumzulaufen. Nur Amelie sah immer noch kackidus aus. Und dennoch war sie total anders als vorher. Sie war das erste Mal in ihrem Leben tapfer gewesen. Endlich hatte sie sich den Namen Amelie verdient!»

Hatte ich mir jemals den Namen Inala verdient?

«Sie war nicht nur tapfer, weil sie die Hexe gerettet hatte. Es war noch viel tapferer von ihr, für immer hässlich zu bleiben. Darüber war Amelie auch kein bisschen traurig. Ihr gefiel das sogar. Tapfer zu sein war so viel toller, als schön zu sein. Wer tapfer durch das Leben geht, meistert alles!»

Lilly mochte die Geschichte wahrscheinlich, weil sie früher unter ihrem Hinkebein genauso gelitten hatte wie ich unter meiner Narbe. Doch mittlerweile hatte die Kleine etwas verinnerlicht: Es gibt viel Besseres als Schönsein.

«Wie hat dir das Märchen gefallen, Max?», fragte die Kleine und streichelte dabei sein Fell. Er grunzte zufrieden. Dann gab sie ihm ein Küsschen auf die Schnauze und sagte: «Ich liebe dich, Stinkepups!»

Max seufzte glücklich.

«Und dich liebe ich auch», sagte Lilly zu mir und verpasste mir ebenfalls ein Küsschen auf die Schnauze. Ich war völlig überrascht. So herzlich war außer Max noch kein Wesen auf der ganzen Welt zu mir gewesen. Nicht einmal Blaufeder.

Du findest eine bessere Freundin als mich – das hatte die Vogeldame gesagt, als sie mir in der Nacht erschienen war.

Lilly würde mir wohl kaum in der Not den Weg weisen können, wie es Blaufeder getan hatte. Dafür erzählte sie mir Geschichten, die uns verbanden. Streichelte mich. Küsste mich. Aber vor allen Dingen: Sie schenkte mir ihr Herz. Was Besseres konnte eine Freundin nicht tun. So beschloss ich, dem Menschenkind auch das meine zu schenken.

67

«Lilly, verdammt noch mal!» Mit diesen Worten riss Frauchen – bei Hundsmutter, ich nannte das Menschenweibchen nun auch schon so – uns am nächsten Morgen aus dem Schlaf.

«Was ist, Mama?», gähnte Lilly und rekelte sich. Max stand sogar vom Nachtlager auf.

«Wir haben dir gesagt, dass du nicht bei den Hunden schlafen sollst!»

«Ja, schon», erwiderte Lilly und setzte sich trotzig hin.

«Aber?»

«Aber ihr habt mir nicht erklärt, warum!»

«Weil», Frauchen blickte zu mir, «wir … wir diesen Hund noch nicht lange kennen.»

«Motzi lebt doch schon seit Wochen bei uns.» Die Menschen nannten mich nun Motzi, zum einem, weil Moritzene wohl doch zu schwer auszusprechen war, und zum anderen, weil ich sie öfter mal anknurrte. Auch wenn ich es mittlerweile seltener tat als noch zu Anfang. «Und Motzi tut mir nichts!»

Die Frau schien nicht überzeugt. Max ging zu ihr und schmiegte sich an ihr Bein. Ich richtete mich auch auf, dabei hatte ich ein Ziehen im Bauch. Anscheinend vertrug ich das Trockenfutter, das Frauchen uns gab, nicht so gut.

«Siehst du», sagte Lilly, «Max möchte auch, dass ich bei ihnen schlafe!»

«Aber ich nicht», entgegnete Frauchen.

«Wie willst du denn verhindern, dass ich mich zu ihnen

schleiche? Willst du die ganze Nacht aufbleiben?» Lilly funkelte ihre Mama frech an. Die Kleine traute sich das, weil sie wusste, dass sie geliebt wurde, egal wie schlecht sie sich benahm.

«Hmm ...» Die Frau suchte nach einer Antwort, fand aber keine. Stumm sah sie zu Max, der sich noch mehr an sie schmiegte, dann wieder zu ihrer kleinen Tochter, die sich nun in ihre Arme warf und dabei ganz und gar nicht mehr frech wirkte, sondern sehnsüchtig: «Bitte, bitte, bitte. Ich habe keine schlimmen Träume, wenn ich bei den beiden Hunden schlafe.»

So wie Max und ich nicht von Albträumen geplagt wurden, wenn wir zusammen waren.

Frauchen schaute mich prüfend an. Ich regte mich nicht. Spürte nur das Ziehen in meinem Bauch.

«Du kannst doch immer zu uns kommen», sagte Lilly, «dann siehst du, dass nichts passieren wird.»

«Ich schlafe bestimmt nicht vor dem Kamin.»

«Dann liegen wir alle in eurem Bett.»

«Und Papa?»

«Er kann doch auch bei uns schlafen!»

«Na, der wird sich bedanken.»

«Bitte, bitte, bitte!»

Die Frau schaute wieder zu mir. Prüfend, als wollte sie testen, ob sie mir vertrauen konnte. Als ob ich ernsthaft eine Gefahr für ihr Kleines sein würde. Das Menschenkind war doch meine Freundin. Nie würde ich Lilly etwas tun. Um Frauchen das zu zeigen, tat ich etwas, was ich niemals für möglich gehalten hätte: Ich ging auf sie zu und leckte ihr die Hand.

«Weißt du was, meine Hübsche», lächelte sie, «ich schlafe heute Nacht auch bei euch am Kamin.»

Am Abend baute sie ein großes Lager aus Kissen und Decken, und wir machten es uns alle bequem. Ihr Mann sah sich das an, als er von der Arbeit wieder mal spät nach Hause kam, und schmunzelte: «Das sieht gemütlich aus.»

«Schlaf doch bei uns!», sagte Lilly.

«Ach, nein. Ich muss morgen für ein Meeting ausgeschlafen sein und ...»

«Du hast mal gesagt», unterbrach Frauchen, «die Arbeit sollte nie mehr wichtiger sein als die Familie.»

«Ja, das habe ich gesagt», seufzte der Mann und verließ das Zimmer. Kurz darauf kehrte er mit Decke und Kissen zurück und rief: «Hey, rückt ein Stück zur Seite!»

Nun lagen wir alle zusammen. Lilly, Max, Frauchen, Herrchen und ich. Ein Rudel wie einst in der Wüste, eins, das aus Hunden und Menschen bestand.

Die Zeit war gekommen. Das Weibchen fühlte sich wohl bei den Menschen. Und sie liebte das Hinke-Mädchen.

68

«Mama, was bekomm ich zu Weihnachten?», fragte Lilly, als wir wieder mal vom Gassigehen zurückkehrten. Es war der kälteste Tag, den ich bisher erlebt hatte – die klamme Luft gefror sogar in meinem Fell. «Sag schon, sag schon, sag schon!», drängte das Mädchen.

«Du musst dich noch ein wenig gedulden!», erwiderte Frauchen.

«Sag! Sag! Sag! Sag!»

«Hörst du nicht? Du sollst dich gedulden.»

«Sag! Sag! Sag! Ich sag noch zehntausendmal ‹sag›, wenn du es mir nicht verrätst.»

«Viel Spaß dabei!» Ihre Mutter ließ sich nicht erweichen.

«Sag! Sag! Sag! …»

Max hatte tags zuvor versucht, mir zu erklären, was Weihnachten war, aber es war ihm nicht recht gelungen. Ich begriff nur so viel, dass die Menschen sich einen Baum in das Zimmer stellten, ihn mit unnatürlichem bunten Zeugs und Lichtern behängten, sich gegenseitig Geschenke machten und auch Max immer etwas Schönes gaben, meistens einen besonders dicken Kauknochen. All dies taten die Menschen, weil vor unzähligen Jahreszeiten ein Kind geboren worden war, das ihnen so viel bedeutete wie Hundsmutter den Hunden.

«Sag! Sag! Sag!», redete Lilly weiter, während Frauchen die Haustür öffnete. Wenn dieses kleine Mädchen sich etwas in den Kopf setzte, konnte man es davon einfach nicht abbringen. «Sag! Sag …»

Da hörten wir einen Schrei.

Er kam aus dem Inneren des Hauses.

Von Lillys Vater!

«Blut!» Max roch es als Erster. Seitdem wir hier waren, hatte ich keines mehr gerochen, jedenfalls kein warmes Blut mehr, nur Spuren davon in dem Fleisch, das Frauchen in die Pfanne warf, um es der Familie zuzubereiten, und von dem sie uns manchmal was abgab, damit wir nicht nur dieses Trockenfutter fraßen, das mir ganz offensichtlich nicht bekam. In meinem Bauch zog es jedenfalls von Tag zu Tag mehr.

«Was ist?», rief Frauchen besorgt und lief mit Lilly ins Haus. Wir Hunde stürmten hinterher, obwohl es doch nie klug war, einer Gefahr entgegenzurennen. Aber in einem Rudel kämpft man füreinander.

Wir stürzten durch den Flur, in das Wohnzimmer, und dort sahen wir einen Tannenbaum auf dem Boden liegen, drum herum ein offenes Netz und daneben Lillys Vater, der sich mit schmerzverzerrtem Gesicht die blutende Hand hielt.

«Ich hab mir beim Netzaufschneiden das Messer in den Finger gejagt!»

Die Frau untersuchte den Finger, aus dem das Blut über die ganze Hand strömte, und sagte: «Der Schnitt ist ganz schön tief.»

«Ach, nee.»

«Wir müssen damit in die Klinik.»

«Das geht schon.»

«Das ist keine Kleinigkeit, das muss genäht werden!»

«Gut … gut …» Der Mann sah es ein.

«Verlierst du den Finger?», fragte Lilly und war ganz bleich. An den Anblick von Blut war sie offenbar nicht so gewöhnt wie wir Hunde.

«Nein … nein», beschwichtigte ihr Vater und verzog gequält das Gesicht. «Wir kommen nur spät nach Hause. Du musst dich allein bettfertig machen.»

«Ich bin doch nicht allein.»

«Nicht?»

«Ich hab doch Max und Motzi bei mir.»

«Ja, das stimmt natürlich.» Der Mann rang sich ein Lächeln ab. Frauchen und er verließen das Haus. Lilly wollte, dass wir diese Nacht wieder mit ihr vor dem Kamin schliefen, keine zwei Hundelängen entfernt von dem auf dem Boden liegenden Tannenbaum. Vor dem Einschlafen dann schwankte die Kleine in ihren Gefühlen und redete ohne Pause auf uns ein: Sie hatte Angst, dass ihr Vater seinen Finger verlieren würde. Gleichzeitig war sie neugierig, was sie zu Weihnachten kriegen würde. Endlich ein eigenes iPad? Aber das schönste Geschenk hatte sie doch schon bekommen. Von der Frau mit den Narben. Dass Max wieder da war. Und noch eine Hündin mitgebracht hatte. Aber dennoch, ein eigenes iPad wäre toll! Dann müsste sie Mama nicht immer anbetteln, ihres benutzen zu dürfen. Noch besser wäre gleich ein Handy, der doofe Tim in der Klasse hatte als Einziger eines und gab ganz schön damit an. Frau Schrader hatte es ihm einmal im Unterricht abgenommen und danach an ihrem Damenbart gekratzt…

Mit der Zeit plapperte Lilly sich selber in den Schlaf. Max schloss ebenfalls die Augen. Ich aber schaute in die Flammen im Kamin und ertappte mich dabei, dass auch ich mich auf dieses merkwürdige Weihnachten freute. Gewiss würde ich dann auch einen dieser Kauknochen bekommen. Die Menschen behandelten Max und mich gleich, also würden sie das auch bei diesem Fest tun. Dieser Ort hier war für mich mehr zur Heimat geworden, als es die Müllkippe jemals gewesen war. Und während ich darüber nachdachte, dass ich hier ein friedliches Leben führen konnte, umhüllt von Liebe …

… hörte ich etwas.
Ganz leise.
Ein Klopfen.
In meinem Bauch.
Von kleinen Herzen.

69

Hatte ich mich verhört?

Ja, das musste es sein!

Ich lauschte.

Es war wirklich ein Klopfen.

Kaum wahrnehmbar.

Aber ich war mir ganz sicher.

Wieder spürte ich das Ziehen.

Und begriff endlich, woher es stammte.

Es hatte seine Ursache nicht im Trockenfutter.

In meinem Bauch war Leben.

Wie konnte das sein?

Die Berge.

Dort hatten Max und ich uns an einem Wunder versucht.

Wie einst Umbra und Brin.

Wir wurden Eltern.

Weil auch unsere Liebe stärker war als alles auf der Welt?

Wie sonst war das zu erklären?

Ich wollte mein Glück in die Welt hinausbellen!

Doch dann würde ich Lilly wecken.

Aber ich musste es doch Max sagen!

Und ich wollte es so, so gerne laut hinausbellen!

So öffnete ich den Mund …

… da hörte ich …

… wie die Haustür aufgebrochen wurde.

70

Ein Kind töten.

Ein kleines, hinkendes Mädchen.

Ich hatte noch nie ein Kind ermordet. Und es würde mir auch keine Freude bereiten. Das Leid der Hunde hingegen sehr.

Ich ging durch den dunklen Flur, der nur vom Mondlicht beschienen war. In meinem Mantel trug ich eine Pistole bei mir, die ich für die Eltern vorgesehen hatte, sollten sie zu früh zurückkehren. Ansonsten würde ich sie verschonen. Sie sollten ihr totes Kind entdecken und bis an ihr Lebensende daran denken müssen. Eine gerechte Strafe dafür, dass sie ihr Dasein mit Sorgen vergeudeten, anstatt es zu nutzen – Carpe Vitam.

Für die Hunde und das Kind wollte ich das Messer benutzen. Es lag eine Schönheit in dem Anblick von Leibern, die langsam im Schnee ausbluteten. Wie in den Zeiten der Pest, als ich die Hunde ebenfalls auf diese Weise getötet hatte. Ich würde die Körper nach draußen schleppen und so drapieren, dass sich alle drei beim Sterben betrachten konnten.

Ich öffnete die Wohnzimmertür und sah, wie sich die Hündin aufrichtete. Ihr Gesicht war nicht auszumachen, da die Flammen sie von hinten beschienen, aber ihr Auge blitzte im Schatten rot auf.

Jedda blieb stehen. Der Geruch nach Narben und noch nicht verheilten Wunden überlagerte ihren Blumenduft fast völlig. Ihr Gesicht war von Max' Biss entstellt, ihre wenigen verbliebenen roten Haare hingen strohig herab. Ihre Augen leuchteten voller Hass.

Auch ich empfand Hass. Das erste Mal. Keine Verbundenheit mehr. Jetzt, da ich Welpen in meinem Leib spürte, begriff ich endlich, welches Leid Jedda mir in all den vergangenen Leben zugefügt hatte.

Ich knurrte. Nicht laut. Dafür bedrohlich. Max wachte davon auf. Lilly noch nicht, sie hatte sich tagsüber beim Schneeballwerfen so verausgabt, dass ihr die Wärme des Kaminfeuers einen besonders tiefen Schlaf bereitete. Max stand auf. Auch er knurrte. Jedda zog ein Messer. Wie einst als Rabenmensch.

«Lilly, wach auf», befahl sie.

Die Kleine seufzte ein wenig, schlief aber weiter. Wir knurrten noch lauter. Max war kurz davor zu bellen. Seine geliebte Lilly war in Gefahr. Dass er Vater wurde und es auch um seine Welpen ging, ahnte er ja nicht.

«Lilly!», rief Jedda nun.

«Was ist?» Die Kleine öffnete die Augen.

«Komm her!»

Jetzt erst entdeckte Lilly die vernarbte Frau, die ihre Hunde zum Tierarzt gebracht hatte und nun ein Messer in der Hand hielt. Schlagartig wurde sie wach und fragte mit zitternder Stimme: «Was … was wollen Sie hier?»

«Dich.»

Lilly begann zu weinen. Sie fragte nicht nach dem Warum. Ich begriff jedoch, dass Jedda die Kleine töten wollte, damit wir noch mehr litten. Nur deswegen hatte sie uns gerettet. Ob sie ahnte, dass ich schwanger war?

Ich wollte Jedda attackieren, trotz des Messers in ihrer Hand. Doch Max stürmte vor mir los. Er war offenbar entschlossen, sie zu töten, wie im brennenden Wald.

Max lief über das Netz, das in der Mitte des Raumes lag, ohne sich darin zu verheddern, und war nur noch zwei, drei Hundelängen von ihr entfernt. Dann würde er die Frau anfallen. Jedda hielt ihr Messer höher. Würde sie ihn, wie damals als Rabenmensch, im Flug attackieren? Ich bellte Max an, er solle zu mir zurückkehren. Er hörte nicht auf mich, wollte springen, doch noch bevor er es tun konnte, warf Jedda das Messer.

Es traf Max an der Brust.

Er fiel zu Boden, auf die Seite. Seine Augen flatterten. Seine Beine zuckten. Er japste nach Luft.

Lilly schrie. Laut und hoch. So sehr, dass es mir in den Ohren schmerzte. Jedda ging zu Max und zog das Messer mit einem Ruck aus seinem Körper. Blut sprudelte auf den Holzboden, ein paar Spritzer trafen den Tannenbaum. Lilly schrie noch lauter. Ich kläffte. In meinem Bauch zog es stark. Ich wollte zu Max, ihm den Schmerz nehmen. Zu Jedda, sie töten. Aus dem Haus, um meine Welpen zu retten. All diese Instinkte rangen in mir, sodass ich mich nicht regen konnte. Jedda hielt das Messer in Lillys Richtung und sagte: «Du kommst sofort hierher.»

Weinend und zitternd ging Lilly zu ihr. An mir vorbei. An Max. Er japste immer mehr nach Luft. Ich blieb weiter wie angewurzelt stehen. Wie einst vor Blitz. Nur dass ich diesmal keine Angst um mich hatte, sondern um Max. Und um meine Welpen.

Ich konnte sie alle hören.

Fünf Herzschläge.

Fünf Kinder.

Die Welpen waren ganz klein in meinem Bauch, aber sie wussten schon, was Todesangst bedeutete.

Jedda trat mit dem Messer wieder zu Lilly, die an der Tür stand, zu erschrocken, um davonzulaufen.

«Nein!», bellte ich. Doch Jedda packte sich die Kleine und hielt sie sich vor die Brust.

«Bitte, tu mir nichts», weinte Lilly.

«Hör auf zu zappeln», zischte Jedda und drückte Lilly noch fester an sich.

«Bitte …», schluchzte das Mädchen.

«Und halt endlich die Klappe!»

Lilly wimmerte nun leise. Ich konnte mich weiterhin nicht rühren und betrachtete die Frau, die ich einst Schwester genannt hatte. Ihre vernarbten Hände, ihr vernarbtes Gesicht, ihren zu allem entschlossenen Blick. Und ich begriff: Weglaufen würde nichts nützen. So würde ich meine Welpen nie in Sicherheit bringen. Jedda würde mich durch die Berge jagen, bis zu deren Gipfeln, und wenn es sein musste, wohl auch in die grauesten Sturmwolken hinein. Es gab nur eine Möglichkeit, uns alle zu retten – meine Kinder, Lilly und Max. Ich musste Jedda töten.

Ich sah mir das blutverschmierte Messer an, das im Schein der Kaminflammen lebendig zu werden schien. Als ob es sich freute, Max verletzt zu haben und Lilly gleich auslöschen zu dürfen.

Ich spannte meine Beine an. Ich würde Jedda umstoßen – Lilly gleich mit – und ihr in die Hand beißen, damit sie das Messer fallen ließ und meine kleine Freundin sich zur Seite rollen konnte. Anschließend würde ich Jeddas Hals attackieren. Wie Anatjari. Nur eben nicht aus Mitleid. Sondern aus Notwehr.

Ich rannte los …

… doch Jedda legte das blutverschmierte Messer an Lillys Hals und befahl mir: «Bleib stehen!»

Schlagartig hielt ich inne.

«Du bist an allem schuld!», schleuderte sie mir entgegen.

Wahrscheinlich würde sie mir jetzt vorwerfen, Anatjari getötet zu haben. Selbst wenn ich mit einem Menschen hätte reden können, Jedda hätte mir nie geglaubt, dass wir ihren Liebsten aus Gnade umgebracht hatten. In meinem Unterleib krampfte es. Würde es mir jetzt so ergehen wie ihr damals? Würde ich meine Kinder verlieren, wenn ich zusah, wie sie Lilly tötete?

«Hättest du dich nicht in ihn verliebt», sie deutete mit ihrem verbrannten Kinn auf Max, der zu uns starrte, «hätte ich das Band, das uns verbindet, zertrennen können. Alles wäre anders gewesen. Der Kreislauf wäre durchbrochen.»

Ich verstand nicht ganz, was sie da redete, nur so viel: Hätte ich Max nicht mein Herz geöffnet, wäre alles anders gewesen. Doch so war es wieder wie seit Anbeginn der Zeiten, und Max und ich waren dazu verdammt, uns weiter von ihr in jedem Leben töten zu lassen.

Aber ich hatte doch gelernt, dass die Liebe nicht nur Schicksal ist, sondern aus dem Inneren kam. Sollte es uns dann nicht auch möglich sein, dieses Schicksal abzuwenden? Den Kreislauf – wie Jedda es nannte – zu durchbrechen? Nur wie?

«Kommt mit nach draußen», befahl Jedda.

Ich machte vorsichtig ein paar Schritte in ihre Richtung, bereit, alles zu tun, damit sie meiner Freundin kein Leid zufügte.

«Du auch, Köter!», rief sie Max zu. Als der sich nicht sofort aufrappelte – würde er dazu überhaupt noch in der Lage sein? –, ritzte sie der Kleinen ein wenig in den Hals. Lilly schrie auf und weinte, während das Blut über ihre zarte Haut lief. Der Schrei weckte bei Max die letzten Kräfte. Er stand auf. Wackelig. Schwach. Blutend. Aber er folgte mir und Jedda, die Lilly weiter fest an sich drückte, sodass ich es nicht wagte, sie zu attackieren. Wir gingen durch den Flur. Als wir zu der aufgebrochenen Tür gelangten, wehte uns kalte Luft entgegen, und Schneeflocken wirbelten herein. Es hatte also wieder zu schneien begonnen.

Jedda drückte mit dem Fuß die Tür ganz auf und raunte Lilly dabei zu: «Wenn du nach Hilfe schreist, ersteche ich dich hier und jetzt.»

Dass Jedda dies auch tun würde, falls Max und ich auf die Idee kämen zu bellen, brauchte sie nicht erwähnen. So traten wir hinaus in den Schneewirbel. Ich wusste nicht, wie wir Lilly retten konnten. Oder dem ewigen Morden entgehen. Und ob ich Max vor unserem Tod noch von den Welpen in meinem Bauch erzählen sollte. Dies würde doch sein Leid ins Unermessliche steigern.

Wir traten vor das Haus. Die Schneeflocken tanzten im Licht der Straßenlaternen. Nach einigen Schritten auf der weiß bedeckten Wiese, die die Menschen Vorgarten nannten, hielt Jedda mit Lilly an. Die Kleine zitterte vor Angst und Kälte. Sie war viel zu dünn angezogen und zudem barfuß.

«Ihr werdet jetzt zusehen», sagte Jedda und wirkte mit einem Mal ganz ruhig. Sie würde Lilly töten. Egal, ob ich ihren Befehlen gehorchte oder nicht. Ich spannte meine Beine noch mal an, und diesmal rannte ich endlich auf sie zu. So schnell ich konnte. Ich war Blitz.

Ich warf sie beide um. Jedda und Lilly. Rücklings in den Schnee. Dabei ließ Jedda ihr Messer fallen.

«Lauf!», bellte ich meiner Freundin zu. Sie verstand, rappelte sich auf und hinkte hastig in Richtung Haus. Jedda versuchte ebenfalls aufzustehen, aber ich sprang mit allen vieren auf ihre Brust, so wie Max es im brennenden Wald getan hatte, nur würde ich das Werk jetzt vollenden. Kaum war ich auf ihr gelandet, flüsterte Jedda so leise, dass nur ich es hören konnte: «Du … du bekommst Kinder?»

Wie konnte sie das wissen? Ihr Gehör war doch gar nicht so scharf, dass sie die Herzschläge wahrnehmen konnte. Es musste jenes Seelenband sein, das uns seit Anbeginn der Zeiten miteinander verknüpfte. Die Verbindung, die sie hatte trennen wollen, bevor ich Max liebte.

«Nichts ist anders», lachte sie laut. «Alles ist wie immer, und es wird auch immer so sein. Immer und immer wieder …»

Ich konnte ihr Lachen nicht mehr ertragen. Doch bevor ich zubeißen konnte, packte Jedda jedoch blitzschnell meine Kehle und würgte mich. Ich bekam keine Luft mehr. Mit der unbändigen Kraft der Wahnsinnigen drückte sie mich hoch, sodass ich über ihr schwebte.

Max war kaum noch in der Lage, aufrecht zu stehen. Er würde keine Hilfe sein. Lilly ebenfalls nicht. Sie würde auch keine holen, denn sie stand nur bibbernd auf der verschneiten Matte des Hauseingangs und starrte auf ihre nackten Füßchen.

Ich strampelte mit meinen Beinen in der Luft, hoffte, dass Jedda die Kraft verließ, doch sie würgte weiter meinen Hals. Immer, immer fester.

Mein Auge fiel langsam zu. Ich nahm gerade noch wahr, wie ein Auto weit entfernt in die Straße bog und Lilly leise sagte: «Mama … Papa …»

Frauchen und ihr Mann würden nicht mit Jedda fertig werden, sie waren keine Kämpfer. Jedda würde auch die beiden umbringen. Und Lilly. Max. Meine Kinder. Der Kreislauf würde auf ewig weitergehen.

«Anders …», hörte ich Max mit einem Mal keuchen, «anders …»

Gleich darauf nahm ich wahr, wie er durch den Schnee auf die Straße strauchelte. Warum kam er mir nicht zu Hilfe, wenn er noch Kraft besaß? Seinen Kindern? Auch wenn er noch gar nicht ahnte, dass er welche bekommen würde, und ich es ihm nicht mal mehr zurufen konnte, weil Jedda mir die Kehle abdrückte? Was hatte er vor? Immer schneller ging Max durch das Schneetreiben, bis er zu laufen begann.

«Was macht das Vieh da?», stieß Jedda aus und drückte für einen kurzen Augenblick weniger fest zu. Das reichte, damit ich nach Luft schnappen konnte. Ich öffnete mein Auge. Der Schnee peitschte mir ins Gesicht. Ich konnte Max nirgendwo ausmachen. Bis ihn die Lichter von Frauchens Auto erleuchteten.

Er rannte direkt darauf zu.

Ohne zu halten oder auch nur langsamer zu werden. Im Gegenteil, er wurde mit jedem Schritt schneller.

Frauchen versuchte Max auszuweichen.

Vergeblich.

Max schleuderte durch die Luft.

Knallte auf den Bordstein.

Er regte sich nicht mehr.

Ob Frauchen und ihr Mann im Auto schrien, vermochte ich nicht zu sagen.

Oder ob Lilly weinte.

Oder Max noch atmete.

Ich hörte nur Jedda brüllen, als sie mich auf ihre Brust fallen ließ.

Frauchen stürmte aus dem Auto. Gefolgt von Herrchen. Frauchen beugte sich über Max, befühlte seinen Hals.

Lange.

Es fühlte sich an wie ein ganzes Leben.

Und noch viel länger.

Dann begann Frauchen zu weinen.

71

Der Hund hatte sich selbst gerichtet.

Kein Tier hatte so etwas jemals getan.

Nur Menschen nahmen sich das Leben.

Er hatte mich um meine Rache gebracht!

Und damit, so begriff ich langsam, war alles anders als in den Leben zuvor.

Galt dies auch für zukünftige Inkarnationen?

Hatte der Hund den Kreislauf durchbrochen?

Dürfte ich im nächsten Leben alles, was ich zuvor durchleiden musste, hinter mir lassen?

Befreit leben?

Carpe Vitam?

Das konnte es sein.

Das musste es sein!

Frauchen weinte und drückte Max' Körper an sich. Dass die Wunde an seinem Brustkorb nicht von dem Aufprall stammte, schien es gar nicht zu bemerken. Dafür blickte Herrchen zu mir und Jedda. Ich lag weiter auf ihrem Bauch. Ihr Blumenduft wehte mir in die Nase, aber sie roch nicht mehr nach Hass. Ihre strohigen roten Haare waren voller Schnee. Flocken schmolzen auf ihrem Gesicht. Sie wirkte glücklich. Weil Max gestorben war. Ich knurrte. Fletschte meine Zähne. Hasste sie mit meiner ganzen Seele.

«So ist es gut», flüsterte sie. Es schien ihr zu gefallen.

Ich fürchtete nicht länger, dass sie ihr Messer nahm und

mich und meine Welpen tötete. Mein Hass war stärker als meine Angst. Auch stärker als meine Trauer? Hatte Jedda deswegen über die Jahrtausende das Feuer ihres Hasses genährt, damit sie nicht von dem Schmerz, ihren Geliebten verloren zu haben, zerrissen wurde?

«Jetzt gibt es nur noch eins zu tun, meine kleine Schwester», sagte sie. Und ich wusste, jetzt würde sie mich aufschlitzen wollen. Doch Jedda zückte nicht ihr Messer. Stattdessen bot sie mir ihre Kehle dar. Sie bot mir tatsächlich ihre Kehle dar!

«Beiß zu», lächelte sie.

Wollte sie mit mir spielen?

«Erlöse mich!» Sie lächelte noch mehr. Anders als damals im brennenden Wald. Da war sie müde von dem immerwährenden Kreislauf des Lebens gewesen, jetzt aber freute sie sich auf den Tod. «Töte mich, damit ich endlich leben kann.»

Was sie damit meinte, begriff ich nicht. Ich wollte auch nichts mehr begreifen. Ich wollte zubeißen. Bei Hundsmutter, ich wollte zubeißen!

«Tu es, Schwester.» Jeddas Stimme war nun ruhig und völlig klar. Dafür war ich von Abscheu erfüllt. Ich verwandelte mich, wurde zu Jedda. Einem Wesen, das lieber töten wollte, als zu trauern. Das Letzte, was meine Menschenschwester sagte, war: «Wir wünschen es uns doch beide.»

Ich wollte erst ihr Auge.

Erst das Auge!

Ich fletschte die Zähne, machte mich bereit, sie in Jeddas entstelltes Gesicht zu jagen. Frauchen schrie, um mich davon abzuhalten. Auch Herrchen brüllte mir etwas zu. Es war mir einerlei. Jedda strahlte voller Hoffnung. Ich ließ meine Zähne niedersausen …

… da rief Lilly: «Nein, Amelie!»

Ich hielt inne und sah zu dem Mädchen, das auf uns zuhinkte.

Amelie?

Frauchen und Herrchen rannten ihrem Kind entgegen. Der vernarbten Frau wollten sie nicht zu Hilfe kommen, mir erst recht nicht. Wir beide waren ihnen wohl mehr als unheimlich. Herrchen nahm Lilly hoch, befreite ihre verfrorenen Füßchen vom Schnee, doch es war seine Frau, die als Erste die Wunde an der Kehle der Kleinen erkannte: «Mein Gott, dein Hals …»

«Amelie hat mich gerettet, sie war so tapfer …»

Jetzt erst begriffen die Eltern, was geschehen war. Sie eilten mit ihrer Tochter in das Haus, und der Vater keuchte dabei: «Ich rufe die Polizei.»

«Was ist mit Max?», fragte Lilly noch, bevor sie durch die Tür verschwanden. Die Eltern gaben ihr keine Antwort. «Was ist mit Max?»

Ich schaute zu ihm. Er lag weiterhin reglos da. Ich blickte zu Jedda. Sie lächelte mich an, entrückt, als ob sie sich schon durch das Zwischenreich fliegen sah.

Das Auge zuerst …

… das Auge zuerst …

Nein, ich war nicht Blitz.

Nicht Freya. Aymee. Fleck. Orchidee. Motzi. Schon gar nicht mehr Narbe.

Doch wer war ich dann?

Inala?

Nein, Amelie.

Die Tapfere.

Die sich der Trauer stellte, statt zu hassen!

Die ihre Feindin daher verschonte.

Ich rannte von Jedda weg und zu Max hin. Dabei blendeten die Lichter des Autos mein Auge so sehr, dass ich bunte Flecken tanzen sah. Ich hörte, wie Jedda hinter mir aufstand. Aber sie folgte mir nicht, sondern blieb einfach stehen. Als ich bei Max anlangte, hoffte ich, betete ich, dass Frauchen sich geirrt hatte und er noch lebte.

Er atmete nicht.

Bei Hundsmutter, er atmete nicht!

Er hatte sein Versprechen gebrochen.

Ich wollte mich gerade der Verzweiflung überlassen, da hörte ich einen Knall.

Ich drehte mich um. Jedda sank danieder. Über ihr wehte Rauch durch den schwächer werdenden Schneefall. Als sie auf dem Boden aufprallte, fiel ihr etwas aus der Hand. Es erinnerte an den Metallstock namens Gewehr, den sie im Wald bei sich gehabt hatte.

Ich sah das Goldene Licht. Und war nach Jahrtausenden das erste Mal wieder glücklich. Ich durfte vergessen. Für immer vergessen.

Während ich durch das Licht schwebte, schloss ich meinen Frieden mit den Hunden. Und empfand das erste Mal seit der Wüste wieder Mitgefühl mit dem Weibchen. Meiner Schwester. Sie würde ohne ihre Liebe leben müssen.

Mit diesem Gedanken flog ich in das Zwischenreich. Meine Geschichte endete. Und würde endlich neu beginnen.

Ich legte mich zu Max in den Schnee, drückte mich an ihn. Dass Menschen aus den Häusern traten und sich vor Jeddas Leichnam versammelten, dass Lillys Vater zu ihnen lief und erklärte, Polizei, Arzt und Tierärztin wären schon auf dem Weg, nahm ich kaum wahr. Genauso wenig, dass der Schneefall nachließ. Ich spürte nur Max' langsam schwindende Wärme. In meinem Bauch klopften die kleinen Herzen, unregelmäßig, aufgeregt. Salzwasser bildete sich in meinem Auge. Meine Kinder würden nie erfahren, wer ihr Vater war.

Es sei denn …

… ich erzählte es ihnen.

So sang ich die Ballade von Max und Amelie:

Max fand Amelie im Müll.
Ihr Herz war so eng,
das seine so weit.
Er sagte, komm mit zu mir nach Haus.
Sie antwortete, mit dir weg von hier.
Ohne ihn hätte sie nie die Wunder erlebt.
Das Meer.
Den Wald.
Die Freiheit.
Die ewigen Leben.
Dass sie liebenswert war,
gar lieben konnte.
Die beiden bestanden Gefahren:
Schnee, Feuer, Wolf, Bär und Menschenhass.
Sie erlebten Freuden:
Schwimmen, Lieder, Freundinnen.
Hätte Amelie nicht ihr Herz geöffnet,
sie hätte nie erfahren,
wer sie wirklich war.
Doch es kam der Tag,
an dem Max zeigen musste,
wie weit sein Herz gar war.
Er kämpfte nicht,
starb freiwillig,
opferte sich für seine Amelie,

und für das größte Wunder von allen.
Euch …
… unsere Kinder.

Weiter konnte ich nicht singen. Ich konnte dem Lied kein Ende geben. Weil ich weinen wollte. Die Welpenherzen klopften einträchtig in meinem Bauch. Eines war dabei besonders laut. Ich summte noch ein wenig das Lied und wiederholte leise …

Euch …
… unsere Kinder.

Das eine kleine Herz klopfte immer lauter. Schließlich brach es aus dem Rhythmus der anderen aus, als ob es mich auf etwas aufmerksam machen wollte. Aber ich begriff es nicht. Bis ich auf einmal feststellte: Max atmete. Leise. Flach. Aber bei Hundsmutter, er atmete!

Vor lauter Glück ließ ich meinen Tränen freien Lauf.

72

Kinder.

Als er schon fast durch das Goldene Licht ins Zwischenreich gelangt war, hatte Max mein Lied von dem Wunder gehört. Und dies hatte ihm die Kraft verliehen, sein Versprechen zu halten und den Weg zurück ins Leben zu finden.

Es dauerte, bis Max wieder in der Lage war zu gehen. Und noch ein wenig länger, bis Lilly wieder lachte. Das war, als meine Welpen sich das erste Mal ungelenk an meine Zitzen warfen. Das Fell der Kleinen besaß meine Farbe, allerdings war es mit dunklen Flecken durchsetzt. Keines der Kinder würde jemals wegen ihnen verspottet werden, dafür würde ich sorgen.

Lilly ließ es sich nicht nehmen, ihnen Namen zu geben: Buzz, Woody, Moana, Mulan und Merida. Und sie hatte uns erklärt, dass die Jungs nach Helden benannt wurden und die Weibchen nach Prinzessinnen, die noch viel größere Helden waren als die Jungs.

Max und ich gaben unseren Kleinen jedoch andere Namen: Blaufeder, Fiona, Denkerin – nach den Freunden, denen wir nie wieder begegnen würden. Und dann war da noch Kratz, den wir nach meinem Bruder nannten, der viel zu früh gestorben war. Und unseren Kleinsten, von dem ich wusste, dass es sein Herzschlag gewesen war, der mich auf Max' Atem aufmerksam gemacht hatte, nannten wir Anatjari.

Lillys Eltern freuten sich, dass ihre Tochter sich so sehr

freute. Sie hätten es ihr, uns und sich selbst, niemals angetan, unsere Welpen wegzugeben. Herrchen meinte ständig, dass Frauchen und er wohl selbst noch Kinder in die Welt setzen müssten, damit es im Haus halbwegs ausgeglichen zuging, und grinste dabei von einem Ohr zum anderen. Frauchen versetzte ihrem Mann dann immer lachend einen Schubs und antwortete, das könne er sich abschminken.

Zu Weihnachten hatte sie dann einen dicken Bauch. Unsere Welpen waren mittlerweile zu Junghunden herangewachsen und liefen am Heiligabend draußen den Schneebällen hinterher, die Lilly warf. Max und ich standen etwas abseits. Die Tierärztin hatte Metall in seinen Körper eingepflanzt; er würde nie wieder richtig Bällchen jagen können, und dennoch wirkte Max lebendiger als je zuvor. Die Tierärztin hatte sich bei Frauchen und Herrchen noch entschuldigt, weil sie bei Max' Operation, die ihn unfruchtbar machen sollte, offensichtlich einen Fehler begangen hatte. Ja, auch ein Fehler kann zu einem Wunder führen.

Nach dem Umhertollen gingen wir alle wieder ins Haus und versammelten uns unter dem Weihnachtsbaum. Lilly bekam endlich das Ding namens iPad geschenkt und wir die größten Kauknochen, die Frauchen hatte auftreiben können. Die Menschen sangen Lieder und streichelten uns. Dann erzählte Lilly die Geschichte, wie die drei Prinzessinnen und Königin Amelie der ollen Kackidus-Hexe so was von in den Hintern traten. In der Nacht dann zogen sich die Eltern mit ihrer Tochter zurück – Frauchen mochte mit dem dicken Bauch nicht vor dem Kamin schlafen, und Lilly wollte mit ihrem neuen iPad zu ihren Eltern. Unsere Kinder bettelten darum, wieder die Ballade von Max und Amelie zu hören. Besonders gefiel ihnen die neue Endstrophe, in der ich besang, wie Max dem Goldenen Licht widerstand, weil er seine

Welpen erleben wollte. Doch bevor ich anfangen konnte, begann Max, der stets ein wenig beschämt war, wenn ich ihn so pries, ein neues Lied zu singen, die Ballade von Amelie und Max. In der schilderte er meine Tapferkeit, wie oft ich ihm das Leben gerettet und wie ich mich Jedda widersetzt hatte. Danach übertrumpften sich unsere kleinen Prinzessinnen Blaufeder, Fiona und Denkerin und ihr Bruder Kratz gegenseitig damit, was für Heldentaten sie später mal begehen würden. Nur unser Kleinster, Anatjari, blieb still. Nachdem die jungen Helden endlich eingeschlafen waren, schloss auch Max seine Augen – sein schwacher Körper verlangte nach viel Ruhe. Anatjari aber blieb mit mir wach. Er drückte sich an mich und sagte leise: «Ich werde nie so tapfer sein können wie du, Mama.»

«Oh doch, das kann jedes Wesen sein.»

«Wie denn das?»

«Werde wie dein Vater.»

«Was meinst du damit?»

«Habe ein weites Herz.»

«Wozu soll das gut sein?»

«Nur wer sein Herz weit öffnet, kann Wunder erleben.»

Anatjari dachte eine Weile darüber nach, dann fragte er: «Aber was hat das mit Tapferkeit zu tun?»

«Wenn du dein Herz öffnest, bist du auch in der Lage, das Tapferste zu tun, wozu ein Wesen nur imstande sein kann.»

«Und was soll das sein?»

«Zu lieben.»

«Zu lieben ist das Tapferste?»

«Wenn du liebst, kannst du jedes Schicksal meistern.»

Anatjari schien zu verstehen und schloss ebenfalls seine Augen. Ich aber blieb noch eine ganze Weile lang wach und betrachtete Max, lauschte seinem Atem und saugte den Duft